民族文字出版专项资金资助项目

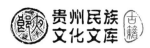

贵州民族文化文库

贵州少数民族古籍经典系列

彝文文献经典系列

卢比数

谚语篇

贵州省民族古籍整理办公室 ◎ 编
陈光明　龙安平 ◎ 整理翻译

贵州出版集团
贵州民族出版社

图书在版编目（CIP）数据

卢比数.谚语篇：彝文、汉文/贵州省民族古籍整
理办公室编；陈光明，龙安平整理翻译. —— 贵阳：贵
州民族出版社，2024.6
（彝文文献经典系列）
ISBN 978-7-5412-2881-0

Ⅰ.①卢… Ⅱ.①贵… ②陈… ③龙… Ⅲ.①彝族 –
谚语 – 汇编 – 中国 – 彝、汉②彝语 – 格言 – 汇编 – 中国 –
彝、汉 Ⅳ.① I277.7 ② H217.3

中国国家版本馆 CIP 数据核字 (2024) 第 094549 号

彝文文献经典系列
YIWENWENXIAN JINGDIANXILIE
卢比数·谚语篇
LUBI SHU　YANYU PIAN
贵州省民族古籍整理办公室　编
陈光明　龙安平　整理翻译

出版发行	贵州民族出版社
地　　址	贵州省贵阳市会展东路贵州出版集团大楼
邮　　编	550081
印　　刷	贵阳精彩数字印刷有限公司
开　　本	787 毫米 ×1092 毫米　1/16
印　　张	16.25
字　　数	260 千字
版　　次	2024 年 6 月第 1 版
印　　次	2024 年 6 月第 1 次印刷
书　　号	ISBN 978-7-5412-2881-0
定　　价	128.00 元

前 言

贵州省民族古籍整理办公室对彝文古籍的关注，始于20世纪80年代。那时民族古籍工作百废待兴，人才奇缺，经费紧张，我们还是积极促成彝族的有识之士，把彝文古籍文献巨著《西南彝志》《彝族源流》申报为国家"七五"期间古籍整理、出版项目，并获得成功。

《西南彝志》《彝族源流》《贵州彝族咪谷丛书》《彝文典籍图录》《彝族古歌》等国家级、省级古籍整理出版项目彝汉文对照本套书、丛书的相继出版，为贵州彝文古籍整理出版奠定了基础，积累了经验，结束了贵州出版史上没有彝文出版物的历史，培养了一批彝文文献翻译专家，推动了彝族历史文化研究的步伐。为加强民族团结，促进民族和谐，增强民族自信心和自豪感起到了积极的作用。

三十年的彝文古籍整理、翻译、出版历练，使我们的经验积累、人才储备、资料占有都上了一个新台阶，又逢"各民族文化大繁荣、大发展"的盛世，民族古籍整理、出版的资金扶持力度也在加大，彝文古籍整理、出版必须向分门别类的方向迈进。

　　随着彝族民间藏书的不断搜集、发掘，彝文文献的精华逐步问世，彝文古籍整理翻译理论与研究水平的提高，以及三十年来彝学研究的进一步深入，贵州作为彝文文献最集中、最丰富的省份，整理、翻译、出版专业性、系统性较强的彝文古籍的条件、时机已经成熟。为此，我们从文献学的广义角度出发，策划了《彝文文献经典系列》这套书，其内容包括法律篇、历法篇、农事篇、军事篇、教育篇、地理篇、经济篇、礼仪篇、医药篇、诗文论篇、哲学篇、谱牒篇、诗歌篇、谚语篇、畜牧篇、预测篇、孝敬篇、指路篇、献词篇、史籍篇等二十种三十本，以彝文原著精选精编、注音、意译对照，文尾注释的体例出版。

　　这是我们总结三十年彝文古籍整理、出版经验与教训后的一次尝试，以期在专业性、系统性上有所突破。这套书的整理、翻译、出版，应有助于填补彝族古代文明史文献积累领域的空白，丰富中华文化宝库，揭开中国西南彝族历史文化甚至西南民族史的许多不解之谜。

贵州省民族古籍整理办公室

2015年9月28日

目录

目　录

导　读…………………………………………… 1

〜吒屯粼
时政社会………………………………………… 1

玉芑五睿
生活经验………………………………………… 15

几凶乩尚
文化教育………………………………………… 55

丁玉炒帯
世相百态………………………………………… 105

丑兰丑弋
道德修养………………………………………… 131

纱万罗尜
为人处世………………………………………… 149

炒芑炒睿
世情事理………………………………………… 172

书郎弘卅
婚姻家庭………………………………………… 219

帚丑万此
气象节令……………………………………………… 238
肜喭牪丑
农业生产……………………………………………… 242

导读

　　导　读

　　为了适应西南地区群山林立、沟壑纵横、气候复杂的自然环境，彝族先民很早就创立了独特的历法，用以指导农牧业生产。彝族是一个重视历史文化的民族，为了记录历史文化，彝族先民发明了彝文，并且世代相传，沿用至今，写下了卷帙浩繁的彝文古籍。已整理翻译，公开出版的彝文古籍有《西南彝志》《彝族源流》《爨文丛刻》《夜郎史传》《物始纪略》《宇宙人文论》《勒俄特依》《梅葛》等数百部。

　　卢比（ꀕꀋ）是彝族人民在漫长的历史进程中不断总结自然规律、社会发展规律及哲学思考的一种短小精干、富有韵律、充满哲理的句子，是彝语的精华。

　　彝族卢比和汉族的谚语、格言、警句等非常相似，但也不完全相同，因此只能采用音译的方式译为"卢比"。但在文化普及和交流时，为了便于理解，也可以直接翻译为"谚语""格言"等。

　　由于各地彝语方言土语发音有差异，因此各地学者用汉语谐音记录卢比时用字上有所不同。如北部方言区翻译为"尔比"，东部方言区翻译为"卢比""洛比"等。

　　卢比历史非常悠久。晋朝人常璩在其著作《华阳国志·南中志》中就记载："夷人大种曰'昆'，小种曰'叟'。皆曲

头木耳，环铁裹结，无大侯王，如汶山、汉嘉夷也。夷中有桀黠能言议屈服种人者，谓之'耆老'，便为主。论议好譬喻物，谓之'夷经'。今南人言论，虽学者亦半引'夷经'。"

这段话详细地记载了一千多年前，彝族耆老（摩史）在调解社会矛盾和日常言语中大量引用卢比（夷经）的史实，体现了卢比在彝族社会中充当习惯法的作用并深深影响了当时的"南人学者"。

中华人民共和国成立以后，在党和政府的关心下，彝族卢比的研究取得了不少的成果。我们根据不同学者对卢比定义的研究，集百家之长，结合卢比记载的内容，将卢比定义为：卢比是彝族人民用于总结自然规律和社会发展规律的一种短小精干、富有韵律、充满哲理的语言精华。

从记载的内容上看，卢比主要记载彝族人民对自然规律和社会发展规律的认识。自然规律方面主要是对山川河流、气象、动物、植物的认识，如："田边青蛙叫，大雨要来临"，"三年不换种，施肥也无用"，"马草夜里喂，牛草早晨喂" 等，主要目的是指导生产实践；社会发展规律方面主要集中在对社会阶层、风情礼仪、习惯法规等方面的表述，反映彝族人的价值观念，如："出力气的是牛，吃炒面的是猫"，"壮士穷途不卖剑，彝人饿死不讨吃"，"是雄鹰，就该翱翔天空；是骏马，就该驰骋四方"，"会说不算好汉，敢当才是丈夫"，"一人有志气，一族人跟着沾光；一人不争气，一族人跟着丢脸"，"蝌蚪再穷，不会一辈子泡在水里"，"首次猎物分不均，二次打猎无人跟"，"懒

人仓底空，勤快人饱肚"等。

卢比短小精干，它能用简短的语句表达丰富的含义。卢比还富有韵律，这体现在卢比大量使用比喻、排比、对仗等表达方式上，使之读起来朗朗上口。充满哲理是因为卢比是用以教育后辈，反映彝族人民的世界观、人生观、价值观的语句。

卢比的产生和发展都是为了服务彝族人民更好地生产生活，所以卢比的内容极其丰富，包含天文、地理、政治、军事、哲学、经济等。由于卢比的丰富性和广博性，要想对其进行精确的分类是十分困难的。除了少数涉及气象、生产、生活等卢比外，无论从什么角度，内容都存在交叉现象，都很难对卢比进行精确的分类。不过为了便于读者学习和查阅，本书将卢比按时政社会、生活经验、文化教育、世相百态、道德修养、为人处世、世情事理、婚姻家庭、气象节令、农业生产等十个类型来归类。其中，"时政社会"类主要收录历史上（民国以前）反映彝族地区官民、诉讼、阶级、贫富、时势等方面的内容；"道德修养"类主要收录了有关志气、品格、磨练、荣辱、担当等方面的内容，而伦理道德方面的卢比则放到"婚姻家庭"部分；"为人处世"和"世情事理"类由于有很大的交叉和重叠，在收录时，尽量将那些直接表述"该做什么"和"不该做什么"的卢比归为"为人处世"类，而将那些偏重于说理的卢比放到"世情事理"部分；"婚姻家庭"类主要收录了有关爱情、婚姻、家庭、家道伦常、持家立业等方面的内容；"世相百态"则将讽刺和劝诫"懒、馋、憨、吝、懦、怪"等各色人物思想

言行的卢比单独归为一类；"文化教育"类主要收录有关知识、家教、学习、见识等方面的内容；"气象节令"类主要收录有关天气、物候方面的内容；"农业生产"类主要收录有关农耕、畜牧、林业等方面的内容；"生活经验"类主要收录有关衣、食、住、行、卫生保健方面的内容。

1991年，译者在杨浩清、张和平两位先生的指导支持下，翻译出版了《彝族谚语读本》。这次作为"彝文文献经典系列"三十本的最后一本《谚语篇》，是在《彝族谚语读本》的基础上，和年轻学者龙安平一起重新编排、注音，并进行必要的补充，选用了云南本《彝族谚语》、四川本《彝族谚语》、贵州《彝族谚语》的一些精彩条目，补充了录自张华荣老先生处的精彩条目。在此对提供帮助和对卢比研究作出贡献的学者一并表示谢意！

译　者
2023年6月

~ꀕꄻꇪ

时政社会

ꂿꈌꈐꎭꄉꏀ，ꑋꇩꈐꎭꏦꊱꑆ。

mi^{33}mi^{13}dzʐ^{13}bo^{21}n̩y^{21}hu^{55}bɪ^{13},n̩ɯ^{55}gu^{21}dzʐ^{13}bo^{21}ma^{13}ma^{21}vi^{21}.

天地相和百草生，两国相和不动兵。

ꇆꁧꄂꄋ꓿，ꄂꄋꇆꁧꈎ。

lo^{21}bo^{21}tɕɪ^{13}pa^{33}ndzu^{21},tɕɪ^{13}pa^{33}lu^{21}bo^{21}ku^{55}.

是月亮团聚着无数的星星，是星星增添了月亮的光辉。

ꈍꍊꂵꉼꈍꆅꐃ，ꃴꌗꂵꉼꆀꀕꐃ。

kʰe^{21}dze^{21}mi^{55}hʋ^{21}kʰe^{21}nde^{33}dzʋ^{21},nu^{55}su^{13}mi^{55}hʋ^{21}nɪ^{33}ʔu^{33}dzʋ^{21}.

月琴的曲儿响在琴弦上，彝家的颂歌响在心窝上。

ꂄꃴꐨꈍꐲ，ꈜꃴꆺꈌꐲ，ꃴꎭꐥꐨꐲ。

mu^{33}vu^{33}dzʋ^{13}kʰe^{55}dzʋ^{21},n̩y^{33}vu^{33}le^{21}ku^{33}dzʋ^{33},nu^{55}vu^{33}dzʐ^{13}bo^{21}dzʋ^{33}.

马的力气在腰上，牛的力气在颈上，彝家的力气来自团结。

ꍓꐚꄇꆈꐲ，ꆀꀨꈬꄻꄂ。

zu^{33}he^{33}duɯ^{55}bo^{21}dzʋ^{33},nɪ^{33}ndy^{55}ʑʋ^{33}mi^{13}pa^{33}.

是好儿子在外乡，应想到家里缺些什么。

ꈬꇍꃤꄻꇍ。

kʰʋ^{21}tsu^{55}ʑʋ^{33}mi^{13}tsu^{55}.

自己的家乡才是最美的地方。

ꊒ日月，ꆦꄓꀞꃈꃴ；ꇮꂷꇬ，ꆦꅐꊪꃈꃴ。

dzu²¹tʰu¹³dzu³³,ndy⁵⁵ŋgu³³ga²¹ʔo⁵⁵kʰu²¹;tsi¹³mbʊ³³go²¹,ndy⁵⁵pʰu²¹kʰa³³ʔo⁵⁵kʰu²¹.

吃上大米，别忘了蕨粑苦荞；发家致富，别忘了父老乡亲。

ꑆꊒꈌꄷꄮ，ꅇꇯꃴꆜ；ꀊꈌꐚꇟꃅꊿ，ꐚꑟꋠꄓ。

ʂe¹³tsʰu³³tɕy³³to³³tsʰu³³,ʔa⁵⁵dzɿ³³ma²¹ne³³;bo²¹tɕy³³lu³³nde³³ɲɿ³³ndu²¹nu⁵⁵,lɯ³³ɲɯ³³ɕɿ²¹tʰu³³.

纯金炼过九道炉，分厘不差；战过九匹山，无往不胜。

ꆈꁊꈌꆏꆈꐚꈎꑌ，ꄉꆏꀠꊨꃈꈰ；

no³³pu³³kʊ⁵⁵nʊ³³no³³tɕy³³ke¹³ɣo²¹,tɕi⁵⁵nʊ³³pi²¹xu⁵⁵tʰa²¹ke¹³mbɿ³³;

箭筒里有箭九支，先射最锋利的一支；

ꇊꈌꆏꋒꇖꐚꄏꑌ，ꊐꈭꊨꃈꄏꐥꑽꇬꑇ。

lu²¹kʊ⁵⁵nʊ³³ɬa¹³ʐʊ⁵⁵tɕy³³hu²¹ɣo²¹,tsu⁵⁵kʰa³³xu⁵⁵tʰa²¹hu²¹su¹³kʊ⁵⁵ma¹³dʑɿ²¹.

村子里有男九百，选最好的一百去参军。

ꂱꆀꂱꃚꂷꄃ，ꌊꆀꄲꃚꂷꄃ；

mi³³ɲɿ³³mi¹³fu¹³ma²¹dɿ¹³,sɿ³³ɲɿ³³tʰu³³fu¹³ma²¹dɿ¹³;

天和地不能分，树和叶不能分；

ꉉꆀꁌꃚꂷꄃ，ꆅꆀꎓꃚꂷꄃ。

ŋʊ³³ɲɿ³³ʑi²¹fu¹³ma²¹dɿ¹³,nɯ⁵⁵ɲɿ³³ʂa³³fu¹³ma²¹dɿ¹³.

鱼和水不能分，彝和汉不能分。

ꂱꆏꃴꌊꊬ，ꍝꃅꄨꀺꅪꑟ；ꂱꆏꃴꌊꊬ，ꇊꅪꂷꀋꈌ。

mi³³nʊ³³gu²¹gu²¹ŋu³³,dzi²¹hu²¹tɕi¹³lu³³dzɿ³³tʰu⁵⁵;mi¹³nʊ³³gu²¹gu²¹ŋu³³,lu²¹dzɿ³³tʂʰo⁵⁵lu²¹li²¹.

天是圆圆的，日月星辰相辉映；地是圆圆的，各族人民相交往。

ꄮꆀꑌꃚꂷꄃ，ꆿꆀꉬꃚꂷꄃ，ꆅꅪꇊꋮꇬꆀꇬ。

te¹³ɲɿ³³nu¹³fu¹³ma²¹dɿ¹³,la¹³ɲɿ³³tɕʰi¹³fu¹³ma²¹dɿ¹³,nɯ⁵⁵ʂa³³lu²¹tʂʰu²¹gu²¹ɲɿ³³gu²¹.

云和雾不能分，手和脚不能分，彝汉人民亲又亲。

ꆳꁈꑸꂷꊪ，ꅉꉎꑸꊪꄀ；ꑳꆆꂷꄀꉆ，ꅉꉎꑸꆆꄀ。
lɯ²¹pʊ³³ɣo³³ma²¹dzo³³,ʔa²¹he²¹ɣo²¹dzo³³do²¹;ɣo²¹na³³ma²¹do²¹xɯ⁵⁵,ʔa²¹he²¹ɣo²¹na³³do²¹.
耳听不到的，现在听到了；眼看不到的，现在看到了。

ꐎꇲꂷꀕꉆ，ꅉꉎꇲꈎꀕ；ꅺꃅꈎꂷꀕ，ꅉꉎꀕꄀꇜ。
tɕʰi¹³sʉ³³ma²¹kʰu²¹xɯ⁵⁵,ʔa²¹he²¹sʉ³³ko³³kʰu²¹;nɿ³³ndy⁵⁵ko³³ma²¹kʰu²¹xɯ⁵⁵,ʔa²¹he²¹t̺ʰu⁵⁵do³³lo³³.
脚走不到的，现在走到了；心想不到的，现在实现了。

ꎭꋒꁮꄜꅐ，ꎭꆹꇤꊖꀻ；
ʂa³³tʂʰʊ⁵⁵tʰa²¹dzɯ²¹mu³³,ʂa³³du⁵⁵dʐɿ³³tsu⁵⁵pie¹³;
同汉族在一起，能说一口流利的汉话；

ꆿꋒꁮꄜꅐ，ꆿꂾꄜꊖꀻ。
nɯ⁵⁵tʂʰʊ⁵⁵tʰa²¹dzɯ³³mu³³,nɯ⁵⁵mba³³hɿ⁵⁵tsu⁵⁵pie¹³.
同彝族在一起，会讲满口流畅的彝语。

ꆅꄮꁨꐉ≈ꇐꀎꊇꄇ，ꎭꀎꑱꐉꑳꂹꈀꅐꄜ。
nɿ¹³dɯ⁵⁵tʂʐ̩³³li²¹hɿ²¹tʂʰɿ¹³ʑy²¹ʔo⁵⁵tʊ³³,ʂa³³tsu⁵⁵bu³³li²¹tsɿ⁵⁵pa³³so²¹nɿ³³dе̥²¹.
墙缝里来的风最冷，官府里来的人最恶。

ꐎꃅꀐꊌꆏꄜ，ꅉꃰꑝꄜꉆꄜ。
tɕʰi³³hɿ¹³tʂʰɿ³³xo³³pʰu⁵⁵ndʐo³³,ʔa³³ndzu²¹tʂʰɯ³³ku¹³xɯ⁵⁵ndʐo³³.
饿狗和拉屎的人亲，贪官和拍马屁的人亲。

ꌦꆆꀋꄜꆿꇤ，ꌦꀷꇐꄍꇤ。
so¹³mbʊ³³po³³t̺ʰʊ²¹ɬi¹³,so¹³sʉ³³kʊ²¹tʊ²¹ɬi¹³.
富人晒衣衫，穷人晒脊梁。

ꄀꃘꎼꃚꂚꁜꉹ，ꆆꆈꄿꎲꂚꀳꃪ。
gu²¹tɕʰo³³ɲy¹³tɕʰo³³dʐɿ¹³pa³³tʰɯ¹³,na³³ndʐɿ³³tʂɿ²¹zi²¹dʐɿ¹³hʊ³³ndu²¹.
歌声随着哭声唱，泪水伴着酸汤喝。

ᤧᤧᤧᤧ，ᤧᤧᤧᤧᤧ。
so¹³ʂu³³hɹ²¹bi²¹tʂɯ⁵⁵tɕʰɯ³³tɕʰɯ³³,me³³tɕy¹³ʔa³³nʊ¹³no⁵⁵ma²¹bu³³.
穷人的屋顶凉飕飕，比猴子多几缕炊烟。

ᤧᤧᤧᤧᤧ，ᤧᤧᤧᤧᤧ。
ʔa³³tʂe⁵⁵ʔa³³dʑɯ³³tɕʰi¹³ma²¹ʂa¹³,so¹³mbʊ³³so¹³ʂu³³nɹ³³ma²¹pa³³.
喜鹊和乌鸦不同窝，穷人和富人不同心。

ᤧᤧᤧᤧᤧ，ᤧᤧᤧᤧ；
so¹³mbʊ³³hɹ⁵⁵tʰɯ⁵⁵bi⁵⁵nɯ¹³,so²¹dɯ³³ne¹³pie¹³dɯ⁵⁵;
有钱有势的人放屁，再臭也有人说香；

ᤧᤧᤧᤧᤧ，ᤧᤧᤧᤧ。
so¹³ʂu³³du³³ʑi³³tʂa¹³tʂʰu¹³,so²¹dɯ⁵⁵bi⁵⁵nɯ¹³dɯ⁵⁵.
无钱无势的人熬糖，再甜也有人说臭。

ᤧᤧᤧᤧᤧ，ᤧᤧᤧᤧᤧ。
tɕʰi¹³mi¹³tʰɯ²¹ʑi³³tʰa²¹ti³³tɕɕ⁵⁵,ʂu³³mbʊ³³nɹ²¹dɯ⁵⁵tʰa²¹nɯ²¹tɕɕ⁵⁵.
脚和地相隔一张纸，穷和富相隔一堵墙。

ᤧᤧᤧᤧᤧ，ᤧᤧᤧᤧᤧ。
ʈa¹³mo⁵⁵ɣa³³ʐo²¹sɯ³³hʊ²¹lʊ⁵⁵,so¹³mbʊ³³so²¹dzu³³mi¹³hʊ³³lʊ³³.
老鹰叼鸡靠脚爪，财主吃人靠地多。

ᤧᤧᤧᤧ，ᤧᤧᤧᤧ。
zɹ¹³gʊ³³hʊ²¹ŋgʊ²¹tʂʰʊ⁵⁵,hʊ²¹na¹³di¹³ʔo⁵⁵ge³³.
豹子想和羊交朋友，那是看见羊长肥了。

ᤧᤧᤧᤧᤧ，ᤧᤧᤧᤧ；ᤧᤧᤧᤧᤧ，ᤧᤧᤧᤧᤧ。
so¹³mbʊ³³ʑi²¹tʰa²¹kʰʊ²¹,kʰɯ²¹tʰo⁵⁵ɕe⁵⁵ma²¹se⁵⁵;so¹³ʂu³³lo³³tʰa²¹kʊ¹³,kʰɯ¹³kʰɯ¹³tɕi⁵⁵vu³³so²¹.
富人像瓢水，不知何时泼掉；穷人像块石头，年年都不变。

ꂷꐉꅍꄂꉆꈈ，ꐞꐉꄜꅉꋋ。
kʰe³³tɕa³³dzu¹³tʰa⁵⁵hʊ³³,dʑi³³tɕa³³tʂʰo⁵⁵tʰa²¹mu³³.
糠和米要分开，敌和友要分清。

ꐞꐉꄜꋋ，ꄜꐉꐞꋋ。
dʑi³³tɕa³³tʂʰʊ⁵⁵mu³³,tʂʰʊ⁵⁵tɕa³³dʑi³³mu³³.
把敌人当作朋友，把朋友当作敌人。

ꉻꂶꆪꅉ，ꌦꂶꂯꅉ。
hɿ¹³tʰo⁵⁵dzu³³no³³,ʂu³³tʰo⁵⁵ndy⁵⁵no³³.
饿时吃得多，穷时想法多。

ꄡꋦꈌꊂꀋꇉꋋ，ꇜꑌꈌꐗꀋꏜꋋ。
tʂʰu²¹ŋgʊ²¹nɿ³³dzɿ²¹na³³pa³³mu³³,gu²¹fa¹³nɿ³³su⁵⁵na³³ga¹³mu³³.
结交要诚，防敌要严。

ꇌꇁꐉꄜꇊꄐ，ꀈꇁꐉꈤꑣꀐ。
ndzɿ²¹tsu⁵⁵tɕa³³tʂʰo⁵⁵ndzɿ²¹tɕi¹³,ŋge³³tsu⁵⁵tɕa³³su¹³ve¹³fu³³.
招待客人用烧酒，对待敌人用长矛。

ꇐꐛꀐ，ꇜꅝꀐ；ꐉꄽꀐ，ꄼꑣꑘ。
la¹³tʰʊ⁵⁵xɯ²¹,gu²¹pa⁵⁵fu³³;nɿ³³mo²¹xɯ²¹,tʂʰu²¹bu³³ndo²¹.
手中有剑可杀敌，心中有剑可斩魔。

ꀿꇰꀨꊋꀿꇰꇤꈬ，ꈩꄓꃀꀼꈩꄓꇤꑟ。
bi³³ʂe¹³ʂo³³me¹³bi³³ʂe¹³le⁵⁵kʰɿ³³,tɕʰɿ¹³bu³³tʰu⁵⁵xo²¹tɕʰɿ¹³bu³³le⁵⁵xɿ¹³.
怜悯毒蛇被蛇咬，纵虎归山虎伤人。

ꄜꃘꐊꒈꑽ，ꐉꃀꄽꏫꇐ；ꊈꐛꉅꑍꀐ，ꐉꃀꄽꇐꈪꇐ。
mi³³gu²¹ta¹³bu⁵⁵pʰe²¹,nɿ³³tʰa²¹lɯ²¹dzɿ³³di¹³;mi¹³tʰʊ⁵⁵ŋa³³tsɿ⁵⁵ʂe¹³,nɿ³³tʰa²¹lɯ¹³kʊ³³di¹³.
天上的鹰，只有一颗心；地上的黄雀，也有一颗心。

时政社会

ㅠ兆另伷屳, 岩ㅂ另ㄇ屳。
fa¹³kʰa³³pʰu⁵⁵dʑu³³pʰʊ²¹,se²¹dɯ³³pʰu⁵⁵dzɯ³³pʰʊ²¹.
岩石坚硬蜂要避，主人狠毒奴要逃。

市哖粠丙女彸帀, 丗米哖丑宄吿女。
ȵɯ⁵⁵nʊ²¹bo²¹dʑu³³kʰɯ²¹tʰa²¹tʰɯ⁵⁵,gu²¹sɿ¹³nʊ²¹du³³dʉ⁵⁵dɯ³³kʰɯ²¹.
撵兽不能半山止，杀敌定要追到底。

粠帀无甶屳, 姃帀无彸丬。
kʰa³³kʰe⁵⁵xɯ²¹ma²¹lɯ²¹,no³³kʰe⁵⁵xɯ²¹ty³³ty³³.
硬东西上刀子不能进，软东西上刀子在逞能。

ᴨ无ㄈ二甶쯩, 丗二凶女岑带。
bi²¹xɯ²¹ȵɿ³³ȵɿ⁵⁵dɯ³³kʰɿ³³,ɣa²¹pi¹³bu³³kʰɯ²¹ɕi²¹dʑo³³.
蚂蟥生来两头吃，就怕碰上铁公鸡。

另ㄣ矻丆岑彸, 弘粠丗另戊岑屸。
dze¹³mu³³dʑo²¹lɯ⁵⁵kʰo²¹tsu⁵⁵,so³³kʰa³³gu³³pʰu⁵⁵ʐa¹³mi²¹ŋʊ²¹.
骏马上道扬蹄，勇士遇敌拔剑。

ㅅ考帀屵嵤双北ㅌ, 弘粠帀屵嵤丗癷北ㅌ。
ʂu³³tɕʰi³³xɯ⁵⁵nɿ³³ba³³ze⁵⁵kʊ³³dzʊ²¹,so³³kʰa³³xɯ⁵⁵nɿ³³ba³³gu²¹dzi²¹kʊ²¹dzʊ²¹.
猎狗的心常在老林里，勇士的心常在战场上。

无ㄣ帅粠北嵯弐皿甶ㅌ, 乃粠ㄣ帅丁王並巻皿甶ㅌ。
xɯ²¹tʰa²¹dzu³³bo²¹kʊ³³dzu⁵⁵tʰo³³go²¹ma²¹do²¹,to²¹pʰu²¹tʰa²¹dzu³³hr³³dzi³³zɿ¹³mbr³³go²¹ma²¹do²¹.
一把刀砍不完山中的刺，一杆枪打不尽天下的狼。

弘祒己丑笂北ㅈ, 无毌丗岑书;
su³³ve⁵⁵li²¹du³³hɿ²¹kʊ³³ȵɿ³³,xɯ²¹se³³ɣa³³fu³³ly²¹;
客人来到家里，要磨杀鸡刀;

卢比数·谚语篇

ꇌꄯꆏꅻꐒꃀꑟ，ꆈꀿꆀꋧꈌ。
gɯ²¹pa³³lu²¹gʊ¹³tɕʰi³³kʰɯ²¹nʊ³³,tɕʰa¹³nu³³tɕa¹³zu⁵⁵hu¹³.

敌人到了寨前，要拿起箭与弓。

ꄬꑚꅍꈭꊌꄬꆏꌠ，ꄷꂻꅍꈭꈪꀉꊿꆏꌠꃚ。
tsʰʊ³³bu³³tʰi³³tʰi³³nɯ¹³ndzu⁵⁵tsʰʊ²¹so²¹ɣɪ²¹,do¹³tsʰʅ³³tʰi³³tʰi³³du³³ʑi²¹tʰɪ²¹so²¹fu³³.

"恶鬼"常变美女害人，毒药常裹蜂蜜杀人。

ꐫꆀꉻꇌꈝꆏꌠꄯ，ꆳꑘꉻꃅꃀꈭꆏꌠꌧ。
dzu³³ne¹³xɯ⁵⁵lɯ³³tʂʰʊ³³so²¹ɣɪ¹³le²¹,no¹³so²¹xɯ⁵⁵du⁵⁵mba³³fa¹³zu⁵⁵sʅ⁵⁵.

好吃的东西易有害，好听的话语易藏谋。

ꄬꃘꃄꅉꀉꀱꎸꏮꅤꃅꅉꑌ，ꄬꀘꅉꊂꇌꄯꀱꀁꆏ，
tsʰʊ²¹fe¹³no³³ma²¹yo²¹no⁵⁵pʰʊ⁵⁵kʰɯ²¹sɯ²¹tsu¹³ma²¹se⁵⁵,tsʰʊ²¹nɿ³³ma²¹ze³³gɯ²¹pa³³pʰu⁵⁵ndu²¹kʰa³³.

人无本事遇事拿不出主意，人无胆量遇敌难以抵御。

ꇌꄯꑽꅉꈭ，ꆈꀿꆀꈪꆏ。
gɯ²¹pa³³ŋgʊ²¹ma²¹li²¹,tɕʰa¹³nu³³nʊ³³ŋgʊ²¹zu⁵⁵.

敌人不上门，也要拉弓练箭。

ꄬꆏꌺꐂꎿꉗꃀꄯ，ꆍꀑꇖꏢꇬꀊꊪꇴ。
tsʰʊ²¹kʰa³³la¹³kʊ³³ʐa¹³mi²¹dzu³³lo³³,lɪ³³kʊ⁵⁵du³³bu³³ŋgɯ⁵⁵tʰʊ⁵⁵ɣo²¹.

不离勇士手的宝剑断了，也有丢在锅庄旁的时候。

ꉆꅉꆏꈝꆏ，ꃅꀱꆏꈝꃅꑴꀕꑌ。
ʔa³³nʊ¹³kʰa¹³nʊ³³ze⁵⁵na¹³,nu⁵⁵su¹³kʰa³³nʊ³³tsʰɪ¹³vɪ²¹ze³³.

猴子依靠山林深，彝人依靠家支大。

ꑟꎭꆏꅍꃀꆏ，ꅲꆏꆏꈝꆍꑌꈝ。
ʑi²¹ʂɯ¹³kʰa³³ʑi²¹mo²¹na¹³,ndzu³³mo⁵⁵kʰa³³nʊ³³hʊ⁵⁵ɣo²¹dɿ¹³.

水獭厉害河水深，君长厉害土目多。

时政社会

ɣa³³ɲɹ⁵⁵ke¹³dʐʅ³³dzɿ³³,tɕʰɿ³³ɲɹ⁵⁵lɯ³³dʐʅ³³tsɿ³³.

两只鸡相啄，两条狗相争。

se²¹pʰu³³xɯ⁵⁵du⁵⁵nʊ³³ʑi²¹ha³³sɯ⁵⁵,se²¹pʰu³³xɯ⁵⁵ɲɹ³³nʊ³³vu³³pʰu⁵⁵sɯ⁵⁵.

主人的话像开水，主人的心如冰块。

se²¹pʰu³³la¹³dzʅ²¹du³³ndɯ⁵⁵sɯ⁵⁵,se²¹pʰu³³ɬu¹³lɯ³³bi³³kʰɹ³³sɯ⁵⁵.

主人伸手似蜂蜇，主人动舌如蛇咬。

me³³na³³nʊ³³me³³na³³,mo²¹pʰo²¹nʊ³³mo²¹pʰo²¹,ndzu³³nʊ³³lu²¹su³³vi¹³ʑɿ¹³ma⁵⁵ŋɯ²¹.

绸缎是绸缎，麻布是麻布，君长不是百姓的家门。

ʔa³³mi⁵⁵ha³³kʰɹ³³,tɕʰɹ¹³bu³³sɯ⁵⁵tsɯ¹³;ʑi¹³hʊ²¹dzu³³ndʑo³³,tʰɹ¹³hʊ²¹tʂʰʊ³³ɣo²¹sɯ⁵⁵tsɯ¹³.

猫咬老鼠，装成虎模样；狼想吃羊，扮成羊亲戚。

kʰe³³ɲɹ³³dzu²¹fu¹³hu¹³,gɯ²¹ɲɹ³³tʂʰʊ⁵⁵fu¹³ge²¹.

糠和米要分开，敌和友要分清。

ɬo¹³su¹³la¹³kʊ³³ŋge³³xɯ²¹ɣo²¹, nɯ⁵⁵ʑɿ¹³li²¹hʊ²¹tɕa³³ɲɹ³³ma²¹dʑo³³.

牧人手中有刀矛，不怕虎狼来叼羊。

ɣa³³ndo⁵⁵bi³³ndo⁵⁵tʰa²¹dzu³³fu³³ma²¹pi¹³, hʊ²¹ɲɹ³³ʑɿ¹³gu³³dzʅ³³tʂʰʊ⁵⁵ɬo¹³ma²¹pi¹³.

鸡蛋蛇蛋不能一起孵，羊子豺狼不能一起放。

ꑽꃀꊈꋃꆧꃰꑲꆆꀿ，ꏂꂷꄷꒈꃰꑲꆆꀿ。

ʈa¹³mo⁵⁵nʐ̩³³ɣa³³dzʐ̩³³tʂʰʋ⁵⁵hu¹³ma²¹pi¹³,ɣɯ²¹na³³tɕa³³va¹³tʂʰʋ⁵⁵hu¹³ma²¹pi¹³.

老鹰不能当鸡养，黑熊不能当猪养。

ꆀꆀꅜꀼꇔꈬꊕ，ꀝꇐꅜꀼꆿꈎꃰꋐ。

du³³mu³³ɕi¹³lo³³vi³³so²¹ndɯ⁵⁵,zɿ¹³gʋ³³ɕi¹³lo³³na³³ma²¹pi⁵⁵.

蜜蜂死了刺蜇人，豺狼死了不闭眼。

ꑟꎓꁝꐽꑽꃅꆙ，ꂷꑓꑽꃀꊑꄜꄊ。

ɣa³³ba⁵⁵ʂʐ̩³³kʋ³³dzu²¹pʼʋ²¹ʂu¹³,mi³³kʰe⁵⁵ʈa¹³mo⁵⁵lʐ̩³³tʰa²¹kʰe³³.

小鸡儿在草丛中觅食，不要忘了天上有老鹰。

ꇗꃂꈨꊩꇬꈨ，ꂹꄷꎷꀈꑽꊑꄉ。

tɕʰɿ¹³bu³³li²¹hʋ³³hɿ¹³li³³,ʔʋ³³se⁵⁵ze⁵⁵lɯ⁵⁵du¹³lɿ³³tʰʋ³³.

等老虎进了家，才上山砍木棒。

ꂷꁵꀋꊰꆆꃰꑲ，ꑞꑟꋁꇴꃰꑲꆆꀿ。

ʔa²¹tʂʰʋ³³hʋ²¹fu³³ha¹³ma²¹pi¹³,tɕʰi²¹ɕi¹³po³³ku⁵⁵na³³ma²¹pi¹³.

别让狸猫守羊肉，别让獾子看玉米。

ꇟꌠꈬꃚꊨ，ꀝꇐꈬꁹꀠꄉ。

ɬo¹³su¹³gu⁵⁵ve⁵⁵tsɯ³³,zɿ¹³gʋ³³hʋ²¹pʰu²¹tʰa³³.

牧人赴宴会，豺狼破羊群。

ꈬꌠꈭꇬ꒰ꀋꉙ，ꈬꌠꅍꇬꒁꃰꉙ。

gɯ²¹su¹³tɕi⁵⁵li¹³nʋ³³ɣo³³hʋ²¹,gɯ²¹su¹³du¹³li¹³ɣo³³ma²¹hʋ²¹.

人前的敌人看得见，人后的敌人看不见。

ꂽꍔꈿꄷꑌꇔꑌꌋꐱ，ꈬꌠꑟꑵꑭꃰꄷꑌꈀꑌꌋꐱ。

bi³³ʂu⁵⁵to¹³bo²¹tsʐ̩⁵⁵lu¹³tsɿ⁵⁵mu³³dzɑ³³,gɯ²¹su¹³xɯ⁵⁵dzu²¹ndɯ⁵⁵tʰʋ⁵⁵bo³³tʰʋ⁵⁵zi⁵⁵mu³³dzɑ³³.

萤火虫的光忽闪忽闪的，敌人的活动时明时暗的。

时政社会

ꇖꋅꀘꐎꇻꃀꑍꒉ，ꆀꋅꀘꐎꒉꆷꄌꀨꑭꉻꒉ。

la¹³ku³³ʑa¹³mi²¹guɯ²¹pa⁵⁵fu³³pi¹³,nɪ³³ku³³ʑa¹³mi²¹ɣo²¹nʊ²¹sɿ⁵⁵ʂʊ³³tʰʊ³³pi¹³.

手中有剑可以杀敌，心中有剑可以斩妖。

ꌦꃴꂌꒌꀘꑿꒉ，ꃀꑍꅐꀍꆈꒉ。

su³³ve⁵⁵za¹³nʊ³³dzu²¹ndʐʅ²¹vi²¹,guɯ²¹pa³³mu³³mʊ³³ŋge³³vi²¹.

招待客人用米酒，对付敌人用长矛。

ꅍꆷꃀꌦꄉꊥꅐ，ꑊꆷꇖꁳꂿꀨꒉ。

ndy⁵⁵nʊ³³guɯ²¹su¹³ʑʊ²¹ʐʊ³³ne⁵⁵,tʂʰʅ²¹nʊ³³la³³tɕo¹³zi²¹ka⁵⁵pi¹³.

要想敌人自己灭亡，除非筛子能盛水。

ꆀꋅꃀꑍꄻꂷ，ꊩꋅꂓꆈꄻ。

nɪ³³kʊ³³guɯ²¹pa³³ʂʊ³³me¹³,kɯ²¹kʊ³³bi³³ʂe¹³ʔʊ¹³.

心里同情敌人，等于怀里揣蛇。

ꍵꐮꄉꇬꂷ，ꐮꀿꐮꃀꀨ。

dʑʊ³³zɿ¹³zɿ¹³li²¹xɪ¹³,zɪ¹³ndu²¹zɪ¹³fu³³dzu³³.

怕狼遭狼伤，打狼吃狼肉。

ꄙꐯꀊꀿ，ꐯꆈꄙꀨ。

tsʰʊ²¹n̠ɯ⁵⁵ma²¹ndu²¹,n̠ɯ⁵⁵li²¹tsʰʊ²¹dzu³³.

人不打虎，虎要吃人。

ꌺꄉꑭꀎꑘ，ꎀꀋꀊꃁꉀ；ꌺꄉꑭꃀꑍ，ꈎꀋꁐꄻꇖꃀꃳ。

dʐʅ⁵⁵dzʅ²¹xuɯ⁵⁵tsʰʊ⁵⁵ʐe²¹,nuɯ⁵⁵ʂa³³ma²¹hɪ⁵⁵;dʐʅ⁵⁵dzʅ³³xuɯ⁵⁵guɯ²¹pa³³,ŋgʊ²¹bo²¹duɯ⁵⁵kʊ³³ma²¹fu¹³.

真正的朋友，不分彝族汉族；真正的敌人，不分门槛内外。

ꀈꇬꌠ，ꂾꃀꄻ，ꀲꇍꄳ。

ndzu³³fe³³ʂu⁵⁵,mo⁵⁵kʰu³³kʰɪ³³,pu¹³nɹ¹³tʂʰa⁵⁵.

君行令，臣施政，师祭祖。

卢比数·谚语篇

ꀕꀙꀚ～ꄕ，ꀋꇀꅉꀨꓒ；ꀕꀨꀚ～ꄕ，ꄂꀎꅉꒀꓒ。

ndzu³³he³³li²¹fe³³ʂu⁵⁵,dzi²¹hu²¹bo²¹lu³³luɯ³³;ndzu²¹duɯ²¹li²¹fe³³ʂu⁵⁵,hɿ²¹tʰuɯ²¹bo²¹kʰe³³kʰe³³.

明君来行令，日月明朗朗；昏君来行令，天地昏沉沉。

ꀕꅪ～ꄕꀱ，ꉗꈌꄙꀘꀰ。

ndzu³³mo⁵⁵fe³³ʂu⁵⁵tʂʰu²¹,hʋ⁵⁵dʑi²¹ŋdʐ̩²¹vu³³nɿ¹³.

君长为政权，土目图租税。

ꀕꈪꇈꃜꀯ，～ꈌꇖꃀꄆ。

ndzu³³fu³³dʐ̩¹³bo²¹nʋ³³,fe³³kʰu³³so²¹ma²¹nduɯ⁵⁵.

君王若团结，政权无人争。

ꀨꂺꇈꃜꀯ，ꈌꑌꇖꃀꄠ。

mo⁵⁵zu³³dʐ̩¹³bo²¹nʋ³³,kʰu³³kʰe³³so²¹ma²¹tʰa³³.

臣子若团结，法度无人乱。

ꀽꀯꇈꃜꀯ，ꆀꂿꀯꃀꄇ。

pu¹³se²¹dʐ̩¹³bo²¹nʋ³³,nʑɿ¹³tʂ̩ʰa⁵⁵nʋ³³ma²¹tʂ̩ʰɿ¹³.

师人若团结，祭祀就顺利。

ꂴꀙꏿꃀꆈ，ꈌꀙꀕꃀꀱ。

mu³³he³³ɣo²¹ma²¹ɬu³³,mo⁵⁵he³³ndzu³³ma²¹pu³³.

好马不另配鞍子，好臣不背叛君长。

ꍧꀯꈧꃀꄷ，ꈌꀕꀱꃀꄏ。

tɕʰi³³se²¹kʰɿ³³nʋ³³ɕi¹³,mo⁵⁵ndzu³³pʋ³³nʋ³³tʰu¹³.

狗咬主子要打死，臣子叛君要剥皮。

ꉗꏂꇈꃀꑣ，ꇈꑮꀰꎥꀰ。

hʋ⁵⁵zu³³dʐ̩¹³ma⁵⁵bo²¹,lu²¹su¹³ʂu³³dʑi²¹ʂu³³.

官家不和睦，民众苦上苦。

ꑘꑼ～ꈫꊈ，ꉆꑭꎳꃆꊨ。

ʂa³³tsu⁵⁵fe³³kʰa³³n̩³³,hʊ⁵⁵ndzo³³lo³³ma⁵⁵vi²¹.

县官再厉害，难治服土目。

ꉆꑼꈪꇬꓕ，～ꊛꈪꃆꌠ。

hʊ⁵⁵tsu⁵⁵dʐ̩¹³su⁵⁵dʑi²¹,fe³³ʂu⁵⁵dʐ̩¹³ma⁵⁵sɯ³³.

同样在为官，施政各不同。

ꍳꌕꇨꀕꆀ，ꍧꋬꎷꀕꃤ。

dʐu²¹no⁵⁵tʰɯ⁵⁵se²¹ndɯ²¹,dʐu³³dzu²¹xɪ¹³se²¹pʊ³³.

奴仆犯事主子来担当，牲畜损坏粮食主人赔。

ꀉꄻꄉꑋꈫꑞꊰ，ꋅꄜꃘꑋꈫꑞꊰ。

ʔɯ⁵⁵du³³ɣa³³n̩⁵⁵gu²¹pa³³ŋu³³,zɿ¹³pʰe³³hʊ²¹n̩⁵⁵gu²¹pa³³ŋu³³.

狐狸和鸡是两冤家，灰狼和羊是两死敌。

ꈪꌦꊈꀁꇂꈪꁍ，ꅉꂿꊈꁧꊰꈪꁍ。

du²¹tu¹³n̩³³bi³³ʂe¹³dʐ̩¹³dzu²¹,ʔa³³na⁵⁵n̩³³dʐu³³tɕʰa³³dʐ̩¹³dzu²¹.

马蜂和毒蛇在一起，乌鸦和诅咒在一起。

ꊏꅉꆻꈫꑭ，ꅐꑱꅉꊨꆏ。

ha³³ʔa⁵⁵tʂʰu³³gu²¹pa³³,he³³du²¹tʂʰo⁵⁵ma²¹sɯ³³.

猫鼠互为敌，正邪不同道。

ꀉꄻꀀꊨꈀ，ꊏꄸꃀꊨꄷ。

ʔɯ⁵⁵du³³mu²¹lu³³ndy⁵⁵,tʂa³³vu³³ku²¹ma²¹dɪ¹³.

想起狐狸的狡猾，就不能收起套绳。

ꆈꑌꌶꀕꆏ，ꁃꂾꀘꌕꉱ。

ndzu³³tʂʰɯ²¹kʰɯ⁵⁵tʰa²¹sɯ³³,pu¹³mo⁵⁵nʊ³³tʰa²¹vu³³.

王府莫靠近，布摩别远离。

己庄气屋书，黍跍弘爪天。
tɕʰi¹³gu⁵⁵pʰu⁵⁵tʰe²¹tɕʊ¹³,ndi³³di¹³su¹³kʰe⁵⁵n̩³³.

光脚的跑得勤，穿鞋的有上座。

二哥岁ⴈ丗，弨哥丐ⴈ丑。
kʰe³³tɕɑ³³dzu²¹tʰɑ⁵⁵hʊ³³,dʑi³³tɕɑ³³tʂʊ⁵⁵tʰɑ²¹mu²¹.

不要拿糠与粮混合，不要拿敌人做朋友。

用ⴄ酉田屾，凸ⴄ茳田丐。
ʂu³³su¹³ɕi¹³mo⁵⁵zʊ³³,mbʊ³³su¹³bʊ³³mʊ³³dʊ³³.

穷人生虱子，富人长疮疤。

凸ⴄ坔丰廾，用ⴄ丐和曰。
mbʊ³³su¹³le²¹ku³³n̩ɯ⁵⁵,ʂu³³su¹³ʔa³³ŋa⁵⁵tsʰo²¹.

富人牯牛闲，穷人孩子忙。

用ⴄ幻丗丂羿米，凸ⴄ ⴈ屯磁田Ⅱ。
ʂu³³su¹³ʑi²¹ge²¹ʂo¹³ndʊ²¹tɕi⁵⁵,mbʊ³³su¹³va¹³fu³³de⁵⁵ma²¹bu³³.

讨穷人的一碗清水喝，都比吃富人的一碗猪肉强。

凸ⴄ典田矢，用ⴄ忙己舟。
mbʊ³³su¹³lʊ¹³ma⁵⁵ku¹³,ʂu³³su¹³dzɑ³³li²¹tʂʰɿ¹³.

富人心不足，穷人便寒冷。

用ⴄ氺淡廾，凸气彐扎丗。
ʂu³³su¹³tɯ¹³tʰʊ³³dɯ³³,mbʊ³³pʰu⁵⁵tʂe¹³kʊ³³dẹ²¹.

穷人柜底浅，富人粮满仓。

用ⴄ屶丑画，凸ⴄ屶丑廾。
ʂu³³su¹³kʰʊ²¹mu²¹ʂu³³,mbʊ³³su¹³kʰʊ²¹mu²¹le²¹.

穷人做起来困难，富人做起来容易。

月承帯工さ，凸承瓦忙さ。

şu³³su¹³dʑʊ³³tɯ³³tɕi³³,mbʊ³³su¹³mi³³to⁵⁵tɕi³³.

穷人怕孤单，富人怕失火。

承凸夕田ﾚ，承月忙田釉。

so¹³mbʊ³³dze²¹ma²¹ɣo²¹,so¹³şu³³şu⁵⁵ma²¹bo²¹.

富人无富根，穷人无穷种。

並丑泖田年，～忙尐◎升。

ndʑu³³mu²¹lo³³ma²¹şu³³,fe³³şu⁵⁵nɹ³³ŋɯ³³ŋɯ³³.

为君不困难，施政时才难。

釉廾泖田年，廿月己年年。

mo⁵⁵ʑɯ³³lo³³ma²¹şu³³,kʰu³³kʰɹ³³li²¹nʊ³³şu³³.

为臣不困难，理政时才难。

七岑泖田年，吾叨己年年。

pu¹³dʑɪ²¹lo³³ma²¹şu³³,nɹ²¹tṣʰa⁵⁵li²¹nʊ³³şu³³.

为师不困难，祭祀时才难。

凸气开乙卿，月承巴己冰。

mbʊ³³pʰu⁵⁵ɣɯ²¹kʰʊ¹³ndy⁵⁵,şu³³su¹³na³³tɕʰi¹³ku⁵⁵.

富者思来年，穷者顾眼前。

囘升万囘升，币迩歿亏旦炅扎五万；

gu²¹gu²¹mi³³gu²¹gu²¹,nɹ²¹dʑɪ²¹lʊ²¹bo²¹tɕi¹³mu³³kʊ³³tɕʰo²¹dʊ³³;

圆圆天圆圆，日月星辰相辉映；

囘升万囘升，丁玉巴屯扎五帆。

gu²¹gu²¹mi³³gu²¹gu²¹,hɹ²¹dʑi³³ʔu³³tsʰʊ³³kʊ³³tɕʰo²¹tṣʰe⁵⁵.

圆圆地圆圆，世间人类相交往。

ᖨᖮᕱᘀ

生活经验

ᖨᕱᖩᘝᖨᖨᘉᘁᕱᕊ，ᘈᘋᖩᘁᖨᘁᖮᕱᘋ。

tɕhɿ¹³bu³³ɣo¹³hɿ¹³ʔo⁵⁵phu⁵⁵na³³tha²¹te¹³,bi³³ʂe¹³tshu³³zi¹³ʔo⁵⁵phu⁵⁵ʂʊ³³tha²¹me¹³.

碰到饥饿的老虎莫麻痹，遇到冬眠的毒蛇莫怜悯。

ᖩᕊᖩᕱᕱ，ᖨᕱᘈᖨᕊ；ᖨᕱᘈᕱᕱ，ᖨᕱᘈᖨᕊ。

ʈa¹³mo⁵⁵ɣa³³ba⁵⁵hʊ²¹,ma²¹zo²¹xu⁵⁵ma²¹ɣo²¹;zi¹³phe³³hʊ²¹ba⁵⁵hʊ²¹,ma²¹khɿ³³xu⁵⁵ma²¹ɣo²¹.

老鹰见小鸡，没有不抓的；野狼见小羊，没有不咬的。

ᕊᖨᕱᕱᖨᕱ，ᕱᘈᕱᕱᕱᕱ。

tʂe¹³ʔo⁵⁵dzu²¹ɣo²¹ma²¹ɣo²¹,ɣo¹³pu³³du³³se⁵⁵ɣo³³se⁵⁵.

仓中有没有粮，只有肚子知道。

ᘈᕱᖩᕱᕱᕊ，ᘈᕱᖩᕱᕱᕊ。

ʂʊ²¹pi¹³khʊ²¹ŋɯ²¹ʈhu⁵⁵nɯ²¹,so¹³mbʊ³³khʊ²¹ŋɯ²¹nɿ³³na³³.

野鸡个个是红脸，富人个个是恶人。

ᕱᕱᖩᕱᕊ，ᕊᕱᕱᕱᕱ。

mu⁵⁵mo⁵⁵hɿ¹³n̥dʑi²¹ʂe¹³,n̥y³³mo⁵⁵tɕhy¹³dze²¹kha³³.

马老嘴皮长，牛老角根硬。

ᕱᕱᕱᖩᕱᕱᕱᕱᕱ。

nɿ³³ʂe¹³tho⁵⁵xɯ²¹se³³tha³³vi³³.

细磨出快刀。

15

呆ㄥ否丑节，罗半否丑囝。

dze³³mu³³ba⁵⁵mu³³tso²¹,vi²¹ɳy³³ba²¹mu³³pu¹³.

骏马要从小教，耕牛要从小驯。

荒乙豺囲豺，彐丑丒囲巾。

fi³³ʂe¹³ndʐɯ²¹ma²¹ndʐɯ²¹,sɿ³³mu³³vi²¹ma²¹pi¹³.

蒿枝也会长成林，但永远不会成材。

外平舟古几，吅平粫业幻。

gɯ⁵⁵nʊ³³tʂʰɿ¹³tsʰo¹³se⁵⁵,ɖu²¹nʊ³³bo²¹tʰu⁵⁵ka¹³.

大雁知冷热，蜜蜂晓方向。

吣夸凷平双帀ㄣ，弘冬凷平纫罗刈。

nʊ²¹tɕʰi³³nɿ³³nʊ³³ze⁵⁵lu¹³pa³³,su¹³ɖɯ³³nɿ³³nʊ³³so¹³tsu⁵⁵kɯ³³.

猎狗的心常在林里，坏人的心常在好人。

岁粫彐吧天，㫆廿丗否卌。

ʈa¹³mo⁵⁵sɿ³³nde³³ɳɿ²¹,na³³ɖu³³ɣa³³ba⁵⁵ʑy²¹.

老鹰坐在树上，眼睛在数小鸡。

弘峊屵帀丑己，弘邸屵囲帀丑ㄊ。

su¹³ve⁵⁵hʊ³³lo¹³mu³³li²¹,su¹³ve¹³hʊ²¹ma²¹lo¹³mu³³tɕy³³.

亲戚为友谊而来，强盗因好欺而偷。

玊凡夸州弘峊己，乩此夸州弘邸己。

ŋgo²¹kʰɯ³³tɕʰi³³lu¹³su³³ve⁵⁵li²¹,hɿ²¹ga³³tɕʰi³³lu¹³su¹³ve¹³li²¹.

房前狗咬客人到，屋后狗咬强盗来。

瓦邧凵羑丮，瓦燃凵羑囲丮。

mi³³to¹³ɣo²¹zɿ¹³dʊ²¹,mi³³tɕy¹³ɣo²¹zɿ¹³ma²¹dʊ²¹.

盖得住火，藏不住烟。

ꅐꄶꑊꄷꊪꌒ，ꌧꄼꇐꇪꈌꄳ。
ʔa³³nʊ¹³fa¹³nde³³ɳɿ²¹ndzu³³,su¹³du³³lu²¹gu⁵⁵kʰɯ²¹do²¹.

猴子坐在岩上逞强，恶人只在邻里称霸。

ꍝꍦꄚꅐꅝ，ꂷꌉꍣꈜꎐ。
dzy³³hu²¹pʰu⁵⁵ʔa³³ŋa⁵⁵,ŋa³³he²¹dzo³³nɿ³³dzy²¹.

山里长大的孩子，最爱听雀鸟的叫声。

ꃴꂴꊪꆨꐚꏂ，ꀊꄩꊪꆨꅝꀊ。
vu⁵⁵mo²¹tʂɿ³³nʊ³³nɿ¹³dzɤ⁵⁵,ʔu³³tsʰɯ³³tʂɿ³³nʊ³³ndzi²¹pʰe²¹.

拔出萝卜带起泥，扯掉头发头皮疼。

ꐓꇰꆨꀮꌕ，ꃚꇰꆨꑟꉔ。
tɕʰi³³tsʰo²¹nʊ³³ɬu¹³dzʐ²¹,va¹³tsʰo²¹nʊ³³zi²¹hy¹³.

狗热伸舌头，猪热下泥塘。

ꉝꅫꌠꅐꌦ，ꉪꎯꃶꈌ。
he²¹ndzʐ⁵⁵xɯ⁵⁵ʔa⁵⁵tʂʰu³³,ha³³ʑo²¹ma²¹kɯ¹³.

爱叫的猫儿，不会捉老鼠。

ꅿꍓꃚꃀꍓ，ꌧꍓꎹꌒꇐ。
du³³ɕi¹³vi³³ma²¹ɕi¹³,ʂe¹³ɕi¹³me²¹ʂu³³lu³³.

蜂死毒针在，蛇死尾巴摇。

ꑘꇬꏥꈌꎭ，ꍈꄚꇬꃶꄻ。
ɳy³³tɕʰi¹³kʰɯ²¹su²¹ʂe¹³,tɕʊ¹³hu²¹tɕʰi¹³ma⁵⁵de³³.

牛腿虽然长，没有羊腿快。

ꑭꃅꄮꄜꄷꃤꈀꇐ，ꃅꇊꑟꉢꃶꊐꊪ。
xʊ²¹mʊ²¹tʰʊ³³de³³mi¹³kʊ³³ŋɯ⁵⁵,mʊ³³bu³³tʰa²¹ke¹³ke¹³li²¹ʂɿ³³.

竹子砍倒在地上，还要一条篾条捆。

ᕉᘏᔦᔫᕈᘀ，ᕉᘀᔫᕈ。

ɲy³³ʂe¹³mo⁵⁵nʊ³³se²¹sʅ⁵⁵,ha³³ba⁵⁵nʊ³³ʐo²¹ma²¹sʅ⁵⁵.

大黄牛好牵，小老鼠难捉。

ᕉᔫᕈᘀᕉ，ᕉᔫᘀᕉ。

sɿ³³mo⁵⁵kʊ³³fe²¹ɕi¹³,lʊ³³mo⁵⁵hɿ³³tʰɿ¹³gɯ²¹.

树老空心死，石老风化完。

ᕉᔫᕉᘀᕉ，ᕉᔫᘀᕉᘀ。

mi³³kʰe⁵⁵ŋa³³dʉ²¹ndʑo²¹,mi¹³tʰʊ⁵⁵zɿ³³bu³³tsʅ¹³;fa¹³kʰe⁵⁵hɿ²¹mu³³ndʑo²¹,lʊ²¹pu¹³de³³tɕʰo³³ɣo²¹.

天上鸟飞过，地上留影子；岩上风刮过，耳边有响声。

ᕉᘀᕉᔫᘀ，ᕉᔫᕉᘀᕉ。

kɯ²¹sɯ²¹fe²¹lo³³nɯ³³kɯ¹³,mo²¹ʂu³³kʊ¹³fe²¹nʊ³³bɿ¹³kɯ¹³.

大蒜晒干能生根，麻籽烤干仍发芽。

ᕉᔫᘀᕉᕉ，ᘀᔫᕉᕉᘀ。

ʔa³³mi⁵⁵bu³³ha²¹ɣo³³ʐo²¹ma²¹do²¹,tɕʰi¹³nʊ¹³bɿ¹³tʂʰu⁵⁵ʔa³³tʊ⁵⁵ʐo²¹ma²¹do²¹.

聋猫捉不住鼠，烂鼻狗追不到兔。

ᕉᔫᕉᘀ，ᘀᕉᔫᕉ。

la¹³ke³³ɲy³³tʰa²¹tsʰɯ³³,dʊ²¹mo¹³tɕa³³li²¹ndu²¹.

别用手卡牛，要用棍打牛。

ᕉᔫᕉᘀᕉ，ᘀᕉᔫ。

zɿ¹³go³³tʊ¹³pʰu³³tɕi³³,bi³³do²¹mi³³tʊ¹³tɕi³³.

豺狼怕火枪，毒蛇怕灯火。

ᕉᔫᘀᕉᕉ，ᘀᔫᕉ。

kʊ²¹tʊ²¹ɬu³³ma²¹fu³³,ndy⁵⁵ʂu³³nɿ³³tʰɿ¹³pi¹³.

脊背不可移，忧愁却会消。

ꀀꀁ ꀂꀃ ꀄ，十ꀅ ꀆ ꀇ ꀈ。
tʰa²¹nɹ²¹bi³³ʂe¹³hʊ²¹,tsʰɯ²¹nɹ³³tʂa³³hʊ²¹dʐʊ³³.

一日见了蛇，十天怕井绳。

ꀉ ꀊ ꀋ ꀌ ꀍ ꀎ，ꀏ ꀐ ꀑ ꀒ ꀓ ꀔ。
ɣa²¹ba⁵⁵mi³³nɹ²¹mi³³ha³³se⁵⁵,tɕʰi³³ba⁵⁵tʂu²¹ɣo²¹tɕʰʊ⁵⁵ʐe²¹se⁵⁵.

小鸡能分清昼夜，小狗能认识亲朋。

ꀕ ꀖ ꀗ 三 ꀘ，ꀙ ꀚ ꀛ 三 ꀜ。
dɯ³³ɲdʑi²¹mu³³sɯ³³lu³³,va¹³ɲdʑi²¹tsʰu³³sɯ³³ku¹³.

狐皮可值三匹马，猪皮只值三斤盐。

ꀝ ꀞ ꀟ ꀠ ꀡ，ꀢ ꀣ ꀤ ꀥ ꀦ。
ɣa³³ba⁵⁵dzu²¹dʑɹ¹³ke³³,su¹³ʐe³³du⁵⁵ba⁵⁵hɹ⁵⁵.

小鸡拣碎米，大人说小话。

ꀧ ꀨ ꀩ ꀪ ꀫ ꀬ ꀭ，ꀮ ꀯ ꀰ ꀱ ꀲ ꀳ ꀴ。
tɕʰi³³ba⁵⁵hʊ²¹ma²¹hʊ²¹ʑɹ³³lu¹³,ʔa³³ŋa⁵⁵se⁵⁵ma²¹se⁵⁵ʑɹ³³hɹ⁵⁵.

小狗看没看见都叫，小孩明不明白也说。

ꀵ ꀶ ꀷ ꀸ ꀹ，ꀺ ꀻ ꀼ ꀽ ꀾ。
tsʰʊ²¹ŋge²¹du⁵⁵dzɹ̩²¹hɹ⁵⁵,ɲdzɹ̩²¹ʔɹ¹³du⁵⁵tɕʰo³³ʐe³³.

心胸坦荡爱直言，醉后说话喜大声。

ꀿ ꁀ ꁁ ꁂ ꁃ，ꁄ ꁅ ꁆ ꁇ ꁈ ꁉ；
dʐɹ̩⁵⁵dʐɹ̩²¹xɯ⁵⁵tʂʊ⁵⁵ʐe²¹,tʰu¹³ʂe¹³ɣo²¹ve²¹ma²¹do²¹;

真正的朋友，用金银买不到；

ꁊ ꁋ ꁌ ꁍ，ꁎ ꁏ ꁐ ꁑ ꁒ ꁓ。
ɲdzɹ̩²¹fu³³tʂʊ⁵⁵ʐe²¹,dʐɹ̩⁵⁵dʐɹ̩²¹tʂʊ⁵⁵ʐe²¹ma²¹ŋɯ²¹.

酒肉朋友，不是真正的朋友。

生活经验

ʈa¹³mo⁵⁵ɖɯ²¹mi¹³dʊ⁵⁵,ɣa³³ɣo²¹nʊ³³ɣa³³ʐɿ³³,ɣa³³ma²¹ɣo²¹pi¹³pʰu²¹.

扑地的老鹰，有鸡叼鸡，无鸡叼草。

ha³³du³³dʊ³³gɯ⁵⁵na³³hʊ³³na³³,su¹³ve¹³dɯ⁵⁵dʊ³³na³³tʂʰu³³na³³gʊ¹³.

老鼠出洞东张西望，恶人出门缩手缩脚。

ʔa⁵⁵dʐɯ³³kʰʊ²¹pʰu⁵⁵na³³,ha³³kʰʊ²¹pʰu⁵⁵nʊ³³ndu²¹.

见乌鸦都黑，见老鼠就打。

sɿ³³kʰʊ²¹dzʊ³³dɯ³³ʔo⁵⁵ŋa³³kʊ³³he²¹.

哪里有树木，哪里就有鸟鸣。

sɿ³³fe²¹nɯ⁵⁵ɖo²¹ʑi²¹bi⁵⁵no³³,no⁵⁵sɯ³³ʑe²¹ndʐʊ²¹nʊ³³tsɯ¹³kʰa³³.

干柴湿透更背水，凡事过三更难办。

tʂʰɿ¹³n̠y³³dzʐ̩¹³ty³³kʰɯ³³,n̠y³³tɕʰy¹³su¹³ʑo³³tʂʐ̩³³.

山羊来劝牛打架，只能卡在牛角间。

ʑi²¹ɖʐ̩³³la¹³ʔo⁵⁵kʰɯ¹³,ɖu²¹ʑi²¹hʊ³³nʊ³³tʂʰu¹³,tsʰu³³mi²¹hʊ³³nʊ³³bo²¹.

没有味道的泉水，放蜜就甜，放盐就咸。

ha³³me²¹ʂu³³pʰi¹³kʰʊ²¹tɕʰy¹³ma⁵⁵kʰɯ²¹.

老鼠尾巴，再肿也粗不了多少。

ꉽꀨꃆꆈꃆ，ꄠꊿꁧꀜꇐ。
dzu²¹ɬy¹³no³³ma²¹no³³,tsʰʋ²¹dɯ⁵⁵hu¹³nʋ³³gɯ²¹.
不怕家中无余粮，就怕家中有闲人。

ꀈꉻꈐꃘꍝꃆ，ꌦꆃꈐꄲꉽꃆ。
ʔu⁵⁵lɯ³³pʰu⁵⁵ʑi¹³ma⁵⁵no³³,so¹³tʂʰɯ³³pʰu⁵⁵dʐo²¹gʋ¹³no³³.
懒汉的美梦多，骗子的弯路多。

ꀘꃀꀘꃆꄜ，ꌒꀨꎷꆀꁬ。
ɬu⁵⁵ɖa³³ɬu⁵⁵ma²¹tʋ²¹,sɯ³³ȵɿ²¹dʋ²¹ndɯ⁵⁵ndɯ⁵⁵.
洞小不快补，三天光屁股。

ꌧꊰꑓꃘꆀ，ꌿꃆꄮꇐꆀ。
ʑi²¹ze³³ʐy²¹fe²¹kɯ¹³,sɿ³³no³³to¹³gu²¹kɯ¹³.
大河会流干，柴多会烧尽。

ꇬꂿꌺꈿꑋ，ꄲꂿꈜꀝꄀ。
gɯ⁵⁵nʋ³³tʂʰɿ¹³tsʰo²¹se⁵⁵,ɖu³³nʋ³³bʋ²¹tʰu⁵⁵ka¹³.
大雁知冷暖，蜜蜂识方向。

ꌠꂷꀱꇑ，ꌠꂷꃆꈌ。
su⁵⁵mbʋ³³pʰi³³lʋ³³,su⁵⁵mbʋ³³ma²¹kʰɯ²¹.
砂锅便宜，砂锅不牢。

ꄮꃆꈮꊿꉽꃆꑋ，ꄔꃆꈜꊿꀊꃆꒉ。
tʰʋ³³ma⁵⁵kʰɯ²¹nʋ³³ɕɿ²¹ma²¹se⁵⁵,ɖu⁵⁵ma²¹kɯ¹³nʋ³³dzʋ²¹ma²¹ɣo²¹.
不到彼处不知彼，不会说话难生活。

ꄹꊈꌠꊭꄷ，ꑍꊈꅑꉬꌞ。
tʰa²¹dzʋ²¹su¹³ze³³do³³,ȵɿ⁵⁵dzʋ²¹ʔa³³ŋa⁵⁵tʰʋ¹³.
一次成大人，两次成小孩。

生活经验

21

ᯀᯱᯀ᯳ᯎ，ᯀᯱᯀ᯳ᯉ。
tsʰʊ²¹mo⁵⁵nʊ³³tʰa²¹kʰʊ¹³,dʐɯ³³mo⁵⁵nʊ³³tʰa²¹hu²¹.

人变老一年，畜变老一月。

᯳ᯀ᯳ᯉᯎ，᯳ᯉ᯳ᯀᯱ。
tʰa²¹kʰa³³tʰa²¹lɯ³³ndzu³³,tʰa²¹pʰu²¹tʰa²¹nɯ¹³ʑe³³.

一村有一人显赫，一丘田有一穗旺。

᯳ᯀᯀ᯳ᯉ，᯳ᯀᯀᯉᯎ。
tʰa²¹tʰʊ⁵⁵ȵy³³ʂe¹³dzɿ³³,tʰa²¹tʰʊ⁵⁵ȵy³³na³³dzɿ³³.

黄牛胜一时，黑牛胜一时。

ᯎᯉᯀᯱᯀ，ᯀᯉᯀ᯳ᯉ。
sɯ³³tsu⁵⁵ʐɿ³³ma⁵⁵tɕo²¹,hɿ⁵⁵kɯ¹³dʑo²¹ma⁵⁵de³³.

能走超不过影子，会说讲不过真理。

ᯀᯎᯉᯀᯎ，ᯉᯎᯀᯀ。
na²¹kʰʊ²¹hɿ⁵⁵tɕɿ⁵⁵du⁵⁵ŋɯ³³,ɣa³³kʰʊ²¹ke³³tɕi⁵⁵dzu²¹ŋɯ²¹.

如果你说的话全是真理，那鸡吃的都是粮食。

ᯎᯉᯀᯉ，ᯉᯎᯀᯀ。
ʂe¹³tsu⁵⁵ʐɿ³³mi³³to¹³tɕi³³,dʑo²¹ɣo²¹ʐɿ³³du⁵⁵ve¹³tɕi³³.

真金也怕火烧，真理也怕曲解。

ᯎᯉᯀᯉ，ᯉᯎᯀᯀ。
dʑo²¹ɣo²¹hɿ⁵⁵so¹³dʑo³³ma²¹tɕi²¹,dʑo²¹ma²¹ɣo²¹nʊ³³sa³³so¹³to⁵⁵.

有理的话不怕众人听，无理的话只能悄悄说。

ᯀᯉᯀᯎ，ᯀᯎᯀᯉ。
lɯ²¹tɕʰa¹³nʊ³³gʊ¹³,lɯ²¹dʑo²¹nʊ³³ŋe²¹.

天下的弓是弯的，世上的理是直的。

22

ꊂꀕꇁꆈꒉ，ꊂꏾꇁꃤꂵ。

dzo²¹do²¹suɯ³³su¹³ɣo²¹,dzʊ²¹ve¹³so¹³ma²¹no¹³.

路平有人走，歪理无人听。

ꄮꄉꑼꂷꄻ，ꄀꊂꒉꛎꄻ。

ʂɹ̩³³tʂʰu²¹di¹³n̩a³³tɕi³³,du⁵⁵dzʊ²¹ɣo²¹zɹ³³tɕi³³.

有根的草也怕踩，有理的话也怕压。

ꊂꒉꄜꌦꃄꏾꄻ，ꉖꎭꄜꇬꇰꀋꄻ。

dzo²¹ɣo²¹dzʊ³³ʔa²¹ndzu²¹ve¹³tɕi³³,hɹ²¹tsu⁵⁵dzʊ³³vu³³lo³³dʊ²¹tɕi³³.

理正怕遇歪官，屋好怕遭暴雨。

ꃶꄜꒉꀊꒉꄻꎹ，ꊂꄜꒉꑸꒉꎹꑟ。

vu³³tɕa³³so¹³kʰa³³me²¹ma²¹ʂe¹³,dzo²¹tɕa³³so¹³mo⁵⁵me²¹ʂe¹³ʂe¹³.

以势压人不长久，以理服人久久长。

ꄉꄜꒉꀖꄻ，ꄒꄜꊂꀙꄻ。

tɕʰi³³dzʊ³³me³³tsʰe⁵⁵tɕi³³,tsʰʊ²¹dzʊ³³dzo²¹gu²¹tɕi³³.

狗怕夹尾，人怕输理。

ꑭꅪꇬꃄꇬ，ꆏꆈꈐꀕꆈ。

se²¹me²¹gu²¹ma²¹gu²¹,ndɹ³³ka⁵⁵ɬi³³suɯ³³n̩ɹ²¹.

核桃再圆，也有四瓣。

ꌋꀜꀖꃄꈈ，ꌋꌧꂷꁦꄢ。

sɿ³³ʔu³³xa¹³ma²¹xo²¹,sɿ³³zʊ³³mi³³tɕʏ⁵⁵tʊ³³.

树梢若不受限制，它就长得抵到天。

ꃅꃭꀜꑌꁮ，ꋒꉬꑋꄮꈉ。

ʔa³³mi⁵⁵mo⁵⁵hu¹³zuɯ⁵⁵,ha³³nda¹³duɯ⁵⁵ma²¹kuɯ¹³.

养得有老猫，老鼠不猖獗。

生活经验

丽芾芾焱凹，丽芾己芾隹。

n̩ɪ¹³duɯ⁵⁵ti¹³mu³³ndy⁵⁵,n̩ɪ¹³duɯ⁵⁵tɕʰɪ¹³ti¹³tɕi²¹.

要想筑高墙，定要根基牢。

迷凬瓦丽忉田卯。

tʰu²¹ʐɪ³³mi³³to¹³tʰi³³ma²¹pi¹³.

纸包不住火。

毡虬丂川勿，ぃ叼乎ぃ叼；开己毗违子，ぃ乜乎ぃ乜。

hɪ²¹ga¹³dza³³me³³ʑi³³,tʰa²¹na²¹duɯ⁵⁵tʰa²¹na²¹;ɣu⁵⁵li²¹du²¹dzu²¹no⁵⁵,tʰa²¹tsʰɪ¹³duɯ⁵⁵tʰa²¹tsʰɪ¹³.

屋檐上的水，一滴接一滴；世人的行为，一代接一代。

孙中芔舛赤，亡炍田赤。

le²¹ku³³ʐe³³se²¹sɹ̩⁵⁵,ha³³ʐo²¹ma²¹sɹ̩⁵⁵.

黄牛好牵，老鼠难捉。

囝屴荬䌷迻，迻田乇；䌷隹囝屴迻，迻丂乇。

lo³³tʂʰuɯ²¹tʂʰe²¹sɹ̩³³zɪ¹³,zɪ¹³ma²¹do²¹;ʂɪ³³ta³³lo³³tʂʰuɯ²¹zɪ³³,zɪ³³tuɯ⁵⁵do²¹.

抬石板来压草，压不住；抱草来压石板，压得住。

乜吊曲帛孑田几，曲帛䒷乓乜吊䒷。

vɪ³³bu²¹mo²¹di¹³di¹³ma²¹se⁵⁵,mo²¹di¹³kuɯ¹³nʊ³³vɪ³³bu²¹kuɯ¹³.

开花不一定会结果，结果就一定会开花。

廾岜巴田天，侬田侬元屖。

ɣa³³ndo⁵⁵ʔu³³ma²¹n̩ɪ²¹,fu³³ma²¹fu³³n̩ɪ²¹tʂʰu⁵⁵.

没有头的蛋，再孵也是寡的。

𡿱弸呬粤凵，乜吊冎岢己。

nuɯ¹³tʂʰe⁵⁵ŋa³³tʂʰu³³duɯ²¹,vɪ³³bu²¹du²¹mu³³li²¹.

雾散画眉飞，花开蜜蜂来。

卢
比
数
·
谚
语
篇

ꇗꈬꂿꅐꊉꑌ，ꂿꅐꈉꅐꊉꑌ。

zʊ³³li²¹mo⁵⁵xɯ⁵⁵ma²¹ɣo²¹,mo⁵⁵ma²¹kɯ¹³xɯ⁵⁵ma²¹ɣo²¹.

没有生下来就老的，也没有永远的少年。

ꌒꐚꑌꐜꎿꅔꂷꏂ，ꌒꐚꂷꑌꐜꎿꅔꏂ。

zi²¹tɕʰo³³ɣo²¹nʊ³³de²¹me²¹ma²¹ʂe¹³,zi²¹tɕʰo³³ma²¹ɣo²¹nʊ³³de²¹me²¹ʂe¹³.

有源的泉水浑不久，无源的山水久久浑。

ꏱꊿꎴꋦꊉꋚ，ꌒꐚꑌꃴꊉꋚ。

ʂʅ³³tʂʰɯ²¹di¹³tʂʰɯ³³ma²¹tɕi²¹,zi²¹tɕʰo³³ɣo²¹fe²¹ma²¹tɕi³³.

有根的草不怕火烧，有源的水不怕天旱。

ꆀꂷꊿꐰꏂ，ꎿꐍꌠꅔꉐ；ꁈꋌꊿꐰꏂ，ꑸꀘꂾꅔꇪ。

ne¹³mi³³kʰʊ²¹ʂe¹³ʂe¹³,bo²¹zɿ³³do²¹nʊ³³kʰɿ¹³;tʂʰɯ³³sɯ⁵⁵kʰʊ²¹ʂe¹³ʂe¹³,ɣa³³pi¹³mbi²¹nʊ³³ge²¹.

春天日再长，山影过即黑；冬天夜虽长，雄鸡啼就明。

ꐨꅔꈬꈬꄨ，ꐨꉆꐰꉙꂵ。

dʐo²¹nʊ³³tɕʰi¹³li²¹sɯ³³,dʐo²¹gʊ¹³nɿ³³ʔo⁵⁵ndy⁵⁵.

路是脚走的，路弯心眼明。

ꄛꀎꌂꈩꅔ，ꄛꎿꌂꄷꒁ。

ɬi¹³ʔu³³zi²¹bɿ¹³nʊ³³,ɬi¹³me³³zi²¹le⁵⁵he⁵⁵.

船头若漏水，船尾遭水淹。

ꌐꉚꈬꐰꄻ，ꇗꈬꄻꅔꃅ。

so¹³kʰɯ³³dʊ³³du⁵⁵ŋdʐe²¹,zʊ³³tɕʰi¹³ŋdʐe²¹ma⁵⁵de³³.

信别人的嘴，不如信自己的腿。

ꐛꆹꌐꈭꇿ，ꑌꈬꇬꃅ。

tɕy³³ŋɿ²¹so²¹hɿ⁵⁵dʐo³³,tʰa²¹na³³hʊ²¹ma⁵⁵de³³.

耳听九回，不如眼见一次。

ろ岛亡だ几。

ʔa³³mi⁵⁵ha³³dʑo²¹se⁵⁵.

猫识老鼠路。

乇吒亊罘丑厼卅，昱卅匇匋几乸邲。

la¹³vu³³ʔo⁵⁵ŋɹ³³mu³³tɕʰa¹³dʑa³³,na¹³du³³ŋdʑa³³go²¹se⁵⁵ʑi²¹gɯ⁵⁵.

量着臂力来造弓，探明水深再过河。

ら罗昳四乥，呀另ら亊屮。

mu³³tsu⁵⁵dze³³ndy⁵⁵nʊ³³,dʑo¹³go¹³mu³³ʔo⁵⁵tɯ³³.

要想骑骏马，弯腰提缰绳。

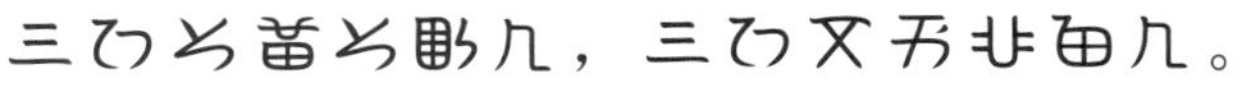

三乙ら酋ら鄌几，三乙又ろ止甶几。

sɯ³³kʰʊ¹³mu³³tsɯ¹³mu³³ʐo¹³se⁵⁵,sɯ³³kʰʊ¹³du⁵⁵dʊ³³tʰu⁵⁵ma²¹se⁵⁵.

跟马三年知马性，离家三年面目生。

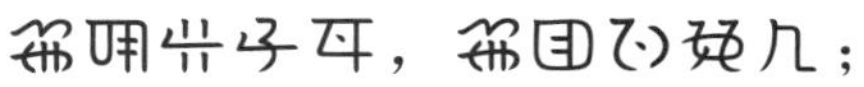

絭呷屮孖乥，絭囝仈妟几；

kɯ¹³ʐy³³tɯ³³no⁵⁵nʊ³³,kɯ¹³lʊ⁵⁵li³³lʊ²¹se⁵⁵;

只有亲手摸过秤杆，才晓得砣轻砣重；

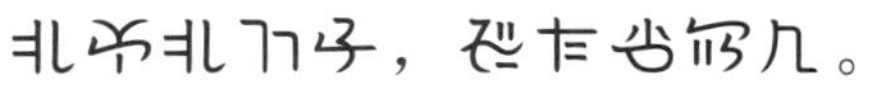

扎乑扎刀孖，だ卡屮阽几。

kʊ³³ty³³kʊ³³tʰa¹³no⁵⁵,dʑo²¹sɯ³³nɹ³³bu³³se⁵⁵.

只有摔过几回跟头，走路时才会小心。

北左罽孖几，呂勾志山几。

se²¹hʊ³³ndʊ²¹no⁵⁵se⁵⁵,ʔu³³tʂɯ⁵⁵tʂʰu¹³ɣo³³se⁵⁵.

尝过酸梅子的人，才知道什么叫甜味。

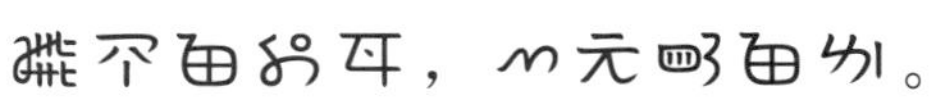

雡冗甶�51乥，灬元罽甶幻。

te¹³lɯ⁵⁵ma²¹bu³³nʊ³³,bi³³nɹ³³ŋʊ³³ma²¹ka³³.

不在田里滚几身泥，很难分清泥鳅和黄鳝。

ꍔꇇꎖꄻꌠꀕ，ꄜ～ꌠꇰꆏꌠꀋ。
ʂe¹³mi¹³ʔɯ⁵⁵nʊ³³pʰi³³mɑ²¹di¹³,tsʰʊ²¹fe¹³mɑ²¹tʰu¹³so¹³mɑ²¹se⁵⁵.
金子埋在地下没有价值，人有本事不使难叫人赏识。

ꄏꐚꅰꍫꀜꃅ，ꇭꄷꋚꁨꌠꄷ。
tɕʰi¹³bu³³ze⁵⁵nɿ²¹bu²¹ʐɿ³³,ndi²¹ʔo⁵⁵lɯ⁵⁵ɕi²¹mɑ²¹do²¹.
老虎只会在山上吹胡子，下到平地就吹不起来。

ꂷꇭꑞꀧꃆ，ꀊꇉꑭꎬꌠꀝ；
mi³³gu²¹te¹³tʰu¹³ndzɯ⁵⁵,pʰo²¹ɣɑ¹³ɕy³³tʰo²¹mɑ²¹pi¹³;
天上的云再多再美，也不能织布擀毡；

ꂷꄜꅐꁘꃆ，ꅉꃅꄶꏦꌠꀝ。
mi¹³tʰʊ⁵⁵kʰu⁵⁵mi²¹tʰu¹³,nɑ¹³tsɯ¹³dʐɑ³³ŋu¹³mɑ²¹pi¹³.
地上的灰再白再细，也不能烙粑蒸饭。

ꇩꇇꅪꅰꇬ，ꌦꇇꇰꅰꄏ。
gu⁵⁵nʊ³³lɯ²¹go¹³li²¹,ʂɿ³³nʊ³³ɕi¹³go¹³dɯ⁵⁵.
大雁去了又来，野草死了又生。

ꅪꇇꇬꇇꃅꏜꎭ，ꇰꎃꏜꇭꅰꌦꎭ。
lɯ²¹nʊ³³li²¹nʊ³³ʔɑ³³kʰʊ²¹ŋɯ³³,ɕi¹³lo³³dɯ⁵⁵xɯ⁵⁵ze⁵⁵ʂɿ³³ŋɯ³³.
去了又来的是燕子，死了又生的是野草。

ꌦꀕꃨꄸꄮꅉꌦ，ꃅꑰꆿꃅꑼꑼꀕ。
sɿ³³kʰɑ³³me³³ndʐɿ⁵⁵pʰe²¹se³³se³³,ʔɑ²¹su³³ʈɯ³³ʔɑ²¹su³³ɣo²¹se⁵⁵.
栗柴火子烫着谁的脚，谁才晓得是什么滋味。

ꌦ≈ꀸꏂꀲꍣ，ꅔꊐꃅꅋꍣ。
hɿ²¹so²¹ɬi¹³ku⁵⁵ʂɿ⁵⁵,tʊ¹³dʊ²¹xɯ²¹de³³ʂɿ⁵⁵.
风顺好行船，火红好打铁。

ꁧꂷꀻ，ꁧꀕꅇ。
ɬi¹³ʐy³³dʑu³³,ɬi¹³ʈʰu⁵⁵tʂʊ¹³.
舵一断，船转向。

ꌧꈜꄒꑘꄞ，ꊇꂢꆿꌧꊪ。
ʂe¹³na³³bi⁵⁵ʑi²¹ʈɹ³³,ʑʊ¹³mu³³no⁵⁵ʂo¹³tsɯ¹³.
背金乌下河去洗，完全是自讨苦吃。

ꑳꉈꁧꃤꑮ，ꑳꍔꉻꆈꈌ。
ʑi²¹ha³³le⁵⁵ʈɯ³³ndʑʊ²¹,ʑi²¹tʂʰɹ¹³hʊ²¹ŋɹ²¹dʑɔ³³.
被开水烫惯了，见冷水都怕。

ꐎꌧꆈꑮꇐ，ꀘꅉꆈꑮꇉ。
tɕʰi³³ʂe¹³ze⁵⁵ga³³lu¹³,tʂʰɹ̩¹³lu³³ze⁵⁵lu¹³ŋdʑɹ³³.
黄狗绕着森林叫，麂子自得在林中。

ꇖꁮꌧ，ꆍꁱꄅꂷꃀ；ꇌꁎꌧ，ꇊꁱꄜꂷꈌ。
ɬu¹³ʔu³³ʂe¹³,nʊ¹³bɹ²¹nde³³ma⁵⁵me¹³;la¹³tsu³³ʂe¹³,lʊ²¹pʊ³³du³³ma⁵⁵kʰɯ²¹.
舌头再长，舔不到鼻子；手指再长，挖不到耳心。

ꈬꁳꋭꃹꑘ，ꆂꁳꈬꁳꉃ。
kʊ²¹pʊ²¹tsʰɯ³³fa¹³de³³,no²¹nʊ³³kʊ²¹pʊ²¹ŋɯ³³.
举拳击岩石，痛的是拳头。

ꅇꄏꅇꃀꋠ，ꂷꄏꂷꅇꋍ。
na²¹do²¹na²¹mu³³dze³³,mu³³do²¹mu³³na²¹dze³³.
强则人骑马，弱则马骑人。

ꀞꌦꑌꋧꄷꐎꂷꈬ，ꂪꌦꑌꋧꄷꉆꂷꈬ。
ʂu³³so¹³ʔa³³ŋa⁵⁵dʑʊ³³tɕʰi³³ma²¹tɕi³³,mbʊ³³so¹³ʔa³³ŋa⁵⁵dʑɔ³³hʊ⁵⁵ma²¹tɕi³³.
穷人的孩子不怕狗，富人的孩子不怕官。

ꃅꑍꇔꅐꆈꉙꈰꐚꃆ，ꄻꑍꂷꄍꅇꂷꎂꐚꃆ。

fa¹³n̩⁵⁵nu²¹du⁵⁵dʐ̩¹³bu³³te¹³ma²¹do²¹,ndo⁵⁵n̩⁵⁵mʊ¹³ʈa³³tʰa²¹mʊ¹³mu³³ma²¹do²¹.

两堵岩搬不到一块，两个蛋合不成一个。

ꑓꄻꐳꐚꌦ，ꄜꊈꍠꇐꌦ。

ɣa³³ndo⁵⁵tɕʰi¹³ma²¹di¹³,fu³³kʰu⁵⁵dʐo²¹su³³ku¹³.

鸡蛋虽无脚，孵出小鸡能走路。

ꊿꎹꃀꐚꆀ，ꊿꎹꋦꐚꂷ。

tɕʰɿ¹³bu³³hʊ²¹ma²¹no⁵⁵,tɕʰɿ¹³bu³³ʑi¹³ma²¹ma⁵⁵.

没有见过虎，不会梦见虎。

ꄏꌋꄯꀋꂿꆀ，ꃤꌋꄯꀋꈜꑝ。

ɬa¹³so¹³no⁵⁵tsu¹³nɿ³³ndy⁵⁵,mo⁵⁵so¹³no⁵⁵tsu¹³dʐo¹³n̩³³.

少年办事凭感情，老人办事凭理智。

ꎝꃛꃅꄯꈭꃬꐚꇉ，ꉙꁨꐩꊒꑽꄯꐚꃬ。

ʂ̩³³pi¹³mi³³tʊ¹³tʊ¹³sɿ¹³go²¹do²¹,hʊ²¹ndzi²¹tɕa³³ʑi²¹ku⁵⁵ne⁵⁵go²¹ve³³.

草秆引火灭又燃，羊皮渡河沉又浮。

ꄉꃀꀊꉙꃬ，ꉬꅐꅇ；ꄮꋭꑽꅐꇐ，ꃄꅐꅇ。

ʈa¹³mo⁵⁵mi³³gu²¹ve²¹,hʊ²¹dɯ³³no³³;pi³³tɕa²¹ʑi²¹du³³n̩²¹,ndy⁵⁵dɯ³³no³³.

老鹰在天上飞，看的东西多；青蛙在井里跳，想的事情多。

ꀉꀒꋭꀒ，ꈊꄉꁨꇬꉭꃀ。

pʊ³³na³³tʂʊ¹³na³³,n̩y³³kʰʊ²¹ŋu³³tɕʰi¹³ɬi³³pʰa²¹.

千琢磨，万琢磨，牛蹄总归是四只。

ꅪꄉꊈꄮꇐꐚꊫ，ꃄꄉꊈꄮꄯꐚꊫ。

na³³kʰʊ²¹kʰɯ²¹du³³su³³ma²¹kʰɯ²¹,ndy⁵⁵kʰʊ²¹kʰɯ²¹du³³tsu¹³ma²¹kʰɯ²¹.

眼望到的脚走不到，心想到的手做不到。

月中牙寺刃，卡中牙己双。

dzu³³n̩dʐo³³nʊ³³ʔe²¹ndʊ²¹,suɯ³³n̩dʐo³³nʊ³³tɕʰi¹³ʐo³³.

想吃的人口水淌，想走的人脚趾痒。

考凪田知考益，以凪田知以罗。

tɕʰi³³ndy⁵⁵mɑ²¹kuɯ¹³tɕʰi³³tsʰu¹³,va¹³ndy⁵⁵mɑ²¹kuɯ¹³va¹³ɖu³³.

狗不会想事狗壮，猪不会想事猪肥。

以刼以啊己，以竺以书卅。

tʰɑ²¹ʑi²¹tʰɑ²¹tɕʰo³³li²¹,tʰɑ²¹mi¹³tʰɑ²¹nɪ³³dʐi³³.

一水出一源，各地各风俗。

双四亏牙卅亦这，屮田中牙纠曲本。

dzi²¹hu²¹bʊ²¹nʊ³³n̩y²¹n̩ɯ⁵⁵dʐ̩²¹,nɪ³³mɑ²¹du³³nʊ³³so²¹ʐʊ³³tɕʰy³³.

日月光明为万物，心眼不明害人害己。

苂田罢田怔，卅勺お田知；屮亏曰田岩，以此万丑亏。

bu³³mu³³nɪ²¹mɑ²¹so²¹,ŋgu²¹go²¹tʂe¹³mɑ²¹kuɯ¹³;nɪ³³no²¹nɑ³³mɑ²¹hu²¹,tʰɑ²¹du²¹ze³³mu³³no²¹.

身上的伤疤难看，医好不复发；心伤看不见，却痛一辈子。

凪中凪纟示。

ndy⁵⁵no³³ndy⁵⁵dzo²¹ʐɑ¹³.

考虑得过多，反而会迷路。

北竺峦丹刃益，孑屮亦洲却杀。

se²¹hʊ³³me²¹do²¹ndʊ²¹ne¹³,sɪ³³dɪ⁵⁵ɣɪ¹³gɪ¹³va¹³sɿ⁵⁵.

熟透的杨梅好吃，锯断的木头好抬。

竺罗凪田卅，中=姚洲；卅罢凪田卅，舟彭十。

mi¹³vi²¹ndy⁵⁵mɑ²¹bo²¹,vu³³tʂɑ¹³gɪ³³;guɯ²¹ʑɪ³³ndy⁵⁵mɑ²¹bo²¹,tɕʰɑ¹³zu²¹dʐ̩³³.

种田想不周，茭索断；打仗想不周，弓箭折。

ꆧꄲꀕꅺꈨꐜꊒ，ꎧꄷꀕꅺꑓꉈꊒ。

ɬi³³dʐɯ³³pʰʊ²¹du³³te¹³nɑ³³zu⁵⁵,ʂu³³tɕɑ³³pʰʊ²¹du³³hɿ²¹kʊ³³zu⁵⁵.

雷电躲在乌云中，灾祸藏在家里面。

ꎭꅔꄿꐜꐛꇜꀉꊋ，ꄵꎧꄿꇐꌠꇜꀉꊋ。

zi²¹dʊ³³nʊ³³te¹³nɑ³³xe⁵⁵li²¹ŋɯ⁵⁵,tsʰʊ²¹ʂu³³nʊ³³tsʰɿ¹³vɿ¹³xe⁵⁵li²¹ŋɯ⁵⁵.

山洪是乌云带来的，人祸是家支带来的。

ꇗꂷꄮꆏꀕꀕ，ꀋꌠꄮꆏꇬꌅ。

ʂʊ²¹pi¹³lɯ²¹lɯ³³tʰu⁵⁵nɯ²¹,ʔɯ⁵⁵du³³lɯ²¹lɯ³³dzu³³ȵdʐo³³.

野鸡个个脸红，狐狸都是嘴馋。

ꀉꈜꄸꑍꃆꄘꀕ，ꎭꑌꌅꊒꃆꄘꀕ。

ʔɑ³³dʐɯ³³mi²¹tʰu¹³xu⁵⁵mɑ²¹ɣo²¹,ʔɯ⁵⁵pu³³ȵdʑi²¹ndɯ⁵⁵xɯ⁵⁵mɑ²¹ɣo²¹.

乌鸦毛没有白的，蛤蟆皮没有光的。

ꀉꈜꃀꅺꀉꎰꁮꀕꃆꄘ，ꀋꌠꃀꅺꁨꑍꀕꃆꄘ。

ʔɑ³³dʐɯ³³tʰɿ¹³du³³ʔɑ³³tʂe⁵⁵dzu⁵⁵sɯ⁵⁵mɑ²¹do²¹,ʔɯ⁵⁵du³³tʰɿ¹³du³³hʊ²¹tʰu¹³sɯ⁵⁵mɑ²¹do²¹.

老鸹变不成花喜鹊，狐狸变不成白绵羊。

ꋩꈭꇐꀝꅺꄯꇰ，ꀋꌠꊰꑓꅺꈬꑌ。

zɿ¹³gʊ³³hɿ¹³pu²¹nʊ³³tʂo⁵⁵pi¹³,ʔɯ⁵⁵du³³me²¹ʂu³³nʊ³³kʊ²¹xɯ²¹.

豺狼的嘴巴总是尖长的，狐狸的尾巴总是拖着的。

ꃤꅺꀧꉉꃤ，ꄜꅺꊱꈬꃤ。

vɿ³³nʊ³³ʔu³³de³³vɿ³³,do¹³no³³tsʰʊ²¹kʊ³³ʐʊ³³.

花在顶上开，毒在根下生。

ꑌꈭꄵꑍꎀꈭꃤ，ꀀꄜꄵꑍꑘꐜꃆ。

ȵɯ⁵⁵gʊ¹³tsʰʊ²¹dzu³³mbu³³gʊ³³vɿ¹³,bi³³do¹³tsʰʊ²¹dzu³³ku²¹ndɯ⁵⁵mu³³.

虎豹吃人还穿身花衣裳，毒蛇噬人却赤裸着身躯。

山罘乏耳，己卡佤甶乏；凸瓜佤祏，七夃佦甶乏。

ɣo²¹ŋɿ¹³do²¹nʋ³³,tɕʰi¹³sɯ⁵⁵kʰʋ²¹ma²¹do²¹;nɿ³³ndy⁵⁵kʰʋ²¹xɯ⁵⁵,la¹³tsɯ¹³ku¹³ma²¹do²¹.

眼望得到的，脚走不到；心想得到的，手做不到。

田品三夃甶甶凷，夯罗三夃祄甶日。

lʋ³³mo²¹sɯ³³kʰʋ¹³tʂa¹³ma²¹ŋe³³,ʔa³³na⁵⁵sɯ³³kʰʋ¹³tsʰ˞¹³ma²¹tʰu¹³.

石头三年煮不烂，乌鸦三年洗不白。

凸耳叅罗卜夊，祐祴耳罘吡卜兀。

mbu³³nʋ³³tsʰe⁵⁵tsu⁵⁵se⁵⁵nɿ¹³,tʋ¹³pʰu³³nʋ³³ŋɿ¹³zʋ³³se⁵⁵tʰɯ⁵⁵.

衣要裁好才缝，枪要瞄准才放。

凸卜帅甶五七扎无学，凸三帅甶五卜无二卄。

du⁵⁵tʰa²¹ku¹³ma²¹dz˞¹la¹³kʋ³³xɯ²¹tsʰɯ³³,du⁵⁵sɯ³³ku¹³ma²¹dz˞²¹tʰa²¹xɯ²¹nɿ⁵⁵dzʋ³³.

一句话不真手中握刀，三句话不真一刀两断。

夂叅罗甶罗耳凷叅帅甶帮，己中灬乏；

mu³³ba⁵⁵tsu⁵⁵ma²¹tsu⁵⁵nʋ³³kʰʋ²¹ba⁵⁵ʑe³³ma²¹ŋʋ²¹,tɕʰi¹³vu³³kʰe⁵⁵dzʋ³³;

马儿好坏不在蹄子大小，在脚劲上；

电叉夂耳吡焸吡主甶乏，瓜羽把乏。

tsʰʋ²¹he³³dɯ²¹nʋ³³tɕʰʋ²¹mu³³tɕʋ²dɯ³³ma²¹dzʋ²¹,ndy⁵⁵ʑɿ³³nde³³dzʋ³³.

人的智愚不在个子高矮，在思想上。

七中圭己卜夃，凹吡兂耳屎䏍，夘罗升叅罗卜夘朶。

la¹³vu³³tʰɯ¹³li²¹nʋ³³tsɯ¹³,na³³zʋ²¹tʰu³³nʋ³³kʰʋ⁵⁵xɯ⁵⁵,ʑi²¹na¹³dɯ³³ndza³³tsʰʋ⁵⁵se⁵⁵ʑi²¹ɡu⁵⁵.

量着臂力来造箭，看准方向去撒灰，探明水深才过河。

日祄己耳祄己芶，五芲耳夗罗山九。

tʰu¹³kɯ¹³li²¹nʋ³³kɯ¹³li²¹dzʋ²¹,dz˞²¹dzo²¹nʋ³³vi²¹zu⁵⁵ɣo³³se⁵⁵.

银子的斤两要秤来称，真理要用实践检验。

卢比数·谚语篇

无无乃乐，无哪田凸田巾。
xɯ²¹vi³³tʰɑ³³nʊ³³,xɯ²¹ʐy³³mɑ²¹ɣo²¹mɑ²¹pi¹³.
刀刃虽锋利，却不能没有刀柄。

乃凸而尔，岁乐欠己；乃並欠势，比巴吧尔。
nʐ¹³ɖu²¹kʰe⁵⁵lɯ⁵⁵,ɕɿ²¹be²¹ʐɑ¹³li²¹;tʊ¹³ʐɿ³³ʐɑ¹³kɑ⁵⁵,bi²¹ʔʊ³³nde⁵⁵lɯ⁵⁵.
土向上扬，往下落；火向下压，往上蹿。

歹舌录罗屾己乐凸，昳乃乐屾欠己下屾。
ʔɑ³³tʊ⁵⁵lʊ²¹pu¹³ʐʊ³³ʐɑ¹³li²¹nʊ³³ɣo²¹,tʂʰɿ¹³tɕʰy¹³nʊ³³ʐʊ³³ʐɑ¹³li²¹se⁵⁵ʐʊ³³.
兔子的耳朵生下来就有，麂子的角生下后才长出。

彐皿弓田孑犭而乐舌屾，电乐田孑几而匕。
mu³³kɯ²¹bu³³lɯ²¹lɯ³³kɑ¹³xɯ⁵⁵nʊ³³ʂu¹³kʰɑ³³,tʂʰʊ²¹nʊ³³lɯ²¹lɯ³³se⁵⁵xɯ⁵⁵ne³³.
马难找全身花的，人少有万事通的。

屾田凸而己岁毛尒隹，屾凸孑囗帚田磁。
tʰʊ²¹mɑ²¹ɣo²¹xɯ⁵⁵ʂe¹³se³³lɑ¹³tʰɑ²¹ke¹³,tʰʊ²¹ɣo²¹sɿ³³lʊ³³di³³mɑ⁵⁵de³³.
一只无底的金杯，不如有底的木碗。

㸚凸杂乐凸田杂，电屮乐㸚巴杂田亚。
bo²¹tɕʰʊ²¹mu³³nʊ³³tɕʰʊ²¹mɑ²¹mu³³,tsʰʊ²¹nʐ³³nʊ³³bo²¹ʔʊ³³mo⁵⁵mɑ²¹bu³³.
山再高也不算高，人心比山顶更高。

岁㸚古田乐，而㸚廿田卅。
ʈɑ¹³mo⁵⁵mi²¹mɑ²¹be²¹,nʐ⁵⁵mo⁵⁵kʰu³³mɑ²¹de³³.
鹰老不掉毛，虎老不倒威。

田㸚田智欢元四，田芈田灬禾元夃，田弓田卡㸚元囡。
mɑ²¹mo⁵⁵mɑ²¹tʰy²¹dzi²¹nʐ³³hu²¹,mɑ²¹pʰɿ³³mɑ²¹gɿ³³ze³³nʐ³³zi²¹,mɑ²¹lɯ³³mɑ²¹su³³bo²¹nʐ³³lʊ³³.
不老不灭日和月，不折不断江和水，不动不走山和石。

ꆈꊪꀕ꒿ꀊꑌꃀꄮ，ꆈꂽꆈꀗꊈꑟꀏꄻ。

xɯ²¹tʰa³³nʋ³³le²¹be²¹tɕʰy¹³ma²¹dʑʋ³³,xɯ²¹dʑɿ¹³nɿ³³n̩y³³ɣo³³fu¹³ɕɿ¹³do²¹.

快刀不怕脖子粗，钝刀也能杀死牛。

ꐊꀖꅫꐎꄻ，ꆈꐳꑟꅫꆤꐎ；

tʂʰɯ²¹pʰe²¹tsɯ¹³do²¹xɯ⁵⁵,xɯ²¹tsʰʋ²¹ɣo²¹tsɯ¹³ma²¹do²¹；

锄头能干的，斧头不能干；

ꉻꈌꅫꐎꄻ，ꌦꑜꆈꅫꆤꐎ。

ʔa³³kʰʋ⁵⁵tsɯ¹³do²¹xɯ⁵⁵,sɿ³³tʰʋ³³xɯ²¹tsɯ¹³ma²¹do²¹.

镰刀能干的，柴刀不能干。

ꎹꄙꂵꃅꀙꀎꇜꏜꌉꒉ，ꎹꄙꂵꃶꀙꅫꄹꂙꀕꒉ。

ʐʋ³³du³³bo²¹na³³dʑʋ³³xʋ²¹mʋ²¹tsɿ¹³tsɿ¹³ʂe¹³,ʐʋ³³du³³bo²¹mu³³dʑʋ³³xɯ⁵⁵tsʰʋ²¹nɿ⁵⁵tɕʰi¹³ʂe¹³.

长在深山的竹子节节长，生在高山的人两腿长。

ꑿꆂꆪꅩꀕꃲꆤꇬ，ꇤꊸꆀꀕꃲꆤꈭ。

ɕy²¹mi²¹dʑu³³go²¹nʋ³³vu³³la¹³tɕʰo¹³,ke³³bi⁵⁵ʐu⁵⁵nʋ³³vu³³la³³gɯ²¹.

炒面吃了添力气，背在背上耗力气。

ꑩꄺꂷꎔꄻ，ꑩꇤꂷꃖꑞꍈ；

ʑi²¹tʰa⁵⁵pʰa²¹tʋ¹³do²¹,ʑi²¹ga⁵⁵pʰa²¹me³³ɬʋ³³dʐ̩⁵⁵；

河这面烧火，河对岸燎原；

ꑩꄺꂷꀐꑴ，ꑩꇤꂷꀕꑖ。

ʑi²¹tʰa²¹pʰa⁵⁵tɕʰa¹³ŋgʋ²¹,ʑi²¹ga⁵⁵pʰa²¹nʋ³³zo²¹.

河这面拉弓，河对岸中箭。

ꍙꏢꆤꐏ，ꍙꒉꇭꑍ。

dʐo²¹ɬy¹³ma²¹tɕʰy⁵⁵,dʐo²¹xɿ¹³tʰu⁵⁵kʰa³³.

旧路不堵，新路难开。

电弧区曲, 凶耳区田曲; 彐半区曲, 完滩区田曲。

tsʰʊ²¹ʐo³³dʑʐ̩³³sɯ⁵⁵,nɪ³³nʊ³³dʑʐ̩³³ma²¹sɯ⁵⁵;mu⁵⁵kʰo²¹dʑʐ̩³³sɯ⁵⁵,bo³³tʂʰe⁵⁵dʑʐ̩³³ma²¹sɯ⁵⁵.

人貌相像，心不一样；马蹄相同，步子不同。

彐曲半田曲, 电办凶迎办。

mu³³ʂʅ²¹kʰo³³ma²¹ʂʅ²¹,tsʰʊ²¹tʰɪ¹³nɪ³³ndy⁵⁵tʰɪ¹³.

马瘦蹄不瘦，人变思想变。

咢孑≈艽斗, 五孑≞丑艽勹叶田那;

ɬo³³hɪ²¹kʰe²¹sʅ³³,dʑʐ̩⁵⁵dʑʐ̩²¹mu³³kʰe²¹dze²¹tɕʰo³³ma⁵⁵ŋu²¹;

狂风抚弦，不是真正的琴声；

ㄌ巳艿忛, 五孑≞丑田叶田那。

ʔa³³na⁵⁵ɬu¹³dʐʊ³³,dʑʐ̩⁵⁵dʑʐ̩²¹mu³³gu²¹tɕʰo³³ma⁵⁵ŋu²¹.

乌鸦聒噪，不是真正的歌声。

丙耳艿弓も, 丙艽佋生艹。

tɕʰa¹³nʊ³³ʐʊ²¹bu³³dʐʊ³³,tɕʰa¹³kʰe²¹tsu¹³la¹³le²¹.

只要弓身在，配弦就容易。

回粉耳回迎, 刁阼耳卡艹。

na³³dʑi³³nʊ³³na³³ndy⁵⁵,tʰu³³pɪ³³nʊ³³sɯ³³n̩dʑo³³.

失明者总是想看，腿脚不便者总是想走。

狴乃电于祁, 盐齿纷中荃。

ʂʅ³³vi³³tsʰʊ²¹ŋu¹³ku¹³,ɕy²¹mi²¹so²¹n̩dʑo³³tsʰʅ³³.

麦芒虽刺人，炒面惹人爱。

映彐睿羌乃凵法田も, 艸亡甠兎帀巫亚田も。

tʂʰɪ¹³lʊ²¹pu¹³ʂe¹³tɕy¹³ɣo²¹tɕʰy⁵⁵ma²¹do²¹,bo²¹mo²¹tɕʰʊ²¹mu³³nɪ²¹dʑi²¹ndu²¹ma²¹do²¹.

鹿耳再长遮不住鹿角，高山再高挡不住太阳。

生活经验

ꀊꆃꑭꑲꃅꂷꄜ，ꑲꃅꈜꀊꆃꑭꑽꉻ。

dʐʅ³³nɪ¹³nʊ³³ndi²¹do²¹mɑ²¹dʐʅ³³,ndi²¹do²¹kʊ³³dʐʅ³³nɪ¹³nʊ³³tʰu⁵⁵ŋgɯ²¹.

摔跤一般不在平坝，平坝上摔跤最丢人。

ꊒꃀꈐꇍꄉꀨꁨ，ꄮꑭꐒꄉꇖ；

vɑ¹³mo⁵⁵kɯ³³bu³³kʰe⁵⁵ʂɯ⁵⁵ʈɯ³³,tʰɿ³³sʅ³³ɳy²¹kʰe⁵⁵lɯ⁵⁵;

母猪身上的泥浆，溅到青草上；

ꀕꑊꈐꇍꄉꀨꁨ，ꄮꑲꇬꄉꇖ。

ʔo⁵⁵ɳy³³kɯ²¹bu³³kʰe⁵⁵ʂɯ⁵⁵ʈɯ³³,tʰɿ¹³du³³sʅ³³kʰe⁵⁵lɯ⁵⁵.

水牛身上的泥浆，能溅到树子上。

ꌦꃴꐕꌠꂷꎙ，ꃽꎭꑭꄮꆈꂷꎙ。

dʐo²¹vu³³tɕʰi¹³sɯ³³mɑ²¹dʐʅ⁵⁵,du⁵⁵ʂe¹³nʊ³³tsʰʊ²¹no¹³mɑ²¹dʐʅ⁵⁵.

路远了脚不愿走，话长了人不愿听。

ꁮꎭꑭꁮꈜꊿ，ꁮꈜꇤꈤ；ꅍꁳꄉꑊꈜꊿ，ꄉꑊꈜꇤ。

zi²¹ʂɯ¹³nʊ³³zi²¹kʊ³³ʐo³³,zi²¹kʊ³³ɕi¹³ŋgɯ⁵⁵;ʔɑ³³nʊ¹³sʅ³³lɯ¹³kʊ³³ʐo³³,sɿ³³lu¹³kʊ³³ɕi¹³.

水獭生在水里，死在水里；猴子生在树林，死于树林。

ꁮꂱꑲꊰꀻꂷꇬ，ꃽꏦꀊꉗꇸꇣꂷꄉ。

zi²¹ge²¹tʂo⁵⁵pi²pʊ¹³mɑ²¹tʰʊ¹³,mi¹³tɕy³³li³³lʊ²¹ɣo²¹dʐʊ²¹mɑ²¹do²¹.

清水堆不成尖尖，轻烟称不出重量。

ꀘꊈꁱꅍꋡ，ꈐꇍꎁꇧꄉ；

bi³³ʂe¹³zi¹³tɕy³³kɯ⁵⁵,kɯ²¹bu³³ndu⁵⁵tɕɑ³³tɕɑ³³;

蛇因贪瞌睡，一身光秃秃；

ꀹꇮꁱꅍꋡ，ꑌꅗꁧꁜꊰꎴꄓ。

pi²¹tɕɑ²¹zi¹³tɕy³³kɯ⁵⁵,ɣo¹³pu³³kʊ²¹tʊ²¹tʰɯ⁵⁵du⁵⁵dʊ³³.

青蛙贪瞌睡，露着肚和背。

ꃐꄶꇬꄜꑸ，ꂔꊪꅍꊈꄧꀉꃀꄮ。
ɣa³³xɯ⁵⁵tɕʰi¹³su³³nde³³,fu³³lɯ³³ʑʊ³³dʊ⁵⁵dʊ²¹ma²¹do²¹.
鸡的脚爪爪上，长不出一坨肉。

ꌦꄜꄏꁯꑞ，ꄏꁯꁠꅉꒉ。
sɿ³³kʰɯ²¹dɯ³³dzʊ³³nʊ³³,kʰɯ²¹dɯ³³ʔa³³na⁵⁵ɣo²¹.
树长在哪里，哪里就有乌鸦。

ꐈꆜꄜꃭꒉꇱꃀꄮ，ꀃꄷꆜꄡꄎꒉꁨꃀꄮ。
dzʊ²¹tʰa²¹ke¹³dzɯ³³ɣo²¹tʰɯ³³ma²¹do²¹,ŋʊ²¹pʰʊ⁵⁵tʰa²¹tʊ²¹hɿ²¹ɣo²¹nbʊ⁵⁵ma²¹do²¹.
一根筷子搭不起桥，一片瓦板盖不起房。

ꇘꆀꆜꀮꇘꑍꍔꃀꄮ，ꉻꄷꆜꄜꈲꒉꀜꃀꄮ。
lʊ³³ndo⁵⁵tʰa²¹mʊ³³lʊ³³tʰɯ³³vɿ¹³ma²¹do²¹,hʊ²¹mi²¹tʰa²¹ke¹³ɕʏ³³ɣo²¹ɣa¹³ma²¹do²¹.
一块卵石砌不成墙，一根羊毛织不成毡。

ꇘꃨꆈꌦꋅꑖꒉꅉꇬꃀꄮ，ꂵꄮꈨꄊꃺꈭꄜꇬꅉꇬꄮ。
lʊ³³mo³³kʰe⁵⁵sɿ³³tʂɿ²¹ɣo²¹de³³ka³³ma²¹do²¹,mi²¹mi⁵⁵kʊ³³tʂʊ³³ze³³tɕʏ³³ke¹³de³³ka³³do²¹.
石头上打不进一根木桩，泥土里能打进九根木桩。

ꄇꄏꆀꂡꒉꄜꅐꃀꄮ，ꇓꄳꈦꆃꑠ。
tʂa³³nʊ³³ɳɿ²¹dʑi²¹tʰɯ⁵⁵ma²¹do²¹,tɕʰi¹³bu³³ɣo²¹di³³kʰa⁵⁵.
绳子套不住太阳，老虎难备鞍子。

ꌧꂷꇬꄏꌧꂷꒉꄯꃀꄮ，ꑾꀔꌦꇬꌧꂷꒉꄯꄮ。
se²¹me²¹tɕʰi¹³nʊ³³se²¹me²¹ɣo³³ʂu³³ma²¹do²¹,ʑi²¹ndzʊ¹³sɿ³³tɕʰi¹³se²¹me²¹ɣo³³ʂu¹³do²¹.
核桃树下找不到核桃，麻柳树下却找到核桃。

ꃺꀔꅲꐈꑱꇬ，ꉢꁧꒉꀨꄮ。
va¹³lɿ⁵⁵ndu³³kʊ²¹tʰa²¹dze¹³,ŋa³³ɕi⁵⁵ke¹³tɕʰy⁵⁵do²¹.
一颗葳芨草，能遮七只鸟。

ꆈꌠꃅ，ꌧꁨꑳ；ꋠꏸꂰꃅ，ꁏꀿꑳ。

ŋdzʉ⁵⁵mu³³nʊ³³tʰe²¹tsu⁵⁵,kʰo²¹tɕy³³lʉ³³ma²¹ɣo²¹;ʂu³³tɕʰi³³ȵuɯ⁵⁵nʊ²¹kuɯ¹³,nʊ¹³bʐ³³tɕy³³lʉ³³ma²¹ɣo²¹.

骏马能奔驰，并没有九只蹄子；猎狗能撵山，并没有九个鼻子。

ꃀꁱꌠꀕ，ꃀꂷꃆꋦꃅ；ꂰꌠꀕ，ꂰꁱꍯꃹꋦꃅ。

vu⁵⁵mo²¹ʂu⁵⁵ba⁵⁵nʊ³³,vu⁵⁵mo²¹ʑe³³ʐo³³kuɯ¹³;mo²¹ʂu⁵⁵ba⁵⁵nʊ³³,mo²¹zy³³tɕʰy¹³xuɯ⁵⁵ʐʊ³³kuɯ¹³.

萝卜籽虽小，却长出大萝卜；麻籽虽小，却长出粗麻秆。

ꂿꏦꄯꌠꀁꊿꁨꑌ，ꑠꆈꐯꀋꅉꀁꊿꁨꃅ。

mu³³dzʊ¹³tʂʰa⁵⁵ʂe¹³nʊ³³ɣo²¹nɿ⁵⁵dzu³³ma²¹di¹³,ȵy³³le²¹be²¹ʂe³³nɿ³³sɿ¹³gu¹³nɿ⁵⁵dzuʐ³³ma²¹vi³³.

马腰再长不能套双鞍，牛颈再长不能驾双犁。

ꎸꂾꎸꄮꌧꉬꁨꌦ，ꎸꄮꌦꌋꊋꀕꎷꎸꅐ；

ʑi²¹mo³³ʑi²¹ndza³³tsɿ¹³ʑe⁵⁵ma²¹dɿ¹³,ʑi²¹ndza³³ba⁵⁵dzʐ³³tɕʰʊ¹³nʊ³³ʑe⁵⁵ʑi²¹ŋuɯ³³;

大河不能讥笑水滴，水滴虽小能汇成江河；

ꁧꂾꁱꆈꀂꁨꆦꁨꌦ，ꁱꆈꌦꋦꌧꂾꑳꇜꃹ；

bo²¹mu³³lʊ³³ndo⁵⁵na³³ma²¹ka³³ma²¹dɿ¹³,lʊ³³ndo⁵⁵ba⁵⁵nʊ³³hɿ²¹mo²¹ɣo³³vɿ¹³do²¹.

高山不要鄙视卵石，卵石虽小能砌建高楼。

ꎹꋦꁍꐎꊋꑶꁨꂾ，ꁍꂰꐎꊋꄸꁧꃅꀋꇐꀋ。

tʂʰɿ¹³nʊ³³du³³tʂʰɿ²¹duɯ³³de³³ma²¹tʰe¹³,ʂʊ²¹pi¹³tʂʰɿ²¹duɯ³³ndʑu³³ma²¹luɯ²¹.

麂子不向陷阱边跑，雄鸡不往套子上钻。

ꈬꀋꉻꋦꆦꀋꑌ，ꎸꆹꉻꋦꁧꄂꑌ。

kʊ³³hɿ¹³xuɯ⁵⁵nʊ³³sɿ³³ŋuɯ³³,ʑi¹³de³³xuɯ⁵⁵nʊ³³lʊ³³mo²¹ŋuɯ³³.

站立的是树子，睡倒的是石头。

ꆏꋼꂿꄜꀕꑽꐎꑽꂵ，ꑍꁨꑳꆦꌧꊋꌦꑽꐗꑽꃀ。

ne¹³tʂʰu¹³dzu²¹tʰu¹³ndʑɿ³³ɣu²¹ndu²¹yuɯ²¹ʔɿ¹³,pʊ³³lɿ¹³ma²¹ɣo²¹xuɯ⁵⁵ʑe⁵⁵ʑi²¹yuɯ³³gu⁵⁵yuɯ³³nɑ¹³.

香甜的米酒越喝越醉，无波的江水越涉越深。

ꀕꄉꒉꐚꃅ，ꄉꆏꐰꃅꒉꇬꂿ。
bo²¹ta¹³du²¹tɕʊ²¹mu³³,ta¹³nʊ³³ɣʊ²¹mo⁵⁵du²¹ma²¹do²¹.
山鹰飞得再高，也没有大雁飞得高。

ꀕꄻꑊꊓꃅꃰꉐ，ꁂꀨꀜꃀꇰ；
bo²¹du³³ʐy²¹du⁵⁵do³³xɯ²¹zi²¹,pʊ³³lɿ¹³vɿ³³do²¹kɯ¹³;
山洞流出的泉水，也会翻浪花；

ꁘꃀꇭꈍꐎꃰꍅꊓ，ꌅꆏꀎꃰꇰ。
ʂe⁵⁵du³³lʊ³³di³³ka⁵⁵xɯ⁵⁵ŋgu³³ndʐɿ²¹,ɕɿ²¹nʊ³³vu¹³do⁵⁵kɯ¹³.
倒进碗里的荞酒，也会起波纹。

ꃪꄬꌝꈿꄗꐫ，ꈍꍤꆇꇬꑊ。
mu³³ŋdʐʊ⁵⁵kʰo²¹du⁵⁵xo¹³tʰʊ⁵⁵,dʐo²¹ɳɯ³³ʂe¹³ma²¹ndy⁵⁵.
骏马扬蹄的时候，从没想过路的长短。

ꁮꎹꊓꇲ，ꈜꀬꆌꌠꑊꅻꃅꒉ；
ʔa³³mi⁵⁵nʊ³³ze³³,ɲy³³ndzi²¹tʰa²¹gu³³ɣo³³ndʊ²¹ma²¹do²¹;
猫儿虽大，吞不下一张牛皮；

ꀂꄲꊓꁬ，ꈜꀬꎿꀆꃆꇰ。
bi²¹zʊ⁵⁵nʊ³³ba⁵⁵,ɲy³³ndzi²¹tʂʰe²¹zi²¹tʊ⁵⁵kɯ¹³.
蚂蚁虽小，能把牛皮抬起来。

ꇬꅐꁬꃚꋽꁣꁧ，ꍸꌦꆏꁂꀨꋅꏸ。
lʊ³³ndo⁵⁵ʑi²¹mo³³kʊ⁵⁵mbʊ³³bu³³lu³³,zi²¹ndza³³nʊ³³po³³lɿ³³kʊ³³pɿ³³.
卵石可在大山里滚动，水滴能在浪涛中跳跃。

ꃈꀬꎿꅺꊓꄎꋍꆞ，ꑸꅔꅺꇀꆿꏤ。
dʐu³³zi²¹ndʊ²¹no²¹nʊ³³hɿ²¹pu²¹da¹³,du⁵⁵hɿ⁵⁵no³³so²¹ma²¹no¹³.
蜂蜜喝多了嘴腻，话说多了人腻。

生活经验

ꏀꎃꐔꓓꏾꏾ，ꓔꎿꐴꆡꀕꒌꋧ；
tɕy³³tʊ¹³ma²¹bi⁵⁵,fa¹³kʰe⁵⁵lɯ⁵⁵dʑʊ³³zi³³tʰa²¹xa¹³;
没带烟火，莫到岩上去取蜜；

ꎿꓕꐔꓓ，ꊖꒉꐴꇗꒌꆦ。
tɕʰa¹³nu³³ma²¹bi⁵⁵,ze⁵⁵kʊ³³lɯ⁵⁵n̠ɯ⁵⁵tʰa²¹nʊ²¹.
不拿弓箭，莫到林中去打猎。

ꎻꂷꒌꃋꄉꐔꌦ，ꀕꊿꑌꑞꁧ；
ɕi²¹mo⁵⁵ʔu³³nde³³ʂu¹³ma²¹ʐʊ²¹,ɣo²¹dʑʊ²¹za³³ka⁵⁵do²¹;
头上有虱子不捉，还可以过得去；

ꐳꎿꍧꓔꐔꌹ，ꏝꃚꆧꑌꇁ。
tɕʰi¹³kʰe⁵⁵dzɯ⁵⁵gu²¹ma²¹tʂɿ³³,tʰa²¹bo²¹tʂʰe⁵⁵nʊ³³ʂu³³.
脚上扎刺不拔，就寸步难行。

ꀘꐊꇗꃀꑌꑿ，ꑞꊿꁝꐔꆦ；
ve³³du³³xɯ⁵⁵ŋdʐu³³nʊ³³,mu³³ɣo²¹tʂɯ¹³ma²¹do²¹;
别人的过错，马驮不起；

ꑿꑍꃀꐊꇗꑿ，ꑴꊿꀋꇂꐔꆦ。
ʐʊ²¹ʐʊ³³ŋdʐu³³du³³nʊ³³,ɣa³³ɣo³³dzi³³su³³ma²¹do²¹.
自己的过错，鸡啄不走。

ꆿꑍꄮꑞꌧꐔꈉꀙ，ꑍꀍꑞꀕꐔꀉꋧ。
la¹³n̠ɿ⁵⁵pʰa²¹dʑ³³tsʰ̩³³nʊ³³ʔu³³dʑa³³,n̠ɿ⁵⁵na³³dʑ̩³³tʂʰʊ⁵⁵nʊ³³na³³ɖe²¹.
两手互相洗就干净，两眼一起看就全面。

ꆈꎃꈭꑍꄷꐔꀆꒉꑨ，ꏂꀙꈭꑍꐔꂬꆆꀋꀿ。
nʊ³³pu⁵⁵tʰi³³tʰi³³sa²¹ma²¹gu²¹kʊ³³ha³³,ʂu³³dza³³tʰi³³tʰi³³ma²¹du³³mu³³za¹³li²¹.
豆浆常常在偶然中沸腾，灾祸往往在无备时降临。

己爪想屋罕岩卡而电，邑甘�character免匕芯。

tɕʰi¹³bi⁵⁵n̠ɹ¹³tu¹³du³³dʐo²¹su³³xɯ⁵⁵tsʰʋ²¹,na³³du³³tʰa²¹bo³³vu⁵⁵hʋ²¹.

盯着脚尖走路的人，眼睛只看一步远。

纱伊ㄎ牙甶中，灵罗智儡甶亚丑智。

so²¹du⁵⁵hɹ⁵⁵nʋ¹³ma²¹n̠dʐo³³,lʋ¹³pʋ¹³bu³³de⁵⁵ma²¹bu³³mu³³bu³³.

不想听别人说话，比失聪者还要失聪。

丝矸天而考，尐牙月凷巴恺哺ㄹ。

mi¹³tʰʋ⁵⁵n̠ɹ¹³xɯ⁵⁵tɕʰi³³,nɹ³³nʋ³³dzu³³tʰɯ³³nde³³xʋ²¹ʑy³³dzʋ³³.

蹲在地下的狗，心在桌上的骨头。

爪丝而电牙皿甶ㄝ，鬯囲氺电己篡以甶ㄝ.

pɹ³³tʰɹ³³xɯ⁵⁵tsʰʋ²¹nʋ³³kɯ²¹ma²¹so²¹,kʰa³³nde³³kʰa⁵⁵tsʰʋ²¹tɕʰi¹³ndi³³ɣo²¹ma²¹di¹³.

好蹦跳的人不安身，好串门的人没鞋穿。

带羊绖士而电，丩ㄎ囲毛帅中。

dʐo³³ʂu³³dʐa³³tɕi³³xɯ⁵⁵tsʰʋ²¹,çɹ²¹ʔa³³mi⁵⁵he²¹no¹³n̠dʐo³³.

害怕灾祸的人，偏爱听夜猫叫。

矞牯巴粜罕，邑以矸甶邑。

çy³³gu⁵⁵ʔu³³mbʋ⁵⁵tu³³,na³³ɣo³³dʐo³³ma²¹na³³.

披毡蒙过头，有眼不看路。

丩呆烼添彡，牝矴矸邑彡。

mu³³dze³³tʂa³³tsʰɯ³³hu¹³,no⁵⁵tsɯ¹³dʐo²¹na³³hu¹³.

骑马要握紧缰绳，做事要掌握方向。

罡岺帯甶儡。

tʂʰʋ²¹ʂe¹³kʰa³³ma²¹de⁵⁵.

远亲不如近邻。

ꍂꄮꑌꇖꇬꑌꄷ，ꄲꑌꇖꎺꄮꐎꄹ。

ʑi²¹du³³suɯ³³ʑeꜜ²¹tsʰe²¹nʊ³³ge²¹,tsʰʊ³³suɯ³³ʑeꜜ²¹ʂʊ³³nʊ³³nɪ³³bo²¹.

井淘三遍水清亮，人经三难心就明。

ꈚꀘꇞꇿꎹꇬꃅꌦ，ꇄ～ꄮꄸꄹꉌꅍ。

ʔa³³ɬʊ⁵⁵lʊ²¹pʊ¹³ʑʊ³³li²¹tse³³ʂe¹³,mu³³pu³³fe³³nʊ³³ʑe³³goꜜ²¹se⁵⁵tsu²¹.

兔子的耳朵生来就长，驯马的本事后天来练。

ꇬꎯꍰꌅꅫ，ꄓꃆꅉꄿꃏ。

tɕʰi³³nduɯ⁵⁵dzuɯ⁵⁵ɳa³³kuꜜ¹³,tʰa²¹nɪ²¹no⁵⁵ma⁵⁵ŋuɯ²¹.

光脚踩刺丛，非一日之功。

ꎬꈊꇁꌦꑘꄮꅉ，ꒉꇬꃏꄎꊐꊱꄷ。

ʂɿ³³ʐɯ³³zu³³kʰa³³hy¹³tʰu¹³duꜜ³³,yo²¹lɪ²¹nuɯ¹³ndze¹³so²¹nɪ³³ba³³.

自古英雄出少年，从来美女招人爱。

ꑭꂷꄿꇱꄮ，ꃅꇱꀥꄿꇱ；ꑭꂷꇱꃏꄮ，ꇊꉜꄎꄿꆹ。

ɣa³³ʑy³³ma²¹ɳa³³nʊ³³,lʊ³³ɳa³³hu²¹ma²¹ɳa³³;ɣa³³ʑy³³ɳa³³ŋuꜜ⁵⁵nʊ³³,ʑi²¹tsʰɿ³³tʰu¹³ma⁵⁵do²¹.

不是乌骨鸡，煤也染不黑；要是乌骨鸡，水也洗不白。

ꍼꑸꅍꌠꄮ，ꄚꑝꃏꄇꑼ。

dʐo²¹se⁵⁵su¹³tɕi⁵⁵nʊ³³,du⁵⁵kʰʊ²¹ŋuɯ²¹hɪ⁵⁵ʂɿ⁵⁵.

知理人面前，说话就方便。

ꎷꑍꁧꄿꄓ，ꅂꑍꄀꄿꉐ。

dʑi²¹ɳɪ⁵⁵dze³³ma²¹duꜜ³³,dzuɯ³³nɪ⁵⁵luɯ³³ma²¹hɪ¹³.

一天不出两日，一山不容两虎。

ꆀꈐꄿꄶꄮ，ꊱꒉꎾꄿꑰ。

la¹³kuꜜ¹³ma²¹zuɯ⁵⁵nʊ³³,tsʰu¹³li³³lʊ²¹ma²¹se⁵⁵.

手不提秤杆，不知盐轻重。

ꂱꊄꉖꈤꃬꄿ，ꑞꄜꑭꅔꃬꃅ。

ʔa⁵⁵tʂʰu³³ha³³tɕʊ⁵⁵ma²¹zi¹³,tɕʰɹ¹³bu³³tʂʰɹ²¹tʂʰʊ⁵⁵ma²¹su³³.

猫儿和老鼠不同睡，老虎和岩羊不同行。

ꇗꃀꈲꄂꀊ，ꃚꄩꋊꃬꄷ；ꇗꃀꈲꄂꃬꀊ，ꌋꂷꃮꆏ。

lʊ³³mo²¹tsɯ¹³du³³ɣo²¹,tʰa²¹tu¹³kɯ¹³ma²¹li³³;lʊ³³mo²¹tsɯ¹³du³³ma²¹ɣo²¹,ɬi³³li²¹no³³lo³³.

有用的石头，千斤不嫌重；无用的石头，四两也嫌多。

ꐊꀊꄶꄚꋊ，ꃬꀊꄶꄂꂰꃰ。

dzo²¹ɣo²¹du⁵⁵dzʅ²¹hɪ⁵⁵,ma²¹ɣo²¹du⁵⁵mba³³ve¹³.

有理说真话，无理说横话。

ꃚꅉꑭꃚꄲꊪꅇꄎ。

va¹³mo⁵⁵tʂa³³tʰa²¹ke¹³bi⁵⁵tɕi⁵⁵tsʰo²¹.

母猪背一根绳子都暖和。

ꄔꁮꄭꈛꄚ，ꀜꆈꃫꑌꀀ；ꂾꆌꁮꆺꎭ，ꋆꃫꃅꂷꀀ。

ɬu⁵⁵bo²¹tsɪ¹³kʰe⁵⁵du²¹,pʊ³³li²¹vɪ¹³ɳɪ³³pi¹³;mbu³³la¹³bo²¹nde³³ʂe³³,tʂʊ¹³vɪ¹³mu³³ma²¹pi¹³.

膝盖上破洞，还能反着穿；肩头衣服破，已不能反穿。

ꀌꋐꃫꈜꊐꃬꀝ，ꑵꇅꄷꁬꊐꃬꀝ。

ʐʊ³³tsu⁵⁵vɪ¹³gu⁵⁵hʊ³³ma²¹lʊ¹³,ɣa³³tʂʰu¹³mi²¹tʰu¹³hʊ³³ma²¹lʊ¹³.

人俏不靠衣打扮，鸡肥不在羽毛丰。

ꃹꅏꒉꌦꌤ，ꃚꇴꃬꉀꇔ。

mi³³tʊ⁵⁵li³³li³³tʂe⁵⁵,va¹³me⁵⁵tʂa¹³ɳɖe³³do²¹.

文火慢慢烧，腊肉能煮融。

ꂻꅏꄚꃬꒌ，ꑌꅏꉈꃬꑞ。

fu³³tsu⁵⁵mi²¹ma²¹tʂʅ³³,ɳdzʅ²¹tsu⁵⁵pɪ³³ma²¹ka⁵⁵.

好肉不夹毛，好酒不加糟。

ʂʅ³³ŋgu³³dzu³³ma²¹no⁵⁵,tɕʰy¹³tsʰe¹³ɣu³³ma⁵⁵se³³.

不吃过荞麦，不知道粗细。

hɿ²¹ga³³ndza³³me³³ʑi²¹,tʰa²¹na²¹du⁵⁵tʰa²¹na²¹,ŋdʐʅ²¹ndu²¹tɕʰy²¹tʰʊ²¹ze³³.

房檐上的水，一滴赶一滴，饮酒嗓门大。

ʑɿ³³ma²¹ne¹³la¹³ne¹³,ŋdʐʅ²¹ma²¹ne¹³tʂʰu⁵⁵ne¹³.

烟不香手香，酒不香友香。

ʂe¹³ndu²¹ʔu³³li²¹ndu²¹,ŋʊ³³ʐo²¹ʔu³³li²¹ʐo²¹.

打蛇打七寸，捉鱼要捉头。

mo²¹tsa¹³la¹³le²¹ga³³,pʊ³³tsa¹³mu³³pi¹³nɹ³³;dʑo²¹su³³tɕʰi¹³bi⁵⁵nɹ¹³,tʂu¹³su³³mu³³ma²¹pi¹³.

织麻靠手背，反手可以织；走路靠脚跟，倒行却不能。

ʑɿ¹³ɣo³³ŋɖu³³li²¹do²¹,kʰe²¹ɣo³³ku³³lɯ⁵⁵do²¹.

针能进得来，线就过得去。

ha¹³tɕʰi³³ɣo¹³hɿ³³tʂʰe²¹,ʔa¹³ŋa⁵⁵dʑa³³tʂʰɿ¹³tʂʰe²¹.

看家狗经饿，小孩不怕冷。

hɿ²¹dzu³³su¹³li²¹pa³³,mba³³kɯ¹³su¹³tʰa²¹pʰa²¹.

建房人来帮，闲谈有一半。

ꉗ ꑍ ꐬ ꃴ ꈎ, ꅼ ꃶ ꌺ ꁦ ꑆ。
hʊ²¹ndʑi²¹vu⁵⁵go²¹tʰʊ⁵⁵,pʊ³³ve²¹la¹³ma⁵⁵ŋɯ²¹.
羊皮卖掉时，已不是反悔的生意。

ꍩ ꑌ ꊐ ꐰ ꀪ, ꂸ ꀨ ꊐ ꁦ ꁳ。
dzu²¹tʰu¹³dzu³³ndzo²¹nʊ³³,ŋgu³³ŋga¹³dzu³³ma²¹ne¹³.
吃惯了米饭，吃荞饭不香。

ꀙ ꄲ ꄉ ꑳ ꀊ ꈭ ꐩ ꉄ ꁦ ꅲ。
vu⁵⁵tʂʅ¹³tʰɯ⁵⁵ʂe¹³nʊ³³ndze²¹ɣo³³tʰʊ⁵⁵ma²¹dʊ²¹.
酸汤放早了点不成豆腐。

ꍩ ꑌ ꃷ ꒉ ꀪ, ꂸ ꀨ ꊂ ꁦ ꁺ；ꇤ ꂸ ꇴ ꑞ ꀪ, ꌵ ꇢ ꐩ ꁦ ꁺ。
dzu²¹tʰu¹³ga¹³ta³³nʊ³³,ŋgu³³ga¹³li²¹ma²¹kʰe³³;no²¹ŋgu²¹tsu⁵⁵lo³³nʊ³³,he³³tsʰʅ³³ɣo³³ma²¹kʰe³³.
端起白米饭，就忘了荞饭；治好了疾病，就忘了良药。

ꂷ ꐗ ꍭ ꒆ ꐩ ꐖ ꀪ, ꂷ ꑭ ꌠ ꇬ ꈳ ꉻ ꈯ。
mi³³kʰʅ⁵⁵ʑi¹³tʊ⁵⁵ɣo³³se⁵⁵nʊ³³,mi³³ɳʅ²¹ʑi²¹ga⁵⁵kʰʊ²¹tʰa²¹ndʊ²¹.
知道晚上要起夜的话，白天就不该喝那碗汤。

ꌠ ꃴ ꐊ ꊶ ꒎, ꑊ ꑭ ꇧ ꅍ ꄖ。
sʅ¹³tʰʊ⁵⁵ʑi²¹tʂʰu¹³hʊ²¹,ʑi¹³li²¹ŋgu³³dɯ³³pʰu⁵⁵.
口渴时见甘露，瞌睡来遇枕头。

ꀊ ꌶ ꊐ ꁦ ꉿ, ꆀ ꍰ ꀊ ꊐ ꇆ。
ʔa⁵⁵tʂʰu³³dzu³³ma²¹hu³³,ɳʅ⁵⁵ʐʊ¹³ʔa⁵⁵dzu³³lu³³.
猫食不图多，两勺就吃饱。

ꀊ ꌉ ꉎ ꐰ ꀊ ꌉ ꃴ ꌹ。
ʔa²¹su³³hʅ²¹dzo³³ʔa²¹su³³vu³³ʐe³³.
哪个起房，哪个力气大。

ꇁꉆꋊ·ꉙꇉꑚ

ꆴꇐꋊꐏꑌ，ꎭꇐꄜꉡꇖ。

ɬu¹³ʈu³³zo²¹tɕi³³nʊ³³,ʑi²¹ʈu³³nɹ³³tʰa²¹ndʊ²¹.

若怕烫舌头，就别喝热汤。

ꌩꌧꁯꐎꑖ，ꂷꊓꊭꁱꍝ。

tʂɻ²¹ʂe¹³hʊ²¹ɣo¹³hɪ³³,mi³³tsʰo¹³pʰu⁵⁵dʑy³³tʂɻ¹³.

望着黄谷挨饿，遇着天晴也受凉。

ꉛꋊꊈꄓꋊ，ꉻꁖꋊꆪꄓ。

ha³³dzu²¹ŋu³³du²¹dzu³³,hʊ⁵⁵ndʐɿ²¹ndo²¹fu³³dzu³³.

老鼠吃五谷，官家吃酒肉。

ꀉꋆꃀꂷꉻ，ꂾꋊꂾꆅꈌ。

ʔa³³tʂe⁵⁵mo²¹ma²¹hʊ¹³,mbu³³tʰu¹³mbu³³na³³gu⁵⁵.

喜鹊不薅麻，穿白衣黑衣。

ꈎꄷꋊꂷꋊ，ꂿꑸꂷꂷꃤ。

gu³³te¹³dzu²¹ma²¹dzu³³,me³³ɣa¹³mbu³³ma²¹vɿ¹³.

耕种之人无粮吃，织布之人无衣穿。

ꄽꇐꆀꋊꋊ，ꀞꇊꆅꋊꌏ。

tʰɯ³³lu⁵⁵nɹ¹³dzu²¹dzu³³,pa³³lo³³na³³ʑi²¹ndo³³.

看桌子吃饭，看配菜喝汤。

ꈠꅉꃆꐈꂷꑎꉬꄂꈜ。

kʰe²¹tʰa²¹vɿ³³tɕi⁵⁵mi³³hɿ²¹ɕɿ⁵⁵ti²¹ndɯ²¹.

一根丝线，挡七层风。

ꁮꆃꐎꋊꎧ，ꐎꃴꆃꁮꈐ。

mbʊ³³ndy⁵⁵hɿ¹³ma²¹kʰɯ²¹,hɿ¹³tʰʊ⁵⁵ndy⁵⁵mbʊ³³kʰɯ²¹.

饱时不知饿，饿时却想饱。

月忍罒ㄐ中，冊游册㐅中。
ʂu³³su¹³tʂʰu²¹tʂʰu²¹n̪dʐo⁵⁵,ɣo¹³hɿ¹³ŋgu²¹gɑ¹³n̪dʐo³³.
穷来想亲戚，饿来想荞饭。

弓ㄓ𢆡労，弓卅𢆡丞。
hɿ²¹pu²¹ʔo⁵⁵dɯ³³,hɿ²¹tsʰɯ²¹ʔo⁵⁵tɕʰy³³.
饱了口福，伤了胡子。

仟宀𢆡田月，彐毗邙ㄢ彐=。
kʰɿ³³ɣɯ²¹tʂʰɯ²¹mɑ²¹zu³³,su²¹tʂʰɯ³³mo³³du³³dɯ³³.
傍晚不吃饭，午夜空落落。

丗扎屶咼岖，屶匸乙双彐=。
n̪dʐʅ²¹kʊ³³kʰʊ²¹pʰu⁵⁵ndo²¹,no⁵⁵mo²¹ʂe¹³he¹³he¹³.
见酒就喝，祸事必多。

丗曲屶田巹，旡屮匇田九。
n̪dʐʅ²¹ʔɿ¹³no⁵⁵mɑ²¹tʰu¹³,xɯ²¹tɯ³³vɿ¹³mɑ²¹ʂe⁵⁵.
酒醉不管事，提刀不认兄。

月𨈚歹己，粤𨈚歹屮。
dzu³³n̪dzʊ²¹nʊ³³li²¹,ndu²¹n̪dzʊ²¹nʊ²¹pʰʊ²¹.
吃惯则来，打惯则躲。

月田𥄂歹昌，𢆡田𥄂歹爻。
dzu³³mɑ²¹kɯ¹³nʊ³³tʂʰu⁵⁵,ndu²¹mɑ²¹kɯ¹³nʊ³³hʊ³³.
舍不得吃就馊，舍不得喝就烂。

月中𢆡瓦热凸田𠂤。
dzu³³n̪dʐo³³pʰu⁵⁵mi³³tɕy³³hʊ²¹mɑ²¹pi¹³.
馋嘴的人，见不得冒烟。

ꇆꂷꄮꎹꅇ，ꉾꂷꄲꎹꅇ。

ło²¹da³³dzɯ³³ʔo⁵⁵tɕʰy³³,hɿ²¹da³³tsʰʊ²¹ʔo⁵⁵tɕʰy³³.

圈漏伤畜，屋漏伤人。

ꄙꉻꄙꃰꈬꐚꅋ，ꋆꊔꋆꃰꈬꂷꐀꐚ。

du⁵⁵hɿ⁵⁵du⁵⁵mi¹³kʰɯ²¹do²¹nɿ²¹,dʐo²¹xo²¹dʐo²¹mi¹³kʰɯ²¹ma²¹do²¹.

说话能说到尽头，送行送不到尽头。

ꄙꊖꃚꊰꂿꅐꃈ，ꊿꊖꃚꊰꐞꅐꋚ。

du⁵⁵tsu⁵⁵ʔa⁵⁵dʐʅ³³no³³nʊ³³vu³³,tsʰʅ³³tsu⁵⁵ʔa⁵⁵dʐʅ³³ndʊ²¹nʊ³³ve¹³.

光听好话会发疯，专吃补药会升天。

ꊿꐞꄷꎹꆪ，ꆈꄷꄷꅉꊪ。

tsʰʅ³³ndʊ²¹no²¹ʊ⁵⁵kɯ³³,hu²¹no²¹ŋu²¹dze²¹gɿ³³.

用药若对症，百病能除根。

ꐂꐨꈎꅿꑋ，ꑴꀕꄧꄨꑋ。

dzu³³ndʐo³³hɿ²¹pu²¹ŋɯ²¹,xɿ¹³no⁵⁵nɿ³³pa³³ŋɯ²¹.

贪吃在嘴上，受害在心上。

ꌧꂿꊋꂿꅐꁨꇮꑋ，ꑴꄷꑴꄷꅐꑳꇓꑋ。

su³³tsʰo²¹be⁵⁵tsʰo²¹nʊ³³kʊ³³ti¹³kʰa⁵⁵,va¹³lɯ²¹va¹³lɯ²¹nʊ³³le²¹ʂu⁵⁵kʰa⁵⁵.

匆匆忙忙易跌，狼吞虎咽易噎。

ꆿꌧꇜꈜꄜ，ꌧꇜꉷꅑꅇ。

la¹³su³³hu¹³nɿ³³di¹³,su³³hu¹³ʂe¹³ʐʊ³³tɕʰy³³.

精心护理指甲，指甲长了伤人。

ꋆꌧꆀꁮꑚ，ꆀꎷꑯꉆꌦ。

tsʰʊ²¹ʂu⁵⁵zi²¹li²¹tsʰʅ³³,zi²¹de¹³lʊ³³xe³³ke¹³.

人不干净水洗，水不干净沙滤。

月 而 灵 甘 凵 几 ， 孖 而 币 北 凵 几 。
dzu³³xɯ⁵⁵ku⁵⁵du³³ɣo²¹se⁵⁵,tsɯ¹³xɯ⁵⁵lu³³kʊ³³ɣo³³se⁵⁵.
吃的火塘晓得，做的邻居知道。

壮 而 月 罗 ， 丙 壮 而 邲 ； 氺 而 月 灬 ， 孙 枞 而 邲 。
nɯ²¹xɯ⁵⁵dzu³³gɯ²¹,tʊ¹³nɯ²¹xɯ⁵⁵dʐɿ²¹;hu⁵⁵xɯ⁵⁵dzu³³gɿ¹³,mo²¹tsʰɯ²¹xɯ⁵⁵dzʐ̩³³.
红的吃尽，只剩红火；绿的吃断，只剩下麻。

无 卂 孑一祁 ， 圶 囝 丙 芟 ； 丂 丂 绁 帀 ， 玊 学 己 卌 。
xɯ²¹tsʰʊ²¹sɿ¹³tʰʊ³³,kʊ²¹lʊ⁵⁵tʊ¹³kʊ¹³;ʔa³³kʰʊ⁵⁵ʂ̩³³ʐɿ¹³,ŋɯ²¹tʰɯ²¹tɕʰi¹³tsa¹³.
斧头砍柴，锅庄烤火；镰刀割草，门槛铺垫。

𡧉 屵 齿 屵 几 ， 屵 歽 乙 屵 ◎ 。
dza³³tsʰu³³mi²¹sɯ⁵⁵lɿ¹³,tsʰu³³nʊ³³ʂe¹³sɯ⁵⁵na³³.
饭当盐巴舔，盐当金子看。

𤲃 凵 𡿨 凵 己 北 卌 ， 𤲃 凵 壮 凵 爻 弗 灬 。
te¹³ɣo²¹mi¹³ɣo²¹tɕʰi¹³kʊ³³dzu³³,hɿ²¹ɣo²¹kʊ¹³ɣo²¹gɯ²¹tɕi¹³gɿ³³.
有田有地脚板心，有房有屋烂蓑衣。

凵 及 凵 𦍋 孙 𦍋 乚 ， 凵 月 凵 𤲃 枞 㞘 劜 。
ɣo²¹vɪ¹³ɣo²¹di¹³mi²¹pʰo²¹mbu³³,ɣo²¹dzu³³ɣo²¹ndʊ²¹bo²¹no³³ʐɿ²¹.
有吃有戴麻布衫，有吃有喝山泉水。

𤲃 而 𤲃 瓦 卌 𡨄 𡩋 ， 忙 而 牛 㐅 己 㐅 凯 。
hɿ¹³tʰʊ⁵⁵ʈe⁵⁵me²¹ɣo²¹pu³³ndi³³,dza³³hu⁵⁵la¹³dzʐ̩⁵⁵li²¹dzʐ̩³³ʔu¹³.
饿时火草来填肚，冷时擦手来取暖。

夅 月 勹 丂 烝 ◎ ， 丂 烝 屮 㚆 勹 ；
ŋdzʊ³³dzu³³go²¹mi³³hʊ²¹na³³,mi³³hʊ²¹nɿ³³gu²¹no³³;
望早饭后能下雨，下雨得休息；

ᥠᥐᥨᥤᥢᥣᥝᥥ，ᥝᥥᥦᥩ。
dʐa³³tɕi⁵⁵nɿ³³ndy⁵⁵su³³ve⁵⁵li²¹,ve⁵⁵li²¹dzu³³mbʊ³³.
盼晚饭之前来客人，客来就能吃饱饭。

ᥠᥨᥤᥢᥣᥝᥥᥦ，ᥩᥪᥦᥧᥨᥩ；ᥢᥦᥪᥫ，ᥬᥭᥫ᥮。
dzʊ²¹so³³tʰa²¹ha³³ʑi¹³,tɕy³³li²¹ʂe¹³nʊ³³pʰi³³;tʰa¹³nɿ²¹mi³³hʊ²¹,dze²¹ɣo²¹tɕy³³dze³³pʰi³³.
安睡一夜，值九两金子；下雨一天，值九架马鞍。

ᥠᥐᥨᥤᥢᥣᥝᥥ，ᥦᥩᥪᥫᥬ。
dʐa³³li²¹ŋʊ²¹pʰu⁵⁵ɕy³³mu³³gu⁵⁵,hɿ¹³li²¹nɿ³³se⁵⁵ɣʊ¹³ndzi²¹ti³³.
冷来门板当披毡，饿来心肝填肚皮。

ᥠᥐᥨᥤᥢᥣᥝᥥ，ᥦᥩᥪᥫᥬᥭ。
vu⁵⁵tʂʅ¹³ʑi³³ndʊ²¹nʊ²¹ʑi¹³tɕy³³ne¹³,ŋʊ²¹na¹³pʰɿ³³dzu³³nʊ³³vu³³la¹³ʐʊ³³.
喝了酸菜汤好睡觉，吃了荞粑粑长精神。

ᥠᥐᥨᥤᥢᥣ，ᥦᥩᥪᥫᥬ。
ʔu³³tʂʰɿ¹³nʊ³³ʔu³³kʰʊ³³ly²¹,dzʊ¹³tʂʰɿ¹³nʊ³³dzʊ¹³ʂɿ⁵⁵ly²¹.
头冷离不得帕子，腰冷离不得腰带。

ᥠᥐᥨᥤ，ᥦᥩᥪᥫ。
pu³³kʊ⁵⁵ʑi²¹ma²¹ɣo²¹,ʑi²¹du³³kʊ³³ʑi²¹ɣo²¹.
桶里无水，井里有水。

ᥠᥐᥨᥤᥢ，ᥦᥩᥪᥫᥬ。
kɿ⁵⁵tsʅ³³dzu²¹ma²¹ɣo²¹,ɣʊ¹³pu⁵⁵nʊ³³ɣo³³se⁵⁵.
柜中无粮，肚子知晓。

ᥠᥐᥨᥤᥢ，ᥦᥩᥪᥫᥬ。
ɣa³³tsʰu¹³tʰa²¹kʰʊ²¹ʔa⁵⁵,ny³³ʂʅ²¹tʰa²¹xɯ²¹pʰu³³.
肥鸡一小碗，瘦牛一大锅。

考昆齐幼ɩ蜃几龰，ɩ习岽齐竺九采屮妻。
tɕʰi³³ɬu¹³nʊ³³ʑi²¹tʰɑ²¹pu³³li¹³ndʊ²¹,vɑ¹³hɿ²¹pu²¹nʊ³³mi¹³tɕy³³ʈɑ²¹ndɿ¹³do²¹.

狗舌头能舔完一桶水，猪嘴巴能拱遍九坳地。

罒屮呸日屮竺眹，与尕齐觉竺万缶。
ʔu³³pʰu⁵⁵nde³³ʈʰu¹³kʰʊ²¹lu¹³di¹³,bo²¹lɯ³³nʊ³³tsʅ⁵⁵lu¹³dʊ³³kɯ¹³.

头上戴个银斗笠，光亮自会闪出来。

屮竺甶眹万屮峃，屮竺眹齐竺ɩ亥峃。
kʰʊ³³lu³³mɑ²¹di¹³mi³³ɣo³³hʊ²¹,kʰʊ³³lu³³di¹³nʊ³³mi¹³tʰɑ²¹dzʅ³³hʊ²¹.

不戴斗笠还能看见天，戴上斗笠只能看见地。

扎昴己岜与，幼艹己噩蚱。
kʊ³³pʰu⁵⁵li²¹du⁵⁵hɿ⁵⁵,ʑi²¹ʑe³³li²¹ŋʊ³³ʂu²¹.

遇巧来说话，水涨来捞鱼。

十几日扎齐芈屮，十帯月甶扎甶啐侕屮。
tu¹³li²¹tʰu¹³kʊ²¹nʊ¹³ɣo²¹,tu¹³kɯ³³dzu²¹mo²¹kʊ³³mɑ²¹ɬu¹³xɯ⁵⁵ɣo²¹.

千两银子中会有淬，千斤粮食中也有粃。

无牜扎艹与忠甶龀，生言艹与忠屮习伵。
xɯ²¹lɑ¹³kʊ⁵⁵ʂu²¹pi³³fu³³mɑ²¹tʂɑ¹³,kʰu²sɯ²¹ʂu²¹pi¹³fu³³ɣo²¹bi⁵⁵nɯ¹³.

锅内不煮野鸡肉，哪能闻到野鸡味。

乙十生侕与屮水帯，办齐考月亐剕。
ʂe¹³tu¹³pʰi³³xɯ⁵⁵mu³³ŋdzu⁵⁵ɕi¹³lo³³,ʈʰɿ¹³nʊ³³tɕʰi¹³dzu³³du³³ŋɯ³³.

值千金的骏马死了，也要变成狗饲料。

三龇扎日秭乙秭屮，弸龇扎日乙秭甶屮。
me³³pʊ³³kʊ³³ʈʰu³³bo²¹ʂe¹³bo²¹fu¹³,mo²¹pʰo²¹kʊ³³ʈʰu³³ʂe¹³bo²¹mɑ²¹fu¹³.

绸缎有里外之分，麻布无里外之分。

ᴠᴀ ᴛᴏ ᴋᴀ ᴊᴜ ᴄ ᴍ ᴄ ᴍ, ᴋᴀ ᴄ ᴋᴀ ᴊᴜ ᴛ ᴍ ᴄ ᴍ。

vɑ¹³ɬʊ²¹nʊ³³sɿ³³ndɿ³³tsɯ¹³hu⁵⁵ŋɯ³³,hɿ²¹mo²¹nʊ³³sɿ³³ze²¹tsɯ¹³ŋɯ³³.

猪圈是木头搭的，高楼也是木头修的。

ᴛᴏ ᴍ ᴄ ᴍ ᴄ, ᴄ ᴍ ᴛ ᴋ ᴛ ᴍ。

tʰɑ²¹hɑ³³ʑi¹³mɑ²¹tsu⁵⁵,ʔu³³tsʰɯ³³mi²¹tɕy³³ke¹³be²¹.

一夜睡不好，要掉九根头发。

ᴢ ᴍ ᴍ ᴄ ᴍ ᴄ ᴍ, ᴢ ᴋ ᴍ ᴍ ᴄ;

dzu²¹mo²¹ʈʰu¹³ʂe¹³mɑ²¹ŋʊ²¹,ɕɿ²¹nʊ³³dzu³³mbʊ³³do²¹;

粮食不是金银，却能饱肚;

ᴢ ᴍ ᴍ ᴋ ᴍ ᴄ ᴍ, ᴢ ᴋ ᴍ ᴍ ᴄ。

dzu²¹mo³³ʈʰɿ¹³du³³ʈʰu¹³ʂe¹³mu³³,ɕɿ²¹nʊ³³ɣo¹³hɿ¹³.

粮食变成金银，就要饿肚。

ᴋ ᴍ ᴍ ᴋ ᴍ ᴍ ᴄ, ᴋ ᴍ ᴍ ᴋ ᴍ ᴄ ᴄ。

ʔɑ³³dʐu³³ʔɑ¹³nʊ³³dzɿ¹³mo⁵⁵ɕi¹³,ʔɑ³³tʂe⁵⁵he²¹no³³su³³ve⁵⁵li²¹.

乌鸦叫长者要去世，喜鹊喳喳有客来。

ᴋ ᴍ ᴛ ᴄ ᴍ, ᴍ ᴛ ᴍ ᴋ ᴍ ᴄ ᴍ。

ʔɑ⁵⁵tʂʰu³³hɑ³³dʐo²¹se⁵⁵,ɲy²¹mo³³ɲy³³ʔɑ⁵⁵ʑi¹³du³³se⁵⁵.

猫儿知道耗子路，母牛知道崽睡处。

ᴋ ᴍ ᴍ ᴍ ᴄ ᴍ, ᴄ ᴍ ᴍ ᴍ ᴄ。

ʔɑ³³dʐɯ³³mi²¹mɑ²¹ʈʰu¹³,ʔɯ⁵⁵pɯ³³ndʑi²¹mɑ²¹ndɑ¹³.

乌鸦毛没有白的，蛤蟆皮没有光的。

ᴍ ᴋ ᴍ ᴋ, ᴛ ᴄ ᴍ ᴋ。

ŋɑ³³ʂu¹³ndy⁵⁵nʊ³³,tɕi⁵⁵pɯ⁵⁵sɿ³³ʂu¹³.

想要找鸟，先要找树。

ꄃꉴꇐꍏꎹ，ꃀꉴꂷꃅꋹꈉ。
tsʰo²¹ʈʰu⁵⁵ʂe¹³no²¹mo²¹dzʊ²¹,mi³³ʈʰu⁵⁵na³³mi³³hʊ³³li²¹.
人脸黄患疾病，天色黑要下雨。

ꊿꅐꊿꌦꅋꀀ，ꑱꅐꑱꉈꄹꆿ。
tsʰɿ¹³ʂʅ³³tsʰɿ¹³lu³³tɕʰy¹³na³³,ɣa³³ʂʅ³³ɣa²¹pi¹³tɕʰo³³no¹³.
阉羊公羊角上分，公鸡阉鸡听声音。

ꁬꈿꉐꌺꅰ，ꄃꈿꁇꌺꎱ。
du³³kʰɯ³³de²¹tɕʰy⁵⁵sʅ⁵⁵,tsʰʊ²¹kʰɯ³³vu³³tɕʰy⁵⁵kʰa⁵⁵.
洞口虽宽也好堵，人嘴虽窄却难堵。

ꆹꇤꆹꆿꆀ，ꃅꍈꂷꌦꆀ。
ndi²¹gu²¹ndi²¹nʊ³³nʊ³³,ʔa³³dzɯ³³na³³tʊ²¹tʊ²¹.
坝冲连坎冲，乌鸦黑压压。

ꇤꈐꍞꈐꆀꇐꁈ，ꄁꈐꀘꈐꆀꆠꌜ。
gu²¹kɯ¹³dʑɿ¹³kɯ¹³nʊ³³lʊ²¹bo²¹,dʊ³³kɯ¹³be²¹kɯ¹³nʊ³³ȵʅ²¹dzi²¹.
有圆有缺是月亮，能升能落是太阳。

ꌜꉴꃺꉈꃺꎱꆀ，ꆹꒀꇸꉈꄯꄮꄮ。
dʑi²¹ʈʰu⁵⁵se²¹hʊ³³nu²¹ly⁵⁵ly²¹,nɿ³³ʑɿ³³xu⁵⁵se²¹tɕo³³tsʅ¹³ta³³ta³³.
向阳的杨梅红彤彤，背阴的李子酸溜溜。

ꇭꂷꑽꆀꉘꃀꆃ，ꄁꑐꑽꆀꉛꃀꅋ。
lʊ³³mo²¹ze²¹ze³³tʂa¹³ma²¹no³³,ʔa³³dzɯ³³ze²¹ze³³tsʰʅ³³ma²¹ʈʰu¹³.
石头永远煮不软，乌鸦永远洗不白。

ꇿꁗꎱꑍꄤꇌꎣꇌꅐꐨ，ꀚꄁꎱꌕꆏꇌꃅꈿꋭꄜ。
le²¹bu³³mo⁵⁵ȵɿ⁵⁵ke¹³dʑʅ³³hʊ²¹dzʅ³³ty³³dzu⁵⁵,mi²¹nu¹³mo⁵⁵su³³zo³³dʑʅ³³tsʰʊ⁵⁵kʰɯ³³ɬɿ¹³ʂu⁵⁵.
两头公牛相见爱撬架，三个妇人相随理小话。

ꂷ ꎖ ꌶ ꂷ ꀋ，ꁡ ꃤ ꌐ ꈪ ꑊ。

hʊ²¹ʂɯ⁵⁵ʈu³³mɑ²¹bu³³,ʔɑ²¹su³³tɕi⁵⁵ɣo²¹se⁵⁵.

绵羊不滚稀泥巴，人人都晓得。

ꂷ ꑍ ꄉ ꑳ ꌠ ꉱ，ꂷ ꀎ ꁧ ꄉ ꁨ ꂾ ꉱ。

hʊ²¹ndʑi²¹de³³xɯ⁵⁵su³³ŋe³³ŋɯ³³,ho²¹zy³³tʂʰɯ³³xɯ⁵⁵pu¹³mo⁵⁵ŋɯ³³.

敲羊皮的是苏尼，烧羊骨的是布摩。

ꃅ ꃴ ꄂ ꄧ ꑍ ꂷ ꉬ，ꋴ ꒉ ꒰ ꄧ ꍣ ꂷ ꉬ。

mi³³nɯ¹³tʰu¹³nʊ³³sɿ³³mɑ²¹hʊ²¹,ʑi²¹mo²¹de²¹nʊ³³tʰʊ²¹mɑ²¹hʊ²¹.

云雾厚了可能不见树，河水浑了看不见底。

ꐎ ꆈ ꌺ ꂷ ꃅ，ꃼ ꆺ ꇐ ꄮ ꄷ。

tɕʰu³³ŋɡa¹³ʂe¹³mɑ⁵⁵fu¹³,ve²¹lɑ¹³li²¹tʰʊ⁵⁵bo²¹.

赶场不用早，生意有来时。

ꊒ ꆈ ꁧ ꑍ ꄆ ꈌ，ꋴ ꑟ ꁧ ꋂ ꈬ ꈌ。

ze⁵⁵nde³³dʐʅ³³sɿ³³dɑ³³kɯ¹³,ʑi²¹de³³dʐʅ³³ʑi²¹ɡu⁵⁵kɯ¹³.

住在林边会爬树，住在河边会涉水。

ꌦ ꆆ ꈜ ꄓ ꐳ，ꈜ ꑌ ꌦ ꄪ ꄏ。

se³³nu¹³xɯ²¹tɕy⁵⁵dʐʅ³³,xɯ²¹ɕi²¹se³³tʰa³³do²¹.

磨石在刀下，刀能被磨锋利。

ꑍ ꃮ ꆂ ꄉ ꄔ ꄼ ꐹ ，ꐞ ꑘ ꃤ ꀉ ꂵ ꑍ ꐹ。

sɿ³³vɿ³³ne¹³do⁵⁵tsʰɯ²¹tsa²¹so³³,tɕʰi³³mʊ¹³bi⁵⁵nɯ¹³dʑɿ²¹dʑɿ²¹so³³.

桂花香十里，死狗臭半街。

54

ꀀꀁ ꀂꀃ

文化教育

ꍘꇬꊟꇬꑭ。

dʑi²¹nde³³mi³³ma²¹kʰɿ¹³.

太阳上没有黑夜。

ꀉꆆꐊꇬꉉꀧꌠ，ꀉꄮꃅꂷꉬꇉꑸ。

ʔa³³no¹³dʐʊ¹³go¹³hu²¹bo²¹ʂu²¹,ʔu³³tu¹³mi³³ma²¹ŋɯ³³lo³³zy³³.

猴子埋头捞月亮，只怪它不抬头望天。

ꉔꈌꃤꌪꑸꄠꇬꋓ。

ndy⁵⁵ve¹³su¹³xɿ¹³dɯ²¹de⁵⁵ma²¹bu³³.

偏见比无知有害。

ꋊꉬꐊꀀꉔꌕꅊ。

tsɯ¹³ŋdʐɯ³³go²¹se⁵⁵ndy⁵⁵kʊ³³kʰɯ⁵⁵.

做错在前，认识在后。

ꀉꄻꆙ，ꀂꀃꅉ。

ʔu³³nʊ¹³tʂʊ¹³,se⁵⁵hʊ²¹no³³.

勤于思，知识多。

ꄮꏪꁀꅊ，ꄉꁀꑵꃤꃴ；ꋆꏪꄮꅊ，ꄉꄜꑵꄊꀜ。

du⁵⁵tɕy³³kɯ¹³kʊ³³,tʰa²¹kɯ¹³nʊ³³no¹³so²¹;dʐo²¹tɕy³³ke¹³kʊ³³,tʰa²¹ke¹³nʊ³³sɯ³³pi¹³.

九句话里，总有一句可听；九条路中，总有一条可走。

ꊅꀙꊈ·谚语篇

ꊰꀙꊈ·谚语篇

mu³³ba⁵⁵ʐi²¹ma²¹ndʊ²¹,ɕɪ²¹ʔu³³pʰu⁵⁵tʰa²¹ʐɪ³³.

马儿不饮水，不要硬压头。

ɕɪ²¹ʔu³³tʂu⁵⁵sɿ⁵⁵hɪ¹³,lu³³ʔu³³bo²¹mu³³de³³ma²¹do²¹.

不管什么妖风，刮不倒龙头山。

to¹³sɿ³³nʊ³³ŋgʊ²¹kʰu²¹kʊ³³,tɕʰi¹³nʊ³³nɪ¹³du¹³ŋgʊ²¹bo²¹kʰe⁵⁵.

火要灭在门槛内，狗要拴在门外边。

sɿ³³tʰu³³nʊ³³tʂʰu⁵⁵tɕʊ¹³,du⁵⁵mbʊ³³tʂʰu⁵⁵ma²¹ku¹³.

树叶容易腐烂，语言不会腐烂。

tʰa²¹nɪ³³dzʐ̩¹³ʂʊ¹³tsu¹³,tɕy³³nɪ²¹dzʊ²¹ma²¹so²¹;

一天结下仇，九天不安宁；

tɕy³³nɪ²¹dzʐ̩¹³ʂʊ¹³tsu¹³,tʰa²¹du²¹ze²¹dzʊ²¹ma²¹so²¹;

九天结下仇，一生不安宁；

tʰa²¹du²¹ze²¹dzʐ̩¹³ʂʊ¹³,zu³³ɬi²¹dzʊ²¹ma²¹so²¹.

一生结下仇，儿孙不安宁。

tsʰʊ²¹vu³³ma²¹ɣo²¹nʊ³³ma²¹dzʊ³³,dzʊ³³xu⁵⁵nʊ³³kʰu³³sa¹³ma²¹ɣo²¹.

人不怕无能力，只怕没有志气。

ㅋ丂卅血쎀丂由带, 勾亡朴午殊勿由带.

fa¹³dzɯ³³da³³ndy⁵⁵mi¹³dzɯ³³ma²¹dzʊ³³,zi²¹mo²¹gu⁵⁵nʊ³³pu³³lɪ³³ma²¹dzʊ³³.

想攀悬崖，别怕坡陡；要涉河水，别怕浪急。

中吊 而 岀 朴 生 孑-邪古, 岀 凵 而 匁 Ɑ 带 囝 釆.

vu³³di¹³xɯ⁵⁵tsʰu¹³ti¹³la¹³sɪ⁵⁵pu³³tʂʰʊ³³,ku³³yo²¹xɯ⁵⁵mu³³zʊ¹³tɕa¹³xʊ²¹ndi³³.

有劲的能用盐杆剃头发，有志的能用马勺填海子。

屼 血 屮 男, 屼 邪 屮 卅.

su³³mbʊ³³nɪ³³na³³,su³³ʂu³³ku³³ʐe³³.

富人心贪，穷人志大。

岁 丱 山 比 乄, 罕 乭 屮 乭 欠己;

ʈa¹³mo⁵⁵ɖu²¹tɕʰʊ²¹mu³³,no³³vi³³ɕɪ²¹mbɪ³³za¹³li²¹;

老鹰飞得再高，利箭能把它射下；

並 氿 屛 乭 書, 世 乄 而 屮 乭 比.

zɪ¹³go³³tʰe²¹nʊ³³tɕo³³,ɲɪ⁵⁵ŋa¹³tʊ¹³ɕɪ²¹mbɪ¹³zo²¹.

豺狼跑得再快，猎枪能把它打中。

岁 乑 孑 冄 乭 匁 生 軋, 电带而冄乭屮卅軋.

ʈa¹³hʊ³³hɪ²¹pʰu⁵⁵nʊ³³du²¹la²¹dzɯ³³,tsʰʊ²¹tɕʊ³³xɯ⁵⁵pʰu⁵⁵nʊ³³nɪ³³ʐe³³dzɯ³³.

鹰遇风雨练翅膀，人逢艰险练胆略。

朴 丱 山 卲 另, 丱 九 邧 山 乛; 呴邪山書另, 丂ɿ夵山邧.

gu⁵⁵mo⁵⁵ɖu²¹pʰɪ²¹pie¹³,bo²¹tɕy³³tɕi³³ɖu²¹do²¹;ŋa³³tɕʰo³³ɖu²¹tɕʊ¹³pie¹³,dzɯ³³tʰa²¹dʐ̩²¹ɖu²¹ndzo²¹.

大雁飞得慢，能飞九重山；鹌鹑飞得快，只翻一匹梁。

砅屼三岊工中眀, ɿ世乭乭ɿ矼朴.

dzɯ³³hɪ¹³su³³ʈʰɪ³³tɯ³³vu³³di¹³,va¹³ɲɯ⁵⁵ndzu⁵⁵nʊ³³tʰa²¹nda¹³bo²¹.

老虎凶猛只有三跳之力，野猪厉害只有一冲之勇。

ꂷꌠꈷꂷꏜ，ꀨꌠꒄꍵ。

hɪ¹³pu²¹kʰʊ²¹dẹ²¹ɣo²¹,fu³³kʰʊ²¹ɣe³³dzɪ³³.

嘴巴有多宽，就切多大的肉。

ꄷꎷꋪꂶꄉ，ꋪꆏꅪ。

tsʰʊ²¹dʐʊ³³çi¹³ma²¹tçi²¹,çi¹³tʰʊ⁵⁵bo²¹.

死不足惧，寿有时数。

ꉻꋪꀕꂶꅐ，ꈐꁨꋪꂶꄉ。

hʊ²¹çi¹³tɕʰo³³ma²¹dʊ³³,kʰa³³su¹³çi¹³ma²¹tçi²¹.

绵羊杀死不吭声，硬汉临危不惧色。

ꌅꇑꎷꀝꂶꄉ，ꈲꊂꎷꋪꂶꄉ。

ze⁵⁵ŋɖɯ³³dʐʊ³³zɪ¹³ma²¹tçi²¹,guɯ²¹ʑi³³dʐʊ³³çi¹³ma²¹tçi²¹.

钻山林不怕豺狼，上战场不怕牺牲。

ꁨꌦꇩꀘꌋꂷꐺ，ꀆꌦꌦꄟ꒿ꀃꀋꂸꂶꐺ。

pʰi⁵⁵ze³³zu³³mo⁵⁵dʐo¹³ma⁵⁵ka²¹,pʰa⁵⁵ze³³ʔa²¹me³³ɲi⁵⁵tɕʰo²¹ma²¹tɕʰi⁵⁵.

祖时就不教子入邪路，先代就不让女嫁两夫。

ꄷꑳꀋꄚꌤꂾ，ꅍꃢꐚꄚꀊꑌ。

tsʰʊ²¹su³³se⁵⁵nʊ³³ndzy¹³li²¹,ʂɪ³³tʂu⁵⁵ndʊ²¹nʊ³³zʊ³³be³³.

人识诗书则成才，草吸露水则茂盛。

ꆀꌕꃢꂷꌋꅝꂶꐓ，ꂿꐎꄑꁧꄑꐰꀊꑌꂶꄉ。

tʰʊ²¹tsʰɪ³³tɕa³³dza¹³zu³³tʂʰu²¹ma²¹tɕʰi⁵⁵,mi¹³ʑy³³dzu²¹te¹³dzu²¹be³³ma²¹dʊ³³.

金钱堆不出才子，瘦地长不出庄稼。

ꑟꊈꇑꊈꃀ，ꊉꊈꇑꂷꑍ。

ço²¹lo³³kɯ¹³lo³³mu³³,ʐʊ³³li²¹kɯ¹³ma⁵⁵ŋɯ²¹.

只有边学边会，哪有生来就会。

ꑴꌠꇮꑘꄷ，ꃶꊿꀕꂸꃶꊿꄮ。
se⁵⁵hʊ²¹lɯ³³sa³³ʑi³³,ɣɯ¹³dzʊ³³ndu³³na³³ɣɯ¹³dzʊ³³tʂʰu¹³.

知识好比沙下泉，挖得越深水越甜。

ꊐꇁꆏꐎꎷꑗꀉꄹ，ꌠꊇꁦꑸꄀꄦꌶꄹ。
dzo²¹sɯ³³nda¹³tɕʰi¹³ʔu⁵⁵lɯ³³pʰu⁵⁵tɕi³³,su³³ʐy²¹tʰʊ⁵⁵ʑʊ³³lɯ³³ʑʊ³³ndzu²¹tɕi³³.

赶路的敌人是脚懒，学习的敌人是自满。

ꌠꂿꊇꈜꀗ，ꂽꐚꑌꊇꄂꌠꇍ。
su³³ma²¹ʐy²¹sɯ¹³nʊ³³,mi¹³ɳdʑi²¹dzu²¹ma²¹dzu³³lo³³sɯ⁵⁵.

不学习的人，像不长谷物的荒地。

ꌕꎖꊇꇐ，ꌠꋒꌟꀏ。
sɯ³³ɳɿ²¹ma²¹ɕo¹³,su³³tɕʰu¹³mʊ¹³be²¹.

三天不学丢六字。

ꈨꊇꁓꀏꑟ，ꄅꊇꑴꀏꇐ。
xɯ²¹ma²¹tʰa³³nʊ³³se³³,tsʰʊ²¹ma²¹se⁵⁵nʊ³³ɕo¹³.

刀不快要磨，人不知要学。

ꄶꇐꑴꑗꇐ，ꂽꇐꑴꃀꁸ。
ʑe³³go²¹se⁵⁵ndɯ³³ɕo²¹,mo⁵⁵go²¹se⁵⁵ndy⁵⁵pʊ³³.

长大才学爬，老来才懊悔。

ꑙꇱꃅꂿꋦ，ꑙꂶꇷꈪꃅ。
ɣa³³tʰo⁵⁵ʔe¹³ma²¹kɯ¹³,ɣa³³mo³³ʔo⁵⁵ndzʊ¹³ʔe¹³.

小鸡不会叫，模仿其母叫。

ꌶꁧꌶꄀꌠꂵꑖ，ꌶꃀꌠꌶꄸꈪꂿꑖ。
su¹³bo²¹su¹³tu¹³su³³mi⁵⁵ge³³,su¹³ʂu³³su¹³du²¹ɳdzu⁵⁵mo²¹ge³³.

贵人重诗书，贱人重宝珠。

ꂷꆈꇓꉔꂷ, ꂷꆈꇓꃀꄢꂷ。

ʔa²¹me³³zu³³hu¹³ma²¹kʰa³³,ʔa²¹me³³zu³³mo⁵⁵se⁵⁵kʰa³³.

子女的身好养育，子女的心难教导。

ꁌꆀꂷꃀꇓ, ꃆꋠꇴꃀꄜ；

pʰu⁵⁵li²¹ma²¹mo⁵⁵zu³³,mu³³dze³³gu²¹mo²¹tʂu¹³;

没有父亲教养的孩子，骑马闯堂屋；

ꂷꆎꂷꃀꐎ, ꐎꍮꎸꁖꆅ。

ʔa³³ȵɪ³³ma²¹mo⁵⁵tɕʰi⁵⁵,tɕʰi⁵⁵tʂʰʊ⁵⁵tʰʊ²¹tɕa³³ŋɯ²¹.

没有婆婆教育的媳妇，礼服当枕头。

ꇓꂿꃚꂷꈁꇊꃀꈦ, ꆎꌦꑭꂷꈁꇊꃀꃀꈦ。

zu³³mi¹³vi²¹ma²¹ku¹³nʊ³³pʰu⁵⁵zy²¹,me³³la¹³no³³ma²¹ku¹³nʊ³³mo³³zy²¹.

儿不会犁地父之过，女不会针线母之过。

ꃚꑾꑟꂷꊋꃀꁯ, ꁌꏃꑟꃀꊋꃀꁯ。

vi²¹ȵy³³ʔo³³pu³³dɯ⁵⁵dʊ³³ŋɯ⁵⁵,mu³³lu³³ʔo³³mo⁵⁵dɯ⁵⁵dʊ³³ŋɯ³³.

好耕牛是驯出来的，好习惯是教出来的。

ꍳꋠꋦꂷꋠ, ꇓꉔꋦꂷꉔ。

tsʰʊ²¹zʊ³³nɪ³³ma²¹zʊ³³,zu³³hu¹³nɪ³³tɕi⁵⁵hu¹³.

人长心不长，育儿先育心。

ꋠꂷꈁꍵꄜ, ꌦꌦꄮꉜꆈ。

zʊ³³ma²¹ku¹³ɕɪ³³tʰʊ⁵⁵,so¹³la¹³ŋgu²¹tʰa²¹tʰɪ³³.

自己还不会，莫去教别人。

ꐈꂷꌺꃻꂷꀕ, ꇓꂷꃀꅩꂷꑵ。

tɕʰi³³ma²¹tsʊ²¹ɳɯ⁵⁵ma²¹nʊ²¹,zu³³ma²¹mo⁵⁵no⁵⁵ma²¹se⁵⁵.

猎狗训练才能撵山，小孩教育才能懂事。

ʂu^{33}ma^{21}k^{h}e^{33}ma^{21}pi^{13},ʔu^{33}nʊ^{33}mo^{33}ge^{21}.

不忘过去苦，头脑才清楚。

mi^{33}gu^{21}ʈa^{13}du^{21}tsʊ^{21},fa^{13}dzɯ^{33}tʂ^{h}ʅ^{13}tɕ^{h}i^{13}tsʊ^{21}.

天空练鹰的翅膀，悬崖练岩羊的脚力。

gɯ^{33}ty^{33}t^{h}ʊ^{33}t^{h}a^{13}bu^{21}dzu^{33}dʊ^{33},dzu^{33}nbʊ^{21}ndʊ^{21}bʊ^{33}ts^{h}ʊ^{21}ȵdʑy^{21}dʊ^{33}.

十磨九难出人才，花天酒地出庸人。

la^{55}mu^{33}sɯ^{55}dzu^{33}dɪ^{13},la^{55}mu^{33}hɪ^{55}ma^{32}dɪ^{13}.

饭可以随便吃，话不能随便讲。

mu^{33}dze^{33}mu^{33}tʂa^{33}ts^{h}ɯ^{33}hu^{33},no^{55}tsɯ^{13}no^{55}ʈ^{h}u^{55}ʑo^{21}hu^{33}.

骑马要牢牢抓住缰绳，办事要紧紧掌握方向。

lʊ^{33}k^{h}a^{33}hɪ^{55},xɯ^{21}k^{h}a^{33}pie^{13};ŋo^{21}dzɪ^{33}hɪ^{55},so^{21}dzɪ^{13}pie^{13}.

说石硬，铁更硬；说我强，人更强。

ȵy^{33}vu^{33}bi^{33}la^{33}di^{13},mu^{33}vu^{33}dʐʊ^{13}la^{33}di^{13}.

牛劲在蹄上，马劲在腰劲上。

zu^{33}tɕʊ^{55}tʂ^{h}ʊ^{55}ŋgʊ^{21}dɪ^{13},zu^{33}tɕʊ^{55}gɯ^{21}pa^{55}t^{h}u^{55}ma^{21}dɪ^{13}.

可给儿女找朋友，莫给儿女树仇敌。

文化教育

ㄒㄨ𐓐𢸷ꬰ。

zu³³he³³pʰi⁵⁵me¹³ɬe⁵⁵.

有出息的子孙才能叫出祖宗名。

ꑭꆏꈌꂮꀕꀕ，ꄲꆏꆿꂮꀕꀕ。

sɿ³³nʊ³³go¹³xɯ⁵⁵ɣo²¹ŋge²¹xɯ⁵⁵ɣo²¹,tsʰʊ²¹nʊ³³tsu⁵⁵xɯ⁵⁵ɣo²¹dɯ³³xɯ⁵⁵ɣo²¹.

树都有弯有直，人都有好有坏。

ꂿꆏꒊꉻꀕ，ꄲꆏꈷꃪꀕ。

mi³³nʊ³³dʑi²¹hu²¹ɣo²¹,tsʰʊ²¹nʊ³³na³³du³³ɣo²¹.

天有日月，人有眼睛。

ꄂꑗꆀ，ꀉꑘꊂ。

dɯ³³su¹³nɿ³³,do¹³ʂʅ³³tsʰɯ²¹.

恶人的心，毒草的根。

ꐂꎷꇬꂷꈌ，ꄲꑳꄶꂷꈌ。

tɕɿ¹³zy²¹go²¹ma²¹kɯ¹³,tsʰʊ²¹nɿ³³de²¹ma²¹kɯ¹³.

数不尽的星，填不满的心。

ꂿꈐꌷꐔꆏ，ꂿꈷꌷꊈꈌ；

mi³³kʰɿ³³so¹³tɕy³³nʊ³³,mi³³ge²¹so¹³zʊ²¹kɯ¹³;

夜间去偷人，天还是要亮的；

ꀋꆏꌷꊱꆏ，ꄀꇬꌷꒈꈌ。

ʔɿ²¹nɿ²¹so¹³tʂʰɯ³³nʊ³³,ʔa²¹ŋgu²¹so¹³se⁵⁵kɯ¹³.

今天去骗人，明天总被识破。

ꃅꋓꂷꄓ，ꏂꍔꂮꄓ。

mu³³ŋdɯ³³ma²¹tɕi²¹,tʂa¹³vu²¹ma²¹ɣo²¹tɕi³³.

不怕马横，只怕没缰绳。

ㄸㅛㅠㄌㅂㄸ，ㄩㄷㄩㄌ水。

tʂʰʅ¹³lu³³ʐʋ³³tɕʰy¹³n̩dʐo³³,ɕɹ²¹tɕʰi¹³ɕɹ²¹tɕʰy¹³ku⁵⁵.

麂爱自己的角，保护它的却是四只脚。

ㄣㄥㄈㅂㄇ，ㄢㄇㄋㄩ。

mo⁵⁵su¹³du⁵⁵ma²¹ŋdʐe²¹,ɡɑ¹³lu²¹dzi³³dzu²¹.

不听老人言，必进戛娄季。

ㄣㄖㄭㄷㄠ，ㄍㄤㄭㄖㄠ。

mu³³ne⁵⁵nʋ³³du²¹ʂo¹³,zu³³ŋdʐu³³nu³³ʐy³³ʂo¹³.

马失看蹄印，儿错找原因。

ㄎㄅㄌㄣㄖ，ㄇㄤㄥㄋㄖ。

ɣo¹³no²¹dzu³³n̩dʐo³³ʐy³³,tsuu¹³ŋdʐu³³nɪ³³tɕʰy⁵⁵ʐy³³.

肚疼怪嘴馋，过错怪心肝。

ㄥㄓㄲㄉㄖ。

nɪ³³kʰʋ²¹tsɪ¹³du³³tsu⁵⁵.

物合人意才是好。

ㄣㄓㄌㄥㄠ，ㄉㄥㄣㄈㄖ；

bo²¹tɕy⁵⁵bɹ¹³zi²¹tɕʰo³³,mi³³hʋ³³zi²¹mɑ²¹de²¹;

山里流出的泉水，下雨不变浑；

ㄥㄈㄉㄥㄠ，ㄥㄋㄈㄇㄤ。

zi²¹tsʰʅ²¹du³³zi²¹tɕʰo³³,mi¹³mi⁵⁵lʋ³³xe³³hʋ³³.

草皮底下汇集的小溪，爱混着泥沙。

ㄧㄥㄉㄨㄣ，ㄉㄤㄌㄖㄖ；ㄖㄧㄖㄖ八，ㄇㄢㄌㄣㄈ。

ɡu²¹lu²¹mi³³ɣu²¹nu²¹,mi³³hɹ²¹li²¹sɪ¹³ne⁵⁵;ndi²¹ɡu²¹tʂu⁵⁵ʈʰu¹³dʋ²¹,nɹ²¹dʐi²¹li²¹ɬi¹³fe²¹.

风能吹散满天彩云，日能晒干遍地露水。

己ꋏꒈ，ꄚ己ꑢ田ꁨ；ꉎꁍꍦ，ꌦꋆꆀ田ꁨ。

tɕʰi¹³ndi³³ba⁵⁵,tʰu³³tɕʰi¹³ze³³ma²¹ʑy³³;dʑa³³ʔe²¹tʰe²¹,ʂu²¹du²¹tɕʰy¹³ma²¹ʑy³³.

鞋小莫怨脚大，饭稀莫怪筲箕。

ꌦꄎꆬꀠꑼ，田ꑴꈜꑵꉹ。

no⁵⁵tɕa³³nɪ³³ʔo⁵⁵dzʊ³³,ma²¹pʰɪ¹³tɕɪ⁵⁵xʊ³³hu²¹.

事在心里闷久了，不呕吐也会拉稀。

ꑼꄚꌦꀊ己ꄜ，ꑼꀑ己ꆀ田ꁁ。

dzʊ²¹bu³³la¹³tʰʊ¹³li²¹ʑɪ³³,mi³³nde³³li²¹xɯ⁵⁵ma²¹ŋu²¹.

幸福来自手茧，不是来自天上。

ꉬꀕꄚꁹꀀꆏ，ꐮꂒꀕ田ꎹꀑ。

ŋa³³tʰa²¹vɪ³³zi¹³tʊ⁵⁵ʂe¹³,dzu²¹no³³tʰa²¹mo²¹ɣo²¹ke³³.

哪一只雀鸟起得早，它就多得一粒粮食。

ꐚꁮꆧꀀ，ꀀꆏꀑꉹ。

tɕʰi³³tʂʰɭ³³dzu³³tɕi⁵⁵,ʑi²¹tʊ³³ʂe¹³hu³³.

吃屎的狗，还要起早。

田ꑠꈜ田ꈜ，田ꑠꊈꂾꂿꆀꈜ。

kʰu²¹dʑa³³tsɪ¹³ma²¹ndzu³³,kʰu²¹dʑa³³se²¹pʰu³³mu³³se⁵⁵ndzu³³.

置物不算强，能做物主才算强。

ꑳꁮꃀꂾꐮꂾꈀ，ꀘꀋꊈꇁꂿꄤꄝ。

ɣa³³ba⁵⁵kɯ³³dʊ³³dzu²¹ke³³kɯ¹³,ʔu⁵⁵lu³³pʰu⁵⁵se⁵⁵pʰu⁵⁵mo²¹tɯ³³.

小鸡出壳会觅食，唯有懒汉靠爹娘。

ꆀꑭꄯꄹꊨꄝꆏ，ꑳꑭꁹꀘꏂ田ꈀ。

va¹³su⁵⁵ndɪ¹³tɕi⁵⁵lɯ⁵⁵dɪ¹³ʑɪ³³,ɣa³³su⁵⁵vɪ³³tʂʊ⁵⁵pʊ³³ma²¹dɪ¹³.

要学猪样往前拱，莫学鸡样向后扒。

ᎥᎢᝐᑸᎤ三ᝐᚒᎡᎥᎥ，ᎥᎥᎢᝐᑸᎤ十ᎢᎢᎢᝤ。

tʰa²¹kʰʊ¹³ʔu⁵⁵lɯ³³sɯ³³kʰʊ¹³ɣʊ²¹he²¹,tʰa²¹n̩²¹ʔu⁵⁵lɯ³³tsʰɯ²¹n̩²¹ɣʊ¹³hɪ¹³.

一年偷懒三年饥，一日偷懒十日饿。

ᎦᝬᎯᎡᎥ，ᎣᎢᎯᏨᎡᝬ；ᎣᝬᎯᎢᎤᎥ，ᎣᎢᎯᎥᎥ。

tɕʰi¹³ɬʊ⁵⁵na²¹n̩²¹bu³³,mi³³kʰn̩³³na²¹dza³³ŋgu²¹;tɕʰi¹³ɬʊ⁵⁵na²¹dzʊ²¹so²¹,mi³³kʰn̩³³na²¹nɪ³³vu³³.

晌午你好坐，日落你受凉；晌午你安逸，傍晚你心慌。

ᎥᎣᏨᎤᎡᎣᎥ，ᎡᎡᎡᎢᎡᎡᎡ。

tʰa²¹n̩y³³ʑi¹³du³³dʑi²¹dʊ³³kʰɯ³³,ɣa³³tʂa¹³me²¹go²¹dɯ²¹lo³³kɯ¹³.

一觉睡到日头出，煮熟的鸡也会飞掉。

ᎡᎡᎣᎡᎤ，ᎡᎣᎡᎡᎡ。

sɯ²¹tʂʊ³³ʑi¹³ma²¹tɕy³³,dʑi²¹dʊ³³ʑi¹³ma⁵⁵nda¹³.

半夜不睡觉，日出梦中忙。

ᎡᎡᎡᎡᎥᎡᎡ，ᎡᎡᎡᎡᎥᎡᎡ。

ʑʊ²¹so²¹hʊ³³lʊ³³tʰa²¹tʊ²¹ŋgʊ²¹,ʑʊ²¹ʑʊ²¹hʊ³³lʊ³³tʰa²¹ʑɪ³³tsɯ¹³.

靠别人只能帮一把，靠自己才会当好家。

ᎡᎡᑸᎤ，ᎡᎡᎡᎦ。

dzʊ²¹gu²¹ʔu⁵⁵lɯ³³,ɣʊ²¹he²¹gʊ¹³li²¹.

懒理庄稼，饥寒在家。

ᎡᎡᎡᎡᎡ，ᎡᎡᎡᎦᎡ。

ŋʊ³³hʊ²¹nʊ³³la¹³tʂʰʅ²¹,ʑi²¹hʊ²¹nʊ³³tɕʰi¹³ku²¹.

见鱼伸手，见水缩脚。

ᎥᎢᎥ～Ꭱ，ᎡᎡᎡᎡᎡ。

tʰa²¹n̩²¹tʰa²¹fe³³ndza³³,tsʰo²¹so²¹kʰɯ³³ma²¹dzɯ³³.

一天积一分，急时不求人。

月刕累刕万并畐，月勹由累万并男。

dzu³³kɯ¹³tʂa³³kɯ¹³ze²¹ze²¹mbu³³,dzu³³go²¹ma²¹tʂa³³ze²¹ze²¹ʂu³³.

会算会吃富一世，只吃不算穷终身。

ㄣ劳丑刟ㅇ廿湯，屮十劳丑坐由廿。

tʰa²¹ɖu²¹mu³³pʰu²¹na³³du³³gu³³,fu¹³tsʰu²¹ɖu²¹mu³³ɣu²¹ma²¹he²¹.

一顿胀得眼睛花，分做十顿无饥荒。

勹珊吧完奉月冊帑由峚。

hɪ²¹tsʰu²¹nde³³dʐa³³xa¹³dzu³³yo¹³hɪ¹³ma²¹tsʰɿ³³.

摘胡子上的饭充不了饥。

累刕ㄣ勹乙月，累由刕ㄣ劳丑。

tʂa³³kɯ¹³tʰa²¹kʰʊ¹³dzu³³,tʂa³³ma²¹kɯ¹³tʰa²¹ɖu²¹mu³³.

会计算吃一年，不计算吃一顿。

ㄣ四向朩万�17，岁汖ㄌ由电�17。

hʊ²¹hu²¹vu³³ɖʊ²¹mi³³ʐa¹³tʰɯ⁵⁵,dzu³³ndʐɿ³³ʑi²¹gu³³tsʰʊ²¹ʐa¹³tʰɯ⁵⁵.

六月下雪天作祟，糟蹋粮食人作孽。

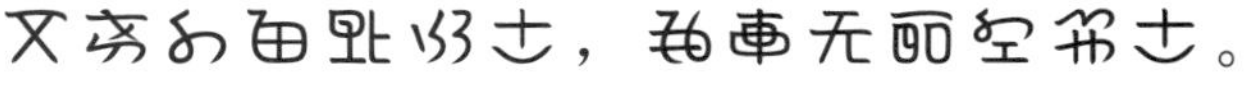

文荓ㄌ由趾㄃士，龟車无丽空帑士。

dɯ⁵⁵bo²¹ʑi²¹ma²¹ʐy²¹tʰa²¹tɕi²¹,hɪ²¹ʔo⁵⁵xu²¹pʰu³³ʐy²¹lo³³tɕi²¹.

不愁外无长流水，只愁家有漏底锅。

毛罗毛唉由，生廾出㄃带。

dzʊ²¹tsu⁵⁵dzʊ²¹so²¹ndʐo³³,ʂu³³kʰu³³nɪ³³tʰa²¹dzu³³.

想过好日子，不能怕辛苦。

万开世朳咿，弓咪帯电窗丑由刕。

mi³³kʰɪ⁵⁵dʐo²¹xa³³ndzo²¹,sɪ³³tsʰɯ³³tɕa³³tsʰʊ²¹bu³³mu³³ma²¹kɯ¹³.

走惯夜路的人，不会把树桩当鬼。

ꊃꀻꃴꑙꄨꄷ，ꑊꉌꌦꆸꂷꇉ。
tsʊ³³ba⁵⁵vu³³ɲɿ¹³tʊ³³ma²¹do²¹,ɲy²¹ha²¹zɿ¹³la¹³ma⁵⁵lɯ²¹.
嫩芽经不住霜冻，母犊斗不过豺狼。

ꀮꄞꈬꈌꉌ，ꐔꒆꁍꄸꈌꁌꂷꄂ。
ʔʊ⁵⁵du³³tɕy³³kɯ¹³he²¹,tɕʰɿ¹³bu³³tʰa²¹kɯ¹³bu³³ma²¹de⁵⁵.
狐狸大叫九声，不如老虎吼一声。

ꊒꄻꆀꄿꍣ，ꒌꃀꒌꃀꄅ；ꆿꆧꆀꄿꍣ，ꊱꃀꄿꃀꄅ。
tɕi⁵⁵ɬu³³li²¹tʰu²¹tsʰɿ³³,tʰa²¹mo²¹tʰa²¹mo²¹ndu²¹;la¹³le²¹lɿ²¹tʰu²¹tsʰɿ³³,tsʰɯ²¹mo²¹tʰa²¹mo²¹ndu²¹.
汗水换的钱，一个顶一个；顺手捡的钱，十个顶一个。

ꌳꀎꉻ，ꆀꑌꅉ；ꍏꑔꉻ，ꆀꑌꍵ。
su¹³mbʊ³³hʊ²¹,na³³tʰa²¹nɯ²¹;ʐʊ²¹su³³hʊ²¹,nɿ³³tʰa²¹tʂʰɿ¹³.
见人发财莫眼红，自己贫寒莫灰心。

ꃮꐊꅑꃮꑌꑊꄜ，ꑘꍸꅑꊥꑊꉻꅐꊬ。
mʊ¹³ʂe¹³ɲɿ³³mʊ¹³nɯ⁵⁵tʰa²¹du²¹,ɲɿ²¹dzo²¹ɲɿ³³sɿ³³ɲɿ⁵⁵dʐɿ³³tʂʰʊ⁵⁵ʐʊ³³.
黄竹和嫩竹同林，藤子与树子共生。

ꉬꀎꂷꅆ，ꅉꇬꂷꄮ；ꉻꄚꂷꅆ，ꃉꄚꂷꄷ。
ŋgu²¹mi²¹ma²¹no³³,na¹³pʰe⁵⁵ma²¹tʰu¹³;hʊ²¹du³³ma²¹no³³,se⁵⁵du³³ma²¹de²¹.
荞面不多，荞粑不厚；见识不多，知识不广。

ꉻꆅꌳꄥꄉ，ꂷꐭꌳꅀꀨ。
hʊ²¹ne³³su¹³va¹³vu³³,ma²¹se⁵⁵su¹³tʂʰɿ¹³bu²¹.
少见必然多怪，无知最爱吹牛。

ꑞꂷꆀꄷꅉ，ꅇꄮꐥꇵꂷꄂ；
ɣa³³mo²¹na³³tʰa⁵⁵nʊ³³,ndzu⁵⁵mo²¹dzu²¹dʐɿ¹³ma⁵⁵de³³;
母鸡的眼里，珍珠不如糠麸；

ꇐꄓꈪꌋꄨ，ꑌꊪꑍꀊꀉꂵꄓ。

su¹³dɯ³³na³³tʰa⁵⁵nʊ³³,se⁵⁵hʊ²¹tʰu²¹tsʰɿ³³ma⁵⁵de³³.

蠢人的眼里，知识不如金钱。

ꃤꈌꂾꀉꐚ，ꒉꃤꈌꇊꐛ。

vɿ¹³gu⁵⁵gɯ²¹ma²¹tɕi²¹,ɣʊ¹³pu³³gu⁵⁵lo¹³tɕi³³.

不怕身上穿破袄，就怕肚内一包草。

ꑌꌋꊰꑍꅉꀉꄓꂵꄨꌋ，ꀉꑌꌋꅇꊰꅉꀉꄓꂵꄨꌋ。

se⁵⁵su¹³tsʰɯ²¹ nɿ⁵⁵kʰʊ¹³dɯ⁵⁵ma²¹dɯ⁵⁵,ma²¹se⁵⁵su¹³tɕʰo¹³tsʰɯ²¹dɯ⁵⁵ma²¹dɯ⁵⁵.

博闻不在十二岁，寡闻不在六十岁。

ꆀꐦꅉꄧꈻꈹꅍꃀꀨ。

nɿ¹³dʐu³³tʰa²¹ti²¹tʰa²¹ti¹³kʰe⁵⁵mbʊ⁵⁵.

泥沙一层堆积一层。

ꉈꎂꅇꉻꃀꀊꑌꇊ，ꊮꇬꊰꆈꑳꀊꑌꇊ。

ŋa³³dɯ³³du²¹la¹³ʔo⁵⁵hʊ³³lʊ¹³,tsʰʊ²¹du²¹kʰʊ²¹ɕo³³ʔo⁵⁵hʊ³³lʊ¹³.

天空飞鸟靠双翅，人类进步靠科学。

ꉖꌋꁳꅇꄜ，ꈌꀋꑍꌐꈀ；ꀨꌋꁳꅇꄜ，ꈌꀋꑍꊪꈀ。

ŋgʊ²¹su¹³bo²¹nde³³da³³,kʰʊ²¹hu²¹tsʰɿ³³ŋɯ³³;ɕo³³su¹³bo²¹nde³³da³³,kʰʊ²¹hu²¹ʂɿ³³ŋɯ³³.

郎中上山，看见满山都是宝；秀才上山，看见满山都是草。

ꒉꃤꊋꄨꌋ，ꊋꎂꃆꄨꂷ。

ɣʊ¹³pu³³tsʰe³³ma²¹nɿ¹³,tsʰe³³ɣo²¹kʰɯ³³ma²¹mi⁵⁵.

肚里没有油，嘴上没油沾。

ꄮꑍꂷꊪ，ꐚꋦꉘꑘ。

tʊ¹³zɿ¹³hɿ¹³tu³³,tɕʰi³³se²¹dɯ⁵⁵kʰe⁵⁵.

火要灭在门槛内，狗要拴在门外边。

纠吧車<?>，<?>吧車羽。

so¹³nde³³ʔo⁵⁵kʰʊ³³,ʑʊ³³nde³³ʔo⁵⁵ʐo³³.

挠在别人身上，痒在自己身上。

<?>以田甲<?>，川<?>九<?>甲<?>。

pi²¹tɕa²¹tʰa²¹lu²¹na²¹bu³³kʰɯ²¹,me²¹ʂu³³tɕy³³vɿ³³na²¹hɿ⁵⁵te¹³.

碰见一只小青蛙，也给它吹上九条尾巴。

万<?>此<?>，此<?>此<?>；

mi³³hɿ³³se²¹me²¹nʊ²¹,se²¹me²¹se²¹me²¹ndu²¹;

风吹核桃树，核桃打核桃；

万田<?>中<?>，万田万田<?>。

ʔa³³nʊ¹³dʊ²¹mʊ¹³tɕa³³,ʔa³³nʊ¹³ʔa³³nʊ¹³ndu²¹.

猴子拿棍棒，猴子打猴子。

<?>，<?>。

no³³ʑɿ³³ʑi²¹ŋɯ³³,kʰa³³ʑɿ³³ʑi²¹ŋɯ³³.

软不过水，硬不过水。

二<?>罢<?>，<?>丑纠<?>。

nʅ⁵⁵na³³na³³ŋdzʐ̩³³tɿ³³ʑi²¹tʂʰe⁵⁵,tʰʅ¹³du³³xʊ²¹mu³³so²¹fu³³ku¹³.

眼睛里淌出来的泪水，有时会变成杀人的刀。

<?>，<?>亩<?>；此<?>罢<?>亩<?>。

ŋgu²¹tʂʰu¹³vɿ³³,du²¹mu³³no⁵⁵xɯ⁵⁵ma⁵⁵ŋɯ³³;se²¹ndʊ²¹di¹³,nɿ¹³so²¹tsu¹³xɯ⁵⁵ma⁵⁵ŋɯ³³.

荞子开花，不是为了勾引蜜蜂；糖梨结果，不是为了贪图好看。

此<?>己纠<?>田<?>，<?>万<?>田<?>田<?>。

vu⁵⁵tɕo²¹vɿ³³li²¹so²¹na³³ŋdze³³ma⁵⁵ŋɯ²¹,sʅ³³pʰi¹³tʂʰa³³he²¹ʑʊ³³tɕo³³tʰɯ¹³ma⁵⁵ŋɯ²¹.

油菜开花不是炫耀自己的颜色，阳雀高叫不是夸赞自己的嗓音。

ᨁ᨞ᨦᨅᨃᨤ᨞ᨍ᨞ᨊ᨞ᨍ᨞ᨍᨗ᨞ᨊ᨞ᨐ᨞, ᨅᨗ᨞ᨍ᨞ᨅᨗᨗ᨞ᨅ᨞ᨅᨗ᨞.

ʔa³³dʑɯ³³na³³na³³so¹³nɿ²¹de²¹,ʔu³³dʑa³³ma²¹ndʐo³³xɯ⁵⁵ma⁵⁵ŋɯ²¹.

乌鸦满身黑，不是它不爱干净。

ŋa³³kʰa³³ʔo⁵⁵nɿ¹³tsu⁵⁵tsu⁵⁵dʑa³³,bo²¹nde³³ʂ̩³³n̩y²¹ɖa³³ma²¹de⁵⁵.

雀在笼中吃得好，不如上山啄青草。

lʊ²¹pʊ³³bu³³tʂʰʊ⁵⁵hɿ⁵⁵,so¹³ka⁵⁵ɣo²¹dʑo³³kʰu³³;

和失聪者谈话，是有意讲给别人听；

na³³dʑi³³tɕi⁵⁵li¹³pɿ³³,pɿ³³du³³ve⁵⁵du³³tu⁵⁵.

在失明者前跳，是有意跳给别人看。

n̩ɿ²¹ʐʊ³³du³³sɿ³³ŋɿ¹³mbu⁵⁵,sɿ³³ʔo⁵⁵hʊ²¹lu³³mu³³dʑ̩³³ɖu⁵⁵.

青藤有时长得比树还高，但它全靠爬在树的身上。

zi²¹du³³kʰu³³nɿ²¹ʔu³³tsʰ̩³³ʔu³³kɯ⁵⁵,so²¹no⁵⁵ma⁵⁵ŋɯ²¹nʊ³³so²¹dʑu³³tɕʰa³³.

在水井边梳头，不是讨乖就是讨骂。

le²¹ku³³du⁵⁵ʐʊ³³vu³³ze³³du⁵⁵,ɣa²¹pi¹³du⁵⁵ʐʊ³³dʑo²¹ɣo²¹du⁵⁵.

公牛的力气大，公鸡的道理长。

so¹³dʑʊ²¹ʐʊ³³dʑʊ²¹tʰʊ⁵⁵,gu²¹tɕi¹³tɕa³³pʊ³³gu⁵⁵mu³³tʰa²¹mu³³.

当着旁人的面，不要倒穿自己的蓑衣。

ꑓꏦꂷ十ꎿ，ꑓ月ꃀ々ꎿ田ꃪ。

su¹³mbʋ³³zu³³tsʰu²¹ʐʋ³³,su¹³ʂu³³nɯ¹³tʰa²¹ʐʋ³³ma⁵⁵de³³.

十个富人的儿子，顶不上一个穷人的姑娘。

ꄮꊼꁘ田ꒉ，ꑟꊩꁘ田田ꒉ。

bu³³hɿ³³ga⁵⁵lu³³ŋɯ³³,ʔa³³sʅ¹³ga⁵⁵lu³³ma⁵⁵ŋɯ³³.

庙是从前的庙，和尚不是从前的和尚。

ꎭꆿꃀꇓꌦ，ꎿꋋꉪꁱꇗ。

ʂu⁵⁵bo²¹tʋ¹³so²¹mo⁵⁵,ʐʋ²¹ʐʋ³³tɕʰi¹³tʰʋ⁵⁵na³³.

举火把照他人，自己的脚下却是黑的。

ꊷꆏꃀꁮꄆꌠ，ꀯꆏꃅꃀꈠꃪ田ꃪ。

tʂʰʅ¹³hu¹³bo²¹nde³³tʰu⁵⁵tɕy⁵⁵lʋ³³,ȵy³³hu¹³mi¹³gu²¹vi²¹ma⁵⁵de³³.

与其养野鹿放山上，不如喂老牛犁菜园。

ꄤꊿꊏꄆꃶ，ꆴꍌꈤꃪꒉ。

hʋ²¹lu³³tʂu¹³sɯ³³mu³³,na²¹dʐo²¹pe⁵⁵ma⁵⁵ŋɯ³³.

公羊后退时，不要以为它在让你。

ꉪꄛꇬꉻꋋ，ꈌꌦꎸꄮꊿ。

hɿ²¹pu²¹ʐe³³sʅ³³sʅ³³,dʐe²¹nʋ³³ʐo³³ɣa³³do²¹.

嘴是笑的，牙是痒的。

ꋕꎹꎼ田ꄟ，ꃅꆺꈝ田ꄟ。

ŋdʐʋ²¹do¹³ndʋ³³ma²¹dɿ¹³,du⁵⁵ŋɿ³³no³³ma²¹dɿ¹³.

毒酒喝不得，谣言听不得。

ꄤꋾꅉꄮꄤꆐ，ꌶꋾꅉꄮꌶꆐ。

hʋ²¹ndʑi²¹gu⁵⁵nʋ³³hʋ²¹tsu¹³,zɿ¹³ndʑi²¹gu⁵⁵nʋ³³zɿ¹³tsɯ¹³.

披着羊皮是羊，披着狼皮是狼。

文化教育

ᱹᱚᱶ ᱳᱜ ᱚᱰᱷ，ᱶ 三 ᱬ ᱽ ᱍ。
su¹³ve¹³so¹³tɕʰy³³tɕi⁵⁵,du⁵⁵su³³kʰɯ¹³ɣo²¹hɪ⁵⁵.

偷人的贼，也有三句话可答。

ᱛᱩᱪ ᱙ ᱹᱹᱽ，ᱵ ᱺ ᱞᱽ ᱤᱽᱬ。
ha³³nɪ⁵⁵ʂe¹³ɣa³³zʊ²¹tɕi⁵⁵,na³³du³³mɪ³³tu³³kɯ¹³ɕɪ³³.

黄鼠狼偷鸡，也会把眼睛闭起。

ᱟᱶ ᱳ ᱜᱤᱬ，ᱶᱷ ᱷ ᱬᱛ ᱍ；
zɪ¹³tɕʰi³³hʊ²¹me³³fe³³,ŋɖu³³hʊ²¹pʰu²¹lu⁵⁵n̩dʐo³³;

狼对狗摇头摆尾，为的是混进羊群；

ᱛᱩᱪ ᱙ ᱹᱹᱷᱱ，ᱹᱛ ᱤᱴᱥᱷ ᱍ。
ha³³nɪ⁵⁵ʂe¹³ɣa³³da³³tʰɯ⁵⁵xʊ²¹,ɣa³³fu³³tʰa²¹mbʊ³³ʂo¹³dzu³³n̩dʐo³³.

黄鼠狼给鸡拜年，为的是饱餐一顿。

ᱹ ᱝ ᱺᱲᱽ，ᱶ ᱳᱽ ᱪᱽ。
te¹³na³³dʑi²¹ndu²¹kɯ¹³,du⁵⁵ŋɡɪ³³so²¹tʂʰɯ³³kɯ¹³.

乌云能遮住太阳，谎言也能骗住人。

ᱹ ᱝ ᱞᱛᱵ，ᱶ ᱳᱶᱛᱳᱲ。
te¹³na³³hɪ²¹li²¹mu³³,du⁵⁵ŋɡɪ³³tsʰʊ²¹li²¹ka¹³.

乌云靠风吹，谎言靠人辨。

ᱜᱤᱜ ᱳ ᱷ ᱽ，ᱶᱤ ᱡ ᱺᱳ。
tsu⁵⁵ma²¹tsu⁵⁵so¹³kʊ³³hɪ⁵⁵,dʐ̩²¹ma²¹dʐ̩²¹zʊ³³nɪ³³ndy⁵⁵.

造谣由得别人的嘴，证实要靠自己的脑子。

ᱹᱴᱤᱵᱲ，ᱶᱴ ᱍᱹᱶ。
tʰu⁵⁵nʊ³³lɪ⁵⁵tʰe³³tʰe³³,nɪ³³nʊ³³pʊ³³tʰo²¹nɪ³³.

长的是麻子脸面，生的是绸缎心肠。

芳䄷◌⼟言ⴽ⒉，ⵏ丂帯ⵏ丑ⵊⴽ矢。

tʂa¹³mo⁵⁵na³³kʰɯ²¹su²¹tʰa³³tɕi⁵⁵,ɣa³³mi²¹tɕa³³ɣa³³mu³³ʐʊ²¹kɯ¹³.

岩鹰的眼睛再尖，有时也错把鸡毛抓上天。

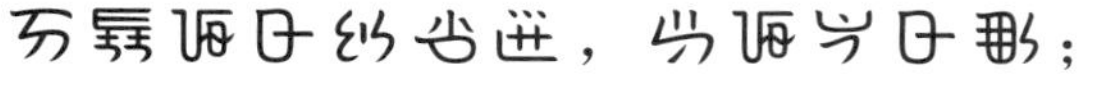

丂彔�392ⴽ39⒉进，ⵕ彔ⵗ3ⴽ弼；

ʔa²¹dʐɯ³³ʔa¹³tɕʰo³³so²¹nɪ³³dɛ²¹,kʰʊ²¹ʔa¹³ɕɪ²¹tɕʰo³³ŋɯ³³;

乌鸦的叫声虽讨厌，却是它自己的；

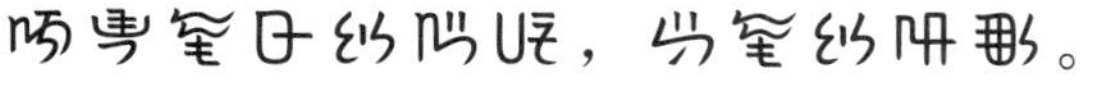

吶䄷⑨3ⴽ39吲倸，ⵕ⑨393吶弼。

ŋa³³tʂʰu¹³ndʐɯ³³tɕʰo³³so¹³no¹³so²¹,kʰʊ²¹ndʐɯ³³so³³ndzo¹³ŋɯ⁵⁵.

画眉歌声虽悦耳，句句是学来的。

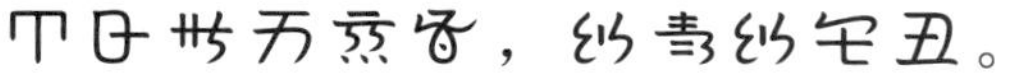

ⵙ3ⴽ㸄丂煮各，39靑39宅丑。

dʐɯ³³tɕʰo³³ʑe³³mi³³hʊ²¹ba⁵⁵,so²¹tɕo³³so²¹tʂo⁵⁵mu³³.

雷声大雨点小，全是为了装点门面。

㔾⺃3巴㽞乣凡，㔾⺃凷㽞叅工。

vɿ³³tʰa²¹ʔu³³di¹³su¹³vu³³,vɿ³³tʰa²¹pu³³di¹³sʅ⁵⁵zu³³.

满头戴花是疯子，戴一朵花是仙子。

芳⑨3ⴽ，丂ⵘⴹⵕ叅矢；䟖⑨3ⴽ，㐈㗅ⴹⵕ叅矢。

tʂa¹³na³³tʰa³³,mi³³nɯ¹³le⁵⁵tɕʰy⁵⁵kɯ¹³;ŋʊ³³na³³tʰa³³,ʑi²¹de²¹le⁵⁵tɕʰy⁵⁵kɯ¹³.

鹰眼尖，也会被浓雾迷住；鱼眼尖，也会被浑水糊涂。

ⵔ丂䄷巴ⴸ，ⵔ㲛乙㐈⺅。

dʑi²¹dʊ³³bo²¹ʔu³³tʰu⁵⁵,dʑi²¹ʑɿ²¹ʂe¹³ʑi²¹do⁵⁵.

太阳虽然照在龙头山上，阴影却常落在金沙江上。

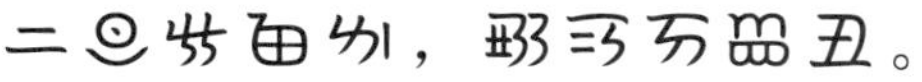

二⑨凷田匁，䟖㇁丂㽞丑。

ȵɿ⁵⁵na³³no⁵⁵ma²¹ka¹³,tɕʰɿ¹³bu³³ʔa³³mi⁵⁵mu³³.

眼睛不识货，老虎当花猫。

ꋬꆈꂿꉬꀕꎥꒉ，ꇖꈭꋧꉬꌠꈌꊪꈬ。

tɕʰi³³mo⁵⁵ʂʅ²¹zɿ³³se²¹pʰu³³se⁵⁵,ɣa³³pi¹³ba⁵⁵zʅ³³n̩ɪ²¹suɯ³³ka¹³.

黄狗再瘦也分得清主客，公鸡再小也分得清昼夜。

ꄀꄮꅉꀕꇬꀕꐙ，ꑸꄌꎧꈾꁦꃆꂷ。

ʔo⁵⁵ny³³tɕʰy¹³kʰa³³ma²¹kʰa³³zɿ³³,zi²¹ha³³le⁵⁵tʂa¹³ɳɖe³³ɖo²¹kɯ¹³.

水牛角再硬，也经不住几回下锅煮。

ꈜꀊꆼꂘ，ꆅꁨꇫꃆꐒ。

so¹³ʔu³³lʊ²¹hu³³,na²¹di¹³li²¹ma²¹ʐʊ⁵⁵.

别人戴的顶子，给你戴就失去了光彩。

ꇤꇤꇤꏸꅪꈎꃆ，ꆈꀕꆣꀕꂷꄀꄉ。

gu⁵⁵n̩dʐo²¹gu⁵⁵zɿ³³mi¹³tʰu⁵⁵ɖʊ⁵⁵,no⁵⁵tʂu³³tsu⁵⁵tʰuɯ²¹nɪ³³ʔo⁵⁵dʐʊ³³.

雁过投影在地下，事过好坏在心头。

ꅇꊐꄊꁈꐚꂯꂵꎭ。

la¹³tʂu³³tsʰuɯ²¹pʊ¹³tɕi⁵⁵dʐʅ²¹ma²¹ʂe¹³.

十指生手上，也不一样长。

ꇐꋬꈜꃆꈌ，ꈜꈌꋬꃆꇐ。

lu¹³tɕʰi³³so²¹ma²¹kɪ³³,so²¹kʰɪ³³tɕʰi³³ma²¹lu¹³.

爱叫的狗不咬人，咬人的狗不爱叫。

ꑘꇬꅉꀘꃚꃤ，ꑙꄉꅉꄊꉆꅝ。

ɕo³³tsu⁵⁵tʰa²¹ɖu²¹ze²¹vi²¹,ɕo²¹da³³tʰa²¹zɿ³³no⁵⁵n̩ɖu³³.

学好用一辈子，学坏误一家子。

ꀊꈌꄉꇤꒉꅪꄜ，ꈷꋤꄉꁦꏂꐰꌦ。

ʔa³³kʰʊ⁵⁵tɕa³³gu⁵⁵sɿ³³mo⁵⁵tʰʊ³³,xuɯ²¹tsʰʊ²¹tɕa³³li²¹ny²¹ʂʅ³³zɿ¹³.

镰刀拿去砍大树，斧头用来割青草。

ꂰ ꌠ ꇫ ꆼ ꎆ ꀕ ꉪ，ꂰ ꌦ ꉌ ꀕ ꑌ ꌊ ꈪ ꈐ
ma²¹me²¹dʑa³³dzu³³nʊ³³ɣʊ¹³pʰu²¹,ma²¹dzʐ̩¹³xɯ⁵⁵du⁵⁵no¹³so²¹nɿ³³tɕʰi⁵⁵.

不熟的饭吃了胀气，不真的话听了气人。

ꎔ ꀕ ꐊ ꅋ ꋬ ꌦ ꍸ ꒉ ꆊ，ꌟ ꁨ ꀕ ꈉ ꅐ ꑘ ꅋ。
ʂu³³zu²¹tʰʊ⁵⁵tʂʰʊ⁵⁵ʑe²¹dzʐ²¹dzu³³ɣo²¹se⁵⁵, zi²¹dzɿ³³kʰe⁵⁵nʊ³³bu³³dzu³³kʰa³³du³³.

患难中才识朋友真假，战场上方显出英雄好汉。

ꂵ ꃅ ꄀ ꒙ ꆪ，ꇬ ꅉ ꌊ ꅪ ꆪ。
mu³³ŋdzu⁵⁵tsʰʊ²¹se⁵⁵kɯ¹³,lʊ³³pʰu⁵⁵so²¹ŋɖa¹³kɯ¹³.

名马会认人，石板会滑人。

ꉢ ꈜ ꈌ ꒙ ꀕ，ꀕ ꈜ ꎔ ꒙；ꀕ ꈜ ꆪ ꒙，ꀕ ꈜ ꉢ ꑳ ꒙。
ɣa³³ʑe³³no³³nʊ³³,hɿ⁵⁵du³³ɲɣ³³sɯ⁵⁵ʑe³³;ɲɣ³³ʑe⁵⁵xɯ⁵⁵no⁵⁵,hɿ¹³du³³ɣa³³ba⁵⁵sɯ⁵⁵.

有鸡样大的事，说成牛样大；有牛样大的事，说成鸡样小。

ꍌ ꉢ ꎈ ꑠ ꉨ ꀕ ꑘ ꆧ，ꄀ ꒋ ꎈ ꑠ ꉨ ꀕ ꎀ ꆧ。
dze³³mu³³ŋɯ³³ɕɿ²¹na³³nʊ³³gʊ¹³tʂʊ¹³,tsʰʊ²¹kʰa³³ŋɯ³³ɕɿ²¹na³³nʊ³³tʰe²¹fu¹³.

是骏马，要看它走转；是勇士，要看他冲杀。

ꂭ ꓘ ꂭ ꉕ ꀕ ꉢ ꃤ ꈴ ꅪ，ꄀ ꇐ ꄀ ꌋ ꀕ ꅉ ꒙ ꈴ ꆂ。
mi³³nɿ²¹mi³³ha³³nʊ³³ɣa³³mbi²¹li²¹fu¹³,tsʰʊ²¹tsu⁵⁵tsʰʊ²¹xɿ¹³nʊ³³hɿ⁵⁵sɯ³³li²¹na³³.

白天夜晚从鸡叫时分，好人坏人从言行来看。

ꎶ ꎸ ꇩ ꀕ ꑟ ꌊ ꒙，ꇤ ꒰ ꊖ ꂱ ꅉ；
ɣɯ²¹mo⁵⁵tɕi¹³nʊ³³du³³zi²¹sɯ⁵⁵,ɬu¹³ɣo²¹ŋɿ³³ma²¹do²¹;

是熊胆是蜂蜜，骗不过舌头；

ꈪ ꒰ ꎔ ꎆ ꒉ ꀕ，ꑌ ꄨ ꒰ ꊖ ꂱ ꅉ。
gɯ²¹pa³³xɯ⁵⁵tʂʊ⁵⁵ʑe²¹nʊ³³,na³³ʈa³³ʈa³³ɣo²¹ŋɿ³³ma²¹do²¹.

是敌人是朋友，骗不过众人。

ꑢꀕꀧꀉꄸꂷꀭꑸꅰꉬ，ꐛꋀꀧꂷꀭꊫꄻꃜꀀꒉ。

n̩³³ke³³nʊ³³kʰe⁵⁵ʂo²¹tʂʰʊ⁵⁵ze²¹xɯ⁵⁵zi³³ʂɿ³³,ʔa³³xʊ³³nʊ³³tʂʰʊ⁵⁵ze²¹ʑa¹³mi³³ʂe¹³tʰu⁵⁵tu³³.

诚恳是团结朋友的彩带，虚伪是劈开朋友的长剑。

ꍺꌠꅉꃅꄮ，ꀕꑸꎭꌧꀠ。

ʐy¹³su⁵⁵dze³³mu³³ɬu³³,nɯ⁵⁵ʂa³³ve²¹la¹³bo²¹.

郎舅换坐骑，彝汉有生意。

ꄯꁭꌅꀨꒉ，ꑸꂷꁌꄆꄧ；ꇍꎔꇿꇱꒉ，ꇍꄮꅂꄆꄧ。

tɕʰi¹³bu³³hɿ¹³kʰɯ³³tʰʊ⁵⁵,dʊ²¹mʊ¹³tʰʊ³³ma⁵⁵me¹³;no²¹tsʰɿ³³to²¹tsu⁵⁵tʰʊ⁵⁵,no²¹ŋgu²¹n̩³³ma⁵⁵me¹³.

等老虎进了家，已来不及砍棍；等配好了良药，已来不及治疗。

ꂿꂱꉻꌦꂷ，ꍝꂳꌅꄚꇌ。

mi¹³me¹³ɣo³³se⁵⁵no³³,dʑo²¹mo⁵⁵so²¹to⁵⁵le²¹.

知道的地名多，指路就容易。

ꄷꄆꑴꄆꇬ，ꍓꄆꄡꄆꇬ。

tɕʰi⁵⁵ma²¹kʰu¹³ma²¹li²¹,ʑi²¹ma²¹xɯ⁵⁵ma²¹li²¹.

妻不叫不来，水不引不来。

ꄷꑟꆪꄆꀨ，ꃈꑟꆪꄆꇀ。

n̩dʑo³³dzu²¹dzu³³ma²¹lʊ¹³,fu¹³dzu²¹dzu³³ma²¹go²¹.

挂念饭吃不够，别离饭难吃。

ꄆꑟꀜꄮꄮ，ꄆꄜꄊꄮꈶ。

ma²¹fu³³va¹³tʰa²¹lɯ³³,ma²¹tʂa¹³n̩dzɿ²¹tʰa²¹pu³³.

不杀的一头猪，不烤的一缸酒。

ꍾꑿꄛꄍꄮ，ꍾꑟꄛꄆꄍ。

ʐʊ²¹ʐʊ³³gu²¹kɯ¹³ɕi³³,ʐʊ²¹se⁵⁵gu²¹ma²¹kɯ¹³.

我命可完结，我知不完结。

ꊏꇬꋊꂷꑊ，ꉼꇬꋊꋊꑊ。

çi¹³li²¹ʐʊ²¹ma²¹se⁵⁵,hi³³li²¹nʊ³³ʐʊ²¹se⁵⁵.

将死不自知，饥饿始自知。

ꋊꎝꄜꋊꌦꋊꍞ，ꋊꅍꄜꋊꌦꊿꑊ。

ʐʊ²¹ʂu³³tʰɯ¹³nʊ³³so²¹ze²¹,ʐʊ²¹no²¹tʰu³³nʊ³³tsʰʅ³³ɣo²¹se⁵⁵.

称穷困遭人笑，称生病别人告诉药。

ꌦꊪꐩꄜꇬꑼꃤ，ꌋꊪꊪꄜꇬꏦꆠꉺ。

so²¹dzu²¹ŋgu¹³nʊ³³tɕʰi³³ʐi¹³so²¹,su²¹dzu²¹dzu³³no³³tɕʰi³³ni³³hu²¹.

人做饭时狗贪睡，人吃饭时狗心慌。

ꅂꉼꂷꈐꌦꄜꐷ，ꅂꉼꂷꈐꂥꀱꉺ。

du⁵⁵hi⁵⁵ma²¹ku¹³so²¹nʊ³³çy²¹,du⁵⁵hi⁵⁵ma²¹ku¹³me¹³ba⁵⁵ɣo²¹.

不会措辞惹人气，不会说话得绰号。

ꃴꉻꀾ，ꆈꉻꀻ，ꋊꁧꋊꑊꃘ。

vu³³hʊ²¹pʰʊ²¹,ne³³hʊ²¹pe⁵⁵,ʐʊ²¹bo²¹ʐʊ²¹se⁵⁵mu³³.

远见躲，近见让，自己要识趣。

ꁮꊪꈌꈬꇋꄠꂾ，ꃀꄜꊥꍈꂷꈎ。

bu²¹dzu³³kʰʊ³³ɬu¹³tʰa²¹ʂu⁵⁵,mo²¹nʊ³³vi²¹tsʰɯ²¹ma²¹nɯ³³.

男人不惹是非，妇女不长胡子。

ꀊꑵꉻꋊꂷꉙ，ꀻꑝꀻꃈꂷꑊ。

ʔa²¹ɣu⁵⁵ʐu³³ma²¹ço²¹,pʰi⁵⁵pʰi³³no⁵⁵ma²¹se⁵⁵.

养儿不学史，不知祖先事。

ꋍꋊꋬꇋꃨ，ꋍꋊꅉꇋꌦ。

ʐu³³ɳdʐo³³fu³³tʰa²¹tʂu³³,ʐu³³ɳdʐo³³xu²¹tʰa²¹ɳdʐʅ³³.

爱子莫喂肉，爱儿莫给刀玩。

ꊒꂰꆈꑩꆈꇱꀮ，ꌐꇤꒉꂷꆈꆈꉬ。
mi¹³du³³se⁵⁵su¹³dʑo²¹mo⁵⁵hʊ²¹,so²¹hɪ⁵⁵du⁵⁵no¹³dʑo²¹ma²¹tʂʊ¹³.
地形熟者来指路，听人话则不走弯路。

ꆅꊂꇀꒉꎀ，ꄮꌧꐯꒉꄷ。
na²¹ku¹³ʂo¹³li²¹tʰʊ⁵⁵,tʂʰu³³tɕi⁵⁵vu⁵⁵gɪ³³go¹³.
你找秤来时，姜都卖完了。

ꆈꀕꌧꀕꊝ，ꌧꀕꁘꂷꑿ。
nɪ²¹ndy⁵⁵sɯ³³ndy⁵⁵ndy⁵⁵,sɯ³³ndy⁵⁵ʑi²¹ma⁵⁵jo²¹.
白天思念发了呆，夜间思念入梦境。

ꀉꇁꀉꇊꏦ，ꌐꅝꌐꁌ；ꁌꄿꁌꆈꏦ，ꌐꆅꌐꃅ。
ʔa³³lu³³ʔa³³le³³ɕi¹³,so²¹no⁵⁵so²¹pu¹³;pu¹³do³³pu¹³gɪ³³ɕi¹³,so²¹ne⁵⁵so²¹mu³³.
阿娄阿来死，其事其理；布朵布耿死，人死做斋。

ꌧꄚꌐꆈꇄ，ꑻꄚꄮꆈꃮ。
su¹³du³³so²¹li²¹tʂʰɯ³³,ɣa³³dɯ²¹ṭa¹³li²¹xɯ²¹.
傻瓜被人哄，傻鸡被鹰抓。

ꌧꄚꑴꂷꇀ，ꑱꎭꑴꂷꇀ。
su¹³du³³ɕi¹³ma²¹ku¹³,hy³³ʐʊ¹³ɕi¹³ma²¹ku¹³.
憨人不会死，丑人不会死。

ꎭꀭꇤꂷꍀ，ꎭꆆꄈꂷꍀ。
ndʑo²¹lɯ²¹nʊ³³ma²¹tsu⁵⁵,ndʑo²¹li³³nɪ³³ma²¹tsu⁵⁵.
过去也不好，过来也不好。

ꃅꄉꎭꃅꆅ，ꀫꅉꇱꂷꉏ，ꑴꀫꄿꑇꀮ。
na³³tʰa²¹ʐʊ²¹na³³du³³,bo²¹kʰɯ³³tʰa²¹lɯ³³hɪ¹³,ɕi⁵⁵bo²¹ga¹³ɣo¹³hʊ²¹.
锐利是我眼，站在一垭口，望见七垭口。

78

ꃀꂷꉏꅝꌦꄻ，ꄢꂷꍣꅝꆀꈎꋌ。
mi³³ma²¹hɪ²¹nʊ³³sɪ³³ɬɯ³³,du⁵⁵ma²¹dʐo³³nʊ³³nɪ²¹kʊ³³dʐʊ³³.

不吹风儿树摇，不闻言就心悸。

ꌒꋠꀨꂷꈌ，ꂷꌒꋠꀨꈌ。
se⁵⁵su¹³pa³³ma²¹kʰa³³,ma²¹se¹³su¹³pa³³kʰa³³.

知者不困难，难者不知道。

ꎭꋠꉖꂷꁧ，ꎭꋠꆅꂷꁧ。
ʂu³³su¹³tʰu⁵⁵ma²¹bo²¹,ʂu³³su¹³na³³ma²¹bo²¹.

穷时没有脸，穷时没有面。

ꎭꂽꊠꂷꐔ，ꌬꀖꊠꂷꐔ，ꆈꊠꄸꊠꐔ。
ʂu³³mbʊ³³tsʰ̩³³ma²¹dʐʊ²¹,so²¹ndy⁵⁵tsʰ̩³³ma²¹dʐʊ²¹,no²¹tsʰ̩²¹to¹³tsʰ̩³³dʐʊ²¹.

穷富药没有，想人药没有，病药毒药有。

ꄠꋐꀙꅺ，ꄠꋐꅍꅺ。
tʰa²¹tsɪ¹³he³³he³³,tʰa²¹tsɪ¹³ge²¹ge³³.

一代昏庸，一代明者。

ꄠꏃꎿꉄꅰ，ꋏꏃꎿꉄꁮ。
tʰa²¹ʐɪ³³hɪ²¹ŋgʊ³³pi⁵⁵,tsʰɯ²¹ʐɪ³³hɪ²¹ŋgʊ³³pʰu²¹.

关了一家门，开了十家门。

ꆈꆂꋪꅉꅺ，ꅍꒉꄻꅉꈌ。
ndzu³³hʊ²¹tɕi⁵⁵tʰa²¹lu²¹,dzu²¹dzu³³du⁵⁵tʰa²¹he¹³.

见官莫朝前，吃饭莫在后。

ꉪꏸꌦꅓꎁ，ꃅꋤꌦꐰꃆ。
ŋdzʐ²¹ndu²¹su¹³tɕʰo³³ʐe³³,mu³³dze³³su¹³tɕʰʊ²¹mu³³.

喝酒声音大，骑马显得高。

文化教育

ꍈꌦꆈ莫ꉙꌦ，ꆈꍈꌦ莫ꇰ。

$\mathsf{z}u^{21}la^{13}bi^{33}ma^{21}\mathsf{z}o^{21},bi^{33}\mathsf{z}u^{21}la^{13}ma^{21}kh_1^{33}.$

手不拿虫，虫不咬手。

ꍈꀋ三ꁱ，ꀈꉺ罗ꂓ。

$tsh_u^{21}dz\mathsf{u}^{21}su^{33}ph_u^{21},\mathsf{z}i^{21}gu^{55}na^{13}du^{21}.$

人上三群，深水敢过。

ꀜꀮꈛ牙瓦ꀭꍈꄷ。

$vu^{33}\mathsf{n}_1^{21}dzi^{21}nu^{33}mi^{33}t\mathsf{u}^{13}ma^{21}de^{55}.$

远的太阳赶不上近处的火热。

ꈛꀘꄉꀘ黑，～ꀋꀘ莫山；ꃅꀋ丑ꀋ山，牙ꉈꀋ莫山。

$ndzu^{33}lu^{21}mo^{55}lu^{55}di^{13},fe^{13}\mathsf{s}u^{55}lu^{21}ma^{21}\mathsf{yo}^{21};pu^{13}lu^{21}mu^{21}lu^{33}\mathsf{yo}^{21},se^{21}\mathsf{z}e^{33}lu^{33}ma^{21}\mathsf{yo}^{21}.$

官吏有规章，施政没规则；布摩有规章，插神座没规则。

ꂘꑟꑭ多ꍈ，ꂘ丰牙ꑭꈣ；ꂘꈣꑭꑟꍈ，ꂘꑟꑭ己罗。

$mo^{21}he^{33}zu^{33}du^{21}zu^{33},mo^{21}\mathsf{s}a^{33}nu^{33}zu^{33}th_u^{33};mo^{21}du^{21}zu^{33}he^{33}zu^{33},mo^{21}he^{33}zu^{33}li^{21}ts_1^{13}.$

好母生歹儿，母脸被儿丢；丑母生好儿，儿为母争气。

ꋠꀈ趴莫ꈬ，凶ꆈ习莫山。

$\mathsf{z}e^{55}\mathsf{z}i^{21}\mathsf{z}y^{21}ma^{21}g_1^{33},su^{33}\mathsf{\c{c}}o^{21}de^{33}ma^{21}\mathsf{yo}^{21}.$

江水流不断，学习无止境。

莫ꇐꍈ莫ꈬ，莫ꆈꀘ莫ꀭ。

$ma^{21}mo^{55}tsh_u^{21}ma^{21}th_u^{13},ma^{21}\mathsf{\c{c}}o^{21}th_u^{13}ma^{21}ku^{13}.$

不教不成人，不学不成匠。

半ꀈ运ꄧ莫ꄧ牙ꑘꃅ豆ꊪ，ꅪꀏꈭ莫几牙ꇐ岁ꍷ。

$\mathsf{n}y^{33}h_u^{21}dz_\mathsf{l}^{55}\mathsf{z}ur^{21}dz_\mathsf{l}^{55}ma^{21}\mathsf{z}ur^{33}nu^{33}t_u^{13}\mathsf{z}e^{55}\mathsf{n}_1^{13}\mathsf{n}ur^{21},?a^{33}\mathsf{n}a^{55}nu^{55}ma^{21}se^{55}nu^{33}mo^{55}t\mathsf{\c{c}}h_i^{13}dza^{33}.$

牛羊发展不发展在放牧，小孩懂事不懂事在教育。

ᕈᗈ�States...

ꝛ山ᅲᗷ岁뷰ᄈ，廾冈ᅲ电举几ᅲᄈ。

vu³³ɖɯ²¹xɯ⁵⁵fa¹³ta¹³hʊ²¹xɯ⁵⁵no³³,kʰu³³ɕo²¹xɯ⁵⁵tsʰʊ²¹ɬa¹³se⁵⁵xɯ⁵⁵no³³.

远飞的岩鹰见得多，勤学的青年懂得多。

ꙍᄃᄈ，岁ᇬ儿；ᄑ兀ᄈ，几岁儿。

ʂʅ²¹bu³³no³³,dzu²¹zi²¹ne³³;du⁵⁵fe²¹no³³,se⁵⁵hʊ²¹ne³³.

杂草多，庄稼少；空话多，知识少。

ꙍ田뷰彐-ᅫ33姉꙳田ᄉ，乳ᆢ田ꞅ举ꙍ田ᄊ。

ʐʊ³³ma²¹ŋge²¹xɯ⁵⁵sʅ³³kʊ³³bi⁵⁵du²¹tsʰɯ¹³ma²¹pi¹³,mo⁵⁵tɕʰi¹³ma²¹tsu⁵⁵ɬa¹³tʰʊ¹³ma²¹tʰʊ¹³.

长不直的树木不能做梁，教育不好的青年不成材。

己步生台ᅲ电，几岁ᄈ元꙳；

tɕʰi³³tɕʊ¹³la¹³nɪ⁵⁵xɯ⁵⁵tsʰʊ²¹,se⁵⁵hʊ²¹nʊ³³nʅ³³de²¹;

勤学苦练的人，知识多又广；

凵冈ꝴ絶ᅲ电，ꞥ田ꙮ胼ᄓ岁。

su¹³ɕo²¹ɖo²¹za¹³xɯ⁵⁵tsʰʊ²¹,ʔa³³nʊ¹³pʊ³³ku⁵⁵ɬʊ³³sɯ⁵⁵.

学习松懈的人，像猴子掰苞谷。

ꝴᆢ山中ᅲ，山ꙋ姉ᅫᅉᄴᅲ凵；

tsʅ⁵⁵to²¹ɖɯ²¹ndzo³³nʊ³³,ɖɯ²¹du³³zʊ²¹kʊ²¹kʰɯ³³mi¹³tʰʊ⁵⁵yo²¹;

只要云雀愿飞，总有飞到目的地的时候；

♡残あ中ᅲ，あꙋ姉ᅉᄴᅲ凵。

ʔɯ⁵⁵pu³³tʰʅ³³ndzo³³nʊ³³,tʰʅ³³du³³zʊ²¹kʰɯ³³mi¹³tʰʊ⁵⁵yo²¹.

只要青蛙肯跳，总有跳到目的地的时候。

ᅲ乃田肸ᅲ彐-生，姉ꞅᅉ世田ꝴ。

pʰa²¹kʰɯ³³ma²¹di¹³xɯ⁵⁵sʅ¹³go¹³,te¹³vi²¹mi¹³pʊ³³ma²¹do²¹.

不装铧口的犁头，不能犁田翻地。

ひ羊丹乱ろ，峠瓜业双；工)二み万み历，且亡业双。

hʊ²¹he²¹tɕʰo³³dʑ¹³pie³³,ɬo¹³su¹³nɪ³³dzy²¹;zu³³me³³du⁵⁵hɪ⁵⁵dutʂʰa¹³,pʰu⁵⁵mo²¹nɪ³³dzy²¹.

绵羊叫声明亮，牧人高兴；儿女说话庄重，父母喜欢。

ʒ-毌山开瓦历苹枾，几岜毌山开巳毌枾。

sɪ³³ma²¹ɣo²¹nʊ³³mi³³tʊ¹³to¹³kʰa³³,se⁵⁵hʊ²¹ma²¹ɣo²¹nʊ³³na³³ma²¹ge²¹.

没有木柴难烧火，没有文化眼不明。

ち枾开扴几，电枾开泛斃毌。

mu³³mo⁵⁵nʊ³³dzo²¹se⁵⁵,tsʰʊ²¹mo⁵⁵nʊ³³fe¹³nʊ³³no³³.

马老能识途，人老经验多。

殊己开书み囶亡⽨ㄨ，ʒみ开枾꾰枾毌兀ꗪ。

po³³lɪ³³nʊ³³ʑe⁵⁵zi²¹xɯ²¹mo²¹dʑ³³dʑe⁵⁵,te¹³zi⁵⁵nʊ³³bo²¹ʔu³³fa¹³zu⁵⁵.

波涛能连通江河海洋，云彩能隐没高山险峰。

い岿几岜毌祈电，毌⽨开斗万州。

tʰa²¹ʐʊ²¹se⁵⁵hʊ²¹nʊ³³xɯ⁵⁵tsʰʊ²¹,ma²¹ɕo³³nʊ³³du⁵⁵tʂʰʊ³³do⁵⁵.

一个很有知识的人，不学习就要落后。

万畐万亡ꗪ⽨，馸ʒ万ひ ꗪ⽨。

ʔa³³mi⁵⁵ha³³kʰɪ³³ɕo³³,tɕʰɪ¹³bu³³tʂʰʊ⁵⁵hʊ²¹kʰɪ³³ɕo³³.

跟猫学咬老鼠，跟老虎学咬羊子。

⽨罗い比万吕，⽨꿼い枾扎州。

ɕo³³tsu⁵⁵tʰa²¹du²¹ze²¹vi²¹,ɕo³³da³³tʰa²¹zɪ³³kʊ¹³du⁵⁵.

学好用一辈子，学坏误一家子。

⼟开み山山⼁坒枾，电开几岜山瓜中峯。

lu³³nʊ³³ŋa³³xɯ³³ɣo²¹se⁵⁵pʰi³³kʰa³³,tsʰʊ²¹nʊ³³se⁵⁵hʊ²¹ɣo²¹su¹³ndʑo³³tsʰ̩³³.

獐子因有麝香而贵，人因有知识而受人敬。

ꀻꆈꈌꆈꊇ，ꇖꋅꆈꊁꎸꆏ。
lʊ³³mo²¹na⁵⁵sɯ⁵⁵kʰɯ²¹,zi²¹ŋdzʐ¹³sɯ⁵⁵ve³³ma²¹ço¹³.
要像青石那样坚固，莫学柳枝那样飘摇。

ꑌꀕꆏꅉꄉꁮꊪ，ꃀꄡꆏꅉꄉꁮꈼ。
se⁵⁵hʊ²¹ma²¹ɣo²¹nʊ³³su¹³dɯ²¹,mu⁵⁵tɕʰi¹³ma²¹ɣo²¹nʊ³³su¹³he¹³.
没知识就愚笨，无教养就粗鲁。

ꉆꆀꇊꇖꈚꆏꈎ，ꑶꊩꈨꄿꇈꈚꆏꈎ。
ŋgu²¹mi²¹kʰʊ³³lo³³ʂu⁵⁵ma²¹kɯ¹³,ɣa³³ɕy³³xɯ²¹tsʰʊ²¹kʰe⁵⁵ʂu⁵⁵ma²¹kɯ¹³.
荞面不会粘在斗笠上，鸡血不会粘在斧子上。

ꇩꆦꄉꄷꎷ，ꇖꆦꄉꊪꎷ。
ŋo²¹ɳɿ¹³nʊ³³le²¹ʂe¹³,be⁵⁵ɳɿ¹³nʊ³³me³³ʂe¹³.
看鹅看颈长，看鸭看尾长。

ꄉꑳꄉꊸꀺꆀꏜ，ꊰꄉꊰꊸꀺꅂꇤ。
ʈa¹³mo⁵⁵ʈa¹³ba⁵⁵xe⁵⁵ɖɯ²¹mu³³,mu³³nʊ³³mu³³ba⁵⁵xe⁵⁵zɯ⁵⁵tʰe²¹.
鹰领雏鹰高飞，马带马驹奔跑。

ꅂꄉꅂꈗꈎ，ꀐꔹꅂꆏꈗ。
tsʰʊ²¹nʊ³³tsʰʊ²¹ku⁵⁵kɯ¹³,ʔa³³ɣɯ⁵⁵tsʰʊ²¹ma²¹kɯ⁵⁵.
人可以包庇人，历史不包庇人。

ꁱꄉꀮꃸꈈꈬꏜ，ꆀꒉꆏꀌꈭ。
zɿ¹³nʊ³³ʔu³³nʊ³³du³³na¹³no³³,ɳɯ⁵⁵ŋga¹³su¹³dzɯ²¹hu³³.
狼在打主意，猎人要预防。

ꆏꊸꆏꇖꈷ，ꄼꄉꄂꄽꀱ。
ɖu³³ba⁵⁵ɖu³³zi²¹tʂɯ⁵⁵,tʂʰu¹³nʊ³³hɿ²¹dzi³³ndy⁵⁵.
蜂儿酿花蜜，只愿甜人间。

ʒʒ ʒ ʒ ʒ ，ʒ ʒ ʒ ʒ 。
dzu²¹te¹³nʋ³³tʂʰʋ³³hu¹³,zu³³hu¹³mo⁵⁵tɕʰi²¹hu¹³.
庄稼要薅铲，养儿要教育。

几 ʒ ʒ ，ʒ ʒ 。
se⁵⁵mi⁵⁵ɕo³³ndzo¹³hu¹³,ke⁵⁵fu³³kʰu³³di¹³hu¹³.
知识靠学习，富贵靠勤劳。

ʒ ，ʒ 。
lʋ³³ma²¹dzɿ³³ma²¹du²¹,tsʰʋ²¹ma²¹ndzo¹³ma²¹se⁵⁵.
石不凿不通，人不学不知。

ʒ ，ʒ 。
ɬa¹³lo²¹ma²¹ve¹³nʋ³³,mo⁵⁵no⁵⁵tɕ³³ma²¹se⁵⁵.
青年不学歌，不懂老辈事。

ʒ ，ʒ 。
ndzo¹³lo²¹kɯ¹³lo²¹mu³³,ʑʋ³³li¹³kɯ¹³ma⁵⁵ŋɯ²¹.
只有边学边会，没有生来就会。

ʒ ，ʒ 。
ze³³su¹³pʰu⁵⁵nʋ³³no¹³,ba²¹la⁵⁵hʋ²¹no³³mo⁵⁵.
遇长辈就请教，见小孩要指导。

ʒ ，ʒ 。
lʋ³³na³³na³³ʈo¹³kʋ¹³pi¹³,du⁵⁵so²¹tɕʰa³³mo⁵⁵du⁵⁵ŋɯ³³.
煤炭虽黑可取暖，忠言逆耳可教人。

ʒ ，ʒ ；ʒ ，ʒ 。
ndzu³³zu³³ŋɡu²¹ma²¹du³³,he³³du²¹ɕɿ²¹ma²¹se⁵⁵;mo⁵⁵zu³³ŋɡu²¹ma²¹du³³,lu²¹no⁵⁵tsɯ¹³ma²¹tʰʋ¹³.
君长不出门，是非认不得；臣子不出门，民事办不成。

卢比数·谚语篇

ᄔ ᅮ ᅚ �en ᅚ，ᅘ ᅥ ᅜ ᅠ。

pu¹³zu³³ŋgɯ²¹ma²¹dʊ³³,sɿ⁵⁵ʂu³³ndɯ³³ma²¹do²¹.

布摩不出门，不能驱斯署。

ᅥ ᅮ ᅚ ᅜ ᅠ，ᅘ ᅮ ᅠ ᅜ ᅠ。

sɿ³³mo⁵⁵no³³tʂʰu²¹no³³,tsʰʊ²¹mo⁵⁵kʰu³³lu³³no³³.

树老根须多，人老经验多。

ᄛ ᅥ ᅮ ᅜ ᅜ ᅠ，ᅯ ᅥ ᅘ ᄔ ᅠ；ᄛ ᅥ ᅮ ᅜ ᅠ，ᅘ ᅘ ᅮ ᅜ ᅟ。

lu²¹kʊ³³mo⁵⁵su¹³dzʊ²¹,ȵy³³mu³³ne⁵⁵ma²¹kɯ¹³;lu²¹kʊ³³pʰʊ²¹mo⁵⁵nɿ²¹,no⁵⁵ɖu⁵⁵li²¹nʊ³³ne³³.

寨中有老人，牛马不会丢；村里有寨老，祸事出得少。

ᅮ ᅜ ᄔ ᅜ ᅠ，ᅦ ᅘ ᅧ ᅘ ᅮ ᅜ ᅟ。

mo⁵⁵su¹³nɿ³³ndy⁵⁵no⁵⁵,ɬa¹³ba⁵⁵na³³tʰa³³de⁵⁵ma²¹bu³³.

老人用心想，胜过少年明亮的眼睛。

ᅘ ᅜ ᅘ ᅜ ᅟ，ᅦ ᅚ ᅧ ᅘ ᅟ。

ʑe³³su¹³ʑe³³ma²¹se⁵⁵,ba²¹la⁵⁵ɕɿ²¹lʊ³³ndzo³³.

大人不自尊，小孩会效仿。

ᅮ ᅜ ᅮ ᅜ ᅡ，ᅜ ᅚ ᅧ ᅜ ᅟ。

mo⁵⁵su¹³du⁵⁵lu²¹pi¹³,ma²¹dzʐ²¹du⁵⁵ma²¹dɿ¹³.

老人说的卢比，不能说不真。

ᅦ ᅮ ᅭ ᅟ ᅟ，ᅦ ᅚ ᅤ ᅟ ᅦ。

me³³ndy⁵⁵li²¹so²¹pa³³,me³³pʰɿ²¹ɣa¹³kɯ¹³hu¹³.

想拿绸缎去帮人，须学会织绸。

ᅮ ᅜ ᅮ ᅜ ᅡ，ᅚ ᅮ ᅟ ᅦ ᅟ。

mo⁵⁵su¹³du⁵⁵ma²¹no¹³,ŋgɯ²¹dʊ³³ʈa¹³le⁵⁵ndo³³.

不听老人言，出门被鹰踢。

�translitꝛ

3-中3-巴中，ꃅ吶ꑍ𝆏ꏸ。
sɿ³³kʰe³³sɿ³³ʔu³³kʰe³³,du⁵⁵no¹³mo⁵⁵su¹³ʂo¹³.
劈柴劈柴头，问话问老人。

𝆏ꋊ丑罗吅，ꑍꏸꃅ吶8~。
no⁵⁵ke³³mu²¹tsu⁵⁵ndy⁵⁵,mo⁵⁵su¹³du⁵⁵no¹³hu¹³.
想把事办好，还得问老人。

中ꇨ甶𝇅，中ꑓ甶ꇖ。
mʊ¹³kʊ³³ma²¹be²¹,mʊ³³du³³ma²¹ʐʊ³³.
笋壳不脱，竹子不长。

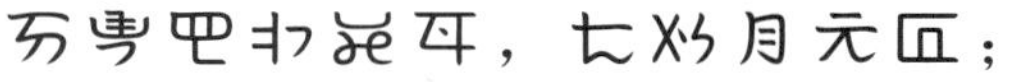

ꀿꋊ巴扌ꉘ牙，ꄮꑌ月元匹；
ʔa³³tʂʰu³³ʔu³³kʊ¹³ʂe¹³nʊ³³,ha³³ʐo²¹dzu³³ȵɿ³³me¹³;
只要猫儿老命长，还有机会抓鼠尝；

ꄮꀘ巴扌ꉘꀘ，ꋾꄀ戈元匹。
ha²¹mo²¹ʔu³³kʊ¹³ʂe¹³se⁵⁵,zu³³ɬi¹³hu¹³ȵɿ³³me¹³.
只要母鼠老命长，还有机会养儿孙。

吶ꊪꅺꊘꋊ罗ꉘ，ꂷꄷꅺ甶ꐨꋊ月。
ŋa³³ba⁵⁵tʰa²¹ke¹³ɕi¹³tʊ⁵⁵ʂe¹³,bi³³ʔa⁵⁵tʰa²¹lɯ³³zi²¹ke³³dzu³³.
一只鸟儿起得早，必先捡到虫子吃。

ꄀꊿ亡ꦴꊭ，ꦴ山ꆈ甶山。
ʔa²¹ȵy²¹mo²¹kʰe²¹ŋʊ²¹,kʰe²¹yo²¹ʐɿ¹³ma²¹yo²¹.
蜘蛛牵丝线，有线没有针。

ꄀꊿꦴ山ꆈ甶山，ꂷꄜꆈ山ꦴ甶山；
ʔa³³ȵy²¹kʰe²¹yo²¹ʐɿ¹³ma²¹yo²¹,du³³mu³³zɿ¹³yo²¹kʰe²¹ma²¹yo²¹;
蜘蛛有线却无针，蜂儿有针却无线；

卢比数·谚语篇

ᚻ二ᢂ万牙，ᥬ山ᤜ山帚。

$\mathtt{ci^{21}n_{\mathtt{J}}^{55}dz_{\mathtt{L}}^{33}ts^{h}\upsilon^{55}n\upsilon^{33},k^{h}e^{21}\gamma o^{21}z_{\mathtt{I}}^{13}\gamma o^{21}lo^{33}.}$

你俩若团结，有针又有线。

ᥬ己卉牙屯甶ᣰ，电ᠺ乃牙ᣟ甶帚。

$\mathtt{\eta a^{33}l_{\mathtt{J}}^{21}mbi^{21}n\upsilon^{33}fu^{33}ma^{21}di^{13},ts^{h}\upsilon^{33}bu^{33}pie^{13}n\upsilon^{33}fe^{33}ma^{21}k^{h}a^{33}.}$

鸟爱鸣叫身无肉，人过自夸无真才。

万ᤄ甶氒毛丑ᚻ万，ᢣ万甶氒毛丑ᚻ下。

$\mathtt{\Omega a^{33}\eta a^{55}ma^{21}mo^{55}la^{55}mu^{33}su\text{\i}^{55}h_{\mathtt{I}}^{55},mu^{33}\Omega a^{55}ma^{21}mu^{55}la^{55}mu^{33}su\text{\i}^{55}\eta d\upsilon^{33}.}$

小孩儿不教乱说，小马不调教乱踢。

万ᥩᣄᣄ炒ᚻ，並ᥩᣄᣄ累ᚻ。

$\mathtt{\Omega a^{33}ts^{h}u^{33}tc\upsilon^{55}ha^{33}zo^{21}ku^{13},z_{\mathtt{I}}^{13}na^{33}tc\upsilon^{55}h\upsilon^{21}k^{h}_{\mathtt{J}}^{33}ku^{13}.}$

跟猫会抓耗子，和狼会咬羊子。

万ᤄᣄ甶几ᥫ，ᥬ㣺ᥫ甶几ᣄ。

$\mathtt{\Omega a^{33}\eta a^{55}tsu^{13}go^{21}se^{55}ndy^{55},su^{13}ze^{33}ndy^{55}go^{21}se^{55}tsu^{13}.}$

小孩儿做了再想，大人想了再做。

十二己万ᤄ，万甶几ᥫ；元十己ᥬᥬ，ᥫ甶几万。

$\mathtt{ts^{h}u^{33}n_{\mathtt{J}}^{55}k^{h}\upsilon^{13}\Omega a^{33}\eta a^{55},h_{\mathtt{I}}^{55}go^{21}se^{55}ndy^{55};tc\upsilon^{13}ts^{h}u_{\mathtt{J}}^{21}k^{h}\upsilon^{13}mo^{55}su^{13},ndy^{55}go^{21}se^{55}h_{\mathtt{I}}^{55}.}$

十二岁小孩，讲了再想；六十岁老人，想了再讲。

ᥬ廿ᥪ几ᠻ㣺ᥦ，ᥜ屯己几ᠻ牙ᥦ。

$\mathtt{be^{21}du^{33}lu{\text{\i}}^{55}se^{55}k^{h}e^{33}ts\upsilon^{33}k^{h}a^{33},su^{33}du^{33}dz\upsilon^{21}se^{55}k^{h}e^{33}se^{21}k^{h}u^{33}.}$

掉进洞时才想起绳，遇灾难时才想起神。

ᥩᥫᣄᥤᥩ屯万。

$\mathtt{be^{55}su^{55}z_{\mathtt{I}}^{21}t_{\mathtt{L}}^{h}a^{33}z\upsilon^{21}la^{33}xu^{55}.}$

像鸭泼水淋自身。

ㄥ甶朴，氚甶日；工甶乳，沁甶山。

mbu³³ma²¹de³³,tsʰ1³³ma²¹tʰu¹³;zu³³ma²¹mo⁵⁵,fe³³ma²¹ɣo²¹.

衣不捣，洗不白；儿不教，不成才。

ㄥ开幺罗几爹，辛开旦罗几爪。

mbu³³nʊ³³tʊ²¹tsu⁵⁵se⁵⁵tsʰe⁵⁵,tɕʰa¹³nʊ³³na³³tsu⁵⁵se⁵⁵tʰɯ⁵⁵.

衣要量好再剪裁，箭要看准再放。

米月勹开米斗㐀，米月勹承彐㐀。

tʂʰɯ⁵⁵dzɯ²¹go²¹nʊ³³tʂʰɯ²¹du⁵⁵ndy⁵⁵,tʂʰɯ²¹dzɯ²¹go²¹ndzʊ³³du⁵⁵ndy⁵⁵.

吃了午饭备晚饭，吃了晚饭备早饭。

�off�ㄎ希士，冗㢲凵希士。

tsʰɯ³³tɕi²¹ɕi²¹lo³³tɕi³³,tʰɯ⁵⁵ka⁵⁵ɖɯ²¹lo³³tɕi³³.

捏紧怕死，放开怕飞。

电沁豩己和，此㐃沁甶山，�880多㐀，㇄880书匀㐀。

tsʰʊ²¹fe¹³nʊ³³lɾ²¹dzʊ³³,tɕʰʊ²¹mɯ³³fe³³ma²¹ɣo²¹,dzʊ²¹tʰʊ⁵⁵kʰʊ²¹dzɑ³³ndy⁵⁵,ɕi¹³tʰʊ⁵⁵gʊ³³pʰʊ⁵⁵ndy⁵⁵.

人靠本事活，身高无本事，生时废衣裳，死了废棺材。

开又㢲ㄌ㛮罒ㄎ甶㕚，丂又㢲ㄌ此罒ㄎ甶㕚。

ti⁵⁵dɯ⁵⁵ka⁵⁵go²¹ɬi²¹nɾ³³tʂʊ¹³ma²¹pi¹³,hɾ⁵⁵dɯ⁵⁵ka⁵⁵go²¹ŋgʊ²¹nɾ³³tʂʊ¹³ma²¹pi¹³.

吐出的口痰吸不回，说出的话语收不回。

㇄㦬凵甶罗，㇄㔿朴甶罗。

tʰa²¹mʊ¹³ndu²¹ma²¹tsu⁵⁵,tʰa²¹dzɯ³³de³³ma²¹tsu⁵⁵.

打不好一粒，捞不好一把。

ㄎ支田支，㘴㔿甲㣁岜㲛艻？

ɣa³³pa⁵⁵mo²¹pa⁵⁵,kʰɯ²¹tʰʊ⁵⁵na²¹tɕʰi³³hʊ²¹lo³³ɕo³³?

小鸡吃奶，啥时候你又看见了？

ꈙꋧꈙꍷ双，ꈙꍷꀊꈙ双。

ɣa²¹mo²¹ɣa³³ʔa⁵⁵kʰu⁵⁵,ɣa⁵⁵ʔa⁵⁵bi²¹dɯ²¹kʰu⁵⁵.

母鸡生鸡崽，鸡崽生蛔虫。

ꈙꏸꀕꍬꓼ，ꄷꊂꀕꍬꊂ。

ɣa³³ʂʅ³³me³³ma²¹dʐu³³,tsʰu²¹fe²¹nɿ³³ma²¹fe²¹.

鸡瘦尾不倒，人穷志不穷。

ꈙꏸꀑꅉꏿꍬ，ꒉꒃꍷꀀꍹꉠꋐ。

ɣa³³ʂʅ³³tɕʰi³³lu⁵⁵dzu²¹ke³³,ʈa¹³mo⁵⁵mi³³kʰe³³dzu³³ɣo³³kʰe³³.

鸡儿草丛中觅食，没忘天上有老鹰。

ꈙꆈꀘꆈꈬꉐꍷ，ꀘꆈꈙꆈꈬꉐꂷ。

ɣa³³no⁵⁵ɲy³³no⁵⁵sɯ⁵⁵tʰa²¹hɿ⁵⁵,ɲy³³no⁵⁵ɣa³³no⁵⁵sɯ⁵⁵tʰa²¹mba⁵⁵.

鸡样大的事，莫说成牛样大；牛样大的事，莫说鸡样小。

ꍷꇴꍬꄚꎭꃉꍷ，ꀙꄚꍬꄚꎭꀀꀙ。

fe³³sɯ¹³ma²¹pi¹³no³³sɯ⁵⁵ŋo¹³,ŋge²¹ŋgo²¹ma²¹pi¹³no³³ve¹³ŋge²¹.

左扭不行就右扳，直去不便就横行。

ꍬꅞ，ꑘꄚ三ꄚ；ꃅꅞ，ꊷꁮ三ꊒ。

fe²¹ndy⁵⁵,zi³³ka³³sɯ³³ka³³;mbʊ³³ndy⁵⁵,tsʰʊ²¹pʰe²¹sɯ³³dzu³³.

要穷，只需三根烟杆；想富，要制三把锄头。

ꈎꅼꂷꄲꀕꋊꀙꋊ，ꀨꈛꌠꇁꊲꃴꈆ。

kɯ¹³na²¹lɿ²¹na³³se⁵⁵ɕi³³tɕʊ⁵⁵,tʂʰu³³pʰe³³tɕi⁵⁵vu⁵⁵go¹³.

识秤知钱时，姜已卖出手。

ꑽꇖꀕ，ꁧꌋꅒ；ꌋꇖꀕ，ꊱꍷꄲ；ꀕꐘꀕ，ꀒꀜꌠ。

ŋgu³³mi²¹ne³³,pa³³pa³³bu³³;tsʰu²¹mi²¹ne³³,vu⁵⁵ʑi³³ɖʅ³³;se⁵⁵hʊ²¹ne³³,ʔu³³nʊ¹³ʂu⁵⁵.

荞面少，粑粑薄；盐巴少，汤味淡；知识少，头脑笨。

ᙛ母ᎇ罒ᛕ，无ᙙ带ᛘ罨。

ngu³³na³³hɿ¹³tu³³pi¹³,xɯ²¹tɕʰy⁵⁵tɕa³³la¹³zu⁵⁵.

荞粑可放家里，钢枪要握在手中。

ᎇᛉ工田乿，又ᛘ工ᛃᏍ田束。

hɿ¹³dzʋ³³zu³³ma²¹mo⁵⁵,dɯ²¹dʋ³³zu³³na³³ʂe¹³ma²¹kʰu⁵⁵.

在家不教子，出门瞪他也无用。

ᛃᛟᛍ走子，ᙩ罗ᙤ甘沁沉，

hɿ¹³pu²¹nɿ³³kʰe³³dɯ⁵⁵,lʋ²¹pu¹³be²¹dʋ³³lo³³tʂ̩³³.

嘴说记得住，耳朵掉井里。

ᛃᛟᛝ不乥，ᙦᛰ耂双ᛟ。

hɿ¹³pu²¹ʐe²¹lɯ³³lɯ³³,dʐe²¹mo²¹nʋ³³ʐo³³pie¹³.

嘴巴笑盈盈，牙齿痒得很。

无ᛆ走田甘，走女走己。

xɯ²¹pʰu³³fu³³ma²¹tʂa¹³,fu³³kʰɯ²¹dɯ³³lɿ³³.

锅里不煮肉，肉从何处来。

ᛞ工啹㸚，ᛄ工苹㸚。

hʋ²¹tɯ³³ɬʋ¹³kʰa⁵⁵,sɿ³³tɯ³³to¹³kʰa⁵⁵.

独羊难放，独柴难烧。

纱ᛟ走，ᛄ山苗田ᛘ；ᛞᛟ走，ᛁ山ᛘ田ᛘ。

so²¹ndzʋ³³dɯ³³,mu³³ɣo¹³tʂu¹³ma⁵⁵do²¹;ʐʋ²¹ndzʋ³³dɯ³³,ŋa³³ɣo³³ke³³ma⁵⁵do²¹.

别人的过错，马也驮不起；自己的过错，鸟也啄不起。

ᛣᛉᛞ田士，ᛘᛟ田卡士。

dʐo²¹mo²¹ʂe¹³ma²¹tɕi²¹,ʔa²¹lʋ⁵⁵ma²¹sɯ³³tɕi³³.

不怕道路长，只怕不行动。

ꅞꊈꄮꑞꊈꁈꅺ，ꊈꃆꆏꑞꊈꃅꆆ。

dʑʊ³³ʐɪ¹³tɕi³³nʊ³³ʐɪ¹³lɿ²¹kʰɿ³³,ʐɪ¹³ndu²¹kɯ¹³nʊ³³ʐɪ¹³fu³³dʑu³³.

怕狼遭狼咬，打狼吃狼肉。

ꅉꇐꀿꂓꇐꈎ，ꂓꇐꀿꃤꇐꈎ。

ndy⁵⁵ŋdʑɯ³³lo³³na³³ŋdʑɯ³³kɯ¹³,na³³ŋdʑɯ³³lo³³tsɯ¹³ŋdʑɯ³³kɯ¹³.

想错了会看错，看错了会做错。

ꐱꈨꉌꄹꇲꅉ，ꄹꇲꉌꐱꈨꅉ。

tɕi⁵⁵gɯ³³hɿ¹³du⁵⁵gu³³ndy⁵⁵,du⁵⁵gɯ³³hɿ¹³tɕi⁵⁵gɯ³³ndy⁵⁵.

站在前时要想后，站在后时要想前。

ꌧꊍꃀꇆꑟꈭ，ꄐꆈꆀꆈꑟꈭ。

dʐo²¹ʂe¹³tɕʰi¹³sɯ³³ma²¹n̩dʐo³³,du³³no³³nɿ³³no¹³ma²¹n̩dʐo³³.

路远脚不愿走，话长心不愿听。

ꆿꊿꆿꁈꆆ，ꆿꁈꆿꈌꇈ。

la¹³tʂʰʅ²¹la¹³ŋgʊ²¹ʂu³³,la¹³ŋgʊ²¹la¹³kʊ²¹le²¹.

伸手容易缩手难，缩手会叫手难堪。

ꇐꁮꑳꐎꊐꃆꇉꁦ，ꉆꁮꑳꌕꊐꃻꑟꃻ。

lu¹³pie¹³xɯ⁵⁵tɕʰi²¹mo²¹lʊ²¹pu¹³pu⁵⁵,he²¹pie¹³xɯ⁵⁵ɣa²¹mo²¹ndo⁵⁵ma²¹ndo⁵⁵.

叫得凶的母狗吵耳朵，叫得凶的母鸡不生蛋。

ꑌꈲꌧꃲꎰꑟꅝ，ꋚꃷꁨꎔꎰꑟꅝ。

n̩y³³me²¹ʂu³³fe³³xo³³ma²¹do²¹,tsʰʊ³³kʰu³³du²¹mbʊ⁵⁵xo³³ma²¹do²¹.

牛的尾巴是甩不掉的，人的羞耻是盖不住的。

ꇉꄏꀿꈍꀄꒌꑟꃅ，ꃖꇤꒉꄜꑟꌺꑟꃅ。

lu²¹bo¹³na³³hʊ³³mi³³nɿ¹³ma⁵⁵de³³,mi³³tʊ¹³tsʰo²¹mo³³nɿ¹³dʑi²¹ma⁵⁵de³³.

月光亮不如白天，火塘暖不如太阳。

文化教育

生舒卅田凵，卅毋凵岢弓。

la²¹tʰʊ⁵⁵ngu²¹mi²¹ɣo²¹,ngu³³na¹³ɣo³³zu¹³do²¹.

手心有荞面，揉得了粑粑。

万曲岁巴夆，纩而夆牙天；向仢彡屶卄，纩杰它田孓。

mi³³gu²¹ta¹³na⁵⁵ve³³,so²¹kʰe⁵⁵ve³³nʊ³³n̩ɪ³³;vu³³dʊ²¹sɹ¹³ka¹³dʑʊ³³,so²¹tɕy³³dʑʊ³³ma²¹no⁵⁵.

天空黑鹰飞，才愿在人上；下雪树枝断，不愿在人下。

田芴牙芴曲，芴勺万田曲。

ma²¹tɕʰi⁵⁵nʊ³³tɕʰi⁵⁵n̩dʐo³³,tɕʰi⁵⁵go²¹ʔa³³ma³³n̩dʐo³³.

不嫁时想嫁，嫁后想阿妈。

ㄢ呆彐而先，先尕先己丑。

mu³³dze³³fa¹³kʰe⁵⁵tʂʊ³³,tʂʊ¹³lɯ⁵⁵tʂʊ¹³lɪ²¹mu³³.

骑马岩上转，转去转来的。

田壬田先召岃叒，田㕚田先曲岃万。

ma²¹tʊ²¹ma²¹la³³mbu³³tʰa²¹nɪ¹³,ma²¹ndy⁵⁵ma²¹la³³du⁵⁵tʰa²¹hɪ⁵⁵.

不测不量莫缝衣，不思不想别说话。

几卅辻田卯，苩丑屸又㐱。

se⁵⁵mi⁵⁵zɹ³³ma²¹pi¹³,tɕo¹³mu³³tʰɯ¹³dɯ⁵⁵ka⁵⁵.

知识忍不住，快点说出来。

丂粎帀弖氺，丂粎帀岢㐱。

ʔa³³ɕɪ⁵⁵lu²¹pi¹³ŋa¹³,ʔa³³ɕɪ⁵⁵lu²¹te⁵⁵zo²¹.

我们来追巧言，我们来捕妙语。

㐱乃曲迻，以而曲仒。

tʂʰɪ¹³tɕʰy¹³sɯ⁵⁵ʂu³³,va¹³bi³³sɯ⁵⁵tʅ¹³.

像羊角一样扭，像猪蹄一样分叉。

ꊟꈊꀊꉞꀄꑳ。

tʂʰɿ¹³su⁵⁵pɿ³³kʰʊ²¹fe²¹dɯ³³hɿ¹³.

像山羊一样只会跳去站在干燥处。

ꑠꊨꀨꈌꀋ，ꐎꊨꃀꇗꌠ。

ɣa³³ma²¹he²¹hɿ¹³tsʰu¹³,tɕʰi³³ma²¹lu¹³so²¹kʰɿ³³.

鸡不叫嘴肥，狗不吠咬人。

ꇉꈌꊨꇭ，ꎭꈌꈎꄖ。

ge³³du²¹ma²¹ʂu⁵⁵,ʂe³³du²¹ku³³tu³³.

裂缝不糊，缺口有印。

ꀋꆀꅰꀋꆀꄮ，ꀋꊪꊨꀕꀨ。

xu²¹de³³pʰu⁵⁵xu²¹de³³tʰʊ⁵⁵,xu²¹tsʰʊ²¹ma²¹ɣo²¹ɕɿ³³.

打铁匠打铁时，斧头还没有成形。

ꑍꌦꈌꐈꑍ，ꌦꊨꈌꌕꈌꑍ。

hʊ²¹du²¹dʐo²¹su³³ɳdʑu³³,ke³³du³³zɿ¹³gʊ³³pʰu⁵⁵.

蠢羊摸错路，恰恰遇花豹。

ꀆꎭꈈꑾꀆ，ꀆꊨꎭꌕꈈꀆ。

ɳdʑɿ³³kɯ¹³ɲɿ¹³ɳdʑɿ³³,ɳdʑɿ³³ma²¹kɯ¹³su³³ɲɿ²¹ɳdʑɿ³³.

会玩天天玩，不会玩只玩三天。

ꆖꈎꁌꈌꀉ，ꆅꆍꁨꈌꆖ。

le²¹ku³³pu³³ma²¹dʐo²¹,na²¹nʊ³³ʔa²¹ku²¹le²¹.

牯牛没驯好，你是窝囊废。

ꄲꋌꊂꈊꑚ，ꍞꈎꄷꈌꀕ；ꁧꑌꊪꎭꑚ，ꍞꈎꄷꊨꈈ。

ɬu⁵⁵tsɿ¹³kʰe⁵⁵du²¹lo³³,tʂʊ¹³lɿ²¹gu⁵⁵pi¹³ɕɿ³³;mbu³³le²¹ga³³ʂe³³lo³³,tʂʊ¹³lɿ²¹gu⁵⁵ma²¹pi¹³.

裤子膝上破，还能调朝后；衣服肩头烂，无法倒着穿。

牛玉ｉㄣ邢昮古埸， 牛兔ｉㄣ孟姓斗氺。

la¹³tʂu³³tʰɑ²¹pu¹³tʂʰʅ²¹tɕi⁵⁵ka⁵⁵,la¹³bo²¹tʰɑ²¹pʰɑ²¹mbi³³du⁵⁵ŋga¹³.

一个指头伸进来，一只臂膀随后到。

丝笋爪欠埸州而， 畷弓亨甶乇帛。

le²¹bu³³tʰɯ⁵⁵za¹³ka⁵⁵ɕi³³tʰɯ⁵⁵,tɕʰi¹³bu³³lɯ²¹ma²¹do²¹lo³³.

等把牛放倒，虎也动不了。

峃牛凡甶兀， 畷弓凡甶兀。

mi¹³se²¹kʰɯ³³ma²¹tʰɯ⁵⁵,tɕʰi¹³bu³³kʰɯ³³ma²¹tʰɯ⁵⁵.

地神不开口，老虎不抓猪。

瓦乃害甶沆，下幼䢞帛古； 万)＝害甶劧， 岂卡岳帛古。

mi³³tu¹³tɕo¹³ma²¹ku²¹,nʊ³³zi²¹pʰu²¹lo³³tɕi³³,ʔa²¹me³³tɕo¹³ma²¹tɕʰi⁵⁵,dzʊ²¹suɯ³³ndzɯ³³lo³³tɕi³³.

火旺不退柴，怕豆浆暴涨；女儿不快嫁，怕误入歧途。

万甶不而廿， 万)＝乇圭狝。

ʔa³³ma³³lɯ²¹tʰʊ⁵⁵no³³,ʔa²¹me³³dzʊ²¹dɯ³³da³³.

妈妈去得多，女儿婚姻散。

万帀帶芳古， 万肝帶ｉㄣ古。

mi³³ɳɹ²¹dzʊ³³ta¹³tɕi³³,mi³³kʰɹ⁵⁵dzʊ³³va¹³tɕi³³.

白天怕老鹰，夜晚怕野猪。

ㄣ牅岂亡几， 电牅万芐几。

mu³³mo⁵⁵dzo²¹mo²¹se⁵⁵,tsʰu³³mo⁵⁵mi³³no⁵⁵se⁵⁵.

马老能识途，人老经验多。

万古彐甶劧， 万烝万熱灬。

mi³³tsʰʊ¹³sʅ³³ma²¹ke³³,mi³³hʊ³³mi³³tɕy¹³gɹ³³.

天晴不捡柴，雨天断炊烟。

卢比数·谚语篇

ꇖꃘꍂꊿꑌ，ꑎꃘꃤꊿꑌ。

mu³³ve²¹dze³³na³³ŋɪ¹³,n̠y³³ve²¹vi²¹na³³n̠ɪ¹³.

买马要试骑，买牛要试犁。

ꑎꉦꁌꂷꄷ，ꀈꁧꊪꂵꃚ。

n̠y³³ha³³pu³³ma²¹d̠o²¹,ʔu³³pɪ³³me²¹ʂu³³fe³³.

仔牛没驯熟，摇头甩尾巴。

ꇤꈾꀧꄨꏓꇰꀻꉈꃪꑽ？

na²¹dzʐ³³ndu²¹duɯ³³lɯ⁵⁵kʊ²¹pu²¹ŋo³³ʔa³³?

你想在打架场中借拳套吗？

ꋊꂷꎷꂷꀻ，ꇤꂷꎷꂷꄷ。

tsʰu³³ma⁵⁵ŋuɯ²¹ma²¹bo²¹,na²¹ma⁵⁵ŋuɯ²¹ma²¹d̠o²¹.

没有盐不咸，没有你不行。

ꅔꄖꃅꌺꊭ，ꀘꈫꇰꈫꃅ。

n̠ɪ²¹tʰʊ²¹mʊ³³su³³dzɯ²¹,bi²¹kuɯ¹³su⁵⁵kuɯ¹³mu³³.

甑底三对篾，能起要能收。

ꑎꂿꆀꈍꐂꆹꉖ，ꐂ꒰ꋅꑎꂿꇰꄯꇬ。

n̠y³³mo⁵⁵ni¹³kʰe⁵⁵ʂʐ³³lɪ²¹hʊ³³,ʂʐ³³ndzu²¹n̠y²¹mo⁵⁵le³³te⁵⁵go³³.

拴起老牛等嫩草，草发花开老牛倒。

ꆀꊯꇤꊿꇬꁋ，ꀻꄐꀂꂷꌠꇬ。

no²¹tsʰʅ³³na²¹ʂo¹³lɪ²¹tʰʊ⁵⁵,ʔu³³kʊ¹³tɕi⁵⁵ma²¹dzʊ²¹go³³.

等你找来药方时，老命已经不在了。

ꆀꑟꊯꂷꑚ，ꄔꑟꈭꂷꑚ。

no²¹ɣo²¹tsʰʅ³³ma²¹se⁵⁵,du⁵⁵ɣo²¹hɪ⁵⁵ma²¹se⁵⁵.

有病不知药，有话不知讲。

文化教育

ꇤꁴꋧꆀꋊ，ꇓꅪꁧꆀꋧꋊ。

na³³du³³hʊ²¹xɯ⁵⁵tʂʰu²¹,lʊ²¹pʊ¹³dʑo³³xɯ⁵⁵tʰa²¹tʂʰu.

要与眼见的开亲，不与耳闻的开亲。

ꆀꆤꃅꈬꇁꈾ，ꆧꇠꄉꁱꄜꂷꅉ。

na²¹nʊ³³du⁵⁵hɿ⁵⁵mu³³tʰa²¹ze³³,ʔa³³lo²¹du⁵⁵gu³³so¹³ma⁵⁵de³³.

劝你不要吹大话，恐怕今后不如人。

ꆿꍳꋓꀱꃪꎁꈬꈜꆏꄶ，ꋒꅫꇂꄻꃅꃀꑟꇁꆄꁤ。

la¹³tʂu³³tʂʰɯ²¹pu¹³su⁵⁵go¹³kʊ³³lu⁵⁵dɿ¹³,tʂʰɿ¹³tɕʰy¹³tʰa²¹dzu²¹sɯ⁵⁵tʅ¹³dɯ⁵⁵tʰa⁵⁵ka²¹.

要像十个手指弯进来，别学一双羊角拐出去。

ꆈꋆꑍ，ꆿꇲꑟꃀꈬ；ꈌꋆꑍ，ꋆꌊꇓꇌꈪꅔ。

no³³ʑi²¹ŋɯ³³,la¹³tʰʊ⁵⁵ɕi²¹ma²¹ku²¹;kʰa³³ʑi²¹ŋɯ³³,ʑi²¹ndza³³lʊ³³ku³³du³³du²¹.

软是水，不会腐蚀手；硬是水，水滴石会穿。

ꆀꅝꑘꆀꅉ，ꆀꎣꑘꆀꇘꍀ。

na²¹ndy⁵⁵ku¹³na²¹dɯ³³,na²¹ʂe¹³ku¹³na²¹ŋa⁵⁵ndʐo³³ɣo²¹.

你会想对你有益，会节约你儿就有晌午。

ꆈꐚꃅꆏꄶ，ꃅꌺꀕꀘꉿ。

no⁵⁵tɕʰi¹³nɿ³³lɯ⁵⁵tɕʰy⁵⁵,ma²¹pʰɿ¹³tɕi⁵⁵xʊ³³hu¹³.

事想在心里，不吐也拉稀。

ꇤꌕꃥꀨꋊ，ꅉꈛꈜꀟꈛ。

na³³du³³mi³³nde³³ka⁵⁵,dʐo²¹su³³kʊ³³ti¹³ku¹³.

眼睛瞪着天，走路会摔倒。

ꆀꎼꅝꑟꋊ，ꎼꆀꅝꀘꌦ。

na²¹ndʐʅ²¹tɕa³³za¹³ka⁵⁵,ndʐʅ²¹na²¹tɕa³³kʊ³³bu³³.

你把酒拿下，酒把你拿翻。

ꉙꃅꑘꄀꑘꀕꅉꅐꏂ，ꆿꂓꑷꀄꑷꀕꐚꂵꏂ。
ŋy³³hʊ²¹ŋdʑu²¹ma²¹ŋdʑu²¹nɯ³³ɬʊ¹³mo⁵⁵dza³³,ʔa³³ŋa⁵⁵ʑɿ²¹ma²¹ʐɿ²¹nɯ³³mo⁵⁵tsu²¹dʑa³³.
牛羊发展不发展在放牧，小孩懂事不懂事在教育。

ꆴꀉꒉꋼꅉꅐ，ꌦꅉꑷꀳ；ꆴꂾꒉꋼꅐ，ꌦꑷꅉꈌ。
na³³pʰu²¹tu³³mu³³no⁵⁵tsɿ¹³,so²¹de⁵⁵ma²¹bu³³;na³³mɿ³³tu³³mu³³hɿ⁵⁵,so²¹ma⁵⁵de³³kɯ¹³.
睁着眼睛做事，能胜过别人；闭着眼睛说话，不会强过别人。

ꆈꂓꊿꀕꊋ，ꊿꂓꆈꆏꀳ。
ne¹³mi³³tsʰu³³tʂʰɿ¹³kʰe³³,tsʰu³³mi¹³ne¹³tsʰo²¹ndy⁵⁵.
暑天不忘寒冬，寒冬别忘暑热。

ꀊꁌꄷꆿꑽ，ꄥꑷꅉꅐꀕ。
ʔu⁵⁵pu³³te¹³lɯ⁵⁵xy¹³,tɕʰo³³nʊ³³dʐɿ³³ma²¹hʊ²¹.
蛤蟆闹水田，一点不齐声。

ꑌꋪꈌꁌꅉ，ꑌꀕꑿꐉꄡ。
ŋʊ³³ʑi³³kɯ²¹bu³³ɖu³³,ŋʊ³³ʑy³³tɕʰy²¹tʰʊ²¹tu³³.
鱼汤虽然养身体，鱼刺却会卡喉咙。

ꀊꁌꑌꑷꋠ，ꀊꁌꊰꄔꑟ；ꌧꀟꈝꊋꊌ，ꌧꀟꆈꄔꑟ。
ʔu⁵⁵pu³³ʑa³³ma²¹zu⁵⁵,ʔu⁵⁵pu³³ndzu³³du³³yo²¹;ʂu²¹pi¹³ka³³dzu⁵⁵dzu³³,so²¹pi³³ndʐy²¹du³³yo²¹.
蛤蟆生得丑，有它的本事；雄雉生得好，有它的弱点。

ꀠꈌꑟꒉꊈꀮꃏ，ꊿꀕꑟꀺꄔꊦꄿ。
pʰu²¹kʰa³³dʐɿ³³bo²¹su³³ve¹³dʑɿ³³,me⁵⁵zʊ³³dʑɿ³³ndʑo³³ndzu³³zu³³dʊ³³.
邻里和睦盗贼怕，夫妻恩爱出才子。

ꄿꆪꊪꒉꋒ，ꊪꒉꅿꆏꑟ。
tɕʰi⁵⁵he³³lʊ²¹pu³³tʰu²¹,lʊ²¹pu³³ɕy³³ʂe³³ʂe³³.
临嫁才穿耳，耳朵血淋淋。

ꀕꇻꀕꊝꐯ，ꋆꀕꊝꋭꂷ。

tɕʰi¹³ɬʊ⁵⁵na²¹nʐ²¹so³³,dʑi²¹ɖu²¹na²¹n̩dza³³vu³³.

晌午你闲坐，日落你疯忙。

ꊋꎀꀕꁮꑭ，ꉙꀕꀮꄯꂷꑴ。

tɕʰi¹³bu³³dʑe²¹se³³se³³,ɕi²¹na²¹tʂʰʊ⁵⁵ze²¹ma⁵⁵ŋɯ²¹.

老虎龇着牙，不是对你笑。

ꀕꇻꊝꂦꐂ，ꋆꀕꑞꉜꄜ，ꌠꋥꌠꂷꑴ，ꄷꋥꄷꂷꑴ。

tɕʰi¹³ɬʊ⁵⁵vu³³tʂu²¹ɡʐ³³,dʑi²¹ɖu²¹pʰa¹³kʰɯ³³ndʐ³³,se¹³nʐ³³se¹³ma⁵⁵ŋɯ²¹,ɖe²¹nʐ³³ɖe²¹ma⁵⁵ŋɯ²¹.

晌午耕索断，日落铧口烂，早也不是，晚也不是。

ꀕꉛꑽꂷ，ꐒꉛꌃꂷ。

tɕʰa¹³nʊ³³ɡʊ¹³ŋɯ⁵⁵,dʑo²¹nʊ³³ŋe²¹ŋɯ⁵⁵.

弓是弯的，理是直的。

ꐘꀮꅐꑽꀊꅉꅐ，ꅺꁂꑞꑽꀊꅉꑲ。

tɕʰi³³na³³lu¹³kʰʊ²¹pi¹³mu³³lu¹³,ny¹³se¹³ɖa³³kʰʊ²¹pi¹³mu³³ɖa³³.

即使黑狗不停地叫，黄牛照样尽力吃草。

ꐘꐎꌞꀕꂷꋆ，ꄿꑼꁱꀕꂷꈎ。

tɕʰi³³me³³ʐy³³nʊ³³ma²¹do²¹,tsʰʊ³³nʐ³³bu³³nʊ³³ma²¹kʰa³³.

夹尾巴的狗无出息，胆子小的人没本领。

ꀕꑌꌝꇆꇐ，ꂛꀲꌦꂷꑴ。

tɕʰi¹³bi⁵⁵tɕa²¹dzu⁵⁵na³³,tʰa²¹nʐ²¹du³³ma⁵⁵ŋɯ²¹.

光脚板踩刺，非一日之功。

ꀕꉮꀕꑌꀊꅐ，ꑭꃅꐰꆈꂷ；

tɕʰa¹³nʊ³³tɕʰa¹³bi⁵⁵mu³³,ze⁵⁵ɲɯ⁵⁵ŋɡa¹³su¹³ŋɯ³³；

弄弓背弓的，是打猎人；

卢比数·谚语篇

丏北丏兀丑，电彡气丞删。

tɕʰa¹³tʰu⁵⁵tɕʰa¹³tʰɯ⁵⁵mu³³,tsʰʊ²¹ŋge²¹pʰu⁵⁵su¹³ŋɯ³³.

说话直爽的，是老实人。

朤弓己卬牙，狆中祥由匝。

tɕʰɪ¹³bu³³lɪ²¹tʰʊ⁵⁵nʊ³³,dʊ²¹mʊ³³tʰʊ³³ma²¹me¹³.

老虎进了家门，已来不及砍棒。

己箙由矩己酙亓，丹彐屮笏屮由亓。

tɕʰi⁵⁵ndi³³ma²¹di¹³tɕʰi¹³tʰʊ⁵⁵kʰa³³,ʂu³³du³³ɣo²¹dɪ¹³nɪ³³mo²¹kʰa³³.

不穿鞋袜脚板硬，患难重重意志坚。

考罗又，ㄐ讠婴几彐；讠ㄐ彐，丝九皿哜彐。

tɕʰi³³łu¹³tʂo⁵⁵,ʑi²¹tʰa²¹pu³³lɪ¹³do²¹;va¹³hɪ¹³du²¹,mi¹³tɕy³³tɕʰo²¹ndɪ¹³do²¹.

狗舌尖，能舔完一缸水；猪嘴筒，能拱遍九垧地。

纡竺纡中朳，纡舀生中朳。

so²¹mi¹³so²¹vu³³ʑe³³,so²¹ba²¹la⁵⁵vu³³ʑe³³.

他乡他人强，他人儿孙强。

並蒌器彳己讠肶，丂哟屮份丂哟肶。

zɪ¹³pʼe³³ɳɖɯ³³łʊ²¹li²¹va¹³ŋʊ²¹,ʔa²¹su³³nɪ³³bu³³ʔa²¹su³³zʊ²¹.

豹子进圈来拖猪，哪只胆小哪只着。

並己帋由士，兊由乛帋士。

zɪ¹³li²¹lo³³ma²¹tɕi²¹,łʊ²¹ma²¹kʰɯ²¹lo³³tɕi³³.

不怕狼进寨，只怕圈不牢。

丏汆丏由乿，考讠田汆由矴。

zu³³hu¹³zu³³ma²¹mo⁵⁵,tɕʰi³³tʰa²¹lɯ¹³hu¹³ma⁵⁵de³³.

养子不教子，不如养条狗。

文化教育

ꈌꋠ ...

ze⁵⁵lɯ⁵⁵tʂʰl̩¹³hu¹³nʊ³³,mo²¹gu³³lɯ⁵⁵n̩y²¹mo²¹hu¹³ma⁵⁵de³³.

与其山上养黄麂，不如麻园养母牛。

so²¹ʂu³³tʂʰɯ²¹kʰɤ²¹gɪ³³,tsa¹³so³³bo²¹no³³li²¹.

穷人断晚炊，救援山后事。

sɯ³³kʰʊ¹³no⁵⁵ma²¹mu²¹,sɪ³³tʂʰɯ²¹na²¹ŋo¹³mu³³.

三年不干活，树桩用手扳。

sɯ²¹tʂʰu³³zi¹³ma²¹tɕy³³,dzi²¹dʊ³³zi¹³ma⁵⁵tsʰo²¹.

三更不睡觉，日出忙做梦。

sɯ²¹kʰʊ¹³no⁵⁵ma²¹mu²¹,lu³³tɕa³³lu³³du²¹ʂu³³;sɯ²¹kʰʊ¹³tɕʰɯ³³ma²¹ŋa¹³,kuɯ¹³nde⁵⁵li³³du²¹ʂu³³.

三年不干活，驾牛使牛难；三年不赶场，称秤识钱难。

se²¹zɯ⁵⁵na²¹ma²¹sɯ³³,dɯ⁵⁵nʊ³³na²¹tʂʊ¹³ŋɖʊ³³.

牵起你不走，推起你倒踢。

so²¹he³³he³³tʂʰɯ²¹ma²¹ɣo²¹,so²¹ʂu³³ʂu⁵⁵ma²¹ɣo²¹.

富人无富根，穷人无穷种。

sɯ²¹kʰʊ¹³mbu³³ma²¹nɪ¹³,kʰe²¹do²¹zɪ¹³do²¹ʂu³³;sɯ²¹kʰʊ¹³tɕʰo³³ma²¹tsɯ¹³,tɕʰo¹³tsɪ¹³tɕʰo³³do²¹ʂu³³.

三年不裁缝，穿针引线难；三年不唱歌，吐字发音难

ꌺꂷꌺꎴꃅꒉꄮꌅ，ꌺꆈꌺꊨꃅꇜꄮꌅ。

so²¹dzu³³so²¹ndʊ²¹xɯ⁵⁵tʰa²¹ndzʊ¹³,so²¹no⁵⁵so²¹mu²¹xɯ⁵⁵lʊ³³ndzʊ¹³.

不学别人怎样吃喝，要学别人怎样做事。

ꌺꐔꄷꁈꑸ，ꄷꐔꎸꀕꆷ。

so²¹dzu²¹ʐʊ²¹na³³mbʊ³³,ʐʊ²¹dzu²¹ɣʊ¹³pu³³ɖu³³.

别人庄稼饱眼睛，自己庄稼饱肚皮。

ꌇꑆꉎꑊꀨꎻ，ꆈꄀꇬꑊꀑꎻ。

sɿ³³ɣɪ¹³xo²¹nʊ³³tʂʰe²¹sʅ⁵⁵,no⁵⁵hɪ⁵⁵tsu⁵⁵nʊ⁵⁵tsɯ¹³sʅ⁵⁵.

锯断的木头好抬，说断的事情好做。

ꌺꃹꈾꌇꋂ，ꄷꃹꈾꌇꋂ。

so²¹va¹³na³³na³³du⁵⁵,ʐʊ²¹va¹³na³³na³³du⁵⁵.

看见别人黑毛猪，就说自家猪毛黑。

ꌺꉬꄷꉬꄮ，ꇷꐗꁨꄿꄉꇷ。

so²¹hʊ³³ʐʊ²¹hʊ³³tʰʊ⁵⁵,gu²¹tɕi¹³pʊ³³tʰa²¹gu⁵⁵.

当着旁人面，别反穿蓑衣。

ꌇꃆꁉꄮꈼ，ꀏꄀꀏꊰꄽ。

sɿ³³mʊ⁵⁵pɪ¹³tʰʊ¹³kʰɯ³³,ʑɪ¹³kʰʊ⁵⁵ʑɪ¹³de³³do²¹.

大树刨到底，镰刀能割倒。

ꎭꇖꁈꃪꄽ，ꎭꇖꌺꀿꄷ。

ʂʅ³³n̩y²¹na³³ma²¹do²¹,ʂʅ²¹n̩y²¹so²¹pa¹³kɯ¹³.

瞧不起青草，青草会绊人。

ꌇꇬ，ꎸꄉꌇꃪꄮ；ꄫꇬ，ꈍꄷꌇꃪꄽ。

sɿ³³gʊ¹³,du²¹mo²¹mu³³ma²¹pi¹³;tsʰʊ³³gʊ¹³,ndzu³³zu³³mu³³ma²¹do²¹.

树弯，不能做大梁；人弯，不能做好汉。

文化教育

ʒ-ᥬᢩᢍᢍ田ᢍᢍ，ᢀᥬᢩ圆田ᢍᢍ。

sɿ³³kʰʊ²¹hʊ²¹ze⁵⁵mɑ⁵⁵ŋɯ²¹,zi²¹kʰʊ²¹hʊ²¹xɯ²¹mɑ⁵⁵ŋɯ²¹.

见树不一定是林，见水不一定是海。

ᥬᢍ⺆甲孔，甲ᢩᢍ中；ᢩᢍ⺆甲孔，甲十ᢍ中。

tʰɑ²¹bo²¹tʰɯ⁵⁵nɑ²¹bi⁵⁵,nɑ²¹no³³nɹ⁵⁵bo²¹ndzo³³;nɹ⁵⁵bo²¹tʰɯ⁵⁵nɑ²¹bi⁵⁵,nɑ³³tsʰɯ²¹bo²¹ndzo³³.

让你一步，想两步；让你两步，想十步。

ᢩᢩ岵晈ᢍᢍ，万ᢍᥕ田ᢍᢍ。

tʰo³³lɑ¹³gɑ⁵⁵ʂɯ⁵⁵ŋɯ³³,mi³³gu²¹tɕɹ¹³mɑ⁵⁵ŋɯ²¹.

这是手上垢，不是天上星。

ᥬᢩ甲田ᢍ，万ᢍ灵ᢍ⺆。

tʰɑ²¹du²¹nɑ²¹mɑ²¹tsɯ¹³,ʔɑ³³tʂʰu³³ku⁵⁵le²¹ve³³.

一样你不做，像猫打转转。

岵牙岵ᢀ，ᢀ牙ᢀᢀ；

ŋʊ²¹nʊ³³ŋʊ²¹ʂo¹³,be⁵⁵nʊ³³be⁵⁵ʂo¹³;

鹅寻鹅伴，鸭找鸭伴；

万田ᢍᥕʒ扃ᢀ，ᢍᢍ盼旺ʒ扃ᢀ。

ʔɑ³³nu¹³tʰʊ³³ʔo⁵⁵ʔo³³xɯ⁵⁵ʂo¹³,ʔɯ⁵⁵pu³³dɑ¹³tɕʰi²¹tɕʰi²¹xɯ⁵⁵ʂo¹³.

猴三找驮子，蛤蟆找瘫瘫。

ᥬᢍᢀ日田ᢀ，电ᢍ万田ᢍ。

vɑ¹³tsʰu¹³hɪ¹³mɑ²¹tsʰu¹³,tsʰʊ³³do²¹hɪ⁵⁵mɑ²¹do²¹.

猪肥嘴不肥，人懒嘴不懒。

中ᥬᢍᢍ山，瑶ᥬᢍᢍ孔。

vu³³kʰʊ²¹ʑe²¹ɣo²¹,vi²¹kʰʊ²¹ʑe²¹bi⁵⁵.

有多大力，负多大重。

卢比数·谚语篇

ꍓꄜꊈꃆꑌꈴꑌꑴꇑ，ꍓꄜꉜꃆꄲꇑꄲꇬꇑ。

ʔu²¹tʂɯ⁵⁵ze⁵⁵tɕi⁵⁵sɿ³³ŋge²¹sɿ³³gʋ¹³ɣo²¹,ʔu²¹tʂɯ⁵⁵su¹³tɕi⁵⁵tsʰʋ³³tsu⁵⁵tsʰʋ³³za¹³ɣo²¹.

什么林都有直树弯树，什么族都有好人坏人。

ꃴꃀꎹꀜꃴꃀꎸ，ꃀꁍꎹꀜꃀꈬꎸ。

vu⁵⁵mo²¹ʂu⁵⁵ɓa⁵⁵vu⁵⁵mo²¹ʑe³³,mo²¹na³³ʂu⁵⁵ɓa⁵⁵mo²¹ʐy³³ʑe³³.

萝卜籽虽小长出大萝卜，大麻仁虽小长出粗麻秆。

ꍚꄴꍚꃛꃀ，ꍚꊒꍚꀱꎭ。

va¹³ɬʋ²¹va¹³ndɿ¹³ɖa³³,va¹³dzu²¹va¹³pʋ³³ʂe⁵⁵.

猪圈猪拱垮，猪食猪打翻。

ꀕꁵꀠꀿꂷꑌ，ꉌꐎꑊꆏꂷꑌ。

bi²¹du²¹ʔu³³me³³ma²¹ɣo²¹,ŋʋ³³nʋ³³le²¹dzu¹³ma²¹ɣo²¹.

蚯蚓无头无尾，鱼儿无颈无腰。

ꀕꍤꍚꂤꄤꍚꈋ，ꀠꄲꍚꀕꁧꍚꄷ。

bi²¹ʐʋ⁵⁵tʰa²¹mʋ¹³dʐo²¹tʰa²¹ke¹³,ʔu³³tsʰʋ³³tʰa²¹zʋ²¹nɿ³³tʰa²¹lu³³.

一只蚂蚁一条路，一个人有一颗心。

ꌖꌺꄙ，ꃆꑌꇤꂷꄙ；ꁱꌺꄙ，ꉆꑌꈌꂷꄙ。

so²¹ndʑu³³du³³,mu³³ɣo³³tʂu¹³ma⁵⁵do²¹;ʐʋ²¹ndʐu³³du³³,ŋa³³ɣo³³ke³³ma⁵⁵do²¹.

别人的过错，马也驮不起，自己的过错，鸟也啄不起。

ꑍꂷꌷꃨꎂꂷꄙ，ꄲꊪꈻꅉꎂꂷꄙ。

n̠y³³me²¹ʂu³³fe³³xo³³ma²¹do²¹,tsʰʋ³³kʰu³³ɖu²¹mbʋ⁵⁵xo³³ma²¹do²¹.

牛的尾巴是甩不掉的，人的羞耻是盖不住的。

ꇿꂿꉔꇳꌒ，ꉔꄮꈧꂷꑊ。

ʔa³³mi⁵⁵ha³³ʐu²¹ndʑa³³,ha³³ndʑo³³xɯ⁵⁵ma²¹ŋu²¹.

猫儿逗老鼠玩，不是爱老鼠。

文化教育

103

ᱹᱶᱨᱡᱵᱷᱭᱹᱹᱨᱵ，ᱟᱹᱨᱹᱹᱹᱵᱹ。

$k^hw^{21}su^{21}mbv^{33}t\varphi i^{55}n\textsci^{33}ma^{21}lv^{13},da^{33}\textltailn\textsci^{21}z\textsci^{13}p^he^{33}h\textsci^{21}bu^{33}t\textsubwedge v^{13}$.

得寸进尺心不足，早晚豺狼要进屋。

ᱹᱵᱹᱹᱹᱹᱹᱹᱹᱵ，ᱹᱹᱹᱹᱹᱹᱵ。

$bo^{21}kv^{33}\textcommatailed e^{13}mv^{33}ts\textsci^{13}nv^{33}\textcommatailed e^{13},fa^{13}t\textcommatailed\textrtails^{33}be^{21}\textyogh i^{33}\textglotstop u^{33}mu^{33}$.

山中的金竹节子长，岩间的瀑布水头高。

丁玉牧哿
世相百态

並岜凶双夬，帀彡地月中；芎刕万曲夈，帀彡卄月中。
zı¹³pʰe³³pʰu²¹ze⁵⁵ȵɯ³³,ȵ̩²¹ȵ̩²¹hu²¹dzu³³n̩dzo³³;ʈa¹³mo⁵⁵mi³³gu²¹ve²¹,ȵ̩²¹ȵ̩²¹ɣa³³dzu³³n̩dzo³³.
豺狼藏山林，天天想吃羊；老鹰盘天空，天天想吃鸡。

並い田也万，欠十圭爪罗。
zı¹³tʰa²¹lɯ³³du³³do³³,ʈʂʰı¹³tsʰɯ²¹ke¹³bi²¹gɯ²¹.
一只狼出洞，十只羊危险。

万心亡雌囲雌夵罘彡，万夭囲雌呂凶区。
ʔa²¹n̩o³³mo²¹ɣa¹³ma²¹ɣa¹³do²¹ndu⁵⁵ndu³³,ʔa³³tʂe⁵⁵ma²¹ɣa¹³mbu³³ndu³³vı¹³.
蜘蛛再织网也是光屁股，喜鹊不织布却穿花衣裳。

卄工心卅浌，心卅卄岁万。
ɣa³³zu³³bi²¹dɯ²¹tʂʰe²¹,bi²¹dɯ²¹ɣa³³le²¹ʂu⁵⁵.
鸡想吃掉蚯蚓，蚯蚓想卡鸡喉咙。

严帯兄方卅彡历，眹万茄卅毛��夵。
dzɯ³³li⁵⁵pa¹³ka³³ʂo³³sı³³n̩dʑi²¹,ne¹³du³³xɯ⁵⁵ʂo¹³tsʰe¹³ʐu³³kɯ¹³.
疙里疙疤的松树皮，却长出芳香的松脂。

万田彡鲎夵，彡凶圭囲夵。
ʔa³³nu¹³mu³³tʂɯ¹³kɯ¹³,mu³³tɕi¹³ta³³ma²¹kɯ¹³.
猴子会赶马，不会卸驮子。

105

ᤏᤉ᤺ᤗᤀᤏᤉᤰᤏ，ᤄᤥᤣᤏᤗᤰᤏᤏᤰ。
vi¹³zi²¹tʊ⁵⁵nʊ³³mu³³ŋdzʊ⁵⁵sɯ⁵⁵,tʂʰʊ²¹lu³³tʂɯ¹³nʊ³³ɣa³³pi¹³sɯ⁵⁵.
嘶叫起来像骏马，驮起东西像公鸡。

ᤏᤉᤏᤗᤰᤏᤃᤰᤏᤰ，ᤄᤉᤏᤗᤰᤏᤃᤰᤏᤰ。
ɣa³³ba⁵⁵pʰʊ²¹du³³dzʊ⁵⁵kʊ³³lɯ⁵⁵,ʈa¹³tɕa³³pʰʊ²¹ndzo²¹dzʊ⁵⁵le⁵⁵ŋgu¹³.
小鸡躲进刺林中，躲过鹰抓被刺伤。

ᤏᤉᤏᤗᤰᤏᤃᤰᤏᤰ，ᤄᤉᤏᤗᤰᤏᤃᤰᤏᤰ。
ɕy³³nʊ³³tsʰʊ³³kɯ²¹bu³³kʰe⁵⁵tʂo²¹,mi²¹nʊ³³hʊ²¹kɯ²¹bu³³kʰe⁵⁵di¹³.
披毡披在人身上暖和，羊毛却长在羊身上。

ᤏᤉᤏᤗᤰ，ᤄᤉᤏᤰᤏᤰ。
ʔa³³gu¹³hɿ²¹ŋgʊ¹³ha¹³,hɿ²¹tɕʰi³³ŋgʊ²¹ma²¹dʊ³³.
弯刀整日守门后，看家狗终日不出户。

ᤏᤉᤏᤗᤰᤏ，ᤄᤉᤏᤏᤰ。
fi³³tʰu¹³dzu²¹sɯ⁵⁵dzu³³,mo²¹tsɯ²¹mbu³³sɯ⁵⁵vɿ¹³.
蒿草当饭吃，麻线当衣穿。

ᤏᤉᤏᤗᤰ，ᤄᤉᤏᤏᤰ。
tʰu³³nde⁵⁵ma²¹di¹³,la¹³nde⁵⁵ma²¹di¹³.
不生在腿上，不长在手上。

ᤏᤉᤏᤗᤰᤏᤃᤰᤏᤰᤏᤰ，ᤄᤉᤏᤰᤏᤰ；
sɿ³³tʰa²¹dze³³kʰe⁵⁵di¹³xɯ⁵⁵sɿ³³mo²¹,lɯ²¹lɯ²¹tʂʰu¹³ma²¹dʐɿ²¹;
一棵树上结的果子，不一定都是甜的；

ᤏᤉᤏᤗᤰᤏ，ᤄᤉᤏᤰᤏᤰ。
ʔa³³ma³³tʰa²¹ʐʊ³³ʔa³³ŋa⁵⁵,lɯ²¹lɯ²¹nɿ³³ma²¹dʐɿ²¹.
一个阿妈生的孩子，不一定都诚实。

ꌿꃘꂥ꓃꒪，�igꀯ꒰ꀊꈬ；
çy³³na³³tʰa²¹gu³³gu⁵⁵,ʔa³³dʐu³³hʊ²¹ma²¹hu¹³;
披上一身黑披毡，乌鸦不养羊；

꒻ꆈ꒻ꄲꋧ，ꀐꄲꆈꉙ。
le²¹be²¹le²¹tɕʰɯ³³di¹³,ʔa⁵⁵tʂe³³tʰɯ¹³ma²¹tʂʰɯ³³.
颈项上戴项圈，喜鹊不炼银。

ꉈꂿꎭꂿꈌꁭꑟ，ꀞꈤꂯꀝꈬ。
ŋgu²¹mu³³ʂʅ³³mu³³pʰi²¹li³³ɖe²¹,se²¹pʰu³³mi¹³ma²¹gu³³.
荞子燕麦囤满仓，主子不种地。

ꌠꊱꆀꀝꉬ，ꃅꇷꃅꆀꉬ。
so²¹ʐʊ²¹nʅ³³ma²¹ŋɩ³³,ʐʊ²¹li²¹ʐʊ²¹nʅ³³ŋɩ³³.
别人不相欺，自己欺自己。

ꃅꂊꅐꀞꌠꒉꌣ，ꃅꄩꅠꀞꌠꄚꆅ。
ʐʊ²¹zu³³dɯ²¹nʊ³³so²¹ɣo²¹dʑy²¹,ʐʊ²¹ndʐʅ²¹ndʊ²¹nʊ³³so¹³ɣʊ¹³no²¹.
我儿笨拙人高兴，我在喝酒人心疼。

ꄇꊖꊩꋙꋊ，ꌠꀝꆈꀝꒉ。
tʂʰɿ¹³ɕi¹³na³³tsʅ⁵⁵tsʅ⁵⁵,so²¹ma²¹xu³³ma²¹dʑu⁵⁵.
山羊死了眼睁睁，还是被人杀。

ꉈꃅꃨꀝꑽ，ꄷꃅꂯꀝꊫ。
tʰa²¹ʐʊ²¹tsʰu²¹ma²¹ti¹³,tʂʰɯ²¹ʐʊ²¹ʔu³³ma²¹dʊ³³.
一人不舂碓，十人不出头。

ꌠꂷꊰꀝꂷ，ꊱꂷꊰꅺꂷ。
so²¹dzu³³tʰʊ⁵⁵ma²¹dzu³³,tʂʰɯ⁵⁵dzu³³tʰʊ⁵⁵ŋdzʊ³³dzu³³.
人吃他不吃，中午吃早饭。

ㄣ皿ㄣㅋ久ㅈ乇，灵罗ㄣ四北ㄍ。

tʰa²¹kʊ²¹tʰa²¹bu³³za¹³lɯ⁵⁵do²¹,lʊ²¹pɯ¹³tʰa²¹pʰa²¹kʊ³³dʑe⁵⁵.

一个身子下去后，却挂着一只耳朵。

凸承典田知，刃承舟田知。

mbʊ³³su¹³lʊ¹³ma²¹kʊ¹³,ʂu³³su¹³tʂʰɿ¹³ma²¹kʊ¹³.

富人不知足，穷人不知冷。

凸承九兇区，万泽九罗荞；田凸的ㄋ区，万泽ㄣ欸日。

mbʊ³³su¹³tɕy³³tʂʰɿ²¹vɿ¹³,mi³³hr³³tɕy³³ti³³ndʑo²¹;ma²¹mbʊ³³hʊ²¹dʑi²¹vɿ¹³,mi³³hr¹³tʰa²¹dʐɿ²¹mu³³.

富人穿九件衣，寒风透九层；穷人穿羊皮，寒风飘头上。

知牙纟田知，批牙西批己。

kɯ¹³nʊ³³so²¹ma²¹kʊ¹³,me¹³nʊ³³zʊ²¹me¹³du³³.

做错事是他人，名声则由我背。

㶤此杰廾承凵，幻亡呈㴔承凵。

bo²¹tɕʰʊ²¹mu³³da³³su¹³ɣo²¹,ʑi²¹mo²¹na¹³gɯ⁵⁵su¹³ɣo²¹.

山高有人上，水深有人趟。

ㄍ廾子㴔昐匀荞子，ㄍ凸子㴔屯生旺子。

bi²¹du²¹dɯ⁵⁵ʐʊ²¹dʑʊ²¹go²¹ʂe¹³dɯ⁵⁵,bi²¹ʐʊ⁵⁵dɯ⁵⁵ʐʊ²¹vu³³la¹³di¹³dɯ⁵⁵.

蚯蚓夸自己的腰杆长，蚂蚁夸自己的力气大。

㶤廿甾中灬荞，丙爪巴电己荞。

bo²¹du³³xʊ²¹mu²¹tsɿ¹³ʂe¹³,dzu³³kʰe⁵⁵ʔu³³tʂʊ³³tɕʰi¹³ʂe¹³.

山谷竹子节节长，高山人们脚杆长。

廾万乒田知，廾亡沘ㄒ咞。

ɣa³³ʔa⁵⁵he²¹ma²¹kʊ¹³,ɣa²¹mo²¹lo³³du⁵⁵ndzu¹³.

雉鸡不会叫，模仿其母声。

卢比数·谚语篇

ꀼꇆꑌꀺꑌꄜꏂ，ꑌꂲꀺꅐꄜꏂ。

ko⁵⁵ty³³sɿ³³ɣo²¹la³³nɿ³³,sɿ³³ma²¹ɣo²¹lʊ³³la³³nɿ³³.

杜鹃有树站树上，无树站在石头上。

ꀼꀸꊪꅝꆺ，ꄻꊼꑌꄜꏅ。

ko⁵⁵vɿ³³tsu⁵⁵tʰa²¹pu³³,ȵy³³tʂʰʅ³³ɕi²¹la³³tu³³.

好一朵鲜花，盖上牛屎粑。

ꇻꒉꒃꅷꃘꃹ，ꌐꀞꒉꆍꅷꅝꇤ。

gu⁵⁵dɯ²¹pʰi²¹bo²¹tɕy³³ti²¹,ʂo²¹pi¹³dɯ²¹tɕu¹³bo²¹tʰa²¹ga³³.

大雁飞得慢能飞九座山，野鸡飞得快也只翻了一垭口。

ꇻꅔꆆꊪꅷꃐ，ꇁꅔꇬꁈꅷꇃꆆ。

gu⁵⁵ʔa⁵⁵ʑi¹³tʊ⁵⁵tʰa²¹pa³³,hʊ²¹ʔa⁵⁵gu¹³lɿ²¹tʰa²¹tʊ²¹ʑi¹³.

雁儿起飞成一群，羊儿归来睡一圈。

ꑤꐎꄻꈀꊼ，ꌦꐎꏂꅝꅷ。

ha²¹dʐʅ²¹bu³³na³³du³³,sɿ³³ʑi²¹ge³³ma²¹du³³.

山耗子的眼睛，戳不出清泪水。

ꆀꊿꑣꇬꅷ，ꇫꊿꇔꐯꅷꇆ。

bi³³ʂe¹³ɣa³³ndo⁵⁵kʰu²¹,ndu²¹ndy⁵⁵dʑo³³ndo⁵⁵ndɿ³³.

老蛇盘鸡蛋，想打怕蛋打。

ꂶꃰꅷꈁꊿ，ꅷꊿꄶꅷꊿ。

mo²¹gu³³va¹³mo⁵⁵du²¹,tʰa²¹du²¹du⁵⁵tʰa²¹du²¹.

麻园猪脚印，一印接一印。

ꄻꊼꀃꅝꑌꀘꏂ，ꇬꊼꌺꅝꑌꀘꀕ。

ȵy²¹mo²¹vu³³ma²¹ɣo²¹nu³³ʐɿ³³,tsʰʊ³³mo²¹dʑo²¹ma²¹ɣo²¹nu³³ti⁵⁵.

母牛无力装撒尿，妇人无理啐唾沫。

ᜀᜁᜂᜃᜄᜅᜆᜇ，ᜈᜉᜊᜋᜌᜍ。
bi³³ʂe¹³tʂʰɿ³³ka⁵⁵ka²¹,zɿ¹³pʰe³³dze³³bi⁵⁵nɯ¹³
是蛇冷冰冰，是狼满身腥。

ᜀᜁᜂᜃᜄᜅᜆ。
no⁵⁵ma²¹bo²¹tɕʰi³³se²¹ʑi²¹ndu³³.
没有事情做，牵狗去饮水。

ᜀᜁᜂᜃᜄᜅᜆᜇᜈᜉ，ᜊᜋᜌᜍᜎ。
ŋa³³la¹³mo⁵⁵kʰa³³ʔo⁵⁵n̩²¹dʐ̩²¹dzɿ¹³,kʰʊ²¹ndzu³³hɿ²¹pu²¹ndzu³³.
黄豆雀隔笼打架，功夫全在喙子上。

ᜀᜁᜂᜃᜄ，ᜅᜆᜇᜈᜉᜊ。
va¹³hu¹³va¹³ma²¹tsʰu¹³,ŋdʐ̩²¹tʂa¹³ndʐ̩²¹ma²¹ne¹³.
喂猪猪不肥，煮酒酒不酵。

ᜀᜁᜂᜃᜄᜅᜆᜇᜈ，ᜉᜊᜋᜌᜍ，ᜎᜏᜐᜑ。
me⁵⁵tʂʰu³³mo²¹tɕʰɯ³³ŋga¹³,ʔu³³tsʰʊ³³ma²¹ɣo²¹,tʰu²¹tsʰɿ³³ma²¹ɣo²¹.
穷寡妇赶场，要人没人，要钱没钱。

ᜀᜁᜂᜃᜄᜅᜆ，ᜇᜈᜉᜊᜋ。
tɕʰi³³na³³lu¹³ma²¹lu¹³,n̩y³³kʰʊ²¹dɯ¹³tʂʰɿ²¹ɖa³³.
即使黑狗不停地叫，黄牛照样地吃秧苗。

ᜀᜁᜂᜃᜄᜅ，ᜆᜇᜈᜉᜊ。
xo²¹ʑy³³ŋɖe²¹ma²¹kɯ¹³,tsʰʊ²¹nɿ³³lʊ¹³ma²¹kɯ¹³.
骨头煮不熟，人心不会足。

ᜀᜁᜂᜃᜄᜅᜆᜇᜈ，ᜉᜊᜋᜌᜍᜎᜏ。
kʰu²¹dʐa³³ʂo¹³tʰʊ⁵⁵na³³ma²¹di¹³,kʰʊ²¹dʐa³³tɕʰy³³li²¹na³³tɕy³³pʰa²¹.
找东西，像是不长眼睛；偷东西，像有九双眼睛。

ㄅ凹万田凹，古勹世万烹。

te¹³dʑu⁵⁵mi³³ma²¹dʐu⁵⁵,tsʰɿ¹³go²¹pʊ³³mi³³hʊ²¹.

云愿天不愿，晴后又下雨。

竺岑刀彡-哞※，彡-哞ㄊ�par；ㄊㄟ。

mi¹³mi⁵⁵va³³sɿ³³tʂʰu²¹gɿ³³,sɿ³³tʂʰu²¹ka¹³la³³ka¹³la³³.

想挖泥土盖了树桩，树桩却想往外边冒。

纠火ʔ田品，纠毛阝勹巛。

so¹³ɕi¹³du⁵⁵ma²¹dʑo³³,so¹³mʊ¹³tʂʰu⁵⁵bi⁵⁵nuɿ¹³.

没听到死讯，却闻到死尸味。

乚乙凹史夭，弘乞屮无乇。

bi³³ʂe¹³kʰuɿ³³do¹³nɿ²¹,su³³duɿ³³nɿ³³xʊ²¹dʐʊ²¹.

蜈蚣口里有毒，坏人心里藏刀。

岁月凸由凸庑，屮丑卅亡竺哄。

dʐu²¹dʐu³³huɿ³³luɿ²¹huɿ³³dʐa³³,no⁵⁵mu³³ɣa³³mo²¹mi¹³vɿ³³.

吃饭狼吞虎咽，做活母鸡刨地。

万咢屮田耒半ㄊ窓，万录屮田耒心卤𢓘。

ʔa³³tʂe⁵⁵no⁵⁵ma²¹bo²¹ɲy³³mi¹³tʂɿ³³,ʔa³³dʑu³³no⁵⁵ma²¹bo²¹va¹³ɕi¹³ʐo²¹.

喜鹊无事扯牛毛，乌鸦没事捉猪虱。

心田㣿田月，言罒屮郤彡。

tʰa²¹ha³³tʂʰuɿ²¹ma²¹dʑu³³,su²¹tʂʰu³³nɿ³³ba³³ba³³.

一晚不吃饭，半夜空落落。

㳒火ㅂ米罕，屯冗丙㓵甘。

tʂʰɿ¹³ɕi¹³na³³pʰu²¹tu³³,fu³³tʰuɿ⁵⁵pʰu²¹ka⁵⁵tʂa¹³.

羊死再鼓眼，肉依然下锅煮。

ꂷꃋꌇꇙꐚꈝꊌꈷ。

n̠y³³mo⁵⁵so²¹tɕa³³li²¹ndʑi²¹tʰu¹³ku¹³.

老牛都会拿来剐皮。

ꄒꇅꁌꆀꉎꃀꈿ。

tʰu²¹tsʰŋ³³kʰʊ²¹lɯ²¹dɯ³³mi³³ge²¹.

钱到的地方天明。

ꃙꄷꎂꅫ，ꃙꎔꎂꅫ。

va¹³tsʰu¹³ʐɿ³³ndze⁵⁵,va¹³ʂʅ⁵⁵ʐɿ³³ndze⁵⁵.

肥猪也哼，瘦猪也哼。

ꌝꅮꄜꊪ，ꄜꀑꊰꊪ。

ʐʊ¹³mu³³tsʰo²¹tsɯ¹³,tsʰʊ²¹hɿ²¹tʂʰu³³tsɯ¹³.

自然造人，人造万物。

ꃚꊪꃀꌶ一ꍗ，ꃆꌦꈜꇇꈿ，ꑭꅮꈜꂿꇇ；

fa¹³kʰe⁵⁵xɯ⁵⁵sɿ³³dʐo¹³,mi³³kʰɿ³³kʊ³³dʐʊ³³ɕɿ³³,xɯ³³mu³³kʊ³³ma²¹dʐʊ²¹;

岩上的枯树，晚上还在，早晨就不在了；

ꇇꌦꃀꂷꃋ，ꑭꅮꊨꑸꈿ，ꃆꌦꑽꂿꑸ。

ɬʊ²¹kʊ³³xɯ⁵⁵n̠y³³mo⁵⁵,xɯ³³mu³³ɣo²¹hʊ²¹ɕɿ³³,mi³³kʰɿ³³tʰu⁵⁵ma²¹hʊ²¹.

圈中的老牛，早上还见，晚上就不见了。

ꑸꉎꄆꉈ，ꃴꈝꈷꈿ。

hɿ¹³li²¹mi¹³tɕʰɯ³³,hu²¹li²¹tʊ¹³ku¹³.

风来扫地，月来点灯。

ꄝꉚꈿꃗꆤ，ꂮꉚꈿꐎꆤ。

tʰe²¹mu³³ŋgu²¹mo³³dzʊ³³,tʂu¹³mu³³ŋgu²¹zy³³dzʊ³³.

跑马吃荞子，驮马吃荞秆。

ꇬꅉꌦꂷꅐ，ꇬꅪꃅꂢꄚ。
tɕʰi³³tʰu¹³ɕy²¹mi²¹ndʊ²¹,tɕʰi³³na³³me¹³du³³bi⁵⁵.

白狗吃炒面，黑狗背名声。

ꃜꍝꂵꃀꈌꍝꃀ，ꆏꁧꂵꄊꃴꋅꄊ。
ɣu¹³hɪ²¹ma²¹mu³³kʰe³³hɪ²¹mu³³,nɪ¹³bo⁵⁵ma²¹du²¹vu³³ʑɿ²¹du²¹.

南风不刮北风刮，寒霜不降冰雪降。

ꑣꌕꅲꃀꄉ，ꑾꐊꉙꊐꊒ。
ɕi¹³sɯ³³ha³³ma²¹te¹³,ŋɯ³³su¹³ndʐ̩³³tsʰ̩³³tsʰ̩³³.

柩不停三夜，悼者泪不止。

ꇐꃆꎹꀱꊒ，ꌣꅉꎹꀱꀕ；ꇐꃆꇐꊇꊒ，ꌣꅉꇐꊇꒉ。
ndzu³³mo⁵⁵bo²¹ʔʊ³³ʑi¹³,dzu³³lu³³bo²¹ʔʊ³³tu³³;ndzu³³mo⁵⁵ze⁵⁵na¹³ʑi¹³,dzu³³lu³³ze⁵⁵na¹³dzʊ³³.

官吏住山头，粮食在山头；官吏住箐底，粮食在箐底。

ꌒꐯꇐꀱꁨ，ꀱꁳꇐꄔ。
so²¹dzi²¹lu²¹ʐo²¹ŋdʐe²¹,ʐo²¹mu³³lu³³so²¹hɪ⁵⁵.

别人有福我相信，自己的事别人议。

ꀱꅲꒉꇐꒉ，ꍔꇐꃆꒉꒉ；ꀱꄷꒉꊰꒉ，ꎲꄹꑭꒉꒉ。
zʊ²¹tɕi⁵⁵nɪ³³so²¹dzʊ²¹,ṣa³³ndzu³³mo⁵⁵nɪ³³dzʊ²¹;zʊ²¹du⁵⁵nɪ³³so²¹dzʊ²¹,dzu³³ma¹³pʰu⁵⁵nɪ³³dzʊ²¹.

己前人有之，汉官吏就是；己后人有之，叫花子便是。

ꃀꊐꅐꆿꑌꇐꂷ，ꑼꊐꅐꆿꑌꄚꃀꄉ。
mbʊ²¹su¹³du⁵⁵hɪ⁵⁵nʊ³³so²¹no¹³,ṣu³³su¹³du⁵⁵hɪ⁵⁵nʊ³³du⁵⁵ma²¹tʊ³³.

富人说话有人听，穷人说话不当话。

ꇬꇁꅐꄚꒉ，ꎔꇁꅐꄚꒉ。
se⁵⁵tsʰa³³su¹³ma²¹dzʊ²¹,hʊ²¹tsʰa³³su¹³ma²¹dzʊ²¹.

懂全的没有，见全的没有。

冊 ⴷⴴ ⵏ ⴳⵜ, ⵖⴱ ⵏ 万 ⵂ.

ɣʊ¹³tɕʰi⁵⁵tʰa²¹ŋgɯ³³zu³³,nɪ³³mo²¹tʰa²¹ze²¹ɣo²¹.

生气一阵子，不利一辈子。

ⴷ ⵏ 田 ⵜ ⵏ 田 ⵜ, ⴿ ⵊ ⵄ ⵜ 田 ⵂ.

hɪ²¹kʊ³³lo³³tʂʰu³³tʰa²¹lɯ³³gu²¹,bi³³to³³he²¹tʂʰu³³ma²¹ɣo²¹.

屋内丢个石杵，没有"叮咚"的回声。

ⵝ ⵣ ⴷ 四 ⵜ, ⵞ ⵜ ⵟ ⵔ ⵐ ⵏⴳ.

ta¹³zɪ³³ɣa³³pʰu³³tʂʊ¹³,zɪ¹³bi¹³be²¹du³³hʊ²¹de³³ŋgɯ⁵⁵.

鹰的影子绕着鸡群转，狼的蹄印落在羊圈边。

ⴷ ⵏ ⵠ 冊 ⵄ, ⵕ ⵞ ⴷ ⵜ 世.

ɣa³³tʰa²¹ke¹³tʂʰe⁵⁵kʰɯ²¹,tɕy³³ʔu³³ko¹³ɕɪ²¹ɫe²¹.

一个鸡头结盟，九条人命丧生。

ⵕ 十 ⵕ ⵠ ⵄ, ⵕ 十 ⵕ 冊 ⵑ;

tɕy³³tsʰɯ²¹tɕy³³zʊ²¹ɕi¹³,tɕy³³tsʰɯ²¹tɕy³³me⁵⁵tʂʰu³³;

死了九十九个人，寡了九十九个妻；

ⵕ 十 ⵕ ⴷ ⵞ, ⵕ 十 ⵕ ⵓ ⴺ.

tɕy³³tsʰɯ²¹tɕy³³hɪ²¹tʂʰu³³,tɕy³³tsʰɯ²¹tɕy³³mi¹³dɯ⁵⁵.

烧了九十九间房，荒了九十九处地。

ⵁ ⵏ ⵠ ⵟ ⵟ, ⵙ ⴷ ⵘ ⴿ ⵜ; ⵁ ⵏ ⴿ ⵘ ⵟ, ⴷ ⵏ ⵟ ⵟ ⵞ.

la¹³kʊ³³xɯ²¹tɯ³³zu⁵⁵,ɫi¹³dɯ⁵⁵fu³³ʂo¹³dzu³³;la¹³kʊ³³fu³³xɯ²¹zu⁵⁵,hɪ¹³tʰu⁵⁵tʊ¹³ʂo¹³tʂʰɯ³³.

手里握着刀，四处找肉吃；手里提着肉，八方寻火烧。

ⵎ 田 ⵘ ⵄ ⵔ ⴷ, ⵄ ⴿ ⵟ ⵄ ⴷ ⵐ ⵖ.

ʔa³³mi⁵⁵ŋʊ³³hʊ²¹na³³tsʰɪ³³,se²¹pʰu³³dzɯ³³hʊ²¹fa¹³dy³³da¹³.

猫儿见鱼眨巴眼，主子见财愿撞崖。

ꚾ山ꚾꚾꚾ炎ꚾ，ꚾ灾ꚾ子ꚾ己ꚾ。

şʊ²¹dzu²¹ɖu²¹ndzo³³zɿ³³tsʐ¹³za¹³,tɕʰɿ¹³bu³³ndzo³³no⁵⁵xɯ⁵⁵tɕʰi¹³tsʐ¹³.

鹞鹰飞过留下影子，老虎走过留下脚印。

芴ꚾ廾万山，並ꚾꚾ万ꚾ。

ʈa¹³nɿ³³ɣa³³tʂʰʊ⁵⁵ɖu²¹,zɿ¹³nɿ³³hʊ²¹tʂʰʊ⁵⁵tʂu¹³.

鹰心跟着鸡飞，狼心跟着羊转。

廾罘耳，芴ꚾ万ꚾꚾ；ꚾꚾ耳，並ꚾ聲ꚾ囲。

ɣa³³tɕa³³nʊ³³,ʈa¹³mo⁵⁵mi³³gu²¹ve²¹;hʊ²¹zo²¹nʊ³³,zɿ¹³gʊ³³bo²¹kʊ²¹nde²¹.

为了抓鸡，老鹰在天空盘旋；为了叼羊，豺狼在山沟游荡。

廾芴ꚾ田龍，廾芴ꚾ下ꚾ；ꚾ並ꚾ田龍，ꚾ並ꚾ月凧。

ɣa³³ʈa¹³ndzʐ̩²¹ma²¹bi²¹,ɣa³³ʈa¹³le⁵⁵ŋɖʊ²¹tu³³;hʊ²¹zi¹³ndzʐ̩²¹ma²¹bi²¹,hʊ²¹zi¹³le⁵⁵dzu³³xo²¹.

鸡不欠鹰账，鸡被鹰叼走；羊不欠狼债，羊被狼吃掉。

ꚾꚾ芴ꚾ日ꚾ苂ꚾ苂ꚾꚾ，苩ꚾ苂ꚾꚾ苂苂ꚾꚾ。

tʂʰu¹³ne¹³xu⁵⁵dzu²¹tʰu¹³ndzʐ̩²¹ɣur²¹ndʊ²¹ɣurtsʰʊ²¹ʐ¹³,ŋɖa¹³pie²¹xur⁵⁵su³³ɖu³³ɣur²¹ʐe²¹ɣur¹³nɿ³³ʂu¹³.

香甜的米酒越喝越醉人，狡猾的恶人越笑越阴险。

並ꚾꚾꚾ田，ꚾꚾ月ꚾ凧。

zɿ¹³gʊ¹³nɿ³³tʰa²¹lur³³,hʊ²¹zo²¹dzu³³he³³ndy⁵⁵.

豺狼有个心，总是要叼羊。

向日ꚾ日，无而苂皮ꚾ；罗而ꚾ吉，纱琴纱刀。

vu³³tʰu¹³su⁵⁵tʰu¹³,xur²¹pʰu³³tʂʰu³³veʐ²¹pi²¹;na³³xur⁵⁵nɿ¹³tɕʰy⁵⁵,so¹³tsʊ³³so¹³tʰa¹³.

雪白的银子，能买锅买盐；黑色的心肝，会欺人害人。

田ꚾ� 万，罗ꚾ下ꚾ万ꚾ。

gu²¹tɕʰʊ³³ȵy¹³tɕʰʊ⁵⁵,ndzʐ̩³³zi²¹tsʐ̩¹³ʑi²¹tʂʰʊ⁵⁵ndʊ²¹.

歌声随着哭声唱，泪水伴着酸汤喝。

世相百态

�門呐屮叫羊，卪ㄅ岙田岙；

ʔa³³na⁵⁵ŋa³³tʂʰu¹³ndzʊ¹³he²¹,na³³mi²¹tʰɪ¹³ma²¹kɯ¹³;

乌鸦学画眉叫，变不了黑色的羽毛；

並ㄐ㈣叫羊，屮羽罗田岙。

zɪ¹³nʊ³³hʊ²¹ndzʊ¹³he²¹,nɪ³³fa¹³tsu⁵⁵ma²¹kɯ¹³.

豺狼装绵羊叫，藏不住�9毒的心肠。

並羊吶呸ㄐ，�竹皇丑㇇卟。

zɪ¹³he²¹no¹³so²¹nʊ¹³,çɪ²¹tʂʰu³³mu³³hɪ¹³ndy⁵⁵.

如果豺狼叫得好听，就要想想它的嘴巴。

七屮乙ㄅ平兄歹，卄平丗兄罕。

ha³³ɳɯ⁵⁵ʂe¹³hɪ⁵⁵nʊ³³zi¹³tçy³³,ɣa³³nʊ³³kʰa¹³zi²¹to⁵⁵.

黄鼠狼说要睡大觉，鸡就更要打起精神。

市吊帯半丼昷田爪，並羊帯㈣屮昷田爪。

ɳɯ⁵⁵bu²¹tça³³ny³³mbi²¹na³³ma²¹pi¹³,zɪ¹³he²¹tça³³hʊ²¹sɯ⁵⁵na³³ma²¹pi¹³.

不要将虎啸当牛叫，不要把狼嚎当羊叫。

�门穴珘卪，七平穴珘毕。

ʔa³³na⁵⁵lʊ²¹lʊ²¹na³³,ha³³nʊ³³lʊ²¹lʊ²¹ndu²¹.

乌鸦只只黑，老鼠人人打。

屮岙弳铩卪屮ㄎㄎ大，芋丗乍平己屮ㄎㄎ大。

ʂu²¹dzu²¹de³³tʰʊ²¹du²¹la¹³,çɪ¹³kʊ²¹tʊ²¹,ta¹³mo⁵⁵he¹³nʊ³³tçʰi¹³sɯ³³çɪ²¹kʊ²¹tʊ²¹.

鹞鹰凶恶靠翅膀，老鹰凶猛靠脚爪。

吳卄岙西凵，屮屮平厉凵。

gɯ²¹tçɪ¹³le²¹kɯ⁵⁵ɣo²¹,no⁵⁵tçʰi¹³nʊ³³tʂʰa³³ɣo²¹.

蓑衣有领口，事情有原因。

ꏜꑱꍈꁦꐗ，ꀒꑲꈬꈬ。
ʂo¹³ɬi³³nʊ³³tʂʰɑ³³ʂo²¹,mu³³ne⁵⁵tɕʰi¹³du⁵⁵nɑ³³.

纠纷找原因，马失看蹄印。

ꆀꐊꍂ王ꋊꊪꎴ，中ꍂꃀꑿ图ꈝ。
nɪ³³dzo³³xɯ⁵⁵ŋgʊ²¹bo²¹du⁵⁵kʊ³³,ndʐo³³xɯ³³mi³³de⁵⁵xɯ³³tɕʰy¹³.

恨的在门槛内外，爱的在天涯海角。

ꐞꑐꍂꑵꈬꈄꇐꄮ，ꐞ亚ꈬꈄꃆꑌꄮ山。
tɕʰy³³pʰu⁵⁵xɯ⁵⁵nʊ³³nɑ³³du³³tʰɑ²¹dzɯ²¹,tɕʰy³³ndu²¹nʊ³³nɑ³³du³³tɕy³³dzɯ²¹ɣo²¹.

偷人的贼只有一双眼睛，防贼的人有九双眼睛。

ꃆꑲꑵꆈꏃꆈ，ꎅ忄ꎴ屯ꃀ。
tʂʰʊ⁵⁵ʐe²¹nʊ³³tsu⁵⁵mɑ²¹tsu⁵⁵,ʂu³³dʐa¹³kʊ¹³kʰɯ³³fu¹³.

朋友好与坏，困难时候分。

ꀮꌦꈋꑵꉹꍂ킈，ꃆꑲꉌꐭꈨꑟ。
ʔu³³ʂɪ³³kʰe³³nʊ³³nɯ²¹xɯ⁵⁵sɯ¹³,tʂʰʊ⁵⁵ʐe²¹ndʑɪ³³nɪ³³se⁵⁵lu¹³.

选头绳要选最红的，交朋友要交知心的。

ꐞꑿꋑ果ꑟꑴꇐꄮꐞ，ꐞꇦꑍꑵ盈ꑟꀱ。
ʑi²¹de³³le²¹ku³³tʰa²¹ke¹³so²¹le⁵⁵tɕʰy³³,ʑi²¹pʰa²¹nde³³nʊ³³çy²¹tʰa¹³bi⁵⁵.

河这边一条牯牛被盗，河对岸要付一碗炒面。

ꉬꑥꆀꍇꑠꑌꃆꀞꊖ中，ꏸꉬꃀꆀꍇ屯山。
hɪ²¹no³³nɪ³³ʐɪ³³zu⁵⁵sɪ³³mi³³dʐɯ³³le⁵⁵kʰe²¹,tʰʊ³³ʐʊ²¹de⁵⁵nɪ³³ʐɪ¹³mɑ²¹ɣo²¹.

雷劈屋后乘凉树，从此没有遮荫处。

ꄷꇗꋠꂷꊖꃆ꒓，ꄷꇗꀮꄺꉹ丰ꊪ；
pi²¹tɕa²¹nɪ³³bi³³ʂe¹³tʂʰʊ⁵⁵mu³³,pi²¹tɕa²¹ʔu³³kʊ¹³gɯ²¹ʂu³³me¹³;

青蛙和蛇搭伙，青蛙白送命；

世相百态

117

ꅉꇐꋹꃅꃚꀋ，ꅉꎹꉻꄿꌕ。

hu�²¹n̠ɹ³³zɪ¹³go³³tʂʰʊ⁵⁵ʑe²¹tsɯ¹³, huʲ¹nʊ³³ɕi¹³dɯ³³ʂo³³.

羊和豹子交友，羊子自找死。

ꑿꎹꂷꎴ꒦ꑟ，ꃅꃚꀑꀋ꒙ꃰ。

mbu³³nʊ³³xɪ¹³xɯ⁵⁵na³³so³³,tʂʰʊ⁵⁵ʑe²¹nɪ³³se⁵⁵pʰi³³kʰa³³.

新的衣裳好看，知心的朋友珍贵。

ꇁꃅꇐꑖꐯꄡꀨꇇꐨ꒑，ꂵꃚꀝꆈꈲꁮꏅꄿꇇꐨ꒑。

la⁵⁵mu³³lu³³xɯ⁵⁵tɕʰi³³n̠ɯ⁵⁵ɣo³³ŋga¹³ma²¹do²¹,me¹³gʊ²¹kʰa³³bu²¹dzu³³zɹ³³dʑi²¹zɪ³³ma²¹do²¹.

乱叫的猎狗追不着野兽，呼声大的勇士压不住阵脚。

ꄉꆎꅤꇇꀻ，ꑋꎹꊈꏥꀕꀇꇊ；

ʈa¹³na⁵⁵du²¹ma²¹dzʅ⁵⁵,ɕɹ²¹nʊ³³mi²¹tʰʊ⁵⁵bi³³ʐʊ²¹dzu³³;

雄鹰不展翅，只能吃地上的虫子；

ꉌꉬꊖꇇꃅ，ꃚꋧꈬꅐꅬ。

tsʰɪ²¹ŋgu²¹dɯ⁵⁵ma²¹dʊ³³,tɕʊ³³de³³n̠ɯ⁵⁵ʂʅ³³ḓa³³.

鹿子不出山，只有吃沟边的野草。

ꑟꁖꄄꉙꆏ，ꅉꎼꇊꀨꐮ；

zɪ¹³pʰe³³ɬʊ¹³dzi³³ve⁵⁵,huʲ¹ʐo²¹ndzu³³ne³³ndy⁵⁵;

狼在牧场边游荡，是想捉羊吃；

ꄉꆎꃅꀸꆏ，ꑸꑊꄂꀑꌺ。

ɣa¹³na⁵⁵mi³³gu²¹ve³³,ɣa³³lɯ²¹dɯ³³na³³n̠ɹ¹³.

老鹰在天上盘旋，是观察鸡的动向。

ꑸꎼꇇꌺꎹ，ꄉꏅꃅꇇꆏ；

ɣa³³ʐo²¹ma²¹ndy⁵⁵nʊ³³,ʈa¹³mu⁵⁵mi³³ma²¹ve³³;

若不想捉鸡，老鹰不会在天上盘旋；

ꀋꆪꂷꈪꓹ ꒑ꄜꆅꂷꋊꆎ

hʊ²¹xɯ²¹ma²¹ndy⁵⁵nʊ³³,zɿ¹³pʰe³³lʊ²¹ma²¹tʂʊ¹³.

若不想叼羊，灰狼不会在山谷游荡。

ꄓꂾꌦꈐꆄꆀꏢꇕꄡ

ʈa¹³mo⁵⁵sɿ³³nde⁵⁵nɪ³³,na³³du³³ɣa³³ba⁵⁵ʐy²¹.

老鹰树上坐，眼在数小鸡。

ꈫꆅꅇꀉꈥꆀꍊꅑꌦꌠꆏꁮ

ndu²¹nʊ³³na²¹bo²¹tsu¹³,çy³³ʐy²¹so²¹nʊ¹³bɪ²¹.

打的是你的脸面，流的是他人的鼻血。

ꊫꆅꀕꀝꂷꆀꃀꇰꀜꃆꈬꄜꂷꄸ

ʔa³³na⁵⁵kʰɯ³³lɪ³³ɣʊ¹³ma²¹nɪ³³,tsʰʊ²¹dze³³he³³nɪ³³tu¹³ma²¹di¹³.

乌鸦口中无珠宝，恶人肚里无善心。

ꍀꊫꆅꇉꈁꀕ, ꋏꊇꑰꆙꁬ;

dzu³³ʔa³³na³³le²¹ŋo²¹,ʂu³³dzɑ³³çɿ²¹tʰɯ⁵⁵sɯ³³;

打盹的老虎，会放走猎物；

ꀒꉬꑰꂷꄮꓹ ꑴꁨꆀꈍꂓ

bu²¹dzu³³nɪ³³ma²¹te¹³,zʊ²¹lu³³na³³tɕʰi³³n̪dʐo³³.

大意的汉子，会吃眼前亏。

ꃅꄷꂷꀝꑌꂷꀜ, ꑷꐥꃀꁈꈍꂷꀜ

tʂʰɿ¹³tsʰe¹³na¹³pa¹³tʰɯ¹³ma²¹pi¹³,so²¹ɬu⁵⁵tɕʰy³³gu⁵⁵ɬu³³ma²¹pi¹³.

羊油粘肉撕不下，偷人裤穿不能脱。

ꀉꄉꀊꂷꓹ ꃼꇰꄮꄮꂷꒉ

ʔa³³ɬʊ⁵⁵tɕʰi¹³ma²¹nɪ²¹,vu³³tʰɯ¹³du³³ma²¹ɣo²¹.

兔子不在窝，有力无处使。

ᣬ卅ᛩ毗ᛩ，᠌ᛥ᠑己ᛥ。
ta¹³ɳy²¹ɖɯ²¹tɕʊ²¹mu³³,so²¹hɪ³³li²¹xɯ⁵⁵xo²¹.
雄鹰飞得高，靠大风护送。

ᚕ暮ᚼᛣᚼ，ᛑ田卅ᚵᚼ。
la³³tɕo¹³ɖu²¹na³³no³³,ʔa³³nʊ¹³kʰu³³kʰu³³no³³.
筛子眼子多，猴子点子多。

ᚵᚼᚼᚼᚼ，ᚵ田ᚼᛣ；卅ᚼᚼᚼᚼ，ᛣ田ᛣ山。
sɪ³³ka¹³dzʅ³³lo³³nʊ³³,ŋa³³hɪ¹³ɖɯ³³ma²¹ɣo²¹;nɯ²¹fa¹³da³³lo³³nʊ³³,tʂʰʅ¹³hɪ¹³ɖɯ³³ma²¹ɣo²¹.
树枝若断了，鸟无立足处；大岩若垮了，麂无栖身处。

ᛁᚼᚼ田ᚼ，卅田ᚼ田ᚼ。
tsʰʊ³³nɪ³³lʊ¹³ma²¹kɯ¹³,ɣa³³lɯ³³ɖe²¹ma²¹kɯ¹³.
人心不会足，鸡嗉不会满。

ᣬ二田ᚼᛥᚼ田ᚼ，ᚼ二ᚼᚼᚼᚼ田ᚼ。
tɕʰi³³nɪ⁵⁵lɯ³³dzʅ¹³tsu⁵⁵ɖɯ⁵⁵ma²¹kɯ¹³,kʰa³³nɪ⁵⁵ʐʊ²¹dzʅ¹³bo²¹ɖɯ⁵⁵ma²¹kɯ¹³.
两条狗不会相好，两硬汉不会和睦。

ᛁᣬᚼᚼᚼᚼᚵ，ᚼᚼᚼᚼᛁᛥᛏ。
nʊ²¹tɕʰi³³nɪ³³nʊ³³ze⁵⁵lu²¹pa³³,su³³ɖɯ³³nɪ³³nʊ³³tsʰʊ²¹tsu⁵⁵gɯ³³.
猎狗的心常在森林里，坏人的心常惦记好人。

ᚼᚼᚼᚼ丑己，ᚼᚼᚼ田ᚼ丑ᚼ。
su³³ve⁵⁵hʊ³³lʊ¹³mu³³li²¹,su³³ve¹³hʊ³³ma²¹lʊ¹³mu³³tɕʰy³³.
客人因瞧得起而来，小偷因好欺负而偷。

ᛑᚼᚼᚼᚼ，᠑ᚼᚼ田ᚼ。
ʔa³³ɬʊ⁵⁵ʑi¹³ŋo⁵⁵ɖo²¹,na³³ʑi¹³nɪ³³ma²¹ʑi¹³.
兔子打瞌睡，眼睡心不睡。

卢比数·谚语篇

ꍷꆀꂷꉬꂷꉷꀮ，ꌠꍩꆀꆀꉬꀮꉻ；

hr²¹tɕʰi³³ŋʊ²¹ma²¹ha¹³,su³³dzɿ³³li²¹ŋʊ²¹pʰɿ¹³;

家犬不守门，盗贼来破门；

ꀭꍩꊈꂷꉷꀮ，ꍩꄂꊈꄿꀮꉻ.

ʔa⁵⁵tʂʰu³³tʂe¹³ma²¹ha¹³,dzɿ³³ha³³tʂe¹³tʰʊ²¹pʰɿ¹³.

家猫不守仓，老鼠抠仓底。

ꑟꂿꓐꊂꄹꀕ，ꀕꁱꑞꀸꆳꂷꉬ.

ɣa³³mbi³³nʊ³³tʰʊ⁵⁵tʂʰʊ²¹tɕo³³,ȵy³³ʑi²¹bu²¹ndzɿ³³ndʐo³³ma⁵⁵ŋʊ²¹.

公鸡叫是为了报时辰，牛凫水不是贪图好玩。

ꑫꀱꄒꉾꌺ，ꄙꂵꌠꍩꑈ；ꑳꇭꀨꀕꃀ，ꌠꆀꈷꄡꉙ.

kʰa³³ʂe³³tɕʰʊ²¹tɕʰi³³tu³³,du⁵⁵no¹³so¹³ma⁵⁵ɣo²¹;ɣa¹³tsu⁵⁵tʂʰʊ³³la³³pa¹³,su²¹kʰʊ²¹hʊ²¹nɿ³³lu³³.

破箩丢篱下，没有人过问；编好挂篱上，人人见动心。

ꀊꊋꂵꀨꀉ，ꁀꆷꄙꂷꂸ.

pi²¹tɕa²¹nɿ³³tsu⁵⁵ŋɿ³³,tɕʰi³³la¹³du⁵⁵ma²¹mu³³.

青蛙心肠好，脚手不听话。

ꄲꄙꁡꂿ，ꀻꄉꀝꀕꑞ；ꂴꄹꁡꂿ，ꑘꀪꄕꄇꌊ；

ɖa¹³du⁵⁵ʐʊ²¹ndzu³³du⁵⁵,ʔu³³kʊ¹³tɕʰa¹³la³³su⁵⁵;mi³³tʊ¹³ʐʊ²¹ndzu³³du⁵⁵,ʑi²¹li²¹tʊ¹³tʰy²¹sɿ¹³;

鹰说它厉害，命却丧在箭头上；火说它厉害，水能把它浇灭；

ꀧꄙꁡꂶ，ꄮꀧꄱꅉꈨ.

xu²¹du⁵⁵ʐʊ²¹kʰa³³du⁵⁵,tʊ¹³xu²¹tʂʰu³³dʑi²¹ku¹³.

铁说它坚硬，火能把它融化。

ꑪꃹꄷꀜꀋ，ꆃꀕꄷꄿꈝ.

ŋdzʅ²¹tɕi¹³tsʰʊ²¹tʰu⁵⁵nu²¹,tʰu¹³ʂe¹³tsʰʊ²¹nɿ³³ɬu³³.

美酒红人面，金银诱人心。

ꌅꑽꌦꇤꁠ，ꂨꈜꅪꄜꆈ。

ʔa⁵⁵tʂʰu³³so²¹ha³³ʐo²¹,ʑʋ²¹dɪ²¹fu³³ʂo¹³dzu³³.

猫儿为人捉老鼠，实则为自己找肉吃。

ꉜꐔꌦꅍꁤ，ꌺꉡꃆꁧꄂ。

hɪ²¹tɕʰi³³so²¹ŋʋ²¹ha¹³,se²¹pʰu³³ma²¹bo²¹dɯ⁵⁵.

家犬守别人大门，是因自己没有主。

ꇤꈌꂿꄉꌦꐎꃀꈌ，ꀕꅍꇮꆄꆈꉝꐎ。

ŋa²¹ndʐu²¹mi¹³do⁵⁵tʂʰ̩²¹mo²¹ke³³,ʔɯ⁵⁵du³³gʋ¹³li²¹nʋ³³ɣa³³tɕy³³.

麻雀落地要吃谷，狐狸进屋要偷鸡。

ꆀꑬꌦꈪꄷ，ꆀꄉꌦꈪꄷ。

no⁵⁵he³³so²¹kʋ³³tsɯ¹³,no⁵⁵du³³so²¹kʋ³³tsɯ¹³.

好事有人做，歹事也有人做。

ꄮꌅꃆꈧꍝꃀ，ꍬꆈꃆꈧꌒꈌ。

du⁵⁵hɪ⁵⁵ma²¹kɯ¹³hɪ¹³mo¹³,dzu²¹dzu³³ma²¹kɯ¹³sɪ³³ŋʋ⁵⁵.

不会说话是哑巴，不会吃饭是树桩。

ꑭꆏꃬꃴꅂꃹꄸ，ꌠꇁꌦꈨꂿꑘꄲ。

zɪ¹³pʰe³³hʋ²¹xɯ²¹dʐo²¹ɬy¹³sɯ³³,su³³ve¹³so¹³tɕy³³mi¹³se⁵⁵tɯ²¹.

豺狼叼羊走旧道，小偷偷人靠地熟。

ꐔꄙꑗꁱꄜꄙ，ꄰꄙꑗꁱꄜꅉ。

tɕʰi³³le⁵⁵kʰɪ³³tsʰ̩³³ʂo¹³le²¹,tsʋ³³le⁵⁵kʰɪ³³tsʰ̩³³ʂo¹³kʰa³³.

被狗咬的药好找，被人咬的药难找。

ꌠꇁꌦꈨꈧ，ꄚꃴꑊꃀꐊ。

su³³ve¹³su²¹tɕy³³kɯ¹³,pʰʋ²¹ɬɯ¹³tʂʋ¹³ma²¹bi⁵⁵.

小偷会偷人，不会把口袋倒着背。

ᣖ꒰ꌦꀺ士ꄶ，ꑭ꒰ꇜꀺꑞ斗ꄶ。

va¹³tʂʰʊ³³pʰɿ¹³ŋdʐu³³tɕi⁵⁵ka⁵⁵,tɕʰi³³tʂʰʊ³³ŋɖɯ³³ŋdʐu³³ɕɿ²¹du⁵⁵ka⁵⁵.

猪破篱笆错在先，狗钻篱笆错在后。

九ꑞꀧ月ꑆ，回ꁞ꒾ꌤ曼。

tɕy¹³dzu²¹tɕʰy³³dzu³³pʰu⁵⁵,bu³³hʊ²¹tɕi⁵⁵nɿ³³bi²¹.

偷吃过供品的人，看见菩萨都心虚。

双ꃆ电ꁞ凶，ꇷꑞꀧ洣ꊫ。

ze⁵⁵ŋa³³tsʰʊ³³hʊ²¹pʰʊ²¹,su²¹dzu²¹tɕʰy³³lo³³ʑy³³.

林中鸟见人就逃，是因偷吃了人的庄稼。

ꀻꂍꂷꋅꎵꏻꀻ田ꃷ；ꃙ甲ꈎ木甲回田ꑜ。

zi²¹du³³bi³³ʂe¹³dzʊ²¹zi²¹ma²¹ge²¹;mi³³gu²¹te¹³zʊ³³no³³hu²¹ma²¹bo²¹.

井中有蛇水不清，天上有云月不明。

ꂍꋅ生ꄶ凶，甲凡生ꀮ凶。

bi³³ʂe¹³kʰʊ²¹ze²¹ɣo²¹,du³³kʰɯ³³kʰʊ²¹de²¹ɣo²¹.

老蛇有多大，洞口有多宽。

ꃙꀗ屖生书，ꑞ斗ꑭ扎ꑼ。

ʔa³³ɬʊ⁵⁵tʰe²¹kʰʊ²¹tɕʊ¹³,ɕɿ²¹du⁵⁵tɕʰi³³ku³³nʊ²¹.

兔子跑得快，是因为后面有猎狗追。

ꑭꑞ扎ꑞ，ꀮ中ꀒ田ꃙ。

nɿ³³ɬʊ³³ku³³ɬʊ³³,ʔu³³pʰu⁵⁵bʊ³³mʊ³³dʊ³³.

寻欢又作乐，脑壳要生疮。

ᣖ回甲ꁠꆻ，ꆿ工ꆿ独ꊈ。

va¹³hu⁵⁵da⁵⁵tʰɯ⁵⁵zʊ³³,gɿ¹³zu³³zʊ³³ndzu³³ndzu³³.

十月初一生，活生生异子。

世相百态

ꈪꌠꀕ꒰十二ꊰ，ꈪꇨꀒꎓꈌ꓿ꃀ꒬ꀕ

ʔa³³tʂe⁵⁵mbu³³ndu³³tsʰɯ²¹nʅ⁵⁵ti²¹,ʔa³³dʐu³³nʅ³³tɕʰi⁵⁵na³³ndʐ̩³³li²¹.

喜鹊花衣十二层，乌鸦气得泪淋淋。

ꑬꌶꇬꃅꐞ，ꅐ二ꀕꀕ；ꑬꇤꇬꀕꐯ，ꅐꀕꂷ꒿ꌦ꓿

ŋa²¹ndʑu¹³he²¹dʑu³³dʑu³³,fu³³nʅ⁵⁵li²¹ma²¹ɣo²¹;ŋa³³du²¹he³³ma²¹he²¹,fu³³nʊ³³pa⁵⁵ku¹³ɣo²¹.

麻雀叫喳喳，没有二两肉；斑鸠不出声，至少半斤肉。

ꈪꂷꀕꋧꀔ，ꑍꀕꄿꑴꈌ꓿

ʔa³³mi⁵⁵nʊ³³dʐɿ³³bu²¹,ha³³nʊ³³tʊ³³lʊ¹³ku¹³.

猫儿正好玩，耗子受够了。

ꈪꌠꈪꇨ꒰ꀕꊪ，ꌦꂷꌦꀝꇬꀕꊪ꓿

ʔa³³tʂe⁵⁵ʔa³³dʐu³³tʰa²¹ma²¹tɕi¹³,su¹³mbu³³su¹³ʂu³³nʅ³³ma²¹bo²¹.

喜鹊乌鸦不同窝，富人穷人不同心。

ꈪꆂꂥꀕꀕ，ꀕꀝ；ꂥꑯꈪꆂ十，ꀕꐚ꓿

ʔa²¹me³³zu³³ma²¹ɣo²¹,nʅ³³ʂu³³;zu³³tɕy³³ʔa²¹me³³tsʰɯ²¹,nʅ³³gu²¹.

无儿无女，心焦；九儿十女，心累。

ꈪꂷꋠꐓ，ꐻꈪꄿꐔ；ꇰꑷꄸꇂ，ꑙꌦꀕꃀ꓿

ʔa³³mi⁵⁵ta³³zu⁵⁵,tɕʰi³³ʂu³³ha³³ʐo²¹;le²¹ku³³tʰu⁵⁵ka⁵⁵,tʂʅ¹³se²¹mi¹³vi²¹.

抱住猫儿，使狗捉鼠；放走牯牛，牵羊犁地。

ꑑꀕꂷꊪꂷ，ꇷꀕꀕꊪꂷ，ꈪꌶꂷꃀꑇ，ꇱꀝꂷꑖꔼ꓿

tsʰʅ¹³nʊ³³pʅ³³do²¹pʅ³³,lu³³nʊ³³ma²¹do²¹pʅ³³,ʔa³³ɬʊ⁵⁵pʅ³³da¹³ʈ̩³³,pi²¹tɕa²¹pʅ³³ʐ̩³³xɿ³³.

麂子能跳才跳，牛不会却乱跳，兔儿跳得拖垮，青蛙跳得溅尿。

ꄷꀝꓬꁨꁌ，ꌦꂷꓬꃈꕩ꓿

tsʰʊ²¹ʂu³³tʂe¹³tʰʊ²¹ndʐo⁵⁵,su¹³mbu³³tʂe¹³kʰɯ³³tsa¹³.

穷人箍柜底，富人接柜口。

毛虫忐い田，甲子甲田叫，丙子丙田细。

tsʰʊ³³nɪ³³fu³³tʰɑ²¹lɯ³³,nɑ²¹du⁵⁵nɑ²¹du⁵⁵no¹³,ŋo²¹du⁵⁵ŋo²¹du⁵⁵ŋdʐe²¹.

人心一坨肉，你说听你的，我说信我的。

昳忆以田咛，忐屮矶己勺。

tʂʰ̩¹³lu³³ɣo³³mɑ²¹nʊ²¹,fu³³fu¹³xɯ⁵⁵lɪ²¹go³³.

獐麂还没猎着，分肉的就来了。

刁孙刁此，旦卅二以。

de²¹gu⁵⁵de²¹gɑ³³,tɕɪ¹³dzʊ³³nɪ⁵⁵ɣo²¹.

坎上坎下，星星两样。

岁熟万曲郎，回廿弟，殓岁夘廿夭，凪廿弟。

ʈɑ¹³mo⁵⁵mi³³gu²¹ve³³,nɑ³³no³³lo³³;pi²¹tɕɑ²¹zi²¹du³³nɪ³³,ndy⁵⁵no³³lo³³.

老鹰天上飞，看多了；青蛙井中坐，想多了。

卅い゛垈鴉卅，卅十゛垈岁郎。

ɣɑ³³tʰɑ²¹ke¹³hɪ²¹dɑ³³,ɣɑ³³tsʰɯ²¹ke¹³le²¹ve¹³.

一只鸡飞上房，十只鸡歪脖看。

卅甘万烹，三-甘万夈。

ɣɑ³³vu⁵⁵mi³³hʊ³³,kʰe³³vu⁵⁵mi³³hɪ³³.

卖鸡遇下雨，卖糠遇狂风。

卅釆卅万祭，祭屮巾丑爭；冈川丮冈帋，帋屮巾丑帋。

ɣɑ³³kʰɑ³³ɣɑ³³ʔɑ⁵⁵mbʊ⁵⁵,mbʊ⁵⁵kʰʊ²¹pi¹³mu³³mbʊ⁵⁵;ʥu³³me¹³du⁵⁵ʥu³³vi³³,vi²¹kʰʊ²¹pi¹³mu³³vi²¹.

鸡笼罩鸡仔，尽量地掩盖；蜂尾的毒针，尽可能地蜇。

卅亡子夗至日此子，卅二子夗而毗禺子。

ɣɑ²¹mo²¹dɯ⁵⁵ʐʊ²¹he²¹tɕʰo³³ze³³dɯ⁵⁵,ɣɑ²¹pi¹³dɯ⁵⁵ʐʊ²¹kɯ¹³tɕʰʊ²¹mu³³dɯ⁵⁵.

母鸡夸它叫声大，公鸡说它冠子高。

ᚠᚢᚦᛚᚱᛗ，ᚧᚳᚩᚷᚴᛝ；ᚳᚱᚩᛟᚸᚱ，ᚠᚦᛗᚴᛇ。

ɣa²¹ndʊ⁵⁵tɕʰi¹³ma²¹di¹³,kʰu⁵⁵lɹ²¹dʐo²¹su³³ku¹³;tɕʰi³³ɕɹ¹³dzʊ²¹du³³ba⁵⁵,vu³³mi³³ʑi¹³ma⁵⁵pu⁵⁵.

鸡蛋没有脚，孵出会走路；跳蚤身子小，扰乱皇帝梦。

～ᚠᛁᚤᚧᚥᚳᚠᛗ，～ᛗᚻᚤᚧᚥᚠᛝᛉᛟ。

fe³³ma²¹ɣo²¹nʊ³³du⁵⁵hɹ⁵⁵du⁵⁵ma²¹tʂa³³,fe³³mo⁵⁵ʑe³³nʊ³³du⁵⁵hɹ⁵⁵ka⁵⁵so²¹kʰa³³.

无权说话不算话，掌权说话当恶霸。

ᛋᛈᚠᚱᛘ，ᛖᛝᚳᛚᚢ。

kɯ³³sɯ³³ti¹³bi⁵⁵nɯ¹³,ʔɯ⁵⁵du³³tɕʰi³³tʂʰu²¹ʂo¹³.

春蒜气味臭，狐狸认狗亲。

ᚴᛈᚥᚥᛘᚾᚠᛖ，ᛟᚠᛞᚥᛘᛝᛉ。

kʊ²¹pʊ²¹tsʰɯ³³zu⁵⁵mu³³sɿ³³da³³,na³³du³³mɹ³³zu⁵⁵mu³³ŋa³³ʐo²¹.

紧握拳头去爬树，闭着眼睛捉雀鸟。

ᛗᛚᛘᛔᛞᚠᚲ，ᛈᚳᛝᛚᛞᚠᚲ。

ngu³³na¹³dzu³³kʰu⁵⁵kʰa³³ma²¹se⁵⁵,ɕy²¹mi²¹te²¹hɹ¹³tɕʰu³³ma²¹se⁵⁵.

吃荞粑不知拍灰，吃炒面不知揩嘴。

ᚲᛉᚲᚠᛗ，ᛝᛉᛝᚠᛈ。

hɹ⁵⁵nɹ³³hɹ⁵⁵ma²¹kɯ¹³,ʑa³³nɹ³³ʑa³³ma²¹zu⁵⁵.

说也不会说，美也不美丽。

ᛒᛝᛘᚴᚠᛉ，ᛝᛈᛟᛝᚠᛉ。

tɕɹ¹³mu³³ʑy²¹tsʰa³³ma³³do²¹,tsʰu³³nɹ³³ndɹ³³de²¹ma²¹do²¹.

数不尽的星星，填不满的人心。

ᛉᚷᛝᚠᛝ，ᛝᚷᛟᛘᛒ。

dʐa³³ke³³tsʰu³³mu³³lu⁵⁵,tsʰu³³ke³³ʂe¹³sɯ⁵⁵na³³.

饭当盐巴添，盐当金子看。

ꊿ月並ꏸꇊ，ꇐ丑ꇴꏸ淄。
dʐa³³dzu³³zɿ¹³suɯ⁵⁵ndʊ²¹,no⁵⁵muɯ²¹ɣa³³suɯ⁵⁵dzɿ³³.
吃饭像狼吞，干活似鸡啄。

ꆽ米凹ꋏ=，ꋅ米凹ꋏ=。
li³³bi⁵⁵kɿ²¹kɿ²¹,lu²¹bi⁵⁵kɿ²¹kɿ²¹.
背重不容易，背轻不容易。

丽扎丽ꌺ山，ꇴ丽ꃅ山ꃬ。
lu²¹kʊ³³me⁵⁵tʂʰu²¹ɣo²¹,kʰʊ²¹ŋuɯ³³du⁵⁵ɣo²¹hɿ⁵⁵.
寨中有寡妇，人人有话题。

ꉻꑊ纟甶ꊙ，半ꑊ纟ꊙ。
mu³³dze³³so²¹mɑ²¹pʰu⁵⁵,ȵy³³dze³³so²¹pʰu⁵⁵.
骑马人不见，骑牛遇着人。

ꂶ仟甶ꊉ牙ꒉ嘞，ꂶ币扎ꊉ牙ꒉꇴ。
mi³³kʰɿ⁵⁵mɑ²¹zi¹³nʊ³³su³³dzɿ¹³,mi³³ɳɿ²¹kʊ³³zi¹³nʊ³³su³³no³³.
晚上不睡是匪贼，白天睡觉是病人。

丽牙九皿ꃀ，甶ꈌꍉ瓦旺。
me³³nʊ³³tɕy³³tɕʰʊ²¹mbɑ³³,mɑ²¹do²¹hɿ²¹me³³di¹³.
婚事谈了有九次，无能只有烧房子。

ꀠ皿ꇴ甶山，ꀠ半ꒉ四ꀏ希句。
bi²¹ʐʊ⁵⁵kʰʊ²¹no²¹mɑ²¹ɣo²¹,bi²¹du²¹nuɯ²¹pʰɑ³³luɯ²¹lo³³go¹³.
蚂蚁没得多少，蚯蚓却去掉了大半。

ꊱꎵ≋ꇬꂶ旺，ꊱ万ꇬ甶双。
pu³³du²¹dzuɯ⁵⁵ɕi⁵⁵ke¹³di¹³,pu³³ʔɑ⁵⁵ɕi⁵⁵luɯ³³kʰu⁵⁵.
刺猬长七根刺，刺猬生七个仔。

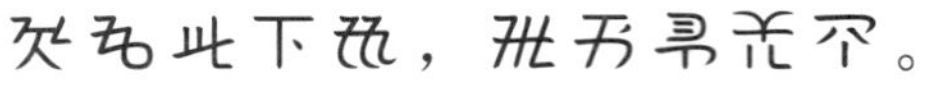

恭龟此下恐，祁万帚龙不。

tʂʰɿ¹³tsʰe¹³vu⁵⁵tʂʅ¹³ɬu¹³,me¹³dʊ³³ɬi³³tʰu³³luɯ⁵⁵.

羊油炒酸菜，名声扬四方。

弓羌罗岁此，哂品万枭北。

hɿ¹³ʂe¹³ɬu¹³ɕɿ²¹ga³³,guɯ²¹lu²¹mi³³ɣuɯ²¹nu²¹.

嘴长舌长的，方圆皆红霞。

囝品盃，ɪ乙ú；此帚灬，电窗ú。

lʊ³³mo²¹ŋʊ¹³,bi³³ʂe¹³hʊ²¹;dʑu³³ŋe³³tsʰe²¹,tsʰʊ²¹bu³³hʊ²¹.

撬石头，见老蛇；招阴魂，见鬼怪。

橆孔逗纱不，夕山己安勹。

mo⁵⁵so¹³ze²¹tʰɑ²¹luɯ³³,nguɯ³³du³³tɕʰi³³kʰɯ³³go¹³.

老人别笑了，到枕头边了。

夕嗒渺中大，彷嗒�900丠丬。

mu³³ɬʊ²¹dʊ²¹mʊ¹³tʊ³³,hʊ²¹ɬʊ¹³ŋuɯ²¹tɕi¹³gu⁵⁵.

放马的拄拐棍，放羊的披蓑衣。

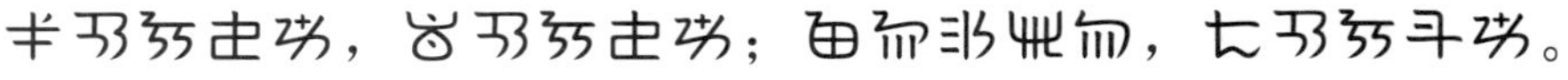

半勹殇由劳，ú勹殇由劳；囲帘沘丱而，七勹殇斗劳。

ɲy³³ndzi²¹fe³³duɯ³³ka⁵⁵,hʊ²¹ndzi²¹fe³³duɯ³³ka⁵⁵;ma²¹pi¹³lo³³ɕɿ³³tʰʊ⁵⁵,ha³³ndzi²¹fe³³du⁵⁵ka⁵⁵.

牛皮往哪里甩，羊皮甩哪里；不行的时候，甩鼠皮跟上。

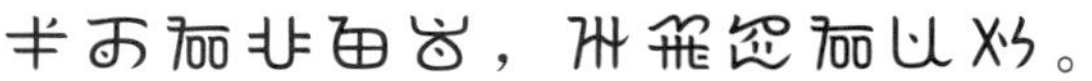

半石脪北囲ú，祁痲贸脪山务。

ɲy³³tɕʰy³³xuɯ⁵⁵tʰu⁵⁵ma²¹hʊ²¹,de³³ze²¹tʂʅ³³xuɯ⁵⁵ɣo³³zo²¹.

偷牛的不见了，拔桩的抓来了。

串岁考罗石，ɪ乙辛勺仚。

ʔuɯ⁵⁵duɯ³³tɕʰi³³tʂʰu²¹ʂo¹³,bi³³ʂe¹³sɑ¹³bi⁵⁵nu¹³.

狐和狗认亲，有老蛇的臭味。

ᾞᵛ ᾝᶲᶲ, ᾝᶲ ᾞᵛ。

tɕʰa¹³bi⁵⁵ŋa³³ma²¹hʊ²¹,ŋa³³hʊ²¹tɕʰa¹³ma²¹bi⁵⁵.

带弓不见鸟，见鸟不带弓。

ᾝᶲᾞᶲ，ᾝᶲᾞᶲ。

tɕʰi³³me³³dy³³tʂʊ⁵⁵ma²¹ly²¹,va¹³me³³dy³³ze²¹ma²¹ly²¹.

秃尾狗不要朋，秃尾猪不要友。

ᾝᶲᾞᶲ，ᾝᶲᾞᶲ。

so²¹su³³nɹ³³dzɹ³³kʰa³³,ɣa²¹mo²¹ta³³zɹ³³tsɹ¹³.

穷人规矩多，给母鸡把尿。

ᾝᶲᾞᶲ，ᾝᶲᾞᶲ。

so²¹ʂu³³dzu²¹tʂa¹³tʂa¹³,nɹ²¹nɹ²¹kʊ⁵⁵mo²¹ndɹ³³.

穷人煮稀饭，天天打破罐。

ᾝᶲᾞᶲ，ᾝᶲᾞᶲ。

ʂɯ⁵⁵ʈɯ³³la³³lɯ⁵⁵tɕɹ¹³mu³³dzɤ³³,tɕʰi³³tʂʅ³³kʰe⁵⁵lɯ⁵⁵vɹ²¹lu²¹te¹³.

稀泥巴上出星宿，狗尾巴上绣棉花。

ᾝᶲᾞᶲ，ᾝᶲᾞᶲ。

sɯ²¹kʰʊ¹³mi³³tɕy³³dɯ⁵⁵ma²¹dzɤ³³,sɯ³³nɹ²¹lʊ²¹pʊ¹³bi²¹dzɹ̩³³he²¹.

三年打雷听不见，三天耳朵知了鸣。

ᾝᶲᾞᶲ，ᾝᶲᾞᶲ。

so²¹ʂu³³su³³ve⁵⁵za¹³,tsʰu³³ɣo²¹dzɹ¹³ma²¹ɣo²¹.

穷人待宾客，有盐无辣椒。

ᾝᶲᾞᶲ，ᾝᶲᾞᶲ。

su³³dɯ³³nʊ¹³bɹ²¹zy²¹,se⁵⁵hʊ²¹kɯ³³pi¹³le⁵⁵.

笨蛋流涕，聪明绝顶。

世相百态

ꒌꂃꐲ꒭ꏝ, ꑵꇨꐲ꒭ꀍ.

sɿ³³ʐʊ³³kʰɯ²¹dɯ³³dzʊ³³,ʔa³³dʑɯ³³kʰɯ²¹dɯ³³ʔa¹³.

树长在哪里，哪里就有乌鸦叫。

ꏝꒌ꒷ꑭꎵꈈ, ꏄꒌ꒷ꑭꎵꈈ.

fi⁵⁵hɿ²¹ŋo²¹kʰe⁵⁵ɖo⁵⁵,ɬʊ¹³hɿ²¹ŋo²¹kʰe⁵⁵ɖo⁵⁵.

东风盯着我吹，西风也盯着我吹。

ꑉꅉꀭꇆꀭꇊ, ꂽꂱꇊꑭꇌꃅꀻ.

na³³du³³bo²¹ka⁵⁵lʊ²¹ka⁵⁵lʊ¹³,mi¹³mi⁵⁵lʊ³³xe³³lɯ²¹ma³³pi¹³.

眼睛装得下崇山峻岭，却容不得半点沙尘。

[illegible]

道德修养

[illegible]，[illegible]。

vu^{33}bo^{21}mbʊ^{55}nʊ^{33}du^{55}ʈ^{h}ɯ^{55}mɑ^{21}gɯ^{21},hʊ^{21}dʑo^{21}tɕ^{h}y^{55}t^{h}ʊ^{55}tʂ^{h}ʊ^{21}mɑ^{21}gɯ^{21}.

雪堵山也别违诺言，雨堵路也别误时间。

[illegible]，[illegible]；[illegible]，[illegible]。

ŋge^{21}mu^{33}xɯ^{55}ts^{h}ʊ^{21},dɑ^{13}lɯ^{33}bu^{33}k^{h}ɯ^{33}tɕɪ^{55}ŋge^{21};ŋgɪ^{33}du^{55}hɪ^{55}ts^{h}ʊ^{21},dɑ^{13}lɯ^{33}bu^{33}k^{h}ɯ^{33}tɕi^{55}ŋgɪ^{33}.

诚实的人，对任何人都是诚实的；说谎的人，对任何人都虚伪。

[illegible]，[illegible]。

ʑʊ^{21}lɑ^{13}nʊ^{33}ʑʊ^{21}ku^{55},ʑʊ^{21}ʔu^{55}lɯ^{33}ʑʊ^{21}xɪ^{13}.

吾勤养吾身，吾懒害吾身。

[illegible]，[illegible]；[illegible]，[illegible]。

ʑʊ^{21}p^{h}u^{55}mi^{33}ɣʊ^{13}dʐʊ^{33},ʑʊ^{21}nɪ^{33}mi^{33}ɣʊ^{13}ndy^{55};ʑʊ^{21}mo^{21}mi^{33}k^{h}e^{33}dʐʊ^{33},ʑʊ^{21}nɪ^{33}mi^{33}k^{h}e^{33}ndy^{55}.

我父在南方，我心想南方；我母在北方，我心想北方。

[illegible]，[illegible]。

du^{55}pɪ^{33}du^{55}ɖɑ^{33},so^{21}tɕ^{h}i^{13}so^{21}nɑ^{33}ɖe^{21}.

满口脏话，欺人太甚。

[illegible]，[illegible]。

mɯ^{21}fɑ^{13}ɳɹ^{21}dzu^{33}gɯ^{21},ʑe^{55}ʑi^{21}ɳɹ^{21}ndʊ^{21}fe^{21}.

坐吃山也空，坐喝江也干。

月田乐牙仏，丂田乐牙𖤏。

dzu³³mɑ²¹kɯ¹³nʊ³³kʰu³³,hɪ⁵⁵mɑ²¹kɯ¹³nʊ³³dʊ³³.

不会吃则嫌苦，不会说话则伤人。

చᎬ₥╳χⳢ⚊Ⳣⳉ₥žⳢ耳，丂Ꭼ田ⳁ⚊ⳉ尹毛ⳁ业⚊╳χ。

ɕo²¹nʊ³³du³³mu³³sur⁵⁵dzɿ²¹tʂʰu⁵⁵vr³³tʂʰu⁵⁵,ʔɑ³³no³³mo²¹kʰe²¹su⁵⁵me²¹me⁵⁵ʐʊ³³kʰe²¹go²¹tʰɑ²¹ɕo²¹.

要学蜜蜂齐采花，莫学蜘蛛各织网。

ⵍ牙ⵍ乃巧几𑀉，兮牙兮业龙几𑀉。

ȵy³³nʊ³³ȵy³³tɕʰy¹³gʊ¹³se⁵⁵hu¹³,mu³³nʊ³³mu³³tʰu⁵⁵ȿe¹³se⁵⁵hu¹³.

牛要知道牛角弯，马要认识马脸长。

చ业硏尹╳ᇢ买，చ⌐珊灵ᓄ炁。

nɪ³³ʐe³³tɕʰɪ¹³bu³³ʐo²¹dze³³,nɪ³³bu³³ʐo²¹ku⁵⁵pʰi³³tɑ⁵⁵.

勇敢抓老虎来骑，胆小守自家火边。

纱买击业毕，纱乞击业娄。

so²¹zy³³du³³tʰɑ²¹le⁵⁵,so²¹no²¹du³³tʰɑ²¹tʰu⁵⁵.

别揭人家短处，莫碰人家痛处。

纱石齿田乐，纱罖罗田乐。

so²¹tɕʰy³³mbʊ³³mɑ²¹kɯ¹³,so²¹xɪ¹³tsu⁵⁵mɑ²¹kɯ¹³.

偷人不会富，害人不会昌。

చ氺牙业丂丂珏而耑彖，丂幸牙丂珏刅兮龙齿甲。

nɪ³³ke³³nʊ³³kʰe⁵⁵ȿo²¹tʂʰu⁵⁵ʐe²¹xu⁵⁵ʑi³³ʂɿ³³,ʔɑ³³xʊ³³nʊ³³tʂʰu⁵⁵ʐe²¹ʑa¹³mi³³ȿe¹³tʰu⁵⁵tu³³.

诚恳是团结朋友的彩带，虚伪是劈开朋友的长剑。

罗⻊牙电舄，⻊犰牙电兮。

tsu⁵⁵du⁵⁵nʊ³³tsʰʊ²¹tɭ¹³,du⁵⁵ɖɑ³³nʊ³³tsʰʊ²¹fu³³.

好话能救人，坏话能杀人。

卢比数·谚语篇

ᙉᙈᙊᙋᙌᙍ，ᙎᙏᙐᙑᙒᙓᙔ。

mi³³xɿ³³gu⁵⁵ɕy³³ʔe²¹tʰe²¹,na⁵⁵hɿ⁵⁵hʊ¹³hɿ⁵⁵du⁵⁵so²¹xɿ¹³.

毛毛细雨湿披毡，胡言乱语伤和气。

ᙕᙖᙗᙘᙙᙚᙛ，ᙜᙝᙞᙟᙠᙡᙢ。

na³³ma²¹du⁵⁵lu²¹gʊ¹³so²¹be³³,la⁵⁵mu³³tʰʊ³³hɿ⁵⁵tʂʰʊ⁵⁵ʑe²¹ʂu¹³.

谩骂伤邻居，诽谤伤朋友。

ᙣᙤᙥᙦᙧᙨᙩ，ᙪᙫᙬ᙭᙮ ᚁ。

tsʰo²¹vu⁵⁵ʑi²¹tsʰo²¹ndʐɿ²¹sa¹³du³³,dʑa³³mba³³dʑa³³du⁵⁵tʂʰɿ¹³ʂu³³ʂu³³.

热菜热酒喷喷香，冷言冷语冰冰凉。

ᚂᚃᚄᚅᚆᚇᚈ，ᚉᚊᚋᚌᚍᚎ，ᚏᚐᚑᚒᚓᚔ。

dʑʐ⁵⁵xɯ²¹le⁵⁵tʰu⁵⁵ze²¹tsu⁵⁵dʑʐ⁵⁵,tʊ¹³pʰu³³le⁵⁵xɿ¹³ŋgu²¹do²¹,du⁵⁵le⁵⁵xɿ¹³zu³³ŋgu²¹kʰa³³.

刀伤易好，枪伤能治，言伤难愈。

ᚕᚖᚗᚘᚙᚚ᚛，᚜᚝᚞᚟ᚠᚡ。

tsʰɿ²¹ŋe²¹ma²¹bu²¹tʂʰʊ⁵⁵ze²¹no³³,ŋɿ³³nɿ³³ʐu²¹ze³³tʂʰʊ⁵⁵ze²¹ne³³.

诚恳谦逊朋友多，虚伪自大朋友少。

ᚢᚣᚤᚥ，ᚦᚧᚨᚩ。

du⁵⁵dze³³so²¹tɕʰy³³,ŋɿ³³du⁵⁵so²¹xɿ¹³.

恶语伤人，假话害人。

ᚪᚫᚬᚭᚮ，ᚯᚰᚱᚲ。

mu³³bu²¹ɣo²¹le⁵⁵tʰɯ²¹,ny³³bu²¹tɕʰy¹³ty³³dʑu³³.

马狂鞍伤背，牛狂角碰断。

ᚳᚴᚵᚶᚷ，ᚸᚹᚺᚻᚼ。

ʑi¹³tʂʅ³³no³³mu³³ʐo³³,su²¹xɿ¹³nʊ³³ma²¹dɿ¹³.

善事要多做，害人的事做不得。

道德修养

ʂu³³su¹³la³³tʰa²¹dze³³,ɲy³³tʂʰʐ³³so²¹ɳɖa¹³kɯ¹³.

莫欺负穷人，牛屎也会使人滑倒。

tɕʰi³³tsu⁵⁵so²¹ma²¹kʰɿ³³,tsʰʊ²¹he³³dʐo²¹ma²¹ndu²¹.

好狗不咬人，好人不挡道。

du⁵⁵no³³so²¹ma²¹tʂʰe²¹.

话多讨人厌。

dzu²¹tɕʰy³³kɯ²¹bu³³ma²¹ɖu³³,dʐɯ³³tɕʰy³³hɿ²¹mbʊ³³ma³³do²¹.

偷粮不养身，偷钱不致富。

ŋdzʐ²¹ndʐo³³nʊ³³ŋdzʐ²¹vu³³,tʰu¹³ndʐo³³nʊ³³no⁵⁵ɖɯ⁵⁵.

贪杯要发酒疯，贪财要出祸事。

nʊ¹³ʂa³³tʊ¹³ma²¹kɯ¹³,kʰʊ²¹tɕʰʊ²¹mu³³ɖu³³nɿ³³.

猴儿不知羞，常往高处坐。

ɲy³³dzu³³ndʐo³³tʰu³³dzɯ³³,tsʰʊ²¹dzu³³ndʐo³³tʰu⁵⁵ɬe²¹.

牛馋跌断腿，人馋丢尽脸。

so²¹no⁵⁵tsɯ¹³ŋdzɯ³³,bo²¹nde³³hɿ¹³ha³³;zo²¹no⁵⁵tsɯ¹³ŋdzɯ³³,tɕa³³zo²¹nɿ³³nɿ³³.

别人做错了，站在山上吼；自己做错了，藏在心里头。

ꉆꃅꋠꇤꌠ，ꄻꊈꋠꍑꏂ。

mo⁵⁵pe⁵⁵dʐo²¹ga³³su³³,ɬa¹³tʂʊ¹³dʐo²¹tʰʊ³³ndʐo³³.

老人走路上侧，青年走路下侧。

ꉆꌦꇬꋠꅉ，ꑌꇔꉹꊿꐚ。

mo⁵⁵hʊ²¹li³³dʐo²¹pe⁵⁵,ʂu³³so¹³pʰu⁵⁵la¹³pa⁵⁵.

见老须让道，遇穷要救助。

ꎆꄷꎆꐚꅐ，ꇊꃆꇊꒉ꒐；ꂷꄷꂷꐚꅐ，ꆹꇊꃆꀕꐯ。

kʊ³³hɿ⁵⁵kʊ³³ʐe²¹nu¹³,ɕɿ²¹de⁵⁵so²¹ʔa⁵⁵dʐo²¹;ma²¹hɿ⁵⁵ma²¹ʐe²¹nu¹³,nɿ³³so²¹mu³³lu³³ndy⁵⁵.

又说又笑的姑娘，在表现自己；不说不笑的姑娘，在想着别人。

ꀭꄸꀊꃀ，ꀭꄸꀚꄮꂷꎔ；ꄹꄿꀊꃀ，ꄹꁨꀚꄮꂷꎔ。

zɿ¹³go³³ʑa¹³ka³³,zɿ¹³go³³ʔu³³kʊ³³ma²¹ʂe¹³;tɕʰɿ¹³bu³³ʑa¹³ka³³,tɕʰɿ¹³bu³³ʔu³³kʊ³³ma²¹ʂe¹³.

豹凶命不长，虎凶也命不长。

ꀲꂷꊵꉻ，ꀭꌋꃆꈌ。

bu³³ma²¹tsu⁵⁵hɿ⁵⁵,pɿ³³dʊ²¹mʊ³³kʰɿ³³.

说失聪者的坏话，抢跛脚者的拐杖。

ꌋꅉꈍꍵꈬ，ꄻꌋꌦꑊꈌ。

so²¹dʑa³³kʰɯ⁵⁵dʑu³³go²¹,tʂʰʐ³³so²¹la¹³nɿ³³ka⁵⁵.

吃了人家白米饭，还要拉屎在人家甑子里。

ꁱꉈꐎꌋꆷ，ꑍꉈꌋꂷꌟ。

tʰa²¹ʐe²¹ŋɿ³³so²¹tʂʰɯ³³,nɿ⁵⁵ʐe²¹so¹³ma²¹no¹³.

一回讲谎话，二回没人听。

ꍵꀕꌦꆹꉷ，ꂷꀕndʐoꆹꆹꅜ。

dzu³³ndʐo³³nʊ³³nɿ³³hu²¹,ma⁵⁵ndʐo³³nʊ³³nɿ³³gɯ²¹.

贪吃心慌，贪梦心残。

ꍑꈬꂷꃅꁆꅉ，ꀘꀞꍑꈪꒉ；ꄷꀾꂷꀘꅉ，ꀘꀞꍑꌦꒉ。

ʔa²¹me¹³mʊ¹³tɕʰo³³ŋgʊ²¹,tɕʰʊ³³kʊ⁵⁵ʔa³³ma³³ɣo²;ɬa¹³su¹³mʊ²¹sŋ⁵⁵mu³³,tɕʰʊ³³kʊ³³ʔa³³ba³³ɣo²¹.

姑娘弹口弦，调子里有阿妈；青年吹短笛，曲子里有阿爹。

ꍑꌦꄷꆈꎹ，ꇑꇩꒉꁆꊂ；

ʔa³³ba³³ɬa¹³ʐʊ³³tʰʊ⁵⁵,zu³³ba⁵⁵ɣo²¹ma²¹hʊ²¹;

阿爸年轻英俊的时候，儿子没有看到；

ꍑꁆꄷꎹꑘꀃꑋ，ꍑꈬꒉꒉꁆꊂ。

ʔa³³ma³³ɬa¹³tʰʊ⁵⁵ʐa³³ʐɯ⁵⁵nʊ³³,ʔa²¹me¹³ba⁵⁵ɣo²¹ma²¹hʊ²¹.

阿妈年轻漂亮的岁月，女儿没有见过。

ꉙꃅꁓꀕꇬ，ꁮꂷꑋꈐꊪ。

ndu²¹ndʐo³³pʰu⁵⁵kʊ³³tɕʰy³³,ndʐɯ⁵⁵di¹³nʊ³³ʐɿ¹³dʑa³³.

好打伤性命，贪色要破家。

ꌷꌦꇑꃴꊂ，ꆈꀃꄜꅐꅾꑆꁆꇖ；

so²¹hɿ²¹zu³³xɯ⁵⁵nɿ³³,ɕɿ²¹nʊ³³ka¹³dzu³³tʰu¹³fe¹³ma²¹tɕi²¹;

暴风儿子的心，从不吝惜任何残枝败叶；

ꎹꀖꇑꃴꊂ，ꆈꀃꆈꀞꁆꌦꍓꇩꃅꅾ。

ʂʊ¹³na⁵⁵zu³³xɯ⁵⁵nɿ³³,ɕɿ²¹nʊ³³ɕɿ²¹bu³³lu²¹lɯ⁵⁵ɬi⁵⁵ba⁵⁵ndʐo³³ku⁵⁵.

青松儿子的心，却爱护身边的一切幼苗。

ꄔꇬꅍꁆꐰ，ꆈꄜꆈꁆꄮ；ꅽꁮꅍꁆꐰ，ꏢꀃꆈꁆꈐ；

ɣa³³ndo⁵⁵dzo²¹ma²¹bɿ¹³,hu²¹mi³³ɕɿ²¹ma²¹dzu²¹;lo³³pʰu⁵⁵dzo²¹ma²¹bɿ¹³,ʂŋ³³nʊ³³ɕɿ²¹ma²¹nɯ³³;

鸡蛋无裂缝，苍蝇不叮它；石板无裂缝，青草就不生；

ꌗꐰꀐꁆꄕ，ꀄꄮꆈꁆꄸ。

sɿ³³nde³³dʊ³³ma²¹tɕʰi¹³,ʔu³³tsʰo³³ɕɿ²¹ma²¹tʰu⁵⁵.

树上无蜂窝，人就不取它。

卢比数·谚语篇

ꃅꇬꊿꂷꌬꒉꋰ，ꃆꃀꇬꉜꐒꊂꀉ。

nʊ¹³bɿ²¹bi⁵⁵nɯ¹³dɿ¹³mɑ²¹dʑu⁵⁵,nɿ³³pʰɿ³³nʊ³³zɿ³³dʑʊ³³çi¹³tɕi³³.

鼻子发臭不肯割，忍痛掏心又怕死。

ꃚꈝꆈꌬ，ꇬꍏꄉꌬ。

vu³³nɑ³³ȵy³³sɯ⁵⁵,nɿ³³bɑ⁵⁵hɑ³³sɯ⁵⁵.

气壮如牛，胆小如鼠。

ꎴꄮꅪꃅꄓꅋꂷꌬꅪ，ꇬꍏꎴꄮꃅꄓꅋꂷꇬꄷ。

tsʰʊ²¹bu³³tsʰe¹³ŋdʐ̩²¹hʊ²¹nʊ³³tʰɿ¹³mɑ²¹tsʰe¹³,nɿ³³bɑ⁵⁵tsʰʊ²¹bu³³ŋdʐ̩²¹hʊ²¹nʊ³³tʰɿ¹³nɿ³³ʐe³³.

吝啬鬼见酒变慷慨，胆小鬼见酒变勇敢。

ꎴꊘꑘꌠꐥ，ꎴꐛꄓꊘꌠꉌꄷꅺ；

tsʰʊ²¹he³³xɯ⁵⁵çi¹³lo³³,tsʰʊ²¹du²¹nʊ³³du⁵⁵dʊ³³su³³ve⁵⁵zɑ¹³kɯ¹³;

聪明人死了，傻子也会出来待客；

ꎴꄮꑘꌠꄓ，ꇬꄮꊘꌠꉌꄷꅺ。

tsʰʊ²¹kʰɑ³³çi³³lo³³nʊ³³,nɿ³³bu³³xɯ⁵⁵dɯ⁵⁵dʊ³³gu²¹pɑ¹³ndɯ²¹kɯ¹³.

勇士死了，胆小鬼也会出来御敌。

ꄷꑡꏿꄓꇗꀕꄿꃱꆪꏿ，ꇬꃅꅉꄓꇗꀕꂷꃱꄿꉬꃅ。

ʔɑ²¹de³³he²¹nʊ³³so²¹çɿ²¹hɿ⁵⁵tsu⁵⁵ndʑo³³dʑy²¹,nɿ³³ge⁵⁵su¹³nʊ³³so²¹çɿ²¹mɑ²¹tsu⁵⁵hɿ⁵⁵no¹³ndʑo³³.

愚蠢的人喜爱夸奖，聪明的人爱听批评。

ꏓꀑꅪꀉꂷꄧ，ꀒꌠꊂꄓ；ꅪꑘꀉꂷꄧ，ꋇꀋꅐꒊ。

ve³³du³³ʐʊ²¹nɑ³³mɑ²¹dʊ²¹,tʰu⁵⁵hʊ²¹tʰʊ⁵⁵nʊ³³;ʐʊ²¹ʐʊ³³nɑ³³mɑ²¹do²¹,tʰɑ²¹du²¹ze²¹ŋu³³.

别人看不起自己，只是见面时；自己瞧不起自己，将是一辈子。

ꍝꁀꆪꂷꍿ，ꇐꍿꂷꄷ。

dʐɑ³³ly³³dʑu³³mɑ²¹mbʊ³³,tɕʰy³³mbʊ³³mɑ²¹kɯ¹³.

讨饭饱不了，偷盗富不了。

ꀕꇑꀋꇑꀘꀋꀃꀕꀘ，ꁱꀕꂿꌩꀙꍅ？
vu³³tsʰʅ³³ɣʊ¹³tsʰʅ³³ʑi²¹mo²¹kʊ¹³kɑ⁵⁵,ndzɯ³³ʑɑ¹³mɑ²¹tsu¹³tsʰʊ²¹pʰu²¹tɕi⁵⁵hɪ¹³.

洗肠洗肚洗在大河里，改过改错改在众人前。

ꑞꈜꉬꌠꈚꀘ，ꄷꆹꄷꃀꄷ，ꂿꇅꁱꀕꀋꃰꊰꈜꆚ。
ny³³me²¹su³³fe³³be²¹mɑ²¹kɯ¹³,tɑ¹³ʑi¹³tɑ¹³tʂʰʊ⁵⁵su³³,tsʰʊ²¹xur⁵⁵ndzɯ³³ʑɑ¹³ɣo³³mbʊ⁵⁵mɑ²¹do²¹.

牛的尾巴甩不掉，鹰的影子紧跟着鹰，人的错误是盖不住的。

ꑠꇬꅐꃤ，ꁯꈝꌕꀕꄉ；ꑠꇬꅑꃤ，ꀕꄜꌕꐭꄓ。
tʰɑ²¹ʑɪ³³fe²¹nʊ³³,ʑɪ³³kɑ¹³su³³dɯ⁵⁵ly²¹;tʰɑ²¹ʑi³³mbʊ³³nʊ³³,tʂʰʊ²¹pʰe²¹su³³dzʊ³³hu¹³.

一家要穷，只需三根烟杆；一家要富，要制三把锄头。

ꑟꒉꃤꑠꈚ，ꊷꀨꑠꀱꀘ。
ʑʊ³³ɕɪ¹³nʊ³³tʰɑ²¹tʰʊ⁵⁵,kʰu³³dʊ²¹tʰɑ²¹dʊ²¹ze²¹.

生死是一时，耻辱一辈子。

ꊰꈪꃤꈀꅔꐗꈜꐥ，ꈀꌠꃤꅝꐗꈜꐥ。
nɪ³³ge²¹nʊ³³hɪ¹³pu³³kʰe⁵⁵mɑ²¹dzʊ²¹,kʰɑ³³su¹³nʊ³³vu³³kʰe⁵⁵mɑ²¹dzʊ²¹.

聪明不在嘴上，勇敢不在劲上。

ꅝꃤꐥꑭ，ꁱꃤꑠꈜꑭ。
ndu²¹ɕi¹³nʊ³³dzʊ⁵⁵,tɕu¹³ɕi¹³nʊ³³mɑ²¹dzʊ⁵⁵.

宁叫人打死，不叫人吓死。

ꈎꒈꅫꈎꑆ，ꌠꑘꅫꀕꀊ。
kʰe²¹dze²¹dzʊ³³kʰe²¹gɪ³³,su³³he³³dzʊ³³zʊ²¹ɖe²¹.

月琴怕弦断，英雄怕自满。

ꐕꑿꅝꃤ，ꐕꑾꅍꈜꆈ。
tɕʰi¹³ŋge²¹dur⁵⁵nʊ³³,tɕʰi¹³ndi³³ve¹³mɑ²¹tɕi²¹.

只要脚正，不怕鞋歪。

ŋde³³ʂɿ³³kʰe⁵⁵kʊ³³bu³³,tsʰʊ²¹dzɻ³³bo²¹tɕi⁵⁵ʔu³³go¹³.

马在软草地上打滚，人在和气面前低头。

tɕʰi³³dze³³tsʰʊ²¹bʊ⁵⁵tʊ¹³ma¹³no⁵⁵,fa¹³kʰe⁵⁵bo²¹ve¹³ȵy³³se²¹no⁵⁵;

到有恶狗的人家讨过火，到悬崖陡坡边牵过牛；

lʊ²¹kʰa³³kʰe⁵⁵dzɻ³³nɪ¹³no⁵⁵,mo²¹tsʰɯ³³ze⁵⁵kʊ³³bu³³no⁵⁵.

在坚硬乱石上摔过跤，在麻丛中打过滚。

hʊ²¹le²¹be²¹xɯ²¹ma²¹dzʊ³³,ȵy³³ʔu³³pʰu⁵⁵xɯ²¹tsʰʊ²¹ma²¹dzʊ³³.

羊脖子不怕刀，牛脑壳不怕斧。

道德修养

ʂɿ³³pʰe²¹tʊ¹³tʂʰɯ³³tsʰɯ²¹ma²¹ɕi¹³,ʂʊ¹³na³³vu³³zɿ¹³nʊ³³hu⁵⁵tsu⁵⁵pie¹³.

火烧茅草根不死，雪压苍松叶更绿。

ȵy³³lɯ³³ʂʊ¹³na⁵⁵vu³³ȵɪ¹³kʊ³³zʊ³³,ze⁵⁵tɕi³³za³³zɯ⁵⁵te¹³nɯ¹³kʊ³³vɪ³³.

苍松青翠长在霜雪里，山茶艳丽开在云雾中。

te¹³na³³ȵɪ³³dʑi²¹pi⁵⁵ma²¹do²¹,vu³³ŋdzʊ³³ze⁵⁵ʂɿ³³zɿ¹³ma²¹ɕi¹³.

乌云遮不住太阳，冰雪压不死野草。

ʂɿ³³ȵy²¹lʊ³³mo²¹zɪ¹³nʊ³³ma²¹dzʊ³³,ʔu³³pʰu⁵⁵dzɻ⁵⁵tu¹³dʑu¹³nʊ³³ŋge²¹.

青草不怕石头压，伸出头来腰便直。

139

ꍏꛯ十�号ꝡꍓ号，뽕쒜ꕲꚛ꽭ꍓ꺳。

ʂʊ¹³n̥y²¹dʐʊ³³gʊ²¹dzʊ³³ma²¹gʊ¹³,ne¹³ʂ̩³³zɿ¹³kʊ¹³tʂʰɯ²¹ma²¹gɿ³³.

青松被折不弯腰，春草被割不绝根。

ꦮꙛꚛꛃꛯ，号ꗯꕟꙶꙺ꙾。

dzl̩³³ɖɯ⁵⁵tʰʊ⁵⁵ɖe²¹mo³³,kʊ²¹pʊ²¹tu¹³zi²¹to⁵⁵tsu⁵⁵.

与其泪流满面，不如举起拳头。

ꪅꪶ号ꗯꕟꙶꙺ꙾，ꛎ斗王斗无克ꚜ。

tsʰɯ³³tɕi³³kʊ²¹pʊ²¹tu¹³zi²¹to⁵⁵,kʰɑ³³du³³ŋgɯ²¹du⁵⁵xɯ²¹tsʰʊ²¹sɯ⁵⁵.

举起捏紧的拳头，硬过门后的斧头。

ꔫ쒳ꙺꔫ쬣ꜙ，ꔫꍓ쒳ꙺꔫ꙾ꙸ。

n̠ɯ⁵⁵dzʊ³³xɯ⁵⁵n̠ɯ⁵⁵kʰ̩³³zʊ²¹,n̠ɯ⁵⁵ma²¹dzʊ³³xɯ⁵⁵n̠ɯ⁵⁵n̠dzi²¹vɿ¹³.

怕虎的遭虎咬，不怕虎的穿虎皮。

ꛃ꙾ꔫ半ꛎꍓꕲ，ꔫꗊꔫꛎꍓꛎꕲ。

mi¹³vi²¹xɯ⁵⁵n̥y³³kʰɑ³³ma²¹dzʊ³³,n̠ɯ⁵⁵ŋɑ¹³xɯ⁵⁵n̠ɯ⁵⁵kʰɑ³³ma²¹dzʊ³³.

扶犁的不怕牛犟，打猎的不怕虎凶。

ꚜꭙꔫ电뽮弓ꚛꙿ，电ꛎꔫ쓜川年쬣ꙿ。

nɿ³³ʑe³³xɯ⁵⁵tsʰʊ²¹tɕʰɿ¹³bu³³ʂ̩³³kɯ¹³,tsʰʊ²¹kʰɑ³³xɯ⁵⁵zɿ¹³me²¹ʂu³³tʂɿ³³kɯ¹³.

胆大的人捋虎须，勇敢的人扯豹尾。

뽮弓号大ꙶ品囲，쓜ꕲ号꺳ꗽꙁ录。

tɕʰɿ¹³bu³³ko²¹to²¹mu³³ɣo¹³tsɿ¹³,zɿ¹³go²¹le²¹be²¹tʂɑ³³li³³tʰɯ⁵⁵.

敢在虎背套马鞍，敢用绳子拴豹颈。

뽮弓ꙶꚜꚞ，쓜ꕲꙿꙑ考ꚜ쪄。

tɕʰɿ¹³bu³³mu³³sɯ⁵⁵dze³³,zɿ¹³go³³tɕɑ³³du³³tɕʰɿ³³sɯ⁵⁵se²¹.

敢把老虎当马骑，敢把豺狼当狗牵。

卢比数·谚语篇

考查丑它，踉弓夵用悫纶；⋀囟丑它，並泅甘支支纶。

tɕʰi¹³ɕɹ¹³no³³ba⁵⁵,tɕʰɹ¹³bu³³dʊ²¹pu⁵⁵kʰɹ³³kɯ¹³;bi³³tsʰɹ¹³no³³ba⁵⁵,zɹ¹³go³³nʊ¹³bɹ²¹ndɯ⁵⁵kɯ¹³.

跳蚤虽小，敢咬老虎的屁股；蚊子虽小，敢叮豹子的鼻子。

耒矾勺並由带，电多凸廿由带。

tɕʰy²¹tʰo²¹zi¹³ha³³ma²¹dzʊ³³,tsʰʊ²¹ŋge²¹du⁵⁵no³³ma²¹dzo³³.

喉咙不怕热水烫，人正不怕闲话多。

凸丂纶杋电，弓丬九里由凵；

du⁵⁵hɹ⁵⁵kɯ¹³xɯ⁵⁵tsʰʊ²¹,hɹ¹³ndu²¹tɕy³³na²¹ma²¹ɣo²¹;

会说话的人，并没有九张嘴；

卅岁杋电森，飞九田由凵。

gɯ²¹fu³³xɯ³³tsʰʊ²¹kʰa³³,tɕi¹³tɕy³³lɯ³³ma²¹ɣo²¹.

杀敌的勇士，并没有九个胆。

森非森由非丑⼁兑，帯忚帯由忚⼌㐅中。

kʰa¹³kʊ⁵⁵kʰa¹³ma²¹kʊ⁵⁵no³³tʰa¹³bo¹³,tɕa¹³ndy⁵⁵tɕa¹³ma²¹ndy⁵⁵tʰa¹³dʊ²¹mu¹³.

勇不勇敢在一步，舍不舍得在一棒。

电森乿它㲋㐅又万郡，⼁多丑它㲋艻又万郡。

tsʰʊ²¹kʰa³³mo⁵⁵ba⁵⁵tʰʊ⁵⁵hu¹³dɯ⁵⁵dʊ³³ŋɯ³³,mu³³ndzɯ⁵⁵no³³ba⁵⁵tʰʊ⁵⁵tsʊ²¹dɯ⁵⁵dʊ³³ŋɯ³³.

勇敢是从小培养出来的，骏马是从小驯养出来的。

巴电址由书，电宫带岁士。

ʔu³³tsʰʊ³³tʰu⁵⁵ma²¹ly²¹,tsʰʊ²¹bu³³dzo³³ɕɹ²¹tɕi³³.

人若不要脸，鬼怪都怕他。

凸丂睃兑忆兑，岁阝丑考丙曲。

du⁵⁵hɹ⁵⁵tʂʰ̩¹³bu²¹lu³³bu²¹,no⁵⁵tsɯ¹³nʊ³³tɕʰi³³tɕʰy³³sɯ⁵⁵.

说话时夸夸其谈，做事时躲躲藏藏。

道德修养

㞳否岁迁万，尕㞌曲否丂。

ɣa³³ba⁵⁵dzu²¹dʐɿ³³ke³³,su¹³ʐe³³du⁵⁵ba⁵⁵hɿ⁵⁵.

小鸡拣碎米，大人说小话。

岁鸟招言咒羊，屶书屴㑩气书。

ta¹³bo⁵⁵dy³³suɯ²¹tʂʰu³³he²¹,kʰʊ²¹tɕʊ³³nɿ³³bu³³pʰu⁵⁵tɕʊ³³.

猫头鹰半夜叫，只能吓住胆小鬼。

矵氺卄甶氺，屯氺凤甶㸿。

dzu³³ɕi¹³kʰu³³ma²¹ɕɿ¹³,tsʰʊ²¹ɕi¹³hu²¹ma²¹ne⁵⁵.

虎死威不死，人死名还在。

ꒌ㞌万大元，ᛱ卫岁卅尓。

sɿ³³ʐʊ³³mi³³tʊ³³nɿ³³,bi²¹ʐʊ⁵⁵ɕi²¹da³³kɯ¹³.

任树长齐天，蚂蚁也敢爬。

ᛱ化卄否气，十化卅丑万。

tʰa²¹tsʰɿ¹³ɣa³³tɕʰy³³pʰu⁵⁵,tsʰuɯ²¹tsʰɿ¹³me¹³du³³du³³.

一代人偷鸡，十代臭名扬。

万卅岁甶带，囚串卄甶柬。

mi³³dʐɯ³³ɕɿ²¹ma²¹dʐʊ³³,xʊ³³mo⁵⁵de³³ma²¹kʰu⁵⁵.

打雷他不怕，拍簸箕无用。

屯㐇勹ᛱ㞎，羊尓亍甶尓。

tsʰʊ²¹ndzy²¹dze²¹tʰa²¹bo²¹,he²¹kuu¹³lu³³ma²¹kuu¹³.

懒人一面鼓，会响不会动。

丑彡攵勹罘，弓㐅屴甶带。

mu²¹lu³³tʰi³³ndzɑ³³nɿ¹³,tɕʰi³³lu¹³nɿ³³ma²¹dʐʊ³³.

行为常检点，狗咬心不惊。

ꇊꄜꇊꐚꌧꈬꄮ，ꃺꐂꇜꅪꅇꈬꃀ。
zi²¹gu⁵⁵zi²¹ku⁵⁵lu³³ma²¹tɕi²¹,xɯ²¹de³³tʋ¹³tɕʰi¹³tɯ³³ma²¹dʑʋ³³.

下河不怕漩涡多，打铁不怕火烫伤。

ꆏꈉꆎꄯꅉ，ꄯꅉꆎꇖꇩ。
na³³vu³³nʋ³³nɿ³³dʐ̩e²¹,nɿ³³dʐ̩e²¹no³³pʰu²¹te¹³.

有远见就心胸广，心胸广就易立业。

ꌦꉹꄮꈬꌐ，ꃸꐩꅩꈬꌚ。
su³³he¹³tʋ³³ma²¹ʂa¹³,mu³³ndzo²¹yo²¹ma³³ʂu²¹.

莽汉不知羞，驽马不卸鞍。

ꄮꐜꑇꀧꁱ，ꑴꇩꃚꃀꆀ。
tsʰʋ²¹dy²¹da¹³hɿ⁵⁵kɯ¹³,yʋ¹³kʋ³³fe³³ma²¹nɿ²¹.

小人再会说，没多大见识。

ꂷꈌꄒꆏꃤ，ꌦꈌꃤꃀꄙ。
mi³³gu²¹ʈa¹³na⁵⁵ve³³,su²¹kʰe⁵⁵ve³³ma²¹dɿ¹³.

雄鹰高空绕，人上绕不得。

ꊿꇬꂷꐉꆏ，ꌦꇬꐉꊐꄉ。
ʐʋ²¹tɕʰi¹³mi⁵⁵dʐa³³nʋ³³,so²¹tɕʰi¹³dʐa³³tʰa²¹hɿ⁵⁵.

自己脚不净，别说他人脚脏。

ꌦꂷꑦꆨꄯ，ꆏꑙꁯꊐꐡ。
so²¹me³³ya¹³ɕɿ³³tʰʋ⁵⁵,na²¹tsʰe⁵⁵tɕa³³tʰa²¹ndzɿ³³.

别人织绸时，你别玩剪刀。

ꌦꀋꈌꑦꄯ，ꆏꇁꊒꍣꄉꇑ。
so²¹kʋ⁵⁵kʰe²¹ya¹³tʰʋ⁵⁵,na²¹la¹³tʂu³³dʐa¹³tʰa⁵⁵ka²¹.

别人纺线时，你别往里塞指头。

道德修养

143

ꀘꉈꀘꄷꑱ，ꈌꆊꒉꄸꂷ。

kʊ³³fa³³kʊ³³zɯ⁵⁵nʊ³³,la¹³ga¹³xʊ²¹ma⁵⁵de³³.

与其藏着掖着，不如拿在手上。

ꊪꅐꆈꀮꉻꑳꓒ。

ze⁵⁵lɯ⁵⁵lʊ³³mo²¹lɿ²¹hɿ¹³tʰa⁵⁵ka²¹.

不要到林子里往家扔石头。

ꇤꊮꅍꑬꊪ，ꇈꀊꁴꌦꈉ。

pʰu²¹kʰa³³kʰu²¹dʐa³³ŋo³³,tʂʰu²¹ɣo²¹dzu²¹lu⁵⁵pa³³.

邻里借工具，亲戚济茶米。

ꑭꏦꈉꏢꀋ，ꆩꋠꊪꈉꄜ。

bi²¹ʐʊ⁵⁵tɕʰi¹³ndzo¹³pi¹³,ŋa²¹ndzʊ²¹kʰɯ³³tʰa²¹ndzʊ¹³.

可学蚂蚁腿，不学麻雀嘴。

ꊿꑳꏂꄸꈟ，ꊪꄸꋖꑳꄸ。

tʂʰʊ⁵⁵mbu³³vɪ¹³pi¹³nɿ³³,ze²¹me⁵⁵ndzo³³ma²¹pi¹³.

朋友衣穿得，朋友妻恋不得。

ꆏꊮꈌꀘꆏꉻꈌ，ꆏꊮꉻꀘꆏꉻꉻ。

tʰa²¹ʐʊ²¹ndzu³³nʊ³³tʰa²¹xɯ³³ndzu³³,tʰa²¹ʐo²¹du²¹nʊ³³tʰa²¹xɯ³³dɯ²¹.

一人有志气，一族人跟着沾光；一人不争气，一族人跟着丢脸。

ꉘꏦꑌꄹꆈꄤ，ꋧꏦꑌꎆꀷꄤ。

ŋa³³ʐa³³ʐu⁵⁵du²¹la³³dzʊ³³,tsʰʊ³³ʐa³³ʐu⁵⁵nɿ³³mo²¹dzʊ³³.

鸟美在翅膀，人美在心灵。

ꀋꅍꋧꈉꇐꄮ，ꀋꐰꋧꈉꉜꄮ。

ʔa³³dʐɯ³³tsʰʊ³³ka⁵⁵çi¹³ndzo³³,ʔa³³tʂe⁵⁵tsʰʊ³³ka⁵⁵he³³ndzo³³.

乌鸦愿人死，喜鹊愿人旺。

ᛒᛁᛚᛁᛚᚦ，ᛞᛁᚻᛁᚦ，ᚢᛁᚾᛁᚦ。

mbʊ³³tʰʊ⁵⁵hɿ³³tʰʊ⁵⁵kʰe³³,tsʰo²¹tʰʊ⁵⁵tʂɿ¹³tʰʊ⁵⁵kʰe³³,ɣo²¹tʰʊ⁵⁵fe²¹tʰʊ⁵⁵kʰe³³.

饱食不忘饿，暖了不忘冷，翻身不忘本。

ᚾᛞᛈᚾᛙ，ᛞᚢᚸᛤᚠ，ᛚᛁᛈᛞᛁ，ᛞᚢᚸᛞᛤ。

tʂʰʐ²¹tʰu¹³lʊ³³tʂʾʐ²¹se³³,na²¹ɣo³³ka¹³do²¹ɲɿ¹³;so²¹me⁵⁵lʊ³³ʑʊ²¹me⁵⁵,na²¹ɣo³³ka¹³ma²¹do²¹.

白米和谷子，你分辨得了；外人和妻子，你却分不清。

ᛤᛥᛟᛠᛳᛝᚩ，ᛲᛥᛳᛠᛳᛝᚩ。

ɬa¹³su¹³vu³³nʊ³³dʊ³³ma²¹no³³,mu⁵⁵su¹³dʑa³³nʊ³³dʊ³³ma²¹no³³.

青年不惜出劳力，老人不惜供饭菜。

ᛚᛒᛦᛝᛰ，ᛧᛒᚢᛤᚠ。

lʊ³³mo²¹ndu²¹ma²¹ʂe³³,ɣʊ²¹mʊ¹³nɿ¹³ɣʊ¹³tʰʊ⁵⁵.

石头打不烂，拿瓜来生气。

ᛊᛒᚫᛝᚫ，ᛤᚾᛦᛥᚾ。

ʔa³³nʊ¹³mo⁵⁵ma²¹mo⁵⁵,mu³³tsɿ⁵⁵çɿ²¹tɕa³³n̩dzɿ³³.

猴子教不教，仍拿祖灵玩。

ᛒᛚᚨᛧᛣᚢ，ᛳᛚᚨᛧᛒᚢ。

tɕy⁵⁵hɿ⁵⁵tʰɯ⁵⁵so²¹ʂʊ³³me¹³,ʑe²¹hɿ⁵⁵tʰɯ⁵⁵so²¹nɿ³³tʂʐ¹³.

咳出屁来使人可怜，笑出屁来使人心酸。

ᚸᛤᛟᛞᛳᛒᚢᛠ，ᛧᚤᛞᛟᚫᛤᚦᚫ。

na²¹kʰe⁵⁵ʂe¹³lu³³kʊ³³dʑe⁵⁵ɣo³³ma²¹hʊ²¹,so²¹kʰe⁵⁵bi²¹da³³na²¹tɕʰi³³hʊ²¹.

不见自己身上挂黄龙，却见别人身上爬小虫。

ᛳᛝᛤᛠᛷ，ᛟᛝᛧᚥᚾ。

na³³ve¹³nɿ³³ma²¹ŋe²¹,hɿ¹³ve¹³so²¹dzu³³çi¹³.

眼斜心不正，嘴歪吃死人。

[illegible]

p^{h}u^{21}so^{13}tɕ^{h}i^{33}t^{h}ɑ^{21}ndu^{21},k^{h}ɑ^{33}so^{13}me^{55}t^{h}ɑ^{21}ȵdʑo^{33}.

别打隔壁狗，别恋邻居妻。

[illegible]

sɪ^{33}ɣo^{33}mɑ^{21}ʈo^{13},tʂ^{h}o^{33}ze^{21}tʂɪ^{33}hʊ^{33}mɑ^{55}lʊ^{13};ʈ^{h}u^{13}ɣo^{33}mɑ^{21}ʂe^{13},ʔɑ^{21}me^{13}fu^{13}p^{h}i^{33}mɑ^{55}lʊ^{13}.

没有柴烧，拔篱笆桩不够；没有钱用，靠姑娘彩礼不行。

[illegible]

ʂɑ^{33}mi^{13}tʊ^{13}vɪ^{21}lu^{21},tʊ^{33}ʂɑ^{13}lʊ^{21}tʊ^{13}ʂɑ^{33}.

异地礼花炮，害羞啊害羞。

[illegible]

so^{21}du^{55}ŋo^{21}kɑ^{55}hɪ^{55},ŋo^{21}du^{55}so^{21}kɑ^{55}hɪ^{55}.

别人的话我来说，我的话由别人说。

[illegible]

t^{h}ɑ^{21}t'ʊ^{55}dʐʊ^{21}tsu^{55}ndy^{55},ɣɑ^{21}mo^{21}tɑ^{33}zʅ^{33}tsʅ^{13};t^{h}ɑ^{21}tʂʊ^{13}ɕi^{13}ʂo^{13}ndy^{55},le^{21}bu^{33}hu^{33}tʂɑ^{13}dzu^{33}.

一时想到好，给母鸡把尿；一时想死了，杀耕牛做菜。

[illegible]

ŋo^{21}ʈ^{h}u^{21}ts^{h}ʅ^{33}sɯ^{33}tu^{13}bi^{21}tɕi^{55}dʐu^{55},nɑ^{21}ȵy^{33}xu^{33}vu^{55}ʈ^{h}u^{55}nɑ^{33}mɑ^{21}dʐu^{55}.

我宁愿欠三千元的账，不愿看你卖牛肉的脸。

[illegible]

ɣʊ^{13}mbʊ^{33}tɕ^{h}i^{13}lɑ^{13}ɕi^{13},ɣʊ^{13}hɪ^{13}hɪ^{55}dʐʊ^{13}gɪ^{33}.

吃饱手脚软，饿肚屁断根。

[illegible]

ɣʊ^{13}hɪ^{33}lʊ^{33}ti^{33}vu^{33}tɕi^{33},ɣʊ^{13}mbʊ^{33}mi^{33}tʊ^{55}mu^{33}tɕi^{33}.

人饿怕推磨，人饱难吹火。

向日承耄留，向米外出乿。

vu³³tʰu¹³su³³mʊ¹³ʔɯ⁵⁵,vu²¹dʑi²¹gɯ⁵⁵sɯ⁵⁵dzʅ³³.

雪里埋人尸，雪化现原形。

纱莟由，狱巴他无弓；乿莟由，纱劣娑由仰。

so²¹ŋdzɯ³³dɯ³³,bo²¹ʔu³³nde³³hɪ¹³ha³³;ʑʊ²¹kʰu³³dɯ³³,so²¹ka⁵⁵tʰu⁵⁵ma²¹pi¹³.

别人的错误，站在山顶上吼；自己的丑事，不准别人触碰。

凷丟曰曱乿，艿屮氺承凷。

mbʊ³³dʑi²¹lu²¹ma²¹dzʅ³³,no⁵⁵kʰʊ²¹ndzɪ³³so¹³mbʊ³³.

富贵由命是假，勤劳致富是真。

凪乑亇曰承玊㐌丏玊，凪乑亇茉承玊乚岙玊。

ndy⁵⁵nʊ³³te¹³tʰu¹³tʰɪ¹³du³³hʊ²¹mi²¹mu³³,ndy⁵⁵nʊ³³te¹³ɣɯ²¹tʰɪ¹³du³³mbʊ³³ve³³mu³³.

愿白云变成羊毛，愿彩霞变成衣裙。

己書己屮万，牛岙牛屮亍。

tɕʰi¹³tɕʊ¹³tɕʰi¹³tɕi⁵⁵dʊ³³,la¹³nɪ⁵⁵la¹³tɕi⁵⁵lɯ³³.

脚勤脚先出，手勤手先动。

中卄乑己牛書，艿阴乑斗亐回。

vu³³kʰu³³nʊ³³tɕʰi¹³la¹³ly²¹,no⁵⁵tsɯ¹³nʊ³³du⁵⁵tʂʰʊ³³na³³.

勤快要靠手脚，做事要看结果。

凨夵而己鸷七屮㣺，中卄而牛二四卄亐屮瀄。

du⁵⁵no³³xɯ⁵⁵hɪ²¹pu²¹ha³³le⁵⁵kʰɪ³³,vu³³kʰu³³xɯ⁵⁵la¹³nɪ⁵⁵pʰa³³ya²¹pi¹³le⁵⁵dzɪ³³.

话多的嘴巴被老鼠咬，勤劳的双手反遭公鸡啄。

中卄而屯乑屶饣阴凷書，畬罴屯乑乇阴狱書凪。

vu³³kʰu³³xɯ⁵⁵tsʰʊ²¹nʊ³³dzu²¹ʂu⁵⁵tʰa²¹mʊ¹³ly²¹,ʔu⁵⁵lɯ³³tsʰʊ²¹nʊ³³ʂe¹³tʰa²¹bo²¹ly²¹ndy⁵⁵.

勤劳的人只需要一粒种子，懒惰的人总梦想得座金山。

道德修养

147

ꃆꋚꄯꅝ，ꄯꀉꐯꇬ；ꑭꇤꊂꄯ，ꂷꄸꈟꐨꇬꐛ。

vu³³kʰu³³tsʰʊ²¹nʊ³³,tʂʰɯ²¹pʰe²¹vɑ¹³zɯ⁵⁵;ʔu⁵⁵lɯ³³xɯ⁵⁵tsʰʊ²¹,mʊ¹³sɿ³³n̠ɯ³³dzʊ³³kʊ³³tʂʅ³³.

勤劳的人，锄头扛肩上；懒惰的人，短笛别腰间。

ꃆꋚꊂꄯ，ꄹꎶꐰꃴꃰꃴ，ꑭꇤꊂꄯ，ꎶꐰꀕꂷꈟ。

vu³³kʰu³³xɯ⁵⁵tsʰʊ²¹,ŋʊ²¹hɿ²¹kʰe⁵⁵mi²¹tɕy³³dʊ³³;ʔu⁵⁵lɯ³³xɯ⁵⁵tsʰʊ²¹,hɿ²¹kʰe⁵⁵ʑi²¹mi²¹nɯ³³.

勤劳的人，瓦板上冒炊烟；懒惰的人，屋顶上生青苔。

ꀕꑭꇤꀉꆅꊾ，ꄯꑭꇤꇊꄾꇂ。

mu³³ʔu⁵⁵lɯ³³ŋgu³³kʰɑ³³pie¹³,tsʰʊ²¹ʔu⁵⁵lɯ³³lʊ²¹pʊ¹³li³³.

懒马嫌嚼口重，懒人嫌耳朵沉。

ꉢꆏꈎꌇꊾ，ꀕꀕꈌꁌꈜ。

ŋa³³na⁵⁵hu¹³mo²¹pʊ³³,hʊ²¹kʊ³³tɕy³³pa⁵⁵ndʊ²¹.

乌鸦知反哺，羊有跪乳恩。

ꂵꄉꈩꄹꊾ，ꆈꈐꇂꀐꂵ。

mbʊ³³dʑi³³lʊ²¹ma⁵⁵dzɑ³³,no⁵⁵kʰʊ²¹ndzɿ³³so¹³mbʊ³³.

富裕不在命运，勤快的人都富裕。

ꑠꁌꆆꅝꄯ，ꈿꆆꈌꁨꈲ。

ʑʊ²¹mbʊ³³lɑ¹³d̠e²¹nʊ³³,me⁵⁵lɑ¹³ka⁵⁵dɯ¹³ɣo²¹.

丈夫衣袖宽敞，妻子有揣手的地方。

ꀕꌅꇁꋆ

为人处世

ꉐꊂꎹꃀꋊ，ꁱꊂꎔꃀꋚ。

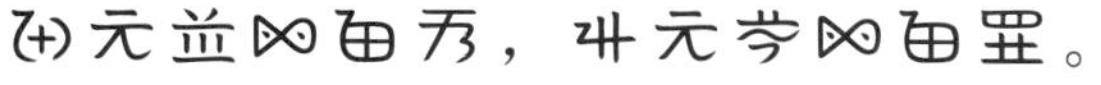

$hu^{21}n\text{,}^{33}z_\text{I}^{13}dz\text{,}^{13}ma^{21}t\text{ş}^h o^{55}, \gamma a^{33}n\text{,}^{33}ta^{13}dz\text{,}^{13}ma^{21}t\text{ş}^h u^{21}.$

羊和狼不能交朋友，鸡和鹰不能做亲家。

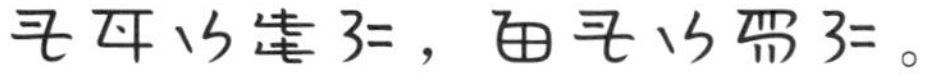

ꄬꆏꃚꄹꄜ，ꃀꄬꃚꍑꍑ。

$do^{21}nu^{33}t^h a^{21}ta^{21}ta^{33}, ma^{21}do^{21}t^h a^{21}t\text{ç}a^{21}t\text{ç}a^{33}.$

强则抱一捆，弱也抓一把。

�megꀥꅪꐨ，ꉐꀥꅪꉐꐨ。

$ts^h\text{I}^{13}bu^{33}k^h\text{w}^{21}ts^h\text{I}^{13}t^h u^{55}hu^{21}, hu^{21}bu^{33}k^h\text{w}^{21}hu^{21}t^h u^{55}hu^{21}.$

在山羊面前装出山羊脸，在绵羊面前装出绵羊脸。

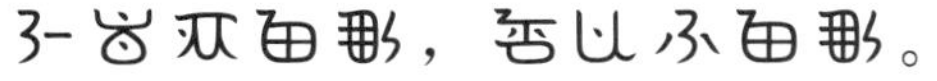

ꌐꉌꌛꃀꇉ，ꅂꉿꑠꍣꃀꇉ。

$s_\text{I}^{33}hu^{21}ze^{55}ma^{55}\text{ŋw}^{21}, \text{ndzw}^{33}\gamma o^{21}\text{z}a^{13}ma^{55}\text{ŋw}^{21}.$

不要看见树就说是森林，不要看见错就说是坏人。

ꃅꀕꄷꀨꃀꑘꄹ，ꆅꐊꄷꌺꊈꎮꑘ。

$ts^h u^{33}t^h\text{w}^{55}t\text{,}^\text{w}^{21}xu^{21}p^h u^{33}ka^{55}nu^{33}, lu^{33}\text{ŋw}^{21}na^{21}k^h a^{33}t\text{ç}^h u^{33}\text{ʔ}o^{55}ka^{55}.$

要明辨是放盐巴在你汤锅里，还是丢石头在你背篓里。

ꇬꊐꃀꅝ，ꆍꄸꑠꑘꊾ。

$k^h\text{w}^{33}\text{zw}^{21}ma^{21}no^{13}, na^{33}du^{33}\gamma o^{21}hu^{21}hu^{13}.$

别听口传，必须眼见。

ꂷꋩꌠꐚꂷꉼ，ꐪꒉꎹꅪꃆꉻ。
na³³ʐɿ³³suɯ³³tɕʰʊ²¹ma²¹hʊ²¹,tɕʊ¹³hɿ⁵⁵mu³³ɣuɯ²¹mo⁵⁵ŋɯ³³.

不见三次黑影，别忙说是老熊。

ꂷꐚꌒꂷꐚ，ꐥꎹꅪꂷꐚ。
ma²¹tɕi²¹su¹³ma²¹tɕi²¹,tɕʰo³³ʐe³³nʊ³³ma²¹tɕi²¹.

不怕就不怕，声大也不怕。

ꌧꆈꅪꌧꂱ，ꍈꆈꅪꍈꌬ。
so²¹luɯ²¹nʊ³³so²¹mu³³,ʐʊ²¹luɯ⁵⁵nʊ³³ʐʊ²¹dʐa³³.

跟他人则依他人，跟自己则依自己。

ꏸꌧꉌꂷꄼ，ꌧꌗꅪꂷꌐ。
ɕi²¹so²¹nɿ³³ma²¹to²¹,so²¹su³³nʊ³³ma²¹se⁵⁵.

不将心比心，不知人苦情。

ꍧꆏꅪꄙꍧ，ꄙꈨꅪꐭꉻ。
dʐu²¹ne¹³nʊ³³du⁵⁵dʐu³³,du⁵⁵do³³nʊ³³tɕi⁵⁵hɿ⁵⁵.

好饭当后吃，丑话说在前。

ꉻꌧꇤꄲꅆ，ꐪꊒꌧꇤꅪ。
hɿ⁵⁵so²¹ka⁵⁵tʰa²¹no¹³,tɕi⁵⁵tsuɯ¹³so²¹ka⁵⁵na³³.

不要说给人听，先要做给人看。

ꑿꄙꅉꅆꑙ，ꋠꑙꒊꅆꑙ。
ŋɡuɯ³³du³³lo³³tʰa²¹ʂo¹³,tʂʰo⁵⁵ʂo¹³dzɿ³³tʰa²¹ʂo¹³.

别找石头做枕头，别拿匪贼当朋友。

ꐔꇮꒁꂷꁧ，ꃚꇮꑆꅉꐲ。
tɕʰi³³tuɯ³³tʂʰʊ⁵⁵ma²¹ly²¹,va¹³tuɯ³³ʐɿ¹³le⁵⁵tɕa³³.

独狗不要伴，独猪被狼叼。

ꑑꁱꆠꈠꋦ，ꑑꁱꀙꎓꈝ；ꀱꌦꈴꃀꂵ，ꀱꌧꈰꇬꃮ。

pi²¹tɕa²¹bi³³ʂe¹³tʂʊ⁵⁵,pi²¹tɕa²¹ʔʊ³³kʊ¹³ŋgu²¹;hʊ²¹nʊ³³zɿ¹³tʂʰʊ⁵⁵mu³³,hʊ²¹gu⁵⁵ɕi¹³dzʅ³³ʂo¹³.

青蛙和蛇交友，青蛙白送命；羊儿和豹作伴，羊儿自找死。

ꄿꄪꅰꌦꋦ，ꄿꁯꅰꌦꋦꁌ。

tsʰʊ²¹dzʊ³³xu⁵⁵nʊ³³dʑo²¹,tsʰʊ²¹ndʑo³³xu⁵⁵no³³dʑo³³ŋu³³.

怕人是怕理；爱人也是爱理。

ꆀꇬꌦꃀꂺꈝ，ꃴꋦꆀꇬꌦꃀꄉ。

lu²¹gʊ¹³su¹³ma²¹gu²¹ŋgu²¹,vu³³tʂʰʊ²¹lu²¹gʊ¹³su¹³ma²¹de⁵⁵.

不要疏远邻居，远亲不如近邻。

ꀉꉬꄹꉆꃀꁧꃀꄸ，ꀉꉬꄹꋍꁳꀉꄉ。

ʔa³³ŋa⁵⁵tʂʰʊ³³hʊ²¹ma²¹lʊ¹³ma²¹dɪ¹³,ʔa³³ŋa⁵⁵tʂʰʊ³³nʊ³³zʊ³³ze³³kɯ¹³.

不要歧视孤儿，孤儿也能成大人。

ꆀꇬꌦꍬꌦꆀꃀꁳꄉ，ꍞꀊꋍꅰꄿꇩꃀꁳꄉ。

lu²¹gʊ¹³su¹³tɕʰi³³nʊ³³ndu²¹ma²¹dɪ¹³,dzʅ³³bu³³dzʊ³³xu⁵⁵ʔa³³mi⁵⁵ndʑo³³ma²¹dɪ¹³.

邻居的狗不能打，隔壁的猫不能爱。

ꆀꍈꅰꄿ，ꌠꑭꆀꍈ；ꄿꁯꅰꄿ，ꄿꑮꁯ。

nɿ³³dzʊ³³xu⁵⁵tsʰʊ²¹,sʊ²¹ɕɪ²¹nɪ³³dʑo³³;tsʰʊ²¹ndʑo³³xu⁵⁵tsʰʊ²¹,tsʰʊ²¹ɕɪ²¹ndʑo³³.

恨人的人，人恨他；爱人的人，人爱他。

ꑂꇗꌦꀍꌧꆈ，ꌠꃀꁧꇗꌦꁮꈴꃀꌧ。

hɪ⁵⁵tsʰʊ⁵⁵nʊ³³dzʊ²¹sɯ⁵⁵dza³³,so¹³tʂʰʊ⁵⁵tsɯ¹³tsu⁵⁵nʊ³³hɪ²¹dzu³³nde²¹sɯ⁵⁵.

调解纠纷好比搭座桥，为人办好事犹如平屋基。

ꄜꑭꆺꂺꈌ，ꅰꀕꀑꂺꀊꃀꄉ。

tʰu¹³ɣo²¹tɕy³³zʊ²¹ku⁵⁵,su¹³fe²¹tʰa²¹zʊ²¹pa³³ma²¹de¹³.

关心九个有钱人，不如帮助一个穷人。

为人处世

ᛏᛋᛟᛒᛄᛅ，ᛒᛋᚾᚨᛃᚦᛋᚨ；
va¹³meₛ⁵⁵ma²¹ne¹³,tsʰu³³tɕʰu¹³tɕʰu⁵⁵tʂʰo⁵⁵ʑe²¹tʂu³³;
腊肉无味，加盐给朋友吃；

ᛘᛏᛒᛄᛅ，ᛗᚢᛅᚾᚨᛃᛋᛟ。
ŋgu²¹ndzɿ²¹ma²¹ne¹³,du³³ʑi²¹ʂe⁵⁵tɕʰu¹³tʂʰʊ⁵⁵ʑe²¹tu²¹.
荞酒不香，加蜜给朋友喝。

ᚨᚻᛞᚾᛟ，ᚨᛞᛗᛃᛟ。
du⁵⁵ɖa³³kʰe³³hɿ²¹su⁵⁵,du⁵⁵tsu⁵⁵ne¹³hʊ³³su⁵⁵.
坏话似北风，好话如春雨。

ᛏᛞᚾᚢᚨᛃ，ᛃᛟᚾᛏᚾᚷ。
tsʰʊ²¹tsu⁵⁵nɯ³³du³³tʰa²¹hɿ⁵⁵,no⁵⁵tʰa³³xɯ³³tsʰʊ²¹hɿ¹³hu¹³.
别说好人的短处，要揭坏人的盖儿。

ᛃᚦᛟᛒᚷ，ᚨᚾᚦᛟᛃ。
tɕʰi⁵⁵nʊ³³so²¹xɿ¹³ma²¹do²¹,ʑʊ²¹ʑʊ³³mu³³ʑʊ²¹xɿ¹³.
生气伤不了别人，反而伤着自己。

ᚦᛟᚾᛃᛋᛏᛒ，ᛋᛗᛃᛃᛏᛋᛟ。
dzu³³ɣo¹³hɿ³³pʰu⁵⁵na³tʰa²¹te¹³,ʂe¹³tsʰu³³ʑi¹³pʰu⁵⁵ʂʰʊ³³tʰa²¹me¹³.
碰到饥饿的老虎别傻眼，遇到冬眠的老蛇莫同情。

ᛏᛋᛏᛟᛏᛋᛏᛟ，ᚦᛃᚾᚢᚦᛃᛟ。
bi³³ʂe¹³ʂʊ³³me¹³bi³³ʂe¹³le⁵⁵kʰɿ³³,tɕʰi¹³bu³³tʰɯ⁵⁵xo²¹tɕʰɿ¹³bu³³le⁵⁵xɿ¹³.
可怜老蛇被蛇咬，放虎归山虎伤人。

ᛏᛟᛏᚾᛃᛟ，ᛋᛗᛏᛋᛟ。
zu³³kʰa³³nʊ³³kʰu³³ndɯ⁵⁵,tʂʰɿ¹³ŋu³³pʰʊ²¹ɣa³³vu³³.
是好男儿就去争功，是鹿子就逃命。

ꀮꌦ�testꌦꀮtest，ꀮꌦꏂꌦꀮꏂ。

na²¹so¹³ʂu¹³so²¹na²¹ʂu¹³,na²¹so²¹ndʐo³³so²¹na²¹ndʐo³³.

你恨人，人恨你，你爱人，人爱你。

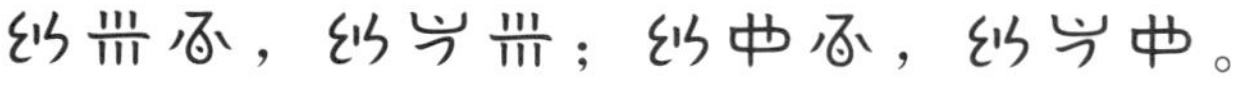

ꌦtestꌧ，ꌦ？test；ꌦꏂꌧ，ꌦ？ꏂ。

so²¹ʂo¹³su¹³,su²¹ɕɿ²¹ʂu¹³;so²¹ndʐo³³so¹³,so²¹ɕɿ²¹ndʐo³³.

恨人者，人恨他；想人者，人想他。

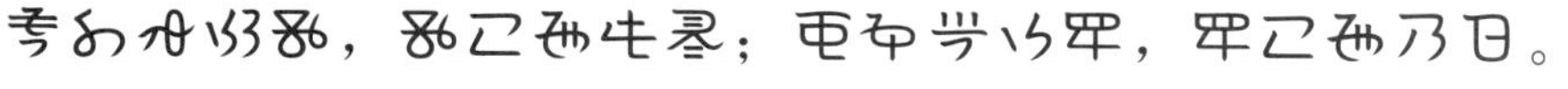

考ꂱ舟ꎧꄐ，ꏃꀘꙅ牛ꇐ；ꊈꀕ꤯ꇁꀮ，ꀮꀘꙅꌕꑸ。

tɕʰi³³zi²¹do⁵⁵tʰa²¹tsʰe²¹,tsʰe²¹li²¹ʐʊ²¹la¹³kʰɿ³³;tsʰʊ²¹zi¹³xɿ¹³tʰa²¹tu¹³,tu¹³li²¹ʐʊ²¹tɕʰy³³ʈʰu¹³.

别捞落水狗，捞来会咬手；别助缺德人，助来奴役你。

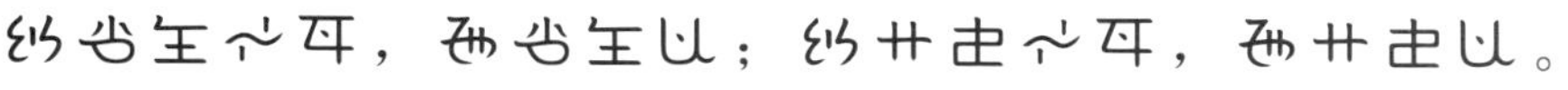

ꌦꕢꑥ↗ꀕ，ꙅꕢꑥꒉ；ꌦꈋꄷ↗ꀕ，ꙅꈋꄷꒉ。

so²¹nɿ³³ʂu³³bi⁵⁵nʊ³³,ʐo²¹nɿ³³ʂu³³yo²¹;so²¹kʰu³³du³³bi⁵⁵nʊ³³,ʐʊ²¹kʰu³³du³³yo²¹.

给别人痛苦，自己也痛苦；给别人幸福，自己也幸福。

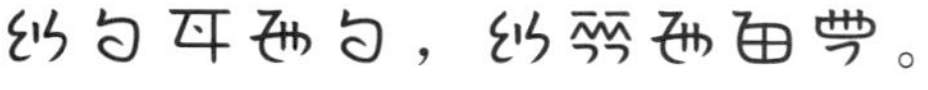

ꌦꀉꀕꙅꀉ，ꌦꉜꙅꆀꃰ。

so²¹pa³³nʊ³³ʐʊ²¹pa³³,so²¹xɿ¹³ʐʊ²¹ma²¹dɯ³³.

帮人如帮己，害人不利己。

ꌦꙓꃖꐯꐗ，ꌦꃣꐯꆀꐗ。

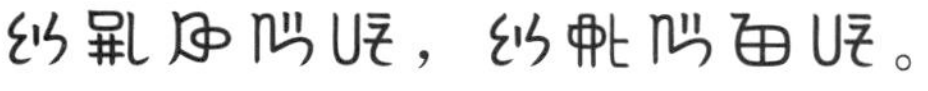

so²¹mo⁵⁵du⁵⁵no¹³so²¹,so²¹be³³no¹³ma⁵⁵so²¹.

教人的话好听，骂人的话难听。

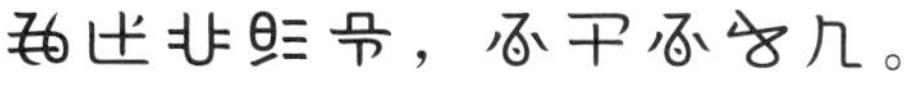

ꙅꕉꀜꏸꄷ，ꑥꀮꑥꁧꑚ。

hɿ²¹vu³³ʈʰu⁵⁵di¹³ŋu²¹,su³³he³³su³³du²¹se⁵⁵.

进屋看脸色，便识人善恶。

ꀝꁨꀜꃪꅰ，ꀵꀈꌶꊌꒄ。

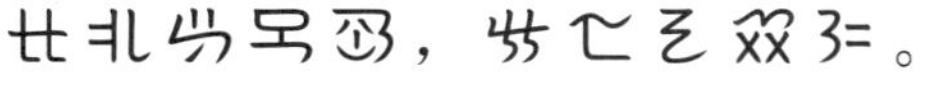

ndʐɿ²¹kʊ³³kʰʊ²¹pʰu⁵⁵ndʊ²¹,no⁵⁵mo²¹ʂe¹³he³³he³³.

遇见酒就喝，祸事金晃晃。

为人处世

ㄅ田ㄑㄤ月ㄢ书由笏，帝ㄱㄡ。

ʔa³³nʊ¹³la¹³kʊ³³dzu³³du³³ly²¹ma²¹dɪ¹³,ȵɯ⁵⁵mo⁵⁵kʰʊ³³kʊ³³fu³ma²¹ly²¹.

不要向猴子手里要吃食，不要从老虎口中讨肉吃。

ㄣ书ㄢ祚泛，电书ㄩㄣㄖㄥ。

mu³³tɕʊ¹³tʰa²¹tʊ²¹kɪ¹³,tsʰʊ²¹tɕʊ¹³du⁵⁵tʰa²¹kɯ¹³.

马快一鞭，人快一言。

ㄑ㸟ㄣㄑㄚ，ㄑㄣ平由笏；ㄣ㸟凡ㄣㄚ，ㄣ电下由笏。

ȵy³³dzo²¹pe⁵⁵ȵy³³tɕʊ¹³,ȵy³³so²¹ty³³ma²¹kɯ¹³;mu³³dzo²¹tʰɯ⁵⁵mu³³tɕʊ¹³,mu³³tsʰʊ²¹ndo³³ma²¹kɯ¹³.

让路给牛过，牛不会抵人；让路给马过，马不会踢人。

ㄑㄤ日由㞢，ㄨㄅ万ㄥㄝ。

la¹³kʊ³³tʰu¹³ma²¹zu⁵⁵,du⁵⁵dʊ³³tʂʰʊ⁵⁵tʰa²¹ŋʊ²¹.

手头无银钱，出门莫拉人入伙。

㐅双㐅丑㸐，㐅罗万纠ㄅ。

ʐʊ²¹ʐo³³ʐʊ¹³mu³³kʰʊ³³,ʐʊ²¹tsu⁵⁵ke³³so²¹hɪ⁵⁵.

痒了自己抓，好事让人夸。

㦥己中㹍子纠㞞，月己日凵子纠ㄅ。

mʊ⁵⁵li²¹vu²¹ʐe³³du⁵⁵tʰa²¹bu²¹,ʂu³³li²¹tʰu¹³ɣo²¹du⁵⁵tʰa²¹hɪ⁵⁵.

老来不要夸力大，穷来不要说有钱。

ㄑㄓㄤ由眹，纠幼㸦纠弻。

la¹³sɯ³³kʊ³³ma²¹di¹³,so²¹kɯ³³sɯ¹³tʰa²¹tʰɯ¹³.

没有长指甲，别领大蒜剥。

ㄥㄖ赴由笏，纠ㄑ㸦纠㐤。

va¹³tɕi⁵⁵tsʰ̩¹³ma²¹kɯ¹³,so²¹ȵy³³ʐo²¹tʰa²¹ŋɪ³³.

猪都不会劁，别骗人家牛。

ꀼꀽꎝꀀꎠ，ꄷꀽꇪꀀꅉ。

ŋgu³³ma²¹do²¹tʰa²¹kʰɿ³³,mu²¹ma²¹kɯ¹³tʰa²¹tsa²¹.

嚼不了莫入口，不会做别接手。

ꇖꀀꌋꌐꀀꇕꀀꌐꌋ，ꇖꀏꅩꌐꀀꇕꀏꅩꌐ。

so²¹pʰɿ³³tʂɿ³³nʊ³³ʐʊ²¹pʰɿ³³tʂɿ³³,so²¹tʰɯ⁵⁵tu³³nʊ³³ʐʊ²¹tʰɯ⁵⁵tu³³.

别人掖着我掖着，别人放下我放下。

ꃶꀼꇖꀀꇖ，ꎈꀼꇖꀀꇖ。

mu³³sɯ⁵⁵so²¹tʰa²¹ndo³³,ȵy³³sɯ⁵⁵so²¹tʰa²¹ty³³.

别像马踢人，别像牛顶人。

ꀧꈌꍬꁕꀟꄱꀟ，ꍩꇕꍬꁕꀑꀼꄹ。

pʊ¹³ndzɯ⁵⁵nɿ⁵⁵dɯ³³tʂo⁵⁵pi³³pi³³,tsʰʊ²¹nʊ³³nɿ⁵⁵dɯ³³nda¹³ma²¹dɿ¹³.

织布梭子两头尖，做人两头滑不得。

ꅍꀼꈪꀀꃴ，ꊖꀼꎝꀀꋺ。

du⁵⁵ma²¹tsu⁵⁵tʰa²¹no¹³,dzo²¹ma²¹ŋge²¹tʰa²¹sɯ³³.

歹话莫听，邪路别行。

ꋒ三ꃅ，ꇖꁯꊭꀀꍏ；ꆈ三ꃅ，ꇖꈎꊭꀀ꒛。

tsʰu³³sɯ³³hu²¹,so²¹kʊ¹³me³³tʰa²¹dze³³,ne¹³sɯ³³hu²¹,so²¹kʰʊ³³me³³tʰa²¹ʐo²¹.

冬三月，别骑人家锅桩；春三月，莫端人家饭碗。

ꈌꀮꀟꀀꅰ，ꈌꀦꃹꀀꌧ。

kʰa³³be³³dɯ²¹tʰa²¹dʊ³³,kʰa³³çi¹³hɿ¹³tʰa⁵⁵nɿ²¹.

邻居吵架不要出门，寨邻死人莫坐家中。

ꄭꁈꀱꀽꄱ，ꎴꃌꈮꀏꄱ。

tʰu⁵⁵na³³ʐe²¹sɿ³³sɿ³³,nɿ³³mo²¹dze²¹ka²¹ka²¹.

脸上笑嘻嘻，心里长獠牙。

为人处世

155

𪜈𑫀𑫊𑫀𑫌，𑫀𑫀𑫊𑫌𑫊。
tsɿ¹³ʑi²¹ndʊ²¹ma²¹fu³³,dʑɯ³³ma²¹n̠o³³tʰa²¹ʑo²¹.

死水不能饮，横财不能取。

𑫊𑫀𑫀𑫀𑫀，𑫀𑫀𑫀𑫊𑫀。
so²¹ʔu³³ndzu²¹di¹³hʊ²¹,ʑʊ²¹na³³du³³tʰa²¹nu²¹.

见人戴冠帽，自己别眼红。

𑫊𑫀𑫀𑫊𑫀，𑫀𑫀𑫀𑫊𑫀。
so²¹mu²¹lu³³tʰa²¹hɿ⁵⁵,ʑʊ²¹ndzu³³du³³tʰa²¹bu²¹.

莫说他人长短，别夸自己能耐。

𑫊𑫀𑫊𑫀𑫀，𑫀𑫀𑫀𑫀𑫀。
so²¹hɿ⁵⁵so²¹hɿ¹³pu²¹,ʑʊ²¹ndy⁵⁵ʑʊ²¹nɿ³³mo²¹.

别人说是别人的嘴，自己想是自己的心。

𑫀𑫀𑫀𑫊𑫀𑫊𑫀，𑫀𑫀𑫀𑫀𑫀𑫊𑫀。
ma²¹te⁵⁵ma²¹ndʑa³³ʑi²¹tʰa²¹gu⁵⁵,ma²¹se⁵⁵ma²¹hʊ²¹du⁵⁵tʰa²¹hɿ⁵⁵.

水情不明别过河，没有根据莫乱说。

𑫀𑫀𑫀𑫀𑫀𑫊𑫀，𑫀𑫀𑫀𑫀𑫀𑫊𑫀。
gu⁵⁵tɕɿ³³ma²¹se⁵⁵ʑi²¹tʰa²¹za¹³,tsʰʊ²¹tʰu⁵⁵ma²¹se⁵⁵du⁵⁵tʰa²¹hɿ⁵⁵.

不知渡口莫下水，不识人面别讲话。

𑫀𑫀𑫀𑫀𑫀，𑫀𑫀𑫀𑫀𑫀。
ʑʊ²¹du²¹ʑʊ²¹nɿ³³ndy⁵⁵,du⁵⁵dʊ³³no⁵⁵ma²¹tʰu⁵⁵.

自己憨来少说话，出门在外不惹祸。

𑫊𑫀𑫀𑫀𑫀，𑫊𑫀𑫀𑫊𑫀。
so²¹tʂʰɯ²¹tʰʊ²¹ma²¹se⁵⁵,so²¹ʑe⁵⁵nɿ³³tʰa²¹hɿ⁵⁵.

不知人底细，莫论人是非。

中=世 丂 世 綵，中= 鮏 丂 甶 几。

vu³³tʰɯ¹³tʂʰʋ⁵⁵ma²¹ʈo⁵⁵,vu³³di¹³tʂʰʋ⁵⁵ma²¹se⁵⁵.

不使力给同伴看，同伴不知你有力气。

纷 鉌 哪 丑 缶，鉌 纷 甴 丑 缶。

so²¹ʐʋ²¹ʑy³³mu³³kɯ¹³,ʐʋ²¹so²¹na¹³mu³³kɯ¹³.

人家愿做自己的骨，自己应做别人的肉。

彡 亡 卡 峇 开，世己 卡 元 伍；鉌 鉌 凡 丂 开，世己 丂 甶 哥。

dʐo²¹mo²¹sɯ³³ŋdʐɯ³³nu³³,pʋ³³li²¹sɯ³³nɹ³³me¹³;du⁵⁵mba³³kʰɯ¹³dʋ³³nu³³,pʋ³³li²¹hɿ⁵⁵ma²¹do³³.

路若走错了，来得及重走；话若说错了，重说不可能。

鉌 丑 干 彡 卡，纷 丂 纷 扎 丂。

ʐʋ¹³mu³³he³³dʐo²¹sɯ³³,so²¹hɿ⁵⁵so²¹kʋ³³hɿ⁵⁵.

自己行正道，任其说长短。

纷 ㄣ 峪 勿 呆，纷 厼 甲 勿 屸。

so²¹mu³³ndze³³tʰa²¹dze³³,so²¹tɕʰa¹³na⁵⁵tʰa²¹ŋgʋ²¹.

别骑他人的马，别拉他人的弓。

丂 缶 兊 哥 甶 另，碼 乇 缶 几 枾 工 甽。

hɿ⁵⁵kɯ¹³bu²¹dʐu³³ma⁵⁵tʂa³³,vi²¹bi⁵⁵kɯ¹³se⁵⁵kʰa³³ʐu³³ŋɯ³³.

会说不算好汉，敢当才是丈夫。

无 面 艻 丗 匘，无 乶 不 勿 绫；串 𠂤 乂 丗 匘，丂 𠂤 不 勿 孙。

xɯ³³pʰu³³tʂ̩³³nda¹³tʂʰa³³kʰɯ¹³,xɯ³³ʐʋ²¹lu⁵⁵tʰa²¹nda¹³;ze⁵⁵zi²¹bu²¹tʂa³³kʰɯ¹³,tɕʋ³³zi²¹lu⁵⁵tʰa²¹gu⁵⁵.

该在锅里争，别在勺里争；该在河里游，别在沟里蹚。

彡 卡 扎 垰 勿 甽，中 舲 帄 鮏 勿 士。

dʐo²¹sɯ³³kʋ³³ti¹³tʰa²¹dʐo³³,mu¹³tsʰɯ⁵⁵tsɿ¹³di¹³tʰa²¹tɕi²¹.

走路莫怕摔跟斗，砍竹莫怕遇竹节。

ᜍ ᜓ ᜓ ᜓᜑ，ᜐ ᜓ ᜓᜏ。
dʐʊ²¹su³³ti¹³tʰa²¹dʐʊ³³,ʑi²¹va¹³tʰa³³tʰa²¹tɕi²¹.
走路别怕跌，挑水别怕洒。

ᜐ ᜏ ᜓᜐ，ᜐ ᜐ ᜓᜏ。
ɣa³³me³³dɯ⁵⁵tʰa²¹dʊ³³,kʰa³³zu³³hɪ¹³tʰa⁵⁵nɪ²¹.
瘟鸡不出门，好男不坐屋。

ᜐ ᜓ ᜓᜐ，ᜐ ᜓ ᜓᜐ。
mu³³dze³³ɬʊ²¹tʰa²¹kɯ³³,ʈa¹³su⁵⁵te¹³me³³tʂu³³.
莫学骏马关厩里，要学雄鹰翱翔在云端。

ᜐ ᜏ ᜐ，ᜐ ᜓ ᜐ ᜓᜐ；ᜐ ᜏ ᜐ，ᜐ ᜓ ᜓᜐ。
ʈa¹³zu³³ŋɯ³³,du²¹tʂʰɿ²¹mi³³gu²¹tʂu³³;dze³³mu³³ŋɯ³³,pʰu²¹ɬi³³lɯ⁵⁵ʐɯ³³tʰe²¹.
是雄鹰，就该翱翔天空；是骏马，就该驰骋四方。

ᜐ ᜏ ᜓᜐ，ᜐ ᜓ ᜓᜐ。
ʔa³³mi⁵⁵tɕy³³tʰɯ²¹na³³,ha³³na³³tʰa²¹tʰɯ²¹hʊ²¹.
猫眼看九尺，鼠眼看一寸。

ᜐ ᜏ ᜓ ᜓᜐ ᜓᜐ，ᜐ ᜓ ᜓ ᜐ ᜓ ᜏ ᜐ。
pʊ³³dza³³tʂu¹³na³³xɯ⁵⁵du⁵⁵no¹³ma²¹ndʐo³³,pʊ³³tʂa¹³tʂu¹³tʂa¹³xɯ⁵⁵vu⁵⁵nʊ³³dzu³³ma²¹ne¹³.
重复循环的话不想听，反复烹煮的菜不好吃。

ᜐ ᜏ ᜐ ᜏ，ᜐ ᜏ ᜐ ᜏ。
nɪ³³no³³pʰu²¹ma²¹te¹³,nɪ³³kʰa³³pʰu²¹ha³³mbʊ⁵⁵.
无恒心之人难立业，有恒心之人事业旺。

ᜐ ᜏ ᜐ ᜏ，ᜐ ᜏ ᜐ ᜏ；ᜐ ᜏ ᜐ ᜏ，ᜐ ᜏ ᜐ ᜏ。
tɕʰɪ¹³bu³³ʑa¹³ka³³,tɕʰɪ¹³bu³³dʐo²¹ɣo²¹;ʔu³³tsʰʊ³³dʐo²¹hɪ⁵⁵,ʔu³³tsʰʊ³³dʐo²¹ɣo²¹.
虎强悍，虎有理；人讲理，人有理。

ꇐꌠꀕꌨꃤꂷꇐꀕꌤꎍ，ꋠꌠꇐꀕꌨꃤꇐꎍ。

so²¹nɪ³³ʐʊ²¹hʊ³³ma⁵⁵lʊ¹³,ʐʊ²¹nɪ³³ʐʊ²¹hʊ³³lʊ¹³.

人心鄙视我，我心却自信。

ꃛꑞꂷꄖꇬ，ꀏꂷꅉꄖꉌ。

no⁵⁵kʰʊ²¹kʰa³³tɕi⁵⁵tsɯ¹³,no¹³ʂu³³du⁵⁵tɕi⁵⁵hɪ⁵⁵.

难事要先办，丑话要先讲。

ꄯꄮꃆꂿꄉꑌꅍ，ꄖꊸꃆꇨꄡꋧꑋꅇ。

dʑe²¹bo²¹xɯ⁵⁵mi¹³du³³mu³³kʰe⁵⁵,nɪ³³dʐ̩³³xɯ⁵⁵tɕi³³mu²¹tʂʰʊ⁵⁵ʐe²¹za¹³.

要在敞亮的地方拴马，要用诚恳的态度待友。

ꇐꋧꈌ，ꄟꄩꀮꌺꑌ；ꇐꋧꂷꈌ，ꑌꑌꀮꄟꄩ。

so²¹za¹³kɯ¹³,tsʰʊ²¹dze³³tʰɪ¹³hɪ²¹se³³;so²¹za¹³ma²¹kɯ¹³,hɪ²¹se³³tʰɪ¹³tsʰʊ²¹dze³³.

会待人，邪祟变家神；不会待人，家神变邪祟。

ꄔꃆꄮꈢꆪꋧꄉ，ꄔꇨꄮꋧꑋꋧꁧ。

du⁵⁵kʰa³³nʊ³³gu³³ba³³tʂʰo⁵⁵tʰɯ¹³,du⁵⁵gu²¹nʊ³³tʂʰo⁵⁵ʐe²¹tʂʰo⁵⁵hu²¹.

硬话要对敌人讲，甜言要对朋友谈。

ꁤꋧꆈꋧꄩꄖ，ꀮꄝꋧꅪꄮꎔꃛꅊꇨ；

tʂʰ̩¹³tʂʰʊ⁵⁵tʂʰʊ⁵⁵ʐe²¹tsɯ¹³,bo²¹da³³ze⁵⁵ndzo³³nʊ³³dzo³³xɯ⁵⁵su¹³ɣo²¹;

同鹿子交朋友，翻山穿林有引导；

ꑽꋧꋧꆈꋧꄩꄖ，ꌦꃶꄮꊐꀮꀋꉈ。

ŋo³³ba⁵⁵tʂʰʊ⁵⁵tʂʰʊ⁵⁵ʐe²¹tsɯ¹³,ʑi²¹gu⁵⁵nʊ³³na¹³du³³se⁵⁵hu¹³.

与鱼儿交朋友，过河涉水知深浅。

ꄡꄩꌠꃆꄖꁬ，ꈨꁨꌠꃆꄖꁮ，ꑟꄮꄩꃀꌠꁬ。

hɪ²¹du³³ndzʑu³³xɯ³³ma⁵⁵ŋɯ²¹,łu¹³ʔu³³ndzʑu³³xɯ⁵⁵ma²¹ŋɯ²¹,ɕi²¹nʊ³³du⁵⁵hɪ³³ndzʑu³³ŋɯ³³.

不是嘴巴错，不是舌头错，只是话说错。

万羿彐丑耒，凸牙凪罘丂。

tʂʰʊ⁵⁵ʑe²¹sɯ¹³mu³³n̠dʑo²¹,du⁵⁵nʊ³³ndy⁵⁵sɯ⁵⁵hɿ⁵⁵.

朋友择着交，话要想着说。

纱凸氿，乢凸几。

so²¹nɿ³³sʅ³³,ʐʊ²¹nɿ³³se⁵⁵.

摸人心，知己心。

帀苹牙扎禿，⋈万牙凸五。

tʊ¹³ʈo¹³nʊ³³kʊ³³fe²¹,dʐʅ³³tʂʰʊ⁵⁵nʊ³³nɿ³³dʐʅ³³.

烧火要空心，对人要实心。

万羿万凸眦，⺡疈朳⋈万。

tʂʰʊ⁵⁵ʑe²¹tʂʰʊ⁵⁵nɿ³³ndɿ³³,ku³³ʂu³³tʰʊ⁵⁵dʐʅ³³tʂʰʊ⁵⁵.

同朋友交心，才能患难与共。

屮田凵田朳，甲田凵牙朳。

tsʰu³³ma²¹ɣo²¹ma²¹pi¹³,na²¹ma²¹ɣo²¹nʊ³³pi¹³.

没有盐不行，没有你却行。

齿恭⅄帀耂，齿卋⅄羿疈。

ve⁵⁵tsʅ¹³tʰa²¹nɹ²¹le²¹,ve⁵⁵pʊ³³tʰa²¹ʑe²¹ʂu³³.

留客一天易，客返一次难。

毞乇纱田徔，玉万纱田屮。

hɿ¹³dʐʊ³³so²¹ma²¹ɕɿ³³,ŋɡɯ²¹dʊ³³so²¹ma²¹hʊ²¹.

在家不待客，出门无人理。

齿欠田缶牙，玉枇卅堈芈。

ve⁵⁵za¹³ma²¹kɯ¹³nʊ³³,ŋɡɯ²¹bo²¹n̠y²¹sʅ³³nɯ³³.

不会接待客，门槛长青草。

ꊿꊿ ꇓꇓꋚꈭꃀ，ꋦꄻꄸꆈꅐꐣꄓ。

tʂʰʅ²¹bu²¹lu³³bu²¹su²¹ma²¹ndʐe²¹,ndy⁵⁵go²¹kʰɯ³³dʊ³³hɪ⁵⁵dʑo²¹du²¹.

夸夸其谈无人信，想过的话语才在理。

ꂿꉿꄳꈉꃅꂿꇬꈉ。

mi³³hʊ³³tʰɑ²¹kʰe³³mi³³tsʰʊ¹³kʰe³³.

别记雨天，记晴天。

ꆧꊈꇓꃅꉾꆈꑸ，ꎭꊈꇓꌠꄻꈉꋚ。

tsʰo²¹li²¹so²¹mi³³hɪ³³tʰɑ²¹nduɯ²¹,tʂʰɪ¹³li²¹su²¹mi³³tʊ⁵⁵tʰɑ²¹tɕy⁵⁵.

热来别挡人家风，冷来莫占人家火。

ꇓꆏꑸꈬꇓꇿꐚ，ꌪꆏꑸꈬꇿꑰꑸ。

so²¹no⁵⁵ɣo²¹tʰʊ⁵⁵so²¹pa³³dzu⁵⁵,ʐʊ²¹no⁵⁵ɣo²¹tʰʊ⁵⁵pa³³su¹³ɣo²¹.

别人有事肯帮忙，自己有事有人帮。

ꇮꇓꃅꄸꎻ，ꉌꄉꄻꀀꉬ。

ŋgu²¹dʊ³³tʂʰo⁵⁵he³³ly²¹,hɪ¹³dzu³³kʰa³³bo²¹hu¹³.

出门要良伴，居家要睦邻。

ꄻꇓꃅꒉꆈ，ꉌꑱꀙꄜꇊ。

du⁵⁵do³³mi³³ze²¹na³³,hɪ²¹vu³³tʰʊ⁵⁵tɕɪ²¹nɪ¹³.

出门看天气，进门看脸色。

ꐎꅑꄚꀙꇊ，ꃶꅔꄻꇬꁌ。

tɕʰi³³ndu²¹se²¹tʰʊ⁵⁵nɪ¹³,ve⁵⁵mu³³du⁵⁵tʰɑ²¹kʰɪ³³.

打狗看主面，做客莫抢话。

ꐎꄧꇗꑬꆹ，ꄚꄧꌕꑬꇁ。

tɕʰi³³he³³tʰɑ²¹lu³³ha¹³,tsʰʊ²¹he³³su³³lu³³ku⁵⁵.

良犬守一寨，贤人顾三村。

为人处世

ㄅㄓ囗ㄕ嚠ㄥ囲，双ㄥㄍㄐㄣㄥㄟ。

mu³³ɣa³³hu²¹tʰʊ⁵⁵kʰa³³tʰa²¹nde³³,dʑy²¹tʂʰu²¹ȵɪ¹³nʊ³³hɪ¹³tʰa⁵⁵ȵɪ²¹.

六月七月不串门，红白两事别在家。

ㄓㄅ氕囟ℰ，ㄈ燚ㄓㄑ九；ㄓㄒ氕囟ℰ，ㄐㄅ罘ㄑ九。

ʐʊ²¹mu³³bu²¹ma²¹hu¹³,dze³³dʑɪ²¹lɯ⁵⁵tse³³se⁵⁵;ʐʊ²¹zu³³bu²¹ma²¹hu²¹,ɕɪ²¹tʂʰʊ⁵⁵ȵɪ¹³tse³³se⁵⁵.

莫夸自己的马，赛场上分晓；莫夸自己的儿，观其友便知。

ㄅ氃ㄓㄐㄨ，ㄥㄘㄐ囟ㄣ。

ʐi³³tʂɪ³³no³³mu³³ʐo²¹,so¹³xɪ¹³nʊ³³ma²¹dɪ¹³.

善事要多做，恶事决不行。

中ㄐㄥㄥㄞ，ㄑ日ㄑㄅ丑。

vu³³ze³³so²¹tʰa²¹kʰa³³,ȵɪ³³tʰu¹³nɪ³³vu³³mu³³.

不做强中强，愿做善中善。

ㄞㄐㄞㄥㄞ，囟ㄐㄑㄥㄘ。

kʰa³³du²¹xɯ⁵⁵tʰa²¹dʑʊ³³,ma²¹do²¹pʰu⁵⁵tʰa²¹no³³.

别怕强者，莫欺弱者。

罗ㄅ罘ㄑ車ㄅ，ㄐㄅ罘ㄑ車ㄅ。

tsu⁵⁵tsɯ¹³ʐi³³nɪ³³ʔo⁵⁵dʑʊ²¹,du³³tsɯ¹³ʐi³³nɪ³³ʔo⁵⁵dʑʊ²¹.

好事记心里，坏事莫忘怀。

ㄞㄥ囟罘己囟ㄞ，ㄐ九囟罘ㄨ囟ㄥ。

ʂɯ⁵⁵ʈɯ³³ma⁵⁵ŋɯ²¹tɕʰi³³ma²¹ɳɖa¹³,tʰu⁵⁵se³³ma⁵⁵ŋɯ²¹dʐʅ³³ma²¹xɪ¹³.

不是稀泥不滑脚，不是熟人不害人。

ㄅㄐㄅ狆ㄐ，无ㄓㄅ罒ㄥ召ㄣㄅ。

mu³³lɯ⁵⁵mu³³ndzu³³nʊ³³,xɯ²¹de³³mu³³kʰɯ³³ʂo³³ʔʊ³³tʂɯ⁵⁵tsɯ¹³.

要给马自由，何必打铁套马口。

ꎷꀊꎷ꒰ꃨꆀ，ꇌꀊꈚꂵꃨꆀ。

mi³³tʰɿ¹³mi³³hɿ²¹ʔo⁵⁵dʐa³³,tsʰʊ²¹tʰɿ¹³nɿ³³mo²¹ʔo⁵⁵dʐa³³.

天变在于风，人变在于心。

ꎷꅲꂿꆭꃀꀉ，ꌧꐥꊂ；

mi³³dzu²¹ʑi²¹ndʊ²¹tʰʊ⁵⁵ne³³,so¹³ndʐo³³tsʰɿ³³;

彩虹出现的时间短，却逗人喜爱；

ꎷꃆꀊꆭꂷ，ꌧꇆꌶ。

mi³³nɯ¹³tɯ⁵⁵tʰʊ⁵⁵no³³,so¹³ɕi²¹ʂʊ¹³.

浓雾出现的时间虽长，却惹人烦恼。

ꉙꑖꈀꅍꃀ，ꈍꑖꑌꅍꌶ。

ŋu²¹ʐɿ⁵⁵nɿ⁵⁵du³³dʐa³³,ndʐu³³ʑi⁵⁵nɹ⁵⁵du³³zy³³.

对了双方有原因，错了原因在双方。

ꃨꑠꈇꄸꏮꃀ，ꐲꈇꑍꁘꅍꐨꇈ。

ʔʊ⁵⁵ny³³sɯ⁵⁵ʂɯ⁵⁵ʈu³³bu³³,tʂʰɿ¹³sɯ⁵⁵kʰʊ²¹fe³³du³³tʰa⁵⁵hɿ¹³.

要学水牛湿处滚，莫学山羊干处立。

ꄔꍤꂷꄳꎷꂷꃅ，ꈨꆹꂷꈯꄔꂷꃅ。

tɕʰo³³gu²¹ma²¹tʰɯ¹³tʂʊ⁵⁵ma²¹se⁵⁵,kʰe²¹dze³³ma²¹tʰu⁵⁵³³tɕʰo³³ma²¹se⁵⁵.

山歌不唱不晓得歌伴，月琴不弹不晓得知音。

ꇅꃺꀊꄸꇊꃴ，ꄔꈎꄬꇱꃅ。

gu⁵⁵ɣʊ¹³ɖu²¹lɯ⁵⁵vu³³,tɕʰo³³tsɿ¹³nu⁵⁵mi¹³tʰu⁵⁵.

远飞的鹤鹃，把声音留下。

ꌧꌒꅬꅠꑌꀉ，ꃴꈉꑱꂵꅍꃀ。

ʂo¹³sɿ³³ze²¹ze³³ny²¹,vu³³nɹ¹³ɕi²¹ma²¹dʐʊ³³.

松柏世代青，霜雪它不怕。

为人处世

163

冊鉾霏弔大，纺送龍田苏。

ɣo¹³hɪ¹³kʰa³³kʰa³³tʊ¹³,so²¹ndzʐ²¹bi²¹ma²¹dɪ¹³.

宁可忍饿，莫要负债。

凸而纺田眷，丹己纺丰军。

mbʊ³³tʰo⁵⁵sʊ²¹ma²¹tɕʰi¹³,su³³li²¹so²¹ʂu³³me¹³.

富时不欺人，穷时有人怜。

纺月ㄝぃ⊠，纺邧ㄝ元⊠。

so²¹dzu³³lu³³tʰa²¹ɕo³³,so²¹tsɯ¹³lu³³nɪ³³ɕo³³.

别看人家吃什么，要看人家怎么做。

ㄥ弓米吡牙犀书，屯纺牛玆子唬⊠。

mu³³ȵɪ²¹tɕo⁵⁵zʊ²¹nʊ³³tʰe²¹tɕʊ¹³,tsʰʊ²¹so¹³la¹³be⁵⁵nʊ⁵⁵ga³³ɕo¹³.

马抽一鞭跑得快，人吃一亏学回乖。

扎巴专凵車场明罘，扎巴专仚車场西弔。

se²¹vu³³te¹³mi¹³ʔo⁵⁵ka⁵⁵pa⁵⁵di¹³,se²¹vu³³te¹³fɪ³³ʔo⁵⁵ka⁵⁵vɪ³³vɪ³³.

桃树栽在地里会结果，桃树栽在盆里只开花。

灵罗甲丽九罘丑，纺丂甲灵罗吡嚣。

lʊ³³bʊ¹³na²¹tɕa³³tʂʊ¹³di¹³mu³³,so¹³hɪ⁵⁵na²¹lʊ²¹bʊ²¹ga¹³ɳɖɯ³³.

耳朵长在脊背上，说话只当耳边风。

◎甘亏万罘，灵罗于咄叭。

na³³du³³te¹³mi³³ȵɪ¹³,lʊ²¹bʊ²¹fa³³ga⁵⁵no¹³.

眼睛看的是天空云彩，耳朵听的是岩上风鸣。

昭弓古不◎右邧，弘ㄎ田昭屵田邧。

tɕʰɪ¹³bu³³tɕi⁵⁵lu⁵⁵na³³ka⁵⁵tʊ¹³,su¹³du²¹ma⁵⁵ŋu²¹ɕɪ²¹ma²¹tsɯ¹³.

老虎面前照火把，是愚蠢者的做法。

ꌦꅍꍞꁬꄷ，ꐎꅍꍞꁬꐎ。

su¹³du²¹dʑo²¹bu³³tʂʰʅ³³,ŋa³³du²¹dʑo²¹bu³³tɕʰi¹³.

痴人在路边拉屎，傻鸟在路旁筑巢。

ꄖꋠꄲꊀꇊꊀꂷꌺ，ꁧꆸꑘꈉꃆꐊꒉ。

du³³ʔo⁵⁵ɳɿ²¹mi³³na³³mi³³ma²¹ʐe³³,bo²¹nde³³ɭi¹³mi¹³ŋɯ²¹ɖe²¹pʰu³³pʰu³³.

坐井观天天不大，登高望远地宽广。

ꁬꃅꎔꅔꆈ，ꐭꈨꑞꐊꌺꌧ。

dʑo²¹vu³³ʂe¹³ndʐa³³tsu⁵⁵,kʊ³³se³³dʑo³³fe²¹ndi³³sʅ⁵⁵.

弄清路程远近，才好准备干粮。

ꄉꃆꀠꑸꊪ，ꄉꆈꀎꁬꌠ。

na³³mu³³ba⁵⁵ɣo²¹tsɿ¹³,na³³ʈʰu⁵⁵bo⁵⁵dʑo²¹sʊ³³.

看马儿备鞍，看方向走路。

ꀱꆹꀱꐭꄏ，ꅍꆼꅍꎮꋰ。

zi²¹nʊ³³zi²¹dʐʅ³³fu¹³,du⁵⁵nʊ¹³du⁵⁵me²¹ʐa³³.

看水看分岔，听话听结尾。

ꀱꆃꁦꑘꂷꆈ，ꁱꑘꈝꊪꈜ；

zɿ³³nɯ¹³ndy⁵⁵ma²¹go²¹nʊ³³,tɕʰʊ¹³hu²¹dzu³³kʰʊ²¹gɿ³³；

女人计划不周，六月断口粮；

ꁮꍏꁦꑘꂷꇉ，ꂵꃤꅔꇮꈜ。

bu³³dzu³³ndy⁵⁵ma²¹gu²¹nʊ³³,mi¹³vi²¹vu³³tʂa³³gɿ²².

男人计划不全，耕地断犁扣。

ꌠꇰꄂꄿꁧꁦꀉꋥꌦ，ꂷꌠꏾꁬꋰꊀꄟ；

sɿ³³gʊ¹³tsʰɯ³³zɯ⁵⁵so¹³nɿ³³ny³³se²¹so¹³,me²¹me⁵⁵zʊ²¹dʑo²¹sʊ³³ma²¹dɿ¹³；

扶犁人和牵牛人，不能各走各的路；

为人处世

du⁵⁵hɪ⁵⁵so¹³nɹ³³du⁵⁵fi¹³so¹³,me²¹me⁵⁵ʐo³³hɪ⁵⁵ma²¹dɪ¹³.

受话人和传话人，不能各说各的话。

pi¹³nʊ³³sɯ³³tɕi⁵⁵lɯ⁵⁵,ma²¹pi¹³ŋʊ²¹du⁵⁵li³³.

行就朝前走，不行就后退。

du³³hʊ²¹la¹³tʰa²¹fe³³,du³³hʊ²¹ze²¹tʰa²¹sɹ³³.

见蜂子不要甩手，见歹人别露笑脸。

du²¹la¹³ma²¹dze¹³nʊ³³,so³³hɪ³³tʂʰʊ⁵⁵tʰa²¹kʰɪ³³;bi¹³kʰa³³ma²¹di¹³nʊ³³,mi¹³tʰʊ⁵⁵tʂʰʊ⁵⁵tʰa²¹ndɯ⁵⁵.

翅膀羽不丰，别跟大风搏斗；脚上无硬蹄，别同地板争强。

la¹³ɣo²¹se⁵⁵fa¹³da³³pi¹³,tɕʰi³³ɣo²¹se⁵⁵ʑi²¹gɯ⁵⁵dʊ²¹.

有手才能攀悬崖，有脚才能涉河滩。

sɪ³³ka¹³tʂʰʊ³³ʔa³³ŋa⁵⁵ndɯ²¹ma²¹dɪ¹³.

不能折树枝挡孩子的路。

bi³³ʔe²¹ʑi²¹hʊ²¹na²¹kʰa³³zu³³ŋɯ³³,kʰa³³zu³³hʊ²¹na²¹bi³³ʔe²¹ʑi²¹ŋɯ³³.

遇见蜗牛你是硬汉，遇见硬汉你是蜗牛。

bo²¹tɕʰi³³mi³³tʊ¹³tʂʰʊ³³xɯ⁵⁵na²¹ŋɯ³³,bo²¹ʔu³³mi³³to³³tsʰɪ¹³nɹ³³na²¹ŋɯ³³.

山下点火的是你，山顶灭火的也是你。

卢比数·谚语篇

166

𖼐𖽙𖽲𖾔𖼷𖾓丑𖽪，𖽱𖽙𖽲𖾔𖿃𖼺丑𖽪。

bo²¹ka⁵⁵tʰɿ³³du³³gu²¹gu³³mu³³dʑu⁵⁵,dzu³³ka⁵⁵tʰɿ¹³du³³tʂʊ⁵⁵ʑe²¹mu³³dʑu⁵⁵.

愿群山变成亲人，愿峻岭变成朋友。

𖼜𖾓𖼰𖽙𖼧𖿀，𖿆𖽴丑𖽕𖽬。

tʂʰɿ¹³ɳɖɯ³³tʂʊ³³lʊ³³tʂʅ³³,lɯ²¹li²¹mu²¹ma²¹pi¹³.

山羊钻篱笆，进退都艰难。

𖼷𖽙𖾓，𖼾𖼷𖾔𖼰𖿂；𖼾𖼷𖾓，𖼷𖽙𖾔𖼰𖿂。

tsʰʊ²¹bu²¹hʊ²¹,ʔu³³tsʰʊ³³du⁵⁵tʰa²¹hɿ⁵⁵;ʔu³³tsʰʊ²¹hʊ²¹,tsʰʊ²¹bu³³du⁵⁵tʰa²¹hɿ⁵⁵.

见到鬼，莫讲人话；见到人，莫讲鬼话。

𖽴𖿄𖽍𖾔𖽴，𖾐𖼺𖿁𖽶𖽆。

tʰu⁵⁵ndʑy²¹tʰu²¹tsʰɿ³³ɬe⁵⁵,ʑe²¹zu⁵⁵ndʐɿ²¹bi³³so²¹.

愁苦着借钱，微笑把债还。

𖼰𖿂𖿃𖼞𖿃𖿇，𖽴𖽦𖽄𖼾𖼭𖾓。

du⁵⁵hɿ⁵⁵mi³³tɕy³³mi³³dʐɯ³³,no⁵⁵tsɯ¹³ʔu⁵⁵lɯ³³tɕʰa³³tɕʰa³³.

说话似打雷，行动懒懒散散。

𖼰𖽵𖼰𖼜，𖼲𖽦𖽵𖽛𖼜。

du⁵⁵kʊ³³du⁵⁵ɣo²¹,ʂɯ⁵⁵ʈɯ³³kʊ³³dzu⁵⁵ɣo²¹.

话中有话，稀泥中有刺。

𖾔𖾓𖽴𖽬𖼪，𖿆𖿃𖽴𖽬𖽈。

fa¹³ʂe¹³tʰu⁵⁵ma²¹tsʰɿ³³,du⁵⁵dʊ³³tʰu⁵⁵ma²¹se⁵⁵.

黄岩不洗脸，出门不相识。

𖼺𖽿𖾔𖼶，𖼺𖼶𖾔𖼜。

hɿ¹³pu²¹lʊ³³ɖɯ³³,vi²¹tsʰɯ²¹lʊ³³tɕʰy³³.

养了嘴巴，伤了胡须。

为人处世

司兴弓二北，世兀世己丂

hɿ¹³pu²¹ȵdʑi²¹nɿ⁵⁵ʈu³³,puʋ³³lɯ⁵⁵puʋ³³lɿ²¹hɿ⁵⁵.

嘴巴两块皮，翻去翻来说。

兮中甲乃唪，亙中甲图耊

ty³³ȵdʐo³³na²¹tɕʰy¹³tʋ³³,ʑe²¹ȵdʐo²¹na²¹dʑe²¹be²¹.

爱抵你角掉，爱笑你牙落。

心中迷牙月枏，中丂中牙咓卅。

dʐa³³kʰɯ⁵⁵ɖe²¹nʋ³³dzu³³le²¹,du⁵⁵hɿ⁵⁵no³³nʋ³³no¹³kʰa⁵⁵.

饭盛满了还可以吃，话说多了就难听。

乬甘尕北邲，队甶凪元彗；钋丂甶工恕，糘甶屮纺考。

kʰe³³du³³so¹³se²¹ndu²¹,kʋ³³ma²¹ȵdʐɿ⁵⁵ʑi²¹tʂʰu¹³;ʐʋ²¹ʔa³³ma³³zu³³nɹ¹³,ʑa³³ma²¹zɯ⁵⁵so¹³ɖo³³.

夸都人的梨，皮不美汁甜；我阿妈的幺儿，貌不俊都逗人爱。

卅中无甶尒，好中无九甶。

kʰa³³kʰe³³xɯ²¹ma²¹lɯ²¹,no³³kʰe³³xɯ²¹tɕy³³ti²¹.

硬处刀难进，软处刀九层。

凡𣏾屯丑丂，甲牙心忙卝。

kʰɯ³³ha²¹la⁵⁵mu³³hɿ⁵⁵,na²¹nʋ³³va¹³dʐa³³vu³³.

张嘴乱说话，你是猪感冒。

灵罗九帀咓，巴甘心䒑巴。

lʋ²¹pʋ¹³tɕy³³nɹ²¹no¹³,na³³du³³tʰa²¹ve²¹na³³.

耳朵听九天，眼睛看一次。

丂甲凡己，𡶊甲凡己。

mi³³na²¹kʰɯ³³li²¹,mi¹³na²¹kʰɯ³³li²¹.

天你要管，地你也要管。

卢比数·谚语篇

ꃅꆈꃅꑞꆹ，ꀊꆹꉹꅪꀱ。
ʔa³³dʐu³³ʔa²¹me³³kʰɿ³³,no¹³ma⁵⁵so²¹pie¹³lo²¹.
乌鸦唱酒礼，实在是难听。

ꃅꆪꑱꇬꎴ，ꌧꐚꏦꆹꈌ。
ʔa²¹nu¹³fa¹³la³³da³³,ʂu³³tɕʰi³³no⁵⁵dzɿ³³kʰɿ³³.
猴子爬岩上，惹猎狗咬架。

ꎏꆗꑓꊐꍩ，ꀉꆗꑓꁡꅻ。
tʂʰo⁵⁵lo³³nɿ¹³dzu²¹dzu³³,pa³³lo³³nɿ¹³ʑi²¹ndu²¹.
看伙吃饭，看伴喝水。

ꇊꉹꀳꇌꃅꄷ，ꎖꌧꄲꉊꀱꄷ。
tʂʰɿ¹³tsʰe¹³da¹³bu²¹tʰɯ¹³ma²¹pi¹³,so²¹ɬu⁵⁵tɕy³³gu⁵⁵lo³³ma²¹pi¹³.
羊油不能整个撕下，别人的裤子不能偷来穿。

ꄹꈷꃅꆿꐚ，ꃅꆪꑴꇯ꒹ꅑ。
du³³tʰʊ²¹ʔa³³va¹³dzɯ³³,ʔa³³ʐu³³ʐɯ³³mu³³li²¹du⁵⁵lo²¹.
坝底的山药蔓，慢慢地来啊。

ꑭꎴꇴꑳꊐ，ꇴꑳꊒꑆꇯ。
hɿ⁵⁵tʰɯ³³tɕʰi³³nɿ³³ɖe²¹,tɕʰi³³nɿ³³pʰu²¹se²¹se²¹.
放屁宽狗心，狗心胀鼓鼓。

ꑱꄷꐛꃚꑬꁵ，ꑳꅉꇬꎹꑴꈩ。
hɿ¹³pu²¹ɖu³³ʑi³³su⁵⁵tʂʰu¹³,nɿ³³mo²¹lu²¹tʂʰɿ²¹su⁵⁵kʰa³³.
嘴甜如蜂蜜，人硬如磐石。

ꍿꌌꀎꑭꃅꄀꄹ，ꈬꂷꈩꄩꀉꐎꐒ。
dzo²¹su³³pɿ³³ɖu³³ku²¹bu³³ʂɿ²¹,kʰa³³nde³³kʰa³³tɕa³³hɿ¹³ku³³fe²¹.
走路蹦跳的人身体瘦，好审门户的人家里穷。

灵罗秋卅丑，回矼回岜丑。

luʔ²¹puˌ¹³te⁵⁵dzʊ³³muˌ³³,naˌ³³tʰˌ³³naˌ³³hʊˌ³³muˌ³³.

耳朵竖起来，眼睛要明亮。

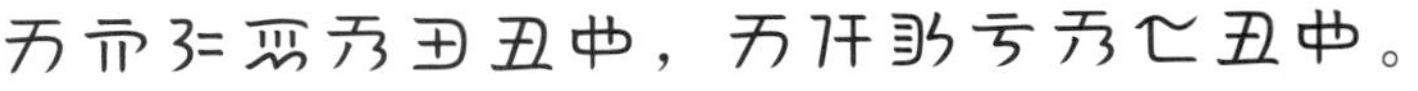

万帀彡买歹丑丑中，万仟歺亐歹亡丑中。

mi³³nˌ²¹nˌ²¹dzi²¹ke³³pʰu⁵⁵muˌ³³ndzo³³,mi³³kʰˌ⁵⁵luˌ²¹bo²¹ke³³mo²¹muˌ³³ndzo³³.

白天愿把太阳当阿爸，夜晚愿把月亮当阿妈。

翀弘北歹纷书，歹和�—歹纷帍。

mo⁵⁵so¹³çi¹³ke³³so²¹tçʊ³³,ʔa³³ŋa⁵⁵nˌy³³ke³³so²¹pu⁵⁵.

老人借死来吓人，娃儿用哭来吵人。

甲岀惛扌惛，甲吧中廾昭歹。

naˌ²¹nˌ³³ɬʊ³³kʊ³³ɬˌ¹³,naˌ²¹ʔu³³pʰu⁵⁵ɣa³³lɯ³³du³³.

寻欢乱作乐，你头要生包。

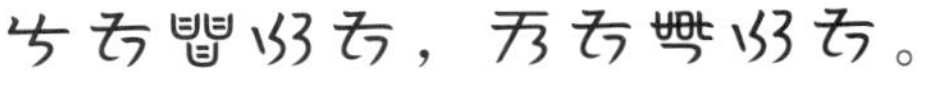

亐亐瞥炽亐，万亐粤炽亐。

no²¹ʂo¹³ŋe³³tʰa²¹ʂo¹³,tʂʰʊ⁵⁵ʂo¹³dzi³³tʰa²¹ʂo¹³.

找病莫找癫，交友莫交贼。

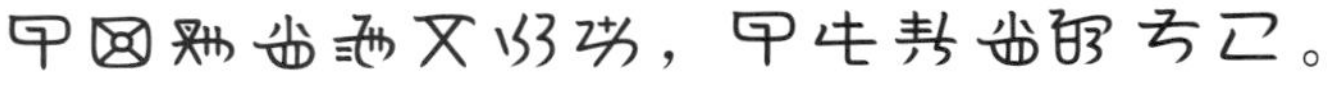

甲囨翀出坐文炽协，甲牛�22出昭亐己。

naˌ²¹xʊ³³mo⁵⁵sɯ⁵⁵kʰa³³dɯ⁵⁵tʰa⁵⁵ka²¹,naˌ²¹la³³tço¹³sɯ⁵⁵ve³³go¹³li²¹.

你别像簸箕簸出去，你要像筛子团回来。

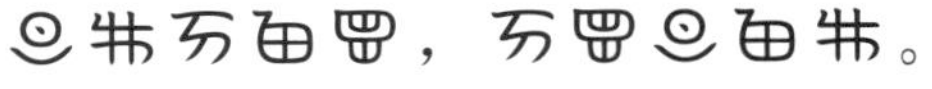

回柿歹甶�—，歹�—回甶柿。

naˌ³³li⁵⁵ʔa³³ma²¹bu³³,ʔa³³bu³³naˌ³³ma²¹li⁵⁵.

不要把哪哩当爷爷，也别把爷爷当哪哩。

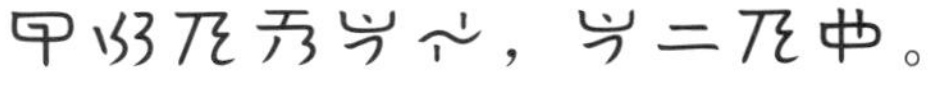

甲炽乃歹屮八，屮二乃中。

naˌ²¹tʰa²¹lɯ³³ke³³çˌ²¹bi⁵⁵,çˌ²¹nˌ⁵⁵lɯ³³ndzo³³.

你让他一廋，他却要两廋。

甲支抴㠯哥，支㫩彡生㓝；
na²¹ndu²¹pi²¹tʰa²¹tɕa³³,ndu⁵⁵zu⁵⁵pe¹³la³³la³³;
你别拿荨麻，被蜇白啦啦；

甲ㄈ常㠯釦，支㫩丂ㄈ甲ㄨ。
na²¹ɖu³³mu³³tʰa²¹no⁵⁵,ndu⁵⁵zu⁵⁵ʔa²¹su³³ka⁵⁵na²¹bo⁵⁵?
你别惹蜂子，被蜇有谁来背你？

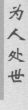

己䝼モ丂厍由耂，己罜モ丂乩由凷。
tɕʰɪ¹³tʰʊ⁵⁵tsʰe¹³xu⁵⁵tʰe²¹ma²¹tɕʊ¹³,hɪ¹³pu²¹tsʰe¹³xu⁵⁵hɪ¹³ma²¹mbʊ³³.
脚板抹油跑不快，嘴皮抹油家不富。

㵇甲凷，丂枈字由艮。
suɯ²¹tʂʰu³³pʰʊ²¹,mi³³ge²¹ɬu⁵⁵ma²¹vɪ¹³.
半夜逃，天亮不穿裤。

纠乐ㄥ甲尒丂，甲乐ㄥ斗尒飢。
so²¹nʊ³³mu³³ʔu³³lɯ⁵⁵hɪ⁵⁵,na²¹nʊ³³mu³³du⁵⁵lɯ⁵⁵sa¹³.
别人在马头讲正话，你在马尾窃窃私语。

纠半屮井由，甲罗扎㝵。
so²¹ȵy²¹kʰʊ²¹mbi²¹duɯ³³,na²¹ɬu¹³kʊ³³tʂʰɿ³³.
别人说什么，都有你的事。

卡耂亡乐罗モ㑆，卅㓝亡纠灵畠乇。
suɯ³³tɕʊ¹³mo²¹no³³ɬu¹³ɕi⁵⁵ka³³,le²¹le²¹mo²¹so²¹ku⁵⁵pʰi³³ta⁵⁵.
脚步快的母亲舌七瓣，多嘴婆娘趴别人火边。

纠由丂，㫒モモ；纠朿烄，㫒朿双。
so²¹ma²¹hɪ⁵⁵,ʐʊ³³dzʊ²¹do³³;so²¹kʰe⁵⁵kʰʊ³³,ʐʊ²¹kʰe⁵⁵ʐo³³.
不说别人，自安然；挠别人身，自身痒。

ꖬꊋꖬꆏ

世情事理

ꀐꐚꈽꄓꁱꎭ，ꀁꊬꃅꌠꁱꁧ。

vu³³ʑe³³le²¹bu³³le⁵⁵tʰɯ¹³,ɕy²¹mi²¹ʔa³³mi⁵⁵le⁵⁵dzu³³.

出力气的是牛，吃炒面的是猫。

ꃆꃴꑿꂷꃴ，ꀐꃴꍤꃱꂷꃴ。

mu³³vu⁵⁵ɣo²¹ma²¹vu⁵⁵,vu³³vu⁵⁵tsʰu²¹ma²¹vu⁵⁵.

卖马不卖鞍，卖力不卖人。

ꀊꑴꑬꆏꅉꄷꌧ，ꈨꒉꆀꂷꆅꀋꎷ。

ʔa²¹ɣɯ³³nu²¹ndʊ²¹dʑe⁵⁵pʊ³³ku¹³,zu³³me³³so¹³vu⁵⁵dʐ̩¹³hʊ²¹ʂu³³.

彩云消散能再现，女儿被卖难相见。

ꇑꀕꁧꎸꈬꆅ，ꆀꌦꇬꃤꂷꑋ；

lu³³ʔu³³bo²¹ʂe¹³gu²¹ndi¹³,n̩ɹ¹³so²¹pie¹³xɯ⁵⁵ma²¹ŋɯ²¹；

龙头山戴上金圈子，不一定美观；

ꎸꊪꌩꆅꃅꅠꂵ，ꆧꊖꄨꅉꃤꃀ。

ʂe¹³dʐa⁵⁵ʑi²¹du³³ʑi²¹tʰu¹³ʂe⁵⁵ka⁵⁵,tʰɹ¹³du³³tʂʰu¹³ʑi²¹ma²¹do²¹.

金沙江倒进白蜂蜜，变不成甜水。

ꆎꅍꀒꑳꆣꄡꂷ，ꁧꃅꃴꑬꆣꄡꂷ。

ŋʊ³³nʊ³³pa³³xɯ⁵⁵dɯ⁵⁵dʊ³³ŋɯ³³,du⁵⁵mo³³dzu²¹ndʐ̩²¹xɯ⁵⁵dɯ⁵⁵do³³ŋɯ³³.

鱼是钓饵钓起来的，话是米酒引出来的。

ꂷꀕꑲꄸ，ꄳꀕꇓ꒔；ꅔꀕꇋꀿ，ꄳꀕꇋ꒔。

zi²¹kʰɯ³³ndu²¹do³³,tsʰo²¹kʰɯ³³tɕy³³ʂu³³;dʑɪ¹³kʰɯ³³pi⁵⁵sꞁ⁵⁵,tsʰʊ²¹kʰɯ³³pi⁵⁵ʂu³³.

水口可堵，人口难塞；缺口好封，人口难封。

ꆧꂾꇐꄿꑷ，ꉩꆈꌒꀕꄺꅍ。

tʰu¹³pɪ³³gʊ¹³tʂʊ¹³tɕʊ¹³,ʔʊ³³de⁵⁵dzo²¹ma²¹do²¹dɯ⁵⁵.

脚残转弯快，但嫌路不平。

ꄿꀉꀉꆣꄸꑲ，ꀉꑷꄿꀉꄸꂽ。

ʈa¹³mo⁵⁵pu¹³na³³ma²¹do²¹,pu¹³nʊ³³ʈa¹³mo⁵⁵ma²¹mba³³.

老鹰看不起刺猬，刺猬不理睬老鹰。

ꐈꒀꒉꅍꆃꇌꃀ，ꐈꎭꃴꑍꆠꂷꇬꀕꈌ。

dʐo²¹ɣo²¹ndzu³³mo⁵⁵du⁵⁵nu¹³kɯ¹³,dʐo²¹ʂu³³vɿ¹³ꆠɪ²¹no¹³ma²¹kʰu⁵⁵.

有理敢问君王话，无理弟兄多无益。

ꐈꐮꄸꐥꅔ，ꐈꑗꈌꑡ꒼ꇊ。

dʐo²¹kʊ³³ma⁵⁵ndʐo²¹ꆠɿ³³,dʐo²¹de³³su³³hu¹³dɿ¹³.

不在理中过，也要理边行。

ꃴꀕꂷꐛꑿ，ꂷꐛꊖꄸꑲ。

kʰu³³hu³³zi²¹ʑy²¹sɯ⁵⁵,zi²¹ʑy²¹tsɿ¹³ma²¹do²¹.

福禄如流水，流水要去挡不住。

ꂾꂫꊿꑉꒀ，ꊿꂫꂾꄺ。

mo⁵⁵su¹³ɬa¹³tʰʊ⁵⁵ɣo²¹,ɬa¹³su¹³mo⁵⁵ma²¹no⁵⁵.

老年人曾年轻过，青年人却没老过。

ꌋꆈꂾꆈꄸꑉ，ꂾꄸꃅꆈꄸꑉ。

ʐʊ³³li²¹mu⁵⁵xɯ⁵⁵ma²¹ɣo²¹,mo⁵⁵ma²¹kɯ¹³xɯ⁵⁵ma²¹ɣo²¹.

没有生来就是老的，也没有不会老的人。

ᛆᚶᚦᛆᛰᚩᚳ，ᛰᚴᛆᚥᛃᚩᚴ。

mu³³ba⁵⁵vu⁵⁵mu³³ɣo²¹ma²¹dzɿ¹³,ɣo²¹za¹³mu³³tʂa¹³vu³³ma²¹za¹³.

卖马儿不备鞍，卸鞍不卸笼头。

ᚨᚱᚩᚴ，ᚽᚳᛩᚴ；ᚴᚩᚤᚩᚴ，ᛎᛆᚴ。

ɕy³³tʰo²¹ma²¹kɯ¹³,hʊ²¹mi²¹tsʰe⁵⁵kɯ¹³;ɕy²¹mi²¹hʊ³³ma²¹kɯ¹³,zi²¹bi⁵⁵kɯ¹³.

不会擀毡，会剪羊毛；不会调炒面，会背水。

ᛰᚩᛛᚥᛛ，ᛯᚩᛛᛎᛛ。

bo²¹ma²¹tʂʊ¹³tsʰʊ³³tʂʊ¹³,dzo²¹ma²¹tʂʊ¹³zi²¹tʂʊ¹³.

山不转人转，路不转水转。

ᛞᚼᛚᚩᚴ，ᛯᚵᚥᛩᚤᛩᛛ。

ŋɯ²¹nʊ³³tʂʰu⁵⁵ma²¹kɯ¹³,ba³³dzo²¹tsʰʊ²¹xɯ⁵⁵ɣʊ¹³kʊ¹³tʂʊ¹³.

是非不会腐烂，常在人的肚里转动。

ᚻᛜᚻᚩᛠ，ᚻᛜᚿᛳᛠ。

ɕɿ²¹no⁵⁵ɕɿ²¹ma²¹ndzu³³,ɕɿ²¹no⁵⁵so²¹ʐʊ³³ndzu³³.

他的事情他不能做主，他的事情别人来做主。

ᚻᛇᚻᚩᛠ，ᚻᛇᚿᛂᛠ。

ɕɿ²¹lu⁵⁵ɕɿ²¹ma²¹ndzu³³,ɕɿ²¹lu⁵⁵so²¹to⁵⁵ndzu³³.

他的理论他不重视，他的理论别人来重视。

ᚿᛘᛳᛘᛚᚩᛢ，ᚿᛝᛷᛝᛚᚩᛮ。

so¹³gu²¹ʐʊ²¹gu²¹pu¹³ma²¹dzʊ⁵⁵,so²¹tʂʰu²¹ʐʊ²¹tʂʰu²¹pu¹³ma²¹dzʊ²¹.

他人亲戚不能当自己亲戚，他人家族不能当自己家族。

ᚹᛟᚩᚠᛙᛝᛯ，ᛏᛟᚩᚠᛙᛝᛯ。

tɕy³³kʰʊ¹³ma²¹sɯ³³nʊ³³tʂʰu³³ɣo²¹,tsʰɯ²¹kʰʊ¹³ma²¹sɯ³³nʊ³³tʂʰu²¹ɣo²¹.

九年不走也是亲，十年不走也是亲。

ꊰꀂꊲꍯꌺꅉ，ꁮꆈꀨꇬꌺꅉ。

tʰu¹³bo²¹ŋgu¹³tɕʰo³³ma²¹dʑʊ³³,ndʐɿ²¹ɣo²¹su³³ve⁵⁵ma²¹dʑʊ³³.

有银不怕赋税，有酒不怕来客。

ꌦꄜꍣꑿꋐ，ꉺꄜꀨꄹꆱ。

ʂu³³tʰʊ⁵⁵tʂʰu²¹ɣo³³ndʑo³³,hɿ³³tʰʊ⁵⁵ŋgu³³dʑa³³ndy⁵⁵.

穷时想亲戚，饿时想荞饭。

ꒉꄉꇓꅉꄮ，ꄉꐈꉬꌺꄮ。

ɣa²¹tʰa²¹lu³³ke³³do²¹,tʰa²¹ʂʅ³³bi⁵⁵ma²¹do²¹.

鸡能吃一斗，背不起一升。

ꊪꄉꇓꍈ，ꍏꄡꈣꆀ。

zɿ¹³tʰa²¹lu³³ʐʊ³³,hu²¹tsʰu²¹ke¹³ne³³.

生一只狼，少十只羊。

ꀄꁱꌺꑷꐍ，ꅪꑌꐨꊨꌺꄆ。

zy³³na¹³ma²¹gu²¹nʊ³³,nɿ¹³tʰʊ⁵⁵dʐɿ³³tʂʊ⁵⁵ze²¹ma²¹de⁵⁵.

骨肉如不亲，不如知心友。

ꉡꀐꂱꐎꄜꉪꅰꄷ，ꉪꌧꑐꐰꉪꅰꆿ。

ŋo²¹hu¹³xɯ⁵⁵tɕʰi³³dze³³ŋo²¹li²¹tʰu²¹,ŋo²¹ʂɿ³³tʂʰo⁵⁵ly²¹ŋo²¹li²¹tʰɯ⁵⁵.

我养的恶狗我来管，我拴的铃铛我来解。

ꅝꌺꌡꂱꐜꌦꅝ，ꐰꀄꆽꐜꊲꌺꅝ。

no¹³ma²¹so²¹xɯ⁵⁵du⁵⁵ŋge²¹no³³,du³³zi³³su³³du⁵⁵gɿ³³ma²¹no¹³.

宁愿听刺耳的实话，不要听甜蜜的谎言。

ꅦꃴꌺꄰ，ꇐꄿꃴꑓ꒠；ꋚꐊꌺꑌ，ꄚꑓꉬ。

ɳy³³vu³³ma²¹di³³,lu³³tɕa³³ve¹³xɯ²¹;tsʰʊ²¹dʑo²¹ma²¹ɣo²¹,du⁵⁵ve¹³hɿ⁵⁵.

牛无力，犁横耙；人无理，说横话。

ꊿꏃꌺꈌꅉꈐ，ꋫꎭꇿꅐꒉ。
muᵌᵌŋdzuⁿ⁵⁵kʰoᵌᵌ¹ɖeᵌᵌkuᵌᵌ¹³,tsʰ¹⁵ʊᵌᵌ¹kʰaᵌᵌŋdzɯᵌᵌ¹tʰʊ⁵⁵ɣoᵌᵌ¹.
骏马也有失蹄时，勇士也有失误时。

ꒉꅉꏦꅉꇬꆈꏸ，ꆈꅉꏦꅉꉖꌐꏸ。
ɣoᵌᵌ¹ȵ₁¹³nʊᵌᵌnoⁿ⁵⁵dzoᵌᵌ¹maᵌᵌ¹ŋɯᵌᵌ,neⁿ⁵⁵ȵ₁¹³nʊᵌᵌ³ʂɿᵌᵌsuᵌᵌŋɯᵌᵌ.
希望的不是痛苦，失望的才是悲伤。

ꄜꅇꑟꆃꏦ，ꄺꃰꂿꇬꉖ；ꂃꃅꑳꆃꏦ，ꌦꐚꏦꅐꆺꅉ。
tɕʰaᵌᵌ¹³noᵌᵌkʰeⁿ⁵⁵ɕi¹³nʊᵌᵌ,tɕʰ₁¹³buᵌᵌndyⁿ⁵⁵maᵌᵌ¹suᵌᵌ;ȵ₁ᵌᵌkʰɯᵌᵌkʊᵌᵌ¹³ɕi¹³nʊᵌᵌ,suᵌᵌtɕʰi¹³nʊᵌᵌnɿᵌᵌ¹lʊ¹³.
死在弩箭上，老虎不后悔；亡在虎口中，猎犬也心甘。

ꆏꌬꑌꐎꆏꇦꆏ，ꆏꂿꌬꑌꐎꐩꑱꆏ。
no¹³soᵌᵌ¹xɯⁿ⁵⁵duⁿ⁵⁵tʰaᵌᵌ¹xɯᵌᵌ¹no¹³,noᵌᵌ¹maᵌᵌ¹soᵌᵌ¹xɯⁿ⁵⁵duⁿ⁵⁵tɕyᵌᵌ³ʑeᵌᵌ¹no¹³.
好听的话听一遍，不好听的话听九遍。

ꀉꂵꃮꆺꄉꇅꄸ，ꇫꃮꆺꏦꈚꉻꄸ。
ʔaᵌᵌmiⁿ⁵⁵hʊᵌᵌ¹lʊ¹³haᵌᵌ³leⁿ⁵⁵tɕyᵌᵌ,tɕʰiᵌᵌhʊᵌᵌ¹lʊ¹³nʊᵌᵌsuᵌᵌveᵌᵌ¹³leⁿ⁵⁵tɕyᵌᵌ.
靠猫被鼠偷，靠狗被贼盗。

ꑵꇆꆏꆃꅝ，ꅐꆺꏦꅐꈬꌠ。
ɣʊ¹³noᵌᵌ¹dzuᵌᵌ³ndzoᵌᵌ³zyᵌᵌ,ŋdzɯᵌᵌxɯⁿ⁵⁵nʊᵌᵌnɿᵌᵌ¹seⁿ⁵⁵dzʊᵌᵌ³.
肚痛怪嘴馋，过错在心肝。

ꉬꌟꆈꅚꌠ，ꑵꌦꈬꒉꇅꅝꎭ；
hɿᵌᵌ¹dzʊᵌᵌnoⁿ⁵⁵ɖaᵌᵌtsɯ¹³,luᵌᵌ¹goᵌᵌsuᵌᵌ³ɣoᵌᵌ¹ŋɡɿᵌᵌmaᵌᵌ¹doᵌᵌ¹;
在家做坏事，瞒不过邻居；

ꑵꃅꅐꆈꒉ，ꀍꎆꒉꇅꅝꎭ。
ɣʊ¹³kʊᵌᵌnɿᵌᵌnoⁿ⁵⁵ɣoᵌᵌ¹,tʂʰʊⁿ⁵⁵ʑeᵌᵌ¹ɣoᵌᵌ¹ŋɡɿᵌᵌmaᵌᵌ¹doᵌᵌ¹.
肚内有心事，瞒不过朋友。

ᱚᱤ 哪 由 至，ᱚ 兒 ᱚ 由 ᱚ。

bi²¹du²¹ʐy³³ma²¹nɹ²¹,ɕɹ²¹ʑi¹³tʊ⁵⁵ma²¹do²¹.

蚯蚓没有骨头，所以它站不起来。

ᱚ ᱘ ᱚ ᱚ ᱚ，电 ᱘ ᱞ ᱚ 由 ᱚ。

dzu²¹ʂu⁵⁵tɕʰy³³do²¹nɹ³³,tsʰʊ²¹ʂu⁵⁵ɣo²¹tɕʰy³³ma²¹do²¹.

粮种偷得了，人种却偷不了。

ᱚ ᱛ 双 ᱚ ᱛ，此 下 月 ᱪ ᱚ；

se²¹pʰu³³dy²¹luɯ³³luɯ³³,vu⁵⁵tʂɹ¹³dzu³³fu³³de⁵⁵;

主人乐呵呵，酸菜当肉吃；

ᱚ ᱘ ᱛ 由 ᱚ，ᱚ ᱪ 月 由 ᱚ。

se²¹pʰu³³tʰu⁵⁵ma²¹so²¹,ɣa³³fu³³dzu³³ma²¹ne¹³.

主人脸难看，鸡肉也不香。

ᱚ ᱚ ᱚ ᱛ ᱚ ᱚ ᱚ，电 ᱚ ᱚ ᱚ ᱚ ᱚ ᱚ。

nu¹³ŋge²¹dzʊ³³tʰu⁵⁵tʰu¹³pʰu⁵⁵tɕi³³,tsʰʊ²¹ŋge²¹pʰu⁵⁵dzʑ³³hɹ¹³tʂʰu¹³tɕi³³.

清纯女怕厚脸汉，老实人怕嘴甜人。

ᱚ 由 ᱚ ᱚ ᱚ，ᱚ ᱚ ᱚ 由 ᱚ。

ʔa³³mi⁵⁵mo⁵⁵hu¹³zu⁵⁵,ha³³nda¹³du⁵⁵ma²¹kɯ¹³.

养得老猫在，老鼠不敢跳。

ᱚ ᱚ ᱚ ᱚ ᱚ ᱚ ᱚ 由 ᱚ，此 ᱚ ᱚ ᱚ ᱚ ᱚ ᱚ ᱚ 由 ᱚ。

mo²¹pʰo²¹gu⁵⁵nʊ³³tsʰu²¹pʰu³³ŋgu³³ma²¹de⁵⁵,vu⁵⁵zi³³ndʊ²¹nʊ³³hɹ¹³pu³³ko³³lɹ¹³ma²¹de⁵⁵.

披麻片不如靠土块，喝菜汤不如舔嘴皮。

ᱚ 由 ᱚ ᱚ ᱚ ᱚ，ᱚ 此 ᱚ 由 ᱚ ᱚ ᱚ ᱚ。

mbu³³ʂe³³vɪ¹³nʊ³³zo³³hu¹³,dzɑ³³vu⁵⁵zi²¹ma²¹tsu⁵⁵nʊ³³dɯ⁵⁵hu¹³.

衣裳穿得再烂也要长，饭菜吃得再差也要活。

世情事理

ꂷꊿꇬꌒꆈꃚꂷ，ꂷꀋꊿꇬꃴꃚꂷꀋ。

dʑʊ³³ʈa¹³tɕi³³nʊ³³ɣa³³ma²¹hu¹³ma²¹pi¹³,dʑʊ³³zɿ¹³tɕi³³nʊ³³hʊ²¹ma²¹hu¹³ma²¹pi¹³.

不能因怕老鹰不养鸡，不能因怕豺狼不养羊。

ꉆꊿꁧꂷꇊꉱꃚꂷꀋ，ꏸꊿꀕꂷꁱꉱꐒꃚꂷꀋ。

hɪ¹³nʊ³³ɬu¹³tɕa³³dʑʊ²¹mu³³dʑʊ³³ma²¹pi¹³,dʑa³³nʊ³³tɕʰi¹³tɕa³³sɿ³³mu³³ʈo¹³ma²¹pi¹³.

再饿舌头不能当饭吃，再冷脚杆不能当柴烧。

ꐒꁮꀘꂷꊿꐒꅉꇤꃚꆪ，ꂷꎭꀘꎭꃀꅉꇤꃚꆪ。

sɿ³³bu³³ɖu²¹dʑʊ³³nʊ³³sɿ³³ku¹³tsu⁵⁵ma⁵⁵ŋu²¹,dʑʊ³³tʊ¹³tɕi¹³ɖu²¹xu⁵⁵xu²¹ku¹³tsu⁵⁵ma⁵⁵ŋu²¹.

怕飞木渣的不是好木匠，怕飞火星的不是好铁匠。

ꂷꇷꑞꃀꄼ，ꁬꃚꄗ；ꂷꀕꑘꇌꃀꄼ，ꍂꃚꇤ。

dʑʊ³³dʑʑ³³nɪ¹³xu⁵⁵tsʰʊ²¹,bo²¹ma²¹tʂʰe⁵⁵;dʑʊ³³tɕʰi¹³ʔe²¹tʰe²¹xu⁵⁵tsʰʊ²¹,ʐi³³ma²¹gu⁵⁵.

怕摔跤的人，只有不举步；怕湿脚的人，只有不蹚河。

ꈬꀕꀘꐒꈀ，ꃚꈬꀕꁧꈑ。

kʰu¹³li²¹su¹³su³³ve⁵⁵,ma²¹kʰu¹³li²¹dʑu³³ku⁵⁵.

有请才来的是客人，不请自来的是馋嘴。

ꆿꄜꃶꃀꁬ，ꑟꄮꃪꆅꇐ？

la¹³tʰʊ⁵⁵tsʰʊ³³ma²¹bo²¹,ʔa²¹su³³na²¹hʊ³³lʊ¹³?

手中若无盐，哪个瞧得起你？

ꆏꃅꊐꃀꌦ，ꆏꃅꈿꃀꌋ。

no³³mu³³dze³³ma²¹so²¹,no³³ɬu³³vɪ¹³ma²¹sɿ⁵⁵.

借来的马儿不好骑，借来的裤子不好穿。

ꑟꄮꄡꀋꃅ，ꉆꃅꉚꃀꄡ。

ŋo²¹va¹³fu³³vu⁵⁵ndʑʊ²¹,hʊ²¹mi³³ŋga¹³ma²¹ndʑʊ²¹.

我管卖猪肉，不管赶苍蝇。

ℒℰℭℳℰℛ，ℒℰℳℛℰℒℰℛ。

Ɂɯ⁵⁵lɯ³³kʰɯ²¹sɯ²¹fe²¹,tʰɑ²¹dʑu²¹ze³³ʑi²¹tɿ³³mɑ²¹kɯ¹³.

蝌蚪再穷，不会一辈子泡在水里。

ℒℰℛℰℒℛ，ℒℰℛℰ。

tɕʰi¹³tʰʊ⁵⁵ŋo³³tsɿ¹³,dʐo²¹sɯ³³hɿ²¹tsɑ¹³.

脚板只有五寸长，却能行走万里路。

ℒℰℛℰℛ，ℒℰℛℰℛℰℛ。

bo²¹dɑ³³nɑ¹³mɑ²¹tɕi²¹,tsɿ¹³mo⁵⁵ʈʊ³³ɖɯ⁵⁵tɕi³³.

爬坡不怕陡，就怕膝盖软。

ℒℰℛℰℛ，ℒℰℛℰℛℰℛ。

bo²¹dɑ³³nɑ¹³mɑ²¹tɕi³³,tʰu³³tɕʰi³³bi²¹lo³³tɕi³³.

爬坡不怕陡，只怕脚杆抖。

ℒℰℛℰℛ，ℒℰℛℰℛ。

Ɂɑ³³dʐɯ³³so²¹nɿ³³dʐʊ³³,kʰʊ²¹ŋɯ²¹ɕi²¹mo²¹ke³³.

乌鸦的讨厌，全是跟妈学。

ℒℰℛℰℛ，ℒℰℛℰℛ。

ɣʊ¹³hɿ³³dʑe²¹mo²¹tʰɑ¹³,ɖɑ³³lo³³tʰu³³tɕʰi¹³se¹³.

荒年牙齿快，战乱脚杆长。

ℒℰℛℰℛℰℛ，ℒℰℛℰℛℰℛ。

tɕʰi³³hu¹³he³³se⁵⁵me²¹ʂu³³fe³³,tsʰʊ³³hu¹³du²¹tʂʰʊ⁵⁵ɣo³³mɑ²¹se⁵⁵.

养狗知恩会摇尾，养人如何说不准。

ℒℰℛℰℛ，ℒℰℛℰℛ。

sɿ³³ʑi²¹di¹³bi³³dʑe¹³,ɕo²¹Ɂu⁵⁵lɯ³³ŋdʑɯ³³kʰɑ⁵⁵.

湿水的木头诱虫，厌学的懒人易错。

ꑞꀨꃅꅉꁱ，ꎓꋐꆀꀕꃅ。
hr²¹tʂʰu³³tʰɯ⁵⁵ɬie³³tɕʊ¹³,no⁵⁵kʊ³³kʰu⁵⁵nɪ³³du²¹.
风疾船行快，人急智常生。

ꅉꀇꐚꅉꎭ，ꃅꀕꄉꃆꅔ
pu³³n̩y²¹tɕʰi³³ʔɑ⁵⁵bo⁵⁵,n̩dʐo³³nɪ³³tʊ³³mɑ²¹do²¹.
刺猬背狗儿，爱心受不了。

ꀱꇴꄲꑴꐚꅀ，ꀱꏢꄲꑴꌠꍝ。
bo²¹tʰɑ²¹lɯ³³nde⁵⁵tɕʰi³³lu¹³,bo²¹tsʰɯ²¹lɯ³³nde⁵⁵nɪ⁵⁵dʑo³³.
一山有狗叫，十山兽不宁。

ꐛꃷꃅ，ꄲꅼꈬ；ꆀꑭꅔ，ꆀꆀꃷ。
tɕɪ¹³mu³³no³³,mɑ²¹hʊ²¹kɯ¹³;nɪ²¹dʑi²¹ne³³,nɪ²¹nɪ²¹hʊ²¹.
星宿多，会不见；太阳少，天天见。

ꂾꇰꇁꃴꂾ，ꉪꁧꋊꌠꋂ。
mo²¹gu³³lʊ³³vu⁵⁵mo²¹,tʰɑ²¹mo²¹zu³³sɯ⁵⁵dʑɑ³³.
麻园中萝卜，如一母所生。

ꀂꑞꅔꄲꇐ，ꄮꇐꊟꄲꅼ。
mi³³hr³³nʊ²¹mɑ²¹lɪ²¹,ɬu⁵⁵tɕʰi¹³fe³³mɑ²¹kɯ¹³.
不是风吹来，裤脚怎会干。

ꐚꄲꃆꄻꃹ，ꈌꀕꑸꄮꅼ。
tɕʰi³³ʂu⁵⁵hʊ²¹du⁵⁵kɑ⁵⁵,kʰʊ²¹ŋu³³tʰu⁵⁵mɑ²¹hʊ²¹.
唆狗去追羊，都不见回来。

ꐛꀕꐛꄲꁱ，ꉪꀕꉪꈚꃨ。
tɕʰi³³bi⁵⁵tɕʰi³³mɑ²¹ly²¹,vɑ¹³bi⁵⁵vɑ¹³nɑ¹³n̩dʑi¹³.
送狗狗不要，送猪猪眼酸。

ꋭꆗꄒꂷꑊ，ꋭꑊꊈꂷꂯ；ꈌꆗꄒꂷꑊ，ꈌꃀꊭꂷꅉ。

tɕʰi³³ndy⁵⁵du³³ma²¹ɣo²¹,tɕʰi³³sɹ³³tɕʰi³³ma⁵⁵hɹ¹³;ɣa³³ndy⁵⁵du³³ma²¹ɣo²¹,ɣa³³hɹ²¹la¹³ma²¹da³³.

狗不想着什么，狗不站树下；鸡不想什么，鸡不飞上屋。

ꍵꀨꐒꄮꑴꁬ，ꃀꊪꈌꂾꑟꄯ。

ze⁵⁵lɯ⁵⁵ŋa³³ʂo²¹pi¹³ŋga¹³,hɹ¹³kʊ⁵⁵ɣa²¹mo²¹ta¹³le⁵⁵tɕa³³.

上山追野鸡，家里母鸡被老鹰抓。

ꌋꆀꈀꑗꅑꆗ，ꄜꆀꈀꑗꈌꉐꐨ。

zɹ¹³nɿ³³kʰʊ²¹ŋɯ³³hʊ²¹dzu³³ndy⁵⁵,ta¹³nɿ³³kʰʊ²¹ŋɯ³³ɣa³³ʐo²¹ndʐo³³.

狼心个个想叼羊，鹰心个个想抓鸡。

ꄢꂷꑗ，ꃤꐥꂷꄒ；ꃤꂷꑗ，ꄢꈤꂷꈙ。

du²¹ma⁵⁵ŋɯ²¹,vɹ³³ʂo¹³ma²¹tʂɯ⁵⁵;vɹ³³ma⁵⁵ŋɯ²¹,du²¹li²¹ma²¹hʊ²¹.

不是蜜蜂，不寻鲜花；不是鲜花，不等蜜蜂。

ꇴꃤꑇꄮꃤ，ꄢꈤꑇꄮꄒ；

kʊ⁵⁵vɹ³³kʰɯ²¹du³³vɹ³³,du²¹kɯ⁵⁵kʰɯ²¹du³³tʂɯ⁵⁵;

鲜花在哪里开放，蜜蜂就往哪里飞；

ꑾꈤꑇꄮꑞ，ꊈꁧꑇꄮꍽ。

ʑi²¹mo²¹kʰɯ²¹du³³zy²¹,ŋo³³ba⁵⁵kʰɯ²¹du³³tʂʊ¹³.

河水在哪里流淌，鱼儿就游向哪里。

ꌦꀂꅉꁨꅐ，ꀂꊪꈐꂷꇬ；

sɹ³³tʰa²¹dze²¹nde³³pa⁵⁵,tʰa²¹dzu³³me²¹ma²¹kʊ¹³;

一棵树上的果子，不会一起熟；

ꃀꀂꇖꑊꉪ，ꃀꊪꇱꂷꇬ。

mo²¹tʰa²¹ʐʊ¹³ɣʊ¹³zu³³,lɯ²¹lɯ²¹tsu⁵⁵ma²¹kʊ¹³.

一个母亲的孩子，不会个个好。

世情事理

181

ꂿꉪꀂꁌꂿꑽ，ꂿꉺꑌꆿꑽꀋ。

ȵy³³zu³³ma²¹ndzu³³,ȵy³³mo⁵⁵lɿ²¹ku³³lu¹³ma²¹tʰo¹³.

牛犊不厉害，老牛挣不脱枷担。

ꈜꂿꑽꂿꑸ，ꑽꐎꁏꀄꅺ。

kʰʊ¹³tsʰe¹³mo²¹ma²¹tɕy¹³,mo²¹li²¹so¹³na²¹ŋdzʊ⁵⁵.

少时不敬老，老来无人敬。

ꂿꊈꈉꃀ，ꇊꎷꇊꈌ。

mo²¹tse¹³dzɯ⁵⁵di¹³,ʐʊ³³mu³³ʐʊ³³ku⁵⁵.

板栗满身刺，是为了保护自己。

ꀊꊪꀉꑌꋠ，ꇊꂿꐔꇊꐞ。

ʔa²¹dzɯ³³ʔa¹³nɿ³³dze²¹,ɕɿ²¹mo²¹tɕʰo³³lo³³ndzo¹³.

乌鸦那讨厌的声音，是向她妈学来的。

ꀊꂵꑊꐎꀉ，ꉌꆷꄔꇤꁌ。

ʔa³³mi⁵⁵ʑi¹³tɕy³³ɖo²¹,ha³³li²¹ɖɯ²¹ka³³pɿ³³.

猫儿睡得香，老鼠跳得欢。

ꐎꍜꀋꑊꋠ。

tɕʰi³³lu¹³zɿ¹³nɿ³³dze²¹.

犬吠狼心堵。

ꇤꀘꇗꏾ，ꇤꐔꒊꌩꉻ；ꌧꐎꇒꎽ，ꑽꐎꇕꆈꐊ。

le²¹ku³³no¹³tʰu²¹,le²¹bu³³na³³ndzɿ³³ɖɯ⁵⁵;so¹³tɕʰi³³ʐu²¹ndu²¹,zo³³tɕʰi³³no¹³bɿ²¹ndzo¹³.

穿牯牛的鼻，阉牛也要流眼泪；打邻居的狗，自己的狗鼻子酸。

ꀒꒌꑽꍜꂿ，ꐎꁮꌺꇗꄷ；

zu³³me³³ʐʊ²¹ʔa³³ma³³,tɕy³³zo²¹nʊ³³nɿ³³dzʊ³³;

生了儿女的阿妈，有九个担心；

工)≡甶凵茄万甶，以甶耳屮带。

zu³³me²¹ma²¹ɣo²¹xɯ⁵⁵ʔa³³ma³³,tʰa²¹ʐʊ²¹nʊ³³nɪ³³dzʊ³³.

没生儿女的阿妈，也有一个担心。

阀码粰罗尕，卆圀弓丽帏；

tɕʰa¹³mbɪ³³bo²¹na¹³lɯ⁵⁵,no³³pu³³gʊ¹³su³³kʰa³³;

箭射向深山，难回到箭筒；

万)≡帚凡重，乞己万甶凶帏。

ʔa²¹me¹³nɪ⁵⁵kʰɯ³³be⁵⁵,gʊ¹³li²¹ʔa³³ma³³hʊ²¹kʰa³³.

女儿落虎口，难回到妈妈家。

纱码丗，旦帚弓甶帚；纱学弖，旦帚月甶帚。

so²¹hɪ²¹ʐe³³,na³³pi¹³dzʊ³³ma²¹pi¹³;so²¹dzu²¹ne¹³,na³³pi¹³dzu³³ma²¹pi¹³.

别人的屋大，能看不能得；别人的佳肴，可看不可吃。

廿粏学刃屮，畱罘旦冬屮。

kʰu³³bo²¹dzu²¹ʑi²¹no³³,ʔu⁵⁵lɯ³³na³³tsɿ⁵⁵no³³.

勤人粮食多，懒人眼屎多。

电甶北，屮甶罗。

tsʰʊ²¹ma²¹ɕi¹³,nʊ⁵⁵ma²¹gɯ²¹.

人不死，事不完。

万哟乃炒万哟屮廿，万哟码廾万哟中罴。

ʔa²¹su³³tɕʰi⁵⁵ʐo²¹ʔa²¹su³³nɪ³³kʰu³³,ʔa²¹su³³hɪ²¹dzu³³ʔa²¹su³³vu²¹di¹³.

谁娶妻谁就勤快，谁建房谁就有力。

卡朓邑羔甶士，邠朓屮廾甶士。

su³³ndzʊ²¹dʑo²¹ʂe¹³ma²¹tɕi²¹,tsu¹³ndzʊ²¹no⁵⁵no³³ma²¹tɕi²¹.

常走路不怕路远，常干活不怕事多。

ꌧꊈꌧꅉ，ꌧꉪꌧꅉ。

$zʊ^{21}tɕʰi^{13}ʐo^{21}ndʐo^{33},ʐo^{21}la^{13}ʐo^{21}ndʐo^{33}.$

自己的脚爱自己，自己的手爱自己。

ꒉꃀꑴꌺꊨꅇꄒꄹ，ꄶꌺꅍꈜꊨꅇꄒꄹꄮ。

$ɣʊ^{13}mo^{55}tsʰo^{21}mo^{33}xɯ^{55}mi^{13}dɯ^{33}dɯ^{21},tsʰʊ^{21}nʊ^{33}bo^{21}lɯ^{33}xɯ^{55}mi^{13}dɯ^{33}tʰe^{21}.$

雁向温暖的地方飞，人向光明的地方跑。

ꒉꃀꌋꃀꇬꄊꂶꄍ，ꌋꃀꒉꌗꂶꄍ。

$ɣɯ^{13}mo^{55}sɿ^{13}ɣo^{33}da^{33}ma^{21}do^{21},sɿ^{33}mo^{21}ɣo^{33}dzu^{33}ma^{21}do^{21}.$

老熊爬不上树，吃不到树上的果子。

ꌋꃀꂾꂶꄉ，ꄡꆀꏃꂶꀕ。

$sɿ^{33}mo^{55}mi^{13}ma^{21}dzʊ^{33},ʔa^{33}na^{55}kʊ^{33}ma^{21}ʔa^{13}.$

地上不长老树，乌鸦不会在那里叫。

ꄮꋦꋧꆿꂷꄦ，ꎭꂶꄮꂶꄮ。

$tʰu^{21}tsʅ^{33}tɕʰi^{13}ma^{21}di^{13},ʂa^{33}mi^{13}nɯ^{55}mi^{13}tʰe^{21}.$

银钱不长脚，跑遍彝汉地。

ꌧꃤꌧꍣꍝ，ꌧꅉꄮꂶꒉ。

$zʊ^{21}va^{13}zʊ^{21}dzu^{21}dzu^{33},zʊ^{21}hɿ^{55}dɯ^{33}ma^{21}ɣo^{21}.$

自己的猪吃自己的粮食，自己无话可说。

ꌠꄮꋦꃶ，ꄉꋦꂶꄚ；ꌠꋦꋦꃶ，ꄉꐚꄟ。

$su^{21}tʰɯ^{55}li^{21}vi^{21},da^{33}tɕʰi^{33}ma^{55}kʰɯ^{21};su^{21}hʊ^{21}li^{21}vi^{21},da^{33}dzʊ^{13}kʰɯ^{33}.$

一人来使力，不能到山脚；百人来使力，就能到山腰。

ꄂꄶꂶꋨꀑ，ꑚꄶꂶꑌꄚ。

$dɯ^{21}zɯ^{33}ma^{21}tsʰʅ^{33}ŋɿ^{33},hɿ^{55}zɯ^{33}ma^{21}lɯ^{13}tʰʊ^{21}.$

愚蠢无法用药医，就像热来不脱衣。

ꇎꅔꀋꑘꀄ，ꑸꅔꀋꑘꊰ。
du³³dʊ³³li²¹ɣo²¹ʂu³³,tʂʅ¹³dʊ³³li²¹ɣo²¹le³³.
得好名不易，丢脸很容易。

ꊈꍶꊈꂾꑋ，ꊈꍶꌠꀋꑋ。
ʐʊ²¹tʂɯ¹³ʐʊ²¹mɑ²¹se⁵⁵,ʐʊ²¹tʂɯ¹³so²¹li²¹se⁵⁵.
自己的优点自己不知道，自己的优点别人很清楚。

ꎸꐞꐒꍍꅺꂾꀑ，ꇬꐞꈬꄉꑮꂾꅺ。
dʑu²¹tu³³ɕy²¹mi²¹hʊ³³mɑ²¹pi¹³,tɕʰi³³tu³³vɑ¹³n̩ɯ⁵⁵ʐo²¹mɑ²¹do²¹.
独筷调不匀炒面，独狗逮不了野猪。

ꎸꐞꌦꄜꄉ，ꑵꊪꈿꂾꄜ。
dʑu²¹tu³³lɑ¹³tʰʊ⁵⁵tɯ³³,ɕɿ²¹n̩ɯ³³vi²¹mɑ²¹tʰʊ¹³.
单根的筷子，没办法使用。

ꉙꁴꉢꆈꌗ，ꍯꑡꊪꄉꅀ。
hɿ¹³pu²¹ʑe²¹sʅ³³sʅ³³,dʑe²¹nʊ³³ʐʊ³³ɣɑ³³du²¹.
嘴巴笑嘻嘻，牙齿在发痒。

ꀂꅔꑠꇊꀝ，ꂵꄿꄮꂾꅺ。
bi²¹li³³ʑi²¹xɯ²¹ʐɯ⁵⁵,mi³³tʊ⁵⁵tʰy²¹mɑ²¹do²¹.
用葫芦打水，灭不了火灾。

ꊒꊂꌦꊐꌦ。
tsʰʊ²¹n̩dʑy²¹lɑ¹³sɯ³³ʂe¹³.
懒汉指甲长。

ꂾꉌꄙꑴꆙ，ꊈꐚꑴꊈꇋ。
mi³³hɿ³³tʰʊ⁵⁵ʐŋ³³xʊ³³,ʐʊ¹³mu³³ʐŋ³³ʐʊ²¹tɯ³³.
迎着风撒尿，自己淋自己。

纱滋芋丑曰，弃弃芋扎汪。

suʔ²¹tɕʊ⁵⁵no⁵⁵mu³³tsʰoʔ²¹,ʐʊ²¹hɪ²¹noʔ⁵⁵kʊ³³dɯ⁵⁵.

帮别人做事，误了自己工。

乃丽囚和粉，弃扎芔纱苔。

dzy³³kʰe⁵⁵vu⁵⁵ŋa³³ʐoʔ²¹,hɪ²¹kʊ³³ɣa³³soʔ²¹tɕʰy³³.

野外去捕鸟，家鸡被人偷。

双不芔ㄋ粉田飞，ㄌ己芔罕不芔粉。

ze⁵⁵lɯ⁵⁵ʂoʔ²¹piʔ¹³³ʐoʔ²¹maʔ²¹doʔ²¹,go¹³liʔ²¹ɣa²²bo³³lɯ⁵⁵ɣa³³ʐoʔ²¹.

上山抓不着野鸡，回来在鸡圈里捉鸡。

卢比数·谚语篇

𛰜杰ㄢ田凵扎另，ㄖ牛ㄢ囤丗。

hʊ²¹mi³³tʰa²¹mʊ¹³dɯ²¹kʊ³³pʰu⁵⁵,du²¹la¹³tʰa²¹pʰa²¹tsʰɿ¹³.

碰到一只苍蝇，也要掐下一只翅膀。

纱子甲欣岁，甲开ㄢ文乱。

soʔ²¹dɯ⁵⁵na²¹tʂʅ¹³seʔ²¹,na²¹nʊ³³va¹³tʂuʔ²¹ti¹³.

让你牵山羊，你却把猪拴。

ㄢ弃迦十弃咘田典，十弃迦ㄢ弃丽咘典。

tʰa²¹ʐʊ³³pʰuʔ²¹tsʰɯ²¹ʐʊ³³mi⁵⁵maʔ²¹lo¹³,tsʰɯ²¹ʐʊ³³phu²¹tʰa²¹ʐʊ³³kʰe⁵⁵mi⁵⁵ɬo¹³.

一人吐湿十人难，十人吐湿一人易。

ㄨ亡田糾甾黑，丗开田糾丗丙。

dʊ²¹mu²¹maʔ²¹boʔ²¹ʔuʔ⁵⁵lʊ³³,ma¹³seʔ²¹maʔ²¹boʔ²¹maʔ²¹dɑ³³.

蜂无王要偷懒，兵无将不成军。

ㄢ弃囤ㄢ弖隹，十弃糾ㄢ田罒。

tʰa²¹ʐʊ²¹lʊ³³tʰa²¹taʔ²¹taʔ²¹,tsʰɯ²¹ʐʊ²¹boʔ²¹tʰa²¹lɯ³³tʰa³³.

一人只能搬一块石头，十人就能搬一座山。

ꒉꃀ꒦ꀨꊿꄻ，ꒉꄷ꒦ꀨꊿꎻ。

$t^ha^{21}zu^{21}ŋdzu^{21}ndu^{21}nu^{33}ʔɿ^{13},t^ha^{21}pa^{55}ŋdzu^{21}ndu^{21}nu^{33}dʑy^{21}.$

一人吃独酒容易醉，众人吃转转酒开心。

ꁱꐎꁧꄻꃘꇉ，ꒉꃀꁱꁮꊼ。

$dzu^{33}su^{13}no^{33}nu^{33}ne^{13},t^ha^{21}zu^{21}dzu^{33}ma^{21}ts^hu^{13}.$

众吃有味，独吃不肥。

ꋠꁧꁱꁮꁌ，ꄲꃅꇰꁮꄻ。

$tʂ^hu^{55}no^{33}ʂu^{33}ma^{21}tɕi^{21},tu^{13}ɖo^{21}na^{33}ma^{21}dzu^{33}.$

朋友多不怕困难，有火把不怕黑暗。

ꈩꄚꀝꈬꄻꋭꎹ，ꄯꉂꊪꄻꃴꁮꒃ。

$gɯ^{55}ɖɯ^{21}ba^{33}mbɿ^{33}nu^{33}ɖɯ^{55}k^ha^{33},tʂu^{21}tu^{33}hu^{13}lu^{33}du^{33}ma^{21}ɣo^{21}.$

失群的大雁难活，孤独的人没希望。

ꆈꆪꆂꑴꋂꄻ，ꃷꆪꃅꑴꋂꄻ。

$xɯ^{21}ʔo^{33}ʑi^{21}ʔo^{55}hu^{21}lu^{33},t^hu^{21}ʔo^{33}k^he^{21}ʔo^{55}hu^{21}lu^{33}.$

大湖全靠千滴水，衣衫全靠万根纱。

ꄯꒉꃀꑭꒉꑴꁮꑸ，ꆏꒉ꒦ꃷꒌꃀꁮꄷ。

$ɳɿ^{13}t^ha^{21}ʔo^{21}k^he^{33}du^{33}ʑi^{21}ma^{21}ndɯ^{21},lu^{33}t^ha^{21}ku^{13}mi^{33}mi^{55}dzu^{33}ma^{21}tu^{33}.$

一捧泥沙难挡夸渡河，一个卵石难垫芦虹山。

ꃶꋊꄚꑂꎖꄻ，ꄛꌠꄷꑵꑟꄻ。

$vɿ^{33}tsɿ^{33}du^{33}he^{33}ts^hɿ^{33}no^{33},lu^{21}dzu^{21}du^{33}se^{55}tsɿ^{13}no^{33}.$

杂花开的地方草药多，群众多的地方智慧多。

ꑍꆈꋂꉹꄻꃴꀊ，ꑍꒉꀗ꒿ꄻꀗꅝ。

$ɳɿ^{55}la^{13}mbu^{33}ts^hɿ^{33}nu^{33}ʔu^{33}dʐa^{33},ɳɿ^{55}zu^{33}no^{55}ndzu^{21}nu^{33}no^{55}t^ho^{13}.$

两手洗衣洗干净，两人商量事就成。

月𖽹由，屯帚瓦帚关；𖽹毛屮，屯帚罡兹水。

dzu³³pi¹³du³³,tɕi⁵⁵tɕa³mi³³tʊ¹³tɕo¹³;tsɯ¹³do²¹no⁵⁵,tɕi⁵⁵tɕa³³tʂʰu²¹tɕʊ⁵⁵ndzu²¹.

可吃的东西，先让火知道；能办的事情，先与群众商量。

十世𖽹𖼷茶，𖽹𖼷𛋈奎子。

tsʰɯ²¹ʐʊ³³ɬi¹³du²¹tʂʰe²¹,ɬi¹³du²¹lʊ²¹be⁵⁵be³³.

十人抬一根大梁，大梁也变得轻巧。

𖼷林毌，𛃜水𖽹扎𖿰。

hʊ²¹ɖa³³mbɿ³³,ma²¹ɕi¹³tɕi⁵⁵kʊ³³ti¹³.

离群的羊子，不死也会跌跤。

四毌乢工𖼳，𖾃𛃜毌毌几。

pʰa²¹mbɿ³³kʰe²¹tu³³di¹³,mi⁵⁵hʊ²¹mbɿ³³ma²¹ʐʊ⁵⁵.

独弦的月琴，弹不出像样的曲子。

𛃜世纟𛀕下，半世纟𛀕𖽹。

mu³³sɯ⁵⁵so¹³tʰa²¹ŋɖʊ³³,n,y³³sɯ⁵⁵so¹³tʰa²¹ty³³.

别像马样踢人，别像牛样抵人。

𛀕世𛀕𖼷毌凵𛃜，毌子𖿰毌子𖼷𖿰屮。

va¹³sɯ⁵⁵du²¹xɯ⁵⁵ma²¹ɣo²¹tɕi⁵⁵,lɯ²¹lɯ²¹kʰɿ²¹lɯ²¹lɯ²¹dzɿ²¹bo²¹ɕɿ³³.

都说猪最愚蠢，却会边打架边和睦。

考二毌𖼷罗子毌𖿰，𛅧二世𖼷𖿰子毌𖿰。

tɕʰi³³nɿ⁵⁵lɯ³³dzɿ²¹tsu⁵⁵du⁵⁵ma²¹ku¹³,kʰa³³nɿ⁵⁵ʐo³³dzɿ²¹bo²¹du⁵⁵ma²¹ku¹³.

哪有两条狗不相争的，哪有两强人不相斗的。

𖼷罗𖼷又𖽝，𖼷𖿰𖼷𖿠石。

dzɿ²¹tsu⁵⁵dzɿ²¹he³³bi²¹,dzɿ²¹bo¹³dzɿ²¹tu³³dzu³³.

人好人情在，人和相携带。

囫元罗凸凶罗缸甶屾，琞纵凶爪妥矤枇。
dze²¹nɪ²¹ɬu¹³suɯ⁵⁵dzʅ²¹tsu⁵⁵xuɯ⁵⁵ma²¹ɣo²¹,ʔo³³tɕi⁵⁵dzʅ²¹kʰe³³tʰu⁵⁵kuɯ¹³ɕɪ³³.
牙齿和舌头最要好，也有相碰的时候。

孙屾ぃ凸屮彐＝，凸邓己ぃ凸劣。
gu⁵⁵ɖɯ²¹tʰa²¹tsu²¹tsu²¹,hʊ²¹ka³³li²¹tʰa²¹ɬu²¹.
大雁起飞成一行，羊儿归家睡一圈。

㠪⑬枞廾顽，电⑬凪世顽。
dzo²¹dzʊ²¹bo²¹da³³kʰa³³,tsʰʊ²¹dzʊ²¹ndy⁵⁵pʊ³³kʰa³³.
直路难爬上山，直人转不过弯。

亓丞凪禿，凹亐凪几甶砳。
nɪ²¹dzi²¹tɕʰʊ²¹mu³³,hu²¹bo²¹tɕʰo²¹ne³³ma²¹de⁵⁵.
远处的太阳，不及近处的月亮。

夘几吻甶几，电几屴甶几。
zi²¹se⁵⁵tɕʰo³³ma²¹se⁵⁵,tsʰʊ²¹se⁵⁵nɪ³³ma²¹se⁵⁵.
知水不知源，知面不知心。

卅ぃ㐫凪冗，卅十㐫釖廾。
ɣa³³tʰa²¹ke¹³kʰɯ³³tʰɯ⁵⁵,ɣa³³tsʰɯ²¹ke¹³nʊ⁵⁵mbi²¹.
一声鸡叫，引来百声鸡鸣。

枞罗玊彐－弰，电罗丂弜中。
bo²¹tsu⁵⁵nʊ³³sɪ³³ŋdzʊ²¹,tsʰʊ²¹tsu⁵⁵tʂ̩⁵⁵ze³³no³³.
山好树木茂，人好朋友多。

半朮半甶与，彡下彡甶与。
ny³³ty³³ny³³ma²¹no²¹,mu³³ŋɖʊ²¹mu³³ma²¹no²¹.
牛抵牛不痛，马踢马不疼。

世情事理

ꂷꇂꈌꈜꄒꈜꇤ，ꐒꎹꈌꅍꄒꅍꇤ。

ŋdʐ̩²¹tsu⁵⁵tʰɑ²¹se³³tsʰɯ²¹se³³de⁵⁵,bu³³dzu³³tʰɑ²¹ʐʋ³³tsʰɯ²¹ʐʋ³³de⁵⁵.

好酒一杯当十杯，好汉一人顶十人。

ꅍꈭꐔꅍꈲꎿꏦꎭ。

ʐʋ³³fu³³tʂʰu⁵⁵ʐʋ³³xɯ²¹pʰu³³ʔo⁵⁵di¹³.

自己的肉烂在自己锅头。

ꄜꈶꎻꄵꅍꀉꋺ。

tʂʰʋ⁵⁵du³³gu²¹pɑ⁵⁵de⁵⁵mɑ²¹bu³³.

笨朋友总比敌人要好。

ꐝꀽꄜꀉꄿ，ꐝꀋꄜꀉꐈ。

dʐo²¹de²¹tʂʰu⁵⁵mɑ²¹ʂo¹³,dʐo²¹vu³³tʂʰu⁵⁵mɑ²¹pʰu⁵⁵.

在宽路上不找朋友，在窄路上难遇知心。

ꇊꄮꐙꋺꉙꀁ，ꌧꐚꅿꋺꄡꀁ。

lʋ²¹bo²¹bu³³ʔo⁵⁵tɕi¹³ne³³,su¹³ʂu³³hɹ¹³ʔo⁵⁵tʂʰu²¹ne³³.

月亮旁边星宿少，穷人家里亲戚少。

ꑌꈩꇊꄮꄜꀿꆏ，ꄡꊂꌺꆏꎿꀿꎴ。

nʐ²¹dʑi²¹lʋ²¹bo²¹dʋ³³so¹³tsʰo²¹,tʂʰu²¹he³³ɣo²¹gu²¹bo²¹so¹³ndzu³³.

太阳月亮照人暖，好亲好友使人强。

ꄜꀽꐞꀽ，ꐒꎹꈌꅍ。

tʂʰʋ⁵⁵bo²¹ʐe³³bo²¹,bu²¹dzu³³tʰɑ²¹ʐʋ²¹,

有朋有友，狠汉一条。

ꆈꀽꌌꇠꆏ，ꄮꀋꈫꀋꇠ。

no⁵⁵tsu¹³lɑ¹³ʈʰu²¹hu³³,tsʰʋ²¹nɑ³³nɹ³³nɑ³³hu³³.

做事要动手，看人要看心。

ꉬꀠꄓꈜꉼ~，ꐎꎀꅉꃀꀿꉼ~。
zʊ³³ʈʰʊ⁵⁵na⁵⁵ku⁵⁵hu³³,tʂʰʊ²¹me³³du³³ʐɿ³³ndy⁵⁵hu³³.
自己的脸面要爱护，朋友的名誉更要尊重。

ꍓꈭꑟꌧꆏ，ꐊꅉꆹꌦꆏ。
dʐo²¹gʊ¹³dze³³mu³³se⁵⁵,ʂu³³du²¹n̩dʐu³³dzɿ²¹ʂe⁵⁵.
坎坷路途识骏马，患难危急见真情。

ꆀꄲꈐꅇ，ꄮꄚꀝꄝꑱ。
nɿ³³di¹³kʊ³³kʰɯ³³,tʰa²¹tu¹³bi⁵⁵de⁵⁵ɣo²¹.
好情好意，能值千金。

ꑙꎰꈐꄓꊪ，ꀞꈐꈪꍂ。
ʐi¹³mbu³³kʊ³³na³³tsʰɿ³³,pʰʊ³³kʊ³³n̩ɿ³³dze²¹dzɯ¹³.
蒙在被窝里眨眼睛，躲在墙角里咬牙齿。

ꑌꇓꉈꀞ，ꀝꐎꎭꅉ；ꆧꆈꐜꀞ，ꀝꈾꇤꅉ。
ʐa¹³mi³³bi⁵⁵xɯ⁵⁵tsʊ²¹,va¹³n̩ɿ¹³nʊ²¹ma²¹kɯ¹³;ʈʰʊ¹³gu²¹di¹³xɯ⁵⁵tsʊ²¹,va¹³ɕɿ¹³ŋga¹³ma²¹kɯ¹³.
带宝剑的人，不去撵野猪；戴银项圈的人，不捉猪虱子。

ꌧꇤꅉꌧꀠꑽꋠ，ꒉꅉꀞꑌꒉꉬꀠꋠꋠ。
sɿ³³kɯ¹³xɯ⁵⁵sɿ¹³li²¹n̩ɿ³³zu⁵⁵,xɯ²¹kɯ¹³xɯ⁵⁵nʊ³³xɯ²¹tʂa³³li²¹ʂɿ³³zu⁵⁵.
当木匠的被枷夹，当铁匠的被链拴。

ꆿꆏꃀꆈꅉꇣꀞꑽꅉ，ꍜꅉꑌꈯꀮ；
la¹³n̩ɿ⁵⁵pʰa²¹n̩ɿ¹³ma²¹ʂu⁵⁵xɯ⁵⁵tsʊ²¹,dzu³³xɯ⁵⁵nʊ³³çy²¹mi²¹;
双手不沾泥的人，吃的燕麦面；

ꐖꆏꃀꊐꑞꅉꇣꀞꑽꅉ，ꐊꅉꑌꈯꇎꈟꐊ。
tɕʰi¹³n̩ɿ⁵⁵pʰa²¹tʂɯ⁵⁵zi²¹ma²¹di¹³xɯ⁵⁵tsʊ²¹,dze³³xɯ⁵⁵nʊ³³ʂe¹³ɣo²¹dze³³.
双脚不沾露的人，骑的金鞍马。

ꇍꎹꂷꊪꀉꅫꄮꃀꄼ，ꇍꑍꂷꊪꌠꀉꊨꄮꃀꄼ。

tɕʰi¹³ɬi³³pʰa²¹xɯ⁵⁵va¹³tʰa²¹lɯ³³hu¹³ma²¹do²¹,tɕʰi¹³nɹ⁵⁵pʰa²¹xɯ⁵⁵ɣa³³tʰa²¹ke¹³hu¹³ma²¹do²¹.

四条腿的猪喂不起一头，两只脚的鸡养不起一只。

le²¹ku³³ndu²¹ŋo²¹tʂu³³,nɪ³³tʰa²¹tʂ̩ʰ³³ma²¹dᴇ³³;

打牯牛给我吃，不一定会满意；

çy²¹mi²zɯ¹³ŋo²¹tʂu³³nu³³,nɪ³³ma²¹dᴇ²¹xɯ⁵⁵ma⁵⁵ŋu²¹.

揉炒面给我吃，不一定不满意。

mo²¹pʰo²¹sɯ⁵⁵ʐʊ³³hu³³tʰu⁵⁵ma¹³,me³³pu³³sɯ⁵⁵xɯ⁵⁵nɪ³³ɣo²¹.

长着麻布样的脸面，却有绸缎样的心肠。

ʐu²¹ʐʊ³³xɯ⁵⁵kʰʊ¹³tʰɯ³³kʊ³³ma²¹kʰɯ²¹,ve³³du³³xɯ⁵⁵kʰʊ¹³tʰɯ³³tɕʰʊ³³ma²¹lʊ¹³.

自己的年龄还不到，别人的年龄加不上。

ɣo¹³kʊ³³tsʰe³³ma²¹ɣo²¹,hɪ¹³pu³³nde³³ndzɯ³³ma²¹hu¹³.

肚里没有油，别在嘴上抹油。

mbu³³xɯ⁵⁵vɪ¹³du³³ʂe¹³lo³³,kʰʊ¹³tʰɯ³³nu³³kʰʊ¹³kʰʊ¹³ʐʊ³³.

衣服穿得再破烂，岁数照样年年长。

mu³³dzʐ̩³³sɯ⁵⁵,kʰʊ²¹dzʐ̩³³ma²¹sɯ⁵⁵;tɕʰi¹³dzʐ̩³³sɯ⁵⁵,nʊ¹³dzʐ̩²¹ma²¹sɯ⁵⁵;

马同，蹄不同；狗同，鼻不同；

电⋈⊕，屮田⋈田⊕。

tsʰʊ²¹dʐ̩³³sɯ⁵⁵,nɪ³³mo²¹dʐ̩³³mɑ²¹sɯ⁵⁵.

人同，心不同。

ㅋ-ⵓ丂双乃田糸，电ⵓ䄅屮屮山㕥田モ。

sɿ³³tʰɑ²¹dze¹³ze⁵⁵dʑy³³mɑ²¹tʰʊ¹³,tsʰʊ²¹tʰɑ²¹ʐʊ²¹no⁵⁵ʑe¹³yo³³tsɯ¹³mɑ²¹do²¹.

一棵树成不了林，一个人难办大事。

ㅋ-ⵓ丂㖞丯㇇ꗂ糸モ，丯㇇㖞⋈ⵓ㇗无乑乑伏。

sɿ³³tʰɑ²¹dze¹³ŋɑ³³tu¹³ke¹³kɑ⁵⁵do²¹,tu¹³ke¹³ŋɑ³³dʐ̩³³tʰɑ²¹dzo³³nɪ²¹nʊ³³ʂɑ¹³.

一树能容千只鸟，千鸟却难共一树。

ⵓ䄅电气丂，电当纟屮旺糸。

tʰɑ²¹ʐʊ²¹tsʰʊ²¹pʰu⁵⁵tʂʰʊ⁵⁵,tsʰʊ²¹pʰu⁵⁵so²¹le⁵⁵tɕi³³ku¹³.

一人不合群，众人被人欺。

㔫㇒屮乑无乑什典，无乑屮乑㿝亡屮佡。

ʑ̍¹³ku²¹no³³nʊ³³xɯ²¹tsʰʊ²¹de³³lʊ¹³,xɯ²¹tsʰʊ²¹no³³nʊ³³hɪ³³mo³³dzʊ³³pi¹³.

针积多了能打斧，斧头汇合能建楼。

ⵓ䄅扎亏孙ⵓ㇗卯田モ，ⵓ㇗曲㔫亡山亚田モ。

tʰɑ²¹ʐʊ²¹kʊ¹³ŋge²¹du²¹tʰɑ²¹ke¹³vɑ¹³mɑ²¹do²¹,tʰɑ²¹kʊ²¹pʊ²¹bo²¹mo²¹yo²¹ndu²¹mɑ²¹do²¹.

一个人扛不起一根屋梁，一个拳头顶不起一座大山。

ⵓ㠺乑䄅乑弓띠，ⵓ丙岙㐬乑卌亚。

tʰɑ²¹ʑɿ³³sɑ¹³bo²¹nʊ³³dzu³³so²¹,tʰɑ²¹lu¹³ke⁵⁵so²¹nʊ³³gu²¹ndu²¹.

一家和气得安乐，一寨团结能御敌。

㕥ⵓ㇗㠺二田劳，Ⅲⵓ㇗㠺二田糸。

ʑi²¹tʰɑ²¹ke¹³bo²¹nɪ⁵⁵lu³³tɕʊ⁵⁵,dzɯ²¹tʰɑ²¹ke¹³bo²¹nɪ⁵⁵lu³³dze⁵⁵.

一条河隔两座山，一座桥连两座山。

ꍏ ꎗ ꍠ ꍘ ꁐ ꀘꀘ，ꀀ ꎗ ꍠ ꍘ 二 ꀘꀘ，

ʑi²¹mo²¹nʊ³³tʂʰʊ³³tʰɑ²¹ti²¹ŋɯ³³,fa¹³dzɯ³³nʊ³³tʂʰʊ³³nɻ⁵⁵ti²¹ŋɯ³³,

大河是第一道城墙，悬崖是第二道城墙，

ꌲ-ꀀ ꍠ ꍘ 三 ꀘꀘ，ꍩ ꀀ ꍠ ꍘ ꀘꀘ。

sɿ³³lu¹³nʊ³³tʂʰʊ³³sɯ³³ti²¹ŋɯ³³,kʰe⁵⁵ʂo¹³nʊ³³tʂʰʊ³³ɬi³³ti²¹ŋɯ³³.

森林是第三道城墙，团结是第四道城墙。

ꁐ ꈬ ꍠ ꆴ ꀋ，ꑱ ꈬ ꍠ ꀙ ꌧ ꀕ。

tʰa²¹ʑɿ³³tʂʰʊ³³gu²¹vɪ¹³,tɕy³³ʑɿ³³tʂʰʊ³³tɕʰi³³pʰu³³tʰɯ⁵⁵.

一家砌围墙，九家铺墙脚。

ꊰ ꀘ ꈬ 万 ꀘ ꈬ ꆴ，ꎮ ꍩ ꈬ ꊐ ꂿ ꁬ ꆴ。

hʊ²¹pʰʊ²¹ma⁵⁵tʂʰʊ²¹ʑɿ¹³ɕɿ³³dɯ³³,tʂʰʊ²¹kʰe⁵⁵ma²¹ʂo¹³gu²¹pa¹³dɯ³³.

羊不合群利于狼，人不团结利于敌。

工 ꌲ-ꀘ ꆆ ꁐ，工 ꀊ ꊐ ꂿ ꍠ ꁐ。

tɯ³³sɿ³³dzɯ²¹tʰɯ¹³ʂu³³,tɯ³³no³³gu²¹pa³³dzɯ²¹ʂu³³.

独木难搭桥，独箭难御敌。

ꀛ ꈬ ꍼ ꁐ ꍠ ꌧ ꀕ，ꌧ ꀕ ꂿ ꉆ ꌫ ꈬ ꄜ。

ŋdzʮ⁵⁵mo³³ʑi⁵⁵mo²¹nʊ³³pʰi³³kʰa³³,pʰi³³kʰa³³dzʮ³³sʅ⁵⁵lʊ³³ma²¹de⁵⁵.

珍珠玛瑙虽珍贵，也没有友谊珍贵。

ꁐ ꈪ ꊰ ꍃ ꐥ ꍠ ꀕ，ꎮ ꑆ ꍃ ꓀ ꁐ ꋊ。

tʰa²¹ʑʊ²¹tu¹³kɯ¹³va³³nʊ³³ʂu³³,tsʰʊ²¹pʰu⁵⁵bo²¹hi¹³lɯ³³tsɑ²¹.

一人难挑千斤担，众人能移万座山。

ꀉ ꃀ ꌷ ꀊ 万 ꀋ，ꀋ ꍠ ꍩ ꊐ 万 ꀋ。

nɻ³³ʑɻ³³no⁵⁵mu³³tʂʰʊ⁵⁵li²¹,vu³³nʊ³³kʰe⁵⁵ʂo²¹tʂʰʊ⁵⁵li²¹.

智慧从劳动中来，力量从团结中来。

图中ↄ迸丑胜，中毛半甘州由丌。
xʊ³³mʊ²¹tʰa²¹ke¹³mu³³vɿ¹³,vu³³la¹³ny³³tɯ⁵⁵ʑe⁵⁵ma²¹bu³³.
竹子拧成一股，力量胜过野牛。

工毛玉丆山万由孓，己工芑山卡由孓。
tɯ³³la¹³tʂu³³nʊ³³ɣo³³ke³³ma²¹dʊ²¹,tɕʰi¹³tɯ³³dzo²¹ɣo²¹sɯ³³ma²¹dʊ²¹.
独指拣不起豆，单脚走不了路。

㞢工哙祘，彐一工由绦。
hʊ²¹tɯ³³ɬʊ¹³kʰa⁵⁵,sɿ³³tɯ³³ma²¹dʊ²¹.
独羊难放，独柴难燃。

昳凶万祘ↄ洑双，矵甘凶万囨ↄ田圬。
tʂʰʅ¹³dzɿ³³tʂʰʊ⁵⁵bo²¹tʰa²¹ndzɿ³³dzy²¹,be⁵⁵nɯ⁵⁵dzʅ³³tʂʊ⁵⁵xɯ²¹tʰa²¹lɯ³³bu³³.
麂子同欢一座山，野鸭共游一塘水。

哟ʒ典元双么牙罡毡，巛掌元回祘牙万纾驸。
ŋa³³tɕʊ³³lʊ³³nɿ³³ʑe⁵⁵ʑi²¹nʊ³³tʂʰʊ²¹ɣo²¹,ʂʊ¹³na⁵⁵nɿ³³vu³³bo²¹nʊ³³tʂʊ⁵⁵ʑe²¹ŋɯ³³.
锦鸡和山泉是亲戚，苍松和雪山是朋友。

䇥山ↄ齿凶万月，苃凵ↄ岁凶万㘈。
dʐa³³ɣo²¹tʰa²¹kʊ²¹dzɿ³³tʂʰʊ⁵⁵dzu³³,ndzɿ³³ɣo²¹tʰa²¹se³³dzʅ³³tʂʰʊ⁵⁵ndʊ²¹.
有饭一碗大家吃，有酒一杯大家喝。

凶沝田凶甴，亚方凷ↄ迸。
dzʅ³³ndzɯ³³du⁵⁵dzʅ³³sɯ⁵⁵,kʰe⁵⁵ʂo¹³nɿ³³tʰa²¹ke¹³.
商量话一致，团结成一心。

凶囨凶万牙凶几，凶丗由己罡由中。
dzʅ³³dzɯ²¹dzʅ³³tʂʰʊ⁵⁵nʊ³³dzʅ³³se⁵⁵,dzʅ³³bu³³ma⁵⁵dzy²¹tʂu¹³ma²¹ndʑo³³.
不聚在一起不相识，不住在一起不相亲。

卅旺凵甶几丽电，五彐丑丂羿凵丂甶弓。

gu²¹pa³³ɣo²¹ma²¹se⁵⁵xɯ⁵⁵tsʰʊ²¹,dzʐ⁵⁵dzʐ²¹mu³³tʂʰʊ⁵⁵ʑe²¹ɣo²¹ʂo¹³ma²¹do²¹.

认不出敌人的人，就找不到真正的朋友。

彐牛罗半丂旺勵，己籥叴圷己籥叴丂旺。

sɿ³³go¹³vi²¹ȵy³³tʂʰʊ⁵⁵ba³³ŋɯ³³,tɕʰi¹³ndi³³tʰʊ²¹nʊ³³tɕʰi¹³ndi³³tʰʊ²¹tʂʰʊ⁵⁵ba³³.

犁头靠耕牛作伴，鞋底靠鞋帮作伴。

彐ハㄣ桖卅甶弓，田ハ品趴凵孚甶弓。

sɿ³³tʰa²¹dze²¹hɪ²¹dzʊ³³ma²¹do²¹,lu³³tʰa²¹mu¹³tɕʰɯ²¹ɣo²¹tʰɯ³³ma²¹do²¹.

一根木头盖不了房，一个石头砌不了墙。

劦籥凵竺匕，ㄣ大圷去不劦籥；

gu⁵⁵mo⁵⁵ɖu²¹mi¹³vu³³,kʊ²¹tʊ²¹nʊ³³tɕi⁵⁵lɯ⁵⁵gu⁵⁵mo⁵⁵;

大雁飞得远，靠的是领头雁；

劦嵤乇丑甶屌，ㄣ大圷去不劦籥。

hʊ²¹pʰu²¹la⁵⁵mu³³ma²¹tʰe²¹,kʊ²¹tʊ²¹nʊ³³tɕi⁵⁵lɯ⁵⁵hʊ¹³mo⁵⁵.

羊群不乱跑，靠的是带头羊。

ㄣ桖籥圷卅旺甶五，电嵤亚丂圷夹凵。

tʰa²¹ʑʊ²¹kʰa³³nʊ³³gu³³ba³³ma²¹tɕʰʊ³³,tsʰʊ²¹pʰu²¹kʰe⁵⁵ʂo²¹nʊ³³ɕi³³dʑɯ³³.

一人勇敢难御敌，众人团结能胜利。

趴羿丽劦圷並屮帯，趴羿丽电圷卅旺牛坴。

ba³³mbɪ³³xɯ⁵⁵hʊ²¹nʊ³³zɿ¹³le⁵⁵tɕa³³,ba⁵⁵mbɪ³³xɯ⁵⁵tsʰʊ²¹nʊ³³gu²¹ba³³la¹³be⁵⁵.

离群的羊被狼叼，离群的人受敌伤。

电屮纩甶胐，亚丂纩圷胐。

tsʰʊ²¹no³³so¹³ma²¹ge³³,kʰe⁵⁵ʂo²¹su¹³nʊ³³ge³³.

人多不羡慕，团结人羡慕。

ɕɪ^{33}sɯ^{33}pu^{55}dʐʅ^{33}tʂ^{h}ʊ^{55}nʊ^{33}dzɪ^{33}pie^{13},tʂ^{h}ʊ^{55}ʑe^{21}sɯ^{33}ʑʊ^{21}dʐʅ^{33}tʂ^{h}ʊ^{55}nʊ^{33}nɪ^{33}fe^{13}no^{33}.

父子三人在一起就勇猛，朋友三人在一起智谋多。

ts^{h}ʊ^{21}ts^{h}u^{33}t^{h}ɑ^{21}ʑʊ^{21}lɑ^{13}ȵɪ^{55}p^{h}ɑ^{33}dɯ^{55}ɣo^{21},ts^{h}ʊ^{21}ɖo^{21}ȵɪ^{55}ʑʊ^{21}lɑ^{13}ɬi^{33}p^{h}ɑ^{21}.

一个能人只有两只手，两个弱者却有四只手。

lʊ^{33}xe^{33}t^{h}ɑ^{21}ʔo^{21},fi^{55}ʑy^{21}xɯ^{55}ʂe^{13}ʑi^{21}mo^{21}ndɯ^{21}k^{h}ɑ^{33};

一捧泥沙，难阻挡东流的金沙江；

lʊ^{33}ndʊ^{55}t^{h}ɑ^{21}mʊ^{13},mu^{33}mi^{33}me^{13}lu^{33}ʔu^{33}bo^{21}nʊ^{33}tɕ^{h}i^{13}tsɑ^{13}ʂu^{33}.

一个卵石，难垫高顶天的龙头山。

vɪ^{33}nɯ^{21}nʊ^{33}ȵy^{33}ʈ^{h}u^{33}tʂ^{h}ʊ^{55}se^{55}ndze^{13},tɕ^{h}ɯ^{33}nʊ^{13}tʂ^{h}o^{33}ze^{33}pɑ^{33}se^{55}k^{h}ɯ^{21}.

红花要有绿叶衬才好看，篱笆要有木桩帮才牢固。

hʊ^{21}sɯ^{33}hu^{21}dʑo^{21}t^{h}ɑ^{21}ke^{13},ts^{h}ʊ^{21}k^{h}ɑ^{33}sɯ^{33}hu^{21}tɑ^{33}tɕ^{h}ɯ^{21}ŋge^{33}.

三百羊子一条路，三百勇士一垛矛。

sɪ^{33}no^{33}hɪ^{33}mɑ^{21}dʑʊ^{33},ts^{h}ʊ^{21}no^{33}vu^{33}nʊ^{33}ʑe^{33}.

树多不怕风，人多力量大。

k^{h}e^{21}vɪ^{13}t^{h}ʊ^{55}vu^{33}ʈʊ^{21}mɑ^{21}dɪ^{13},vu^{33}ʈ^{h}ʊ^{21}t^{h}ɑ^{21}ke^{13}t^{h}ʊ^{13}mɑ^{21}do^{21}.

搓线时不能松劲，松劲不能成一股。

ꇱꃚꈊꋌꌬ，ꄗꀕꑣꆏꄏꗡꈌ；

su³³ve⁵⁵za¹³dʑa³³dzu³³,tɕi⁵⁵nʊ³³ne¹³dʐ³³ta³³xɯ²¹ka¹³;

请客人吃饭，先尝尝是否可口；

ꋒꊉꍞꀁꐚꆈ，ꄗꀕꆈꃘꆈꂷꃘꆅ。

tʂʰʊ⁵⁵ze²¹tɕʊ⁵⁵mbu³³nɪ¹³vɪ³³,tɕi⁵⁵nʊ³³vɪ¹³so²¹vɪ¹³ma²¹so²¹na³³.

给朋友缝衣，先看看合不合身。

ꂻꉾꀕꂻꄷꆠꊋꍒꈬꌠꑌ，ꌬꑭꀕꎸꆅꌠꑌꆏꄉꊂ；

mu³³dze³³nʊ³³mu³³tʂa³³tɕi³³tʰɪ³³tʰɪ³³tɕa³³zɯ⁵⁵hu¹³,no⁵⁵tsɯ¹³nʊ³³na³³ta³³ta³³kʊ²¹tʊ²¹ly²¹.

骑马要抓紧缰绳，办事要依靠众人。

ꅔꆀꇨꄻꀕ，ꁙꃆꑣꀄꊉꊐꋌ；

ndʑo³³nɪ³³dzɿ³³pa¹³nʊ³³,ɕy²¹mi²¹tʰa²¹kʰʊ²¹dzu³³ɳɪ³³ne¹³;

若是情意相投，哪怕吃碗炒面也香；

ꆀꄻꀎꊂꀕ，ꇂꈎꑣꇉꑭꀁꄷꈨ。

nɪ³³dʑɿ²¹du³³du⁵⁵nʊ³³,le²¹ku³³tʰa²¹ke²¹ndu²¹de⁵⁵ma²¹bu³³.

如果心心相通，胜过打条牦牛。

ꌠꑣꇉꊐꀕ，ꃆꈬꑣꇇꈝꀁꌡ；

sɿ³³tʰa²¹ke¹³go²¹nʊ³³,mi³³tʊ⁵⁵ta³³dʑi³³tʰo¹³ma²¹sɿ⁵⁵;

一根柴是弯的，一炉火不好烧；

ꄜꑣꑌꀁꌣ，ꄜꑣꀘꊂꎧ。

tsʰʊ²¹tʰa²¹ʐʊ²¹ma²¹ŋe²¹,tsʰʊ²¹tʰa²¹pa³³ɕɪ²¹xɪ¹³.

一个人不正直，一群人受影响。

ꐚꉆꐚꄲꌭ，ꄡꊖꄷꄲꌭ。

dzu²¹he³³dzu³³du⁵⁵bo²¹,du⁵⁵dʑɿ²¹hɪ⁵⁵du³³bo²¹.

好饭有吃处，真话有说处。

ꇊꌕꇊ，ꈌꌕꈌ。
sʅ³³tʂʰʊ⁵⁵sʅ³³,kʰɑ³³tʂʰʊ⁵⁵kʰɑ³³.
跟智者智，跟勇者勇。

ꊰꃶꊰꂷꑭ，ꊰꌠꇬꄿꆏ。
tʂʰu²¹pʰu⁵⁵tʂʰu²¹mɑ²¹hɿ³³,tʂʰu²¹su³³lo³³du³³no³³.
遇亲而不言，亲别才后悔。

ꀕꑍꄜꋚꃶꈿꆏ，ꄂꑍꄜꋚꃶꃶꈿ。
bo²¹ȵɿ⁵⁵lɯ³³dzʅ³³mɑ²¹pʰu⁵⁵kɯ¹³nʊ³³,tʂʰu²¹ȵɿ⁵⁵lɯ³³dzʅ³³mɑ²¹pʰu⁵⁵mɑ²¹kɯ¹³.
两座山是不会相遇的，两人不会不相遇。

ꁧꇎꊪꃶꎷ，ꉬꎭꃘꄜꒌ。
ʐy³³zu³³dze³³mu³³dze³³,nu⁵⁵ʂɑ³³pʰu²¹ke³³pe⁵⁵.
老表骑骏马，彝汉让货物。

ꉐꎻꊈꈬꑗ，ꉐꀉꑌꄨꋦ。
ɣɑ³³mo²¹mi¹³tʰʊ⁵⁵vɑ³³,ɣɑ³³bɑ⁵⁵ɕɿ²¹du⁵⁵ndzʊ¹³.
母鸡在前扒，小鸡在后学。

ꌧꃤꈈꂷꉺ，ꆈꍈꉬꊰꆅ。
su³³ve⁵⁵kʰu³³mɑ²¹hu¹³,ŋdzʅ²¹ʂe⁵⁵tʊ²¹ɳɿ¹³ŋu³³.
不必劝客人，斟酒给他喝。

ꌠꑾꄷꌠꁖ，ꄮꊒꄸꂷꂷ。
so¹³he³³tɕɑ³³so¹³pʊ³³,tʰɑ²¹du²¹tɕi⁵⁵mɑ²¹pʰi³³.
将礼还礼，不值一钱。

ꇐꊒꁖ，ꋦꊒꁖ，ꎭꀕꊒꄜꌧꑾꋊ；
nɑ²¹tʰɑ²¹bu²¹,ŋʊ²¹tʰɑ²¹bu²¹,se²¹ndʊ²¹tʰɑ²¹mʊ²¹su³³ve⁵⁵zɑ¹³;
你一口，我一口，一个梨子待亲友；

世情事理

甲ᥤ囵，丙ᥤ囵，光邲ᥤ类罚由典。

na²¹tʰa²¹ʔo²¹,ŋʊ²¹tʰa²¹ʔo²¹,se²¹ndu²¹tʰa²¹kʰa³³va³³ma²¹lʊ¹³.

你一捧，我一捧，一筐梨子不够搂。

甬㘗弘网务，瓦丏爪卡㖞；

lu²¹gu²¹su¹³dʐɿ²¹bo²¹,mi³³tu¹³tsʰe²¹sɯ³³so²¹.

邻和舍和，取火好说。

四竖网由务，日凵㞷由双。

pʰu²¹kʰa³³dʐɿ²¹ma²¹bo²¹,tʰu¹³yo²¹nɿ³³ma²¹dʑy²¹.

寨邻不和，有银不乐。

㗋廿丏珍舟咽車大，廿罒弘㐆气罗由䚩。

ŋge³³du³³mi³³hɿ²¹tʂɿ¹³ʑy³³ʔo⁵⁵tʊ³³,du²¹na³³ndʑo¹³na³³pʰu⁵⁵tsu⁵⁵ma²¹ŋɯ²¹.

缝缝里来的风最冷，洞洞里看人最危险。

屶天又不天，㐌㐌己㓲天。

kʰʊ²¹do²¹dɯ⁵⁵lɯ⁵⁵do²¹,ʐʊ³³hɿ²¹li²¹tʰa²¹do²¹.

能争往外争，别往里边争。

纱用㖷由靯，啲弘洲屵己。

so¹³ʂu³³tʂʰɯ⁵⁵ma²¹bo²¹,tsa¹³su¹³bo²¹no³³li²¹.

山前人家断炊，山后人来接济。

㐌弘㐈由天，夺帝吖米丑。

ʐʊ³³ʐʊ³³ndzu³³ma²¹do²¹,ɬu⁵⁵tɕa³³ŋdʑy¹³ʐʊ³³mu³³.

人无主心骨，裤子当围腰。

屵霿牙由㥠，廿霿牙夂㓕。

ndu³³kʰa³³nʊ³³mo²¹ze³³,tʂa¹³kʰa³³nʊ³³zi²¹ne¹³.

难挖的个头大，难煮的汤水浓。

ᛚᛎᛍᛎᛊ，ᛍ田ᛎᛚᛚ。

bi²¹do²¹su⁵⁵do²¹hu³³,su⁵⁵ma²¹do²¹tʰɑ²¹bi²¹.

有始必须有终，无终不如无始。

ᚨᛰ車ᛡ丑ᛰᛰ田ᛥ，ᚨᛯᛤᛞᚲᛝ丑ᚾᛥ。

ʑi²¹de²¹ʔo⁵⁵tu³³mu³³ŋo³³ʐo²¹ma²¹ndzu³³,ʑi²¹mo²¹pʰu⁵⁵ɬi¹³tʂʊ¹³kɯ⁵⁵mu³³ndzu³³.

浑水摸鱼不算本事，逆水行舟才算功夫。

ᛊ田ᚲᛌ哞。

fe³³ma²¹pi¹³sɯ⁵⁵tʂ⁵⁵.

左边不行往右拐。

ᛝᚲᛑ盉ᚲ，ᛞᚲᛞᛞ送ᛘ。

so²¹va¹³lʊ³³be⁵⁵be³³,ʐʊ³³va¹³ndzʊ¹³zɪ³³gʊ¹³.

别人挑担轻飘飘，自己挑担压弯腰。

ᚫᚾᛞ田山，ᛐᚸᛞᛞ冊。

he³³lɯ⁵⁵dʐo²¹ma²¹ɣo²¹,go¹³li²¹hɪ²¹du³³pɪ¹³.

出门无出路，回来抠墙脚。

ᛟᛝ田ᛞᛡ田ᛞ，田ᛟ丑ᛞᛡᛝᛰᛙᛙ。

ndy⁵⁵go²¹ma²¹tsɯ¹³no⁵⁵ma²¹tʰʊ¹³,ma²¹ndy⁵⁵mu⁵⁵tsɯ¹³no⁵⁵tʰʊ¹³kʰɑ³³.

想了不做不成事，不想就做难成事。

ᛝ市丑ᛥᛝ田ᛰ田ᛎ，ᛝᚲᚦᛡᛝ田山田ᛎ。

tʰɑ²¹nɪ²¹mu³³bo²¹tʰɑ²¹lɯ²¹tʰɑ³³ma²¹do²¹,tʰɑ²¹tʂʰɯ²¹pʰe²¹du³³tʰɑ²¹lɯ²¹ndu³³ma²¹do²¹.

一天不能挖掉一座山，一锄不能挖成一口井。

ᛐ王田ᛡ田ᛎ，ᛡᛟ田ᛞ田ᛞ。

la¹³sɑ⁵⁵ma²¹de³³ma²¹he²¹,no⁵⁵tɕʰi¹³ma²¹tsɯ¹³ma²¹tʰʊ¹³.

锣不敲不响，事不做不成。

世情事理

201

ꀀꀁꀂ，ꀃꀄꀅ。

ndy⁵⁵tʰʊ⁵⁵le²¹,tsɯ¹³li²¹kʰa³³.

想来易，做来难。

ꀆꀇꀈꀉꀊ，ꀋꀌꀍꀎꀏ。

dze³³mu³³ŋɪ¹³ɳɖu³³tʰʊ⁵⁵,dʐo²¹ne³³vu³³ma²¹ndy⁵⁵.

骏马扬蹄的时候，从来没有想过路的遥远。

ꀐꀑꀒꀓꀔ，ꀕꀖꀗꀘꀙ；ꀚꀛꀜꀝꀞ，ꀟꀠꀡꀢꀣ。

dze³³mu³³tsu⁵⁵ma²¹tsu⁵⁵,dʐo²¹gu²¹ndʐo²¹ʔo⁵⁵nɪ¹³;bu²¹dzu³³kʰa³³ma²¹kʰa³³,gu²¹pa³³fu³³ʔo⁵⁵nɪ¹³.

骏马的功夫在转弯，勇士的本领在冲杀。

ꀤꀥꀦꀧꀨ，ꀩꀪꀫꀬꀭ。

hɪ²¹pu²¹mi³³kʰe³³hɪ⁵⁵,lʊ²¹pʊ²¹nɪ¹³du³³tʂ̩³³.

嘴里尽说天上事，耳朵陷在泥坑里。

ꀮꀯꀰꀱꀲ，ꀳꀴꀵꀶꀷ。

mu³³ɣo¹³kʰʊ²¹su¹³ɣo²¹,tɕʰi¹³tʰʊ¹³tʂe⁵⁵su¹³ma²¹ɣo²¹.

有人套马鞍，无人套马镫。

ꀸꀹꀺꀻꀼꀽꀾ，ꀿꁀꁁꁂꁃꁄꁅ。

mu³³dzɯ³³mu³³ʂ̩¹³hu³³tsu¹³ɣo²¹,mu³³ɕi¹³kʰa³³tɕʰo³³bi⁵⁵su¹³ma²¹ɣo²¹.

骏马活时有人添草料，骏马死后无人背草箩。

ꁆꁇꁈꁉꁊꁋ，ꁌꁍꁎꁏꁐꁑ。

mi³³fe²¹dzu²¹ʔo⁵⁵ma²¹ɖu³³,he¹³tsu¹³no⁵⁵ʔo⁵⁵ma²¹ɖu³³.

天旱庄稼遭殃，蛮干做事倒霉。

ꁒꁓꁔꁕꁖꁗ，ꁘꁙꁚꁛꁜꁝ。

zi²¹ndza³³lʊ³³tʰʊ²¹du²¹,bi²¹zʊ⁵⁵sɪ³³tʰʊ²¹gu⁵⁵.

滴水可穿石，蚂蚁抠空树。

卢比数·谚语篇

ꛃꛈꀊꇌꇈ，ꊈꇌꎃꀠꀊ。

mi¹³vu³³lɯ⁵⁵n̠ɯ⁵⁵ŋga¹³,ze⁵⁵n̠ɯ⁵⁵hɿ²¹bu³³tʂʊ¹³.

远道去打猎，猎物却在旁边转。

ꃱꏂꇌꇈꃅꀠꂱ，ꄮꏂꇌꇈꐥꀠꇖ。

tʰa²¹ze²¹n̠ɯ⁵⁵ŋga¹³fu¹³ma²¹do²¹,n̠ɿ⁵⁵ze²¹n̠ɯ⁵⁵ŋga¹³tʂʰʊ⁵⁵ma²¹bo²¹.

首次猎物分不均，二次打猎无人跟。

ꍈꎭꑘꀠꄜꍈꆹꌺ。

ʐʊ²¹ʐʊ²¹mu³³lʊ³³ta³³ʐʊ²¹tɕʰi¹³ti¹³.

自己抱起石头砸自己的脚。

ꆹꊿꄷꏂꑘ，ꐛꈍꀜꇴꅪ。

tɕʰi¹³tʰʊ⁵⁵ɬi¹³n̠ɿ⁵⁵dzɯ³³,ɬi¹³zʯ²¹zi²¹le⁵⁵he⁵⁵.

一只脚踩一条船，两船分离落水中。

ꑟꑘꈌꁨꉬ，ꑟꄞꇷꀠꀏ。

ɣa³³mo²¹ndo⁵⁵dzʯ⁵⁵nʊ³³,ɣa³³dzu²¹dʊ³³ma²¹no³³.

只要母鸡肯生蛋，多撒鸡食不可惜。

ꍈꎭꇐꄜꀠꇴꉬ，ꑫꃤꀜꄧꏓꄯꇨ。

ʐʊ²¹ʐʊ²¹no⁵⁵tʰʊ²¹ma²¹do²¹nʊ³³,ʐʅ³³tɕi⁵⁵ʔu³³tsʰʊ³³nʊ²¹çi¹³xo³³.

人若无主意，尿都胀死人。

ꉡꃅꀠꉬꐎ，ꃶꃅꑟꐗꐎ。

hɿ¹³tʰʊ⁵⁵lʊ³³vu³³ndzʯ⁵⁵,mbʊ³³tʰʊ⁵⁵tʊ¹³mu³³ndzʯ⁵⁵.

饿嫌推磨，饱嫌吹火。

ꆅꍧꊩꀠꐎ，ꆅꑭꌦꑬꑘ。

ndy⁵⁵dzʐ̩³³xɯ⁵⁵ma²¹do²¹,ndy⁵⁵lo³³tsɯ¹³lo³³mu³³.

不要只会想，边想要边干。

ꄷꐯꆏꀊꉬ，ꄷꑽꆏꀊꆈ。

γa³³mi²¹tʰa²¹ʑe²¹tʂɿ³³,γa³³ka⁵⁵tʰa²¹ʑe²¹ʔe²¹.

扯一次鸡毛，就使鸡叫一次。

ꆈꈌꇯꈌꁌ，ꂿꆏꇯꆏꁌ。

no⁵⁵ka¹³ŋdʐɯ³³ka¹³pʊ³³,mbu³³nɿ¹³ŋdʐɯ³³nɿ¹³pʊ³³.

事情断错了重断，衣服缝错了重缝。

ꑼꑽꋓ，ꊪꃀꊨ。

hɿ²¹pu²¹tʂʰu¹³,dʑo²¹ma²¹tʂʊ¹³.

嘴巴甜，不绕路。

ꂵꄨꆿꆿꊦ，ꑍꁱꂾꄮꅉ；ꊪꒈꆿꆿꉻ，ꂷꄷꉻꄮꅉ。

mi³³tʊ¹³li³³li³³tʂe⁵⁵,ȵy³³me⁵⁵tʂa¹³ȵɖe²¹do²¹;dʑo²¹γo²¹li³³li³³hɿ⁵⁵,ma²¹du³³hɿ⁵⁵du³³do²¹.

柴火悠悠烧，炖熟老牛肉；有理慢慢讲，能服老古板。

ꍏꊈꋅꊈꆠꂷꏜ，ꂷꁌꉻꄞꆠꇯꐝ。

tʂʰɿ¹³bu³³lu³³bu³³so²¹ma²¹dʑo³³,mba⁵⁵mi⁵⁵ʔa³³ʐɯ⁵⁵so²¹nɿ³³dʑy²¹.

装腔作势人不惧，轻言慢语动人心。

ꄻꉻꄻꂷꂿꀐ，ꌋꇁꑌꇯꐰꒉ。

du⁵⁵hɿ⁵⁵du⁵⁵mba³³no³³so²¹,zi²¹le⁵⁵tʂʰɿ³³go²¹sɯ⁵⁵dʑa³³.

话说得清白准确，恰似水洗过一样。

ꋒꑍꄻꌳꀐ，ꋊꑍꅈꆅꉻ。

tʂʰʊ⁵⁵tɕʊ⁵⁵du⁵⁵tʰa²¹ŋgɿ³³,gu²¹tɕʊ⁵⁵dʑʅ²¹tʰa²¹hɿ⁵⁵.

朋友面前不说假话，敌人面前莫吐真言。

ꄜꑟꁱꇯꇿꂿ，ꄻꇪꁱꌺꇿꉻ。

ŋdʑʅ²¹ne¹³tɕa³³so²¹tʂʰu²¹tʊ²¹,du⁵⁵tsu⁵⁵tɕa³³ʐʊ²¹tʂʰu²¹hɿ⁵⁵.

好酒给人家亲戚喝，好话给自己亲戚讲。

ꀋꈎꂾꋭꉙꃷ，ꌦꈎꂾꋭꉙꍠ。
du⁵⁵ma²¹ne¹³tɕi⁵⁵hɹ⁵⁵,dzu²¹ma²¹ne¹³tɕi⁵⁵dzu³³.

不中听的话先讲，不好吃的饭先吃。

ꀂꃷꍩꃷ꒜，ꍣꀑꋬꈈꆺ。
po³³hɹ⁵⁵tʂʊ¹³hɹ⁵⁵mu³³,tʂa³³ŋʊ²¹va¹³tɕʰi¹³lɹ³³.

七拉八扯说不清，恰如绳子缠猪脚。

ꊈꄨꍟꈨꎆ，ꈌꌦꆏꄟꈌ；ꀑꃷꀋꈎꈫ，ꈜꈨꉙꀕꈜ。
tsʰʑ²¹ti¹³tsʰu²¹ma²¹na³³,kʰe³³dzu²¹tʰa²¹bo²¹du³³;du⁵⁵hɹ⁵⁵du⁵⁵ma²¹ndzo²¹,gɹ³³gʊ²¹so²¹nɹ³³gɹ³³.

碾谷不小心，糠米碾成堆；说话不盖话，得罪众乡邻。

ꍏꈨꉙꌧꆈꃘ，ꍏꇖꉙꌦꆈꈉ。
dʐo²¹dze³³so¹³tɕʊ⁵⁵tʰa²¹tsɹ¹³,dʐo²¹ɣo²¹so¹³hɹ²¹tʰa²¹tɕi²¹.

无理莫跟人争，有理不怕人说。

ꆿꎔꆚꄉꈉ，ꌛꎔꌌꂷꈉ。
ɬu¹³ʂe¹³no⁵⁵ku³³no³³,su⁵⁵ʂe¹³ʑi¹³ma⁵⁵no³³.

舌长事多，夜长梦多。

ꃀꉙꁮꈉ，ꌤꂾꆿꎔ。
mo²¹hɹ³³pu³³no³³,zu³³me³³ɬu¹³ʂe¹³.

母亲嘴多，子女舌长。

ꄯꆀꇬꐎꈨꀑ，ꀑꌦꇬꁮꂾꄷ。
pʰɹ¹³ti⁵⁵go²¹lɹ³³ma²¹pi¹³,du⁵⁵hɹ⁵⁵go²¹pu³³ma²¹do²¹.

吐出的口水吸不回，说出的话语收不回。

ꃘꄞꇬꃘꋭꀑ，ꀑꌦꇬꁮꂾꀑ。
mu³³ɖɯ⁵⁵go¹³mu³³ʐo²¹pi¹³,du⁵⁵hɹ⁵⁵go¹³pu³³ma²¹pi¹³.

骏马脱缰尚可套，话说漏嘴收不回。

�541 ㄞㄓ ㄨㄓ ㄓㄨㄓ，ㄓㄨㄓㄈㄨㄓㄇㄓ。

hɿ⁵⁵ŋdʑu³³tsu¹³ŋdʑu³³ma²¹tɕi²¹,ŋdʑu³³du³³ʑa¹³du³³ma²¹se⁵⁵tɕi²¹.

不怕言行错，只怕不知错。

ㄨㄗㄊㄍㄓ，ㄨㄗㄈㄓㄈㄓ。

dʐɿ³³bu³³nɿ²¹tʰu⁵⁵tʰa³³ma²¹tɕi²¹,dʐɿ³³no³³lu⁵⁵tɕʰa¹³no³³tʰu⁵⁵tɕi²¹.

不怕当面争红脸，就怕背后放冷箭。

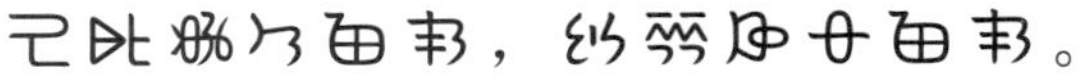

ㄓㄊㄓㄨㄓ，ㄈㄓㄈㄓ。

tɕʰi¹³pa¹³tʂa³³tɕʰy¹³ma²¹ly¹³,so²¹xɿ¹³du⁵⁵no³³ma²¹ly¹³.

绊人的绳不在粗，害人的话不在多。

ㄓㄊㄓㄈㄓ，ㄈㄓㄨㄓㄓ。

mi¹³mi⁵⁵tsʊ²¹kʰɯ³³tɕʰy⁵⁵pi¹³,tʰu¹³ʂe¹³tsʰʊ²¹kʰɯ³³ndɯ²¹ma²¹do²¹.

泥巴封得住坛口，金银封不住人口。

ㄓㄊㄓ，ㄈㄓㄓ。

dzo²¹ʂe¹³su³³ŋdʐo⁵⁵,du⁵⁵no³³no¹³ŋdʐo⁵⁵.

路远不愿走，话长无人听。

ㄈㄓㄓㄨㄓ。

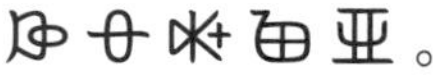

du⁵⁵no³³tʂʰɯ⁵⁵ma²¹ndɯ²¹.

话多不抵饭。

ㄓㄈㄓㄓㄈ，ㄈㄓㄓㄈ。

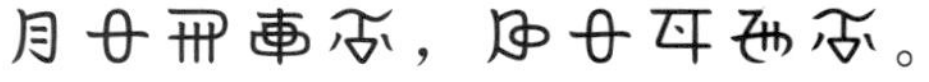

dzu³³no³³ɣo¹³ʔo⁵⁵tɕʰy³³,du⁵⁵no³³nʊ³³ʑu²¹tɕʰy³³.

吃多伤胃，话多伤人。

ㄓㄈㄓㄈㄓ，ㄈㄈㄓㄈㄓ。

dzu²¹dze³³so²¹ɣʊ¹³pʰu²¹,du⁵⁵ŋgɿ³³so²¹nɿ³³tɕʰi⁵⁵.

生饭吃了胀肚，假话说了气人。

ꉎꊂꆈꊂ，ꉪꀕꐛꁙꃀꅐ。
tʰʊ³³hɪ⁵⁵nɑ⁵⁵hɪ⁵⁵,hɪ⁵⁵vɑ¹³dzu²¹zi²¹ʔo⁵⁵tɕʰʊ¹³.
说这又说那，说进猪潲水。

ꌟꊂꌟꀿ，ꌟꀍꌟꅤ。
ʐʊ²¹hɪ⁵⁵ʐʊ²¹ʔʊ³³,ʐʊ²¹pʰɪ¹³ʐʊ²¹ndʊ²¹.
自问自答，自吐自吞。

ꅉꏾꀃꐨꅐ，ꅉꅐꂬꐨꅐ。
du²¹di¹³dʊu²¹ʂu³³kɯ¹³,du⁵⁵dzʐ²¹no³³ʂu³³kɯ¹³.
长翅膀未必飞得高，说真话未必都中听。

ꑳꇉꇖꃀꁨꅝꐳꑇ，ꅐꊂꌺꀋꃀꊿꐳꅔ。
zi²¹gɯ⁵⁵lu⁵⁵mɑ²¹pʰɪ³³nʊ³³ʂu³³he¹³,du⁵⁵hɪ⁵⁵so²¹tʰʊ⁵⁵mɑ²¹nɪ¹³ʂu³³dɯ³³.
蹚水不卷裤脚是莽夫，说话不摸底细是傻子。

ꀋꁌꃀꄙꐳꁧꒉꀕꃀꄻ，ꐍꊪꊯꊲꒉꄻꃀꄻ。
ʔi⁵⁵bɑ⁵⁵mɑ²¹tʰɯ⁵⁵ʂu³³ve⁵⁵ɣo³³zɑ¹³mɑ²¹do²¹,tɕi³³tɕi³³dʐɑ³³dʐɑ³³ɣo²¹ge²¹mɑ²¹do²¹.
斤斤计较待不好客人，叽叽喳喳说不明道理。

ꌠꄝꃀꈎꅝ，ꌟꄝꌠꃀꐏ。
so²¹zu³³mɑ²¹ku⁵⁵nʊ³³,ʐʊ²¹zu³³so²¹mɑ²¹ndʐo³³.
不爱护人家的儿子，自己的儿子没人爱。

ꅝꎒꇓꃮ，ꄌꒉꇓꅉ，ꅐꈪꇓꇂ。
du³³ʂe¹³xɯ⁵⁵vi³³,tɕʰɪ¹³bu³³xɯ³³dʐɛ²¹,se²¹pʰu³³xɯ⁵⁵nɪ³³.
黄蜂的刺，老虎的牙，主子的心。

ꋧꁮꋧꄮꍆꀉꅉꀉꊂ，ꎆꎪꇬꅐꐳꇮꅉ。
tsʰʊ²¹bu³³tsʰʊ²¹dɯ⁵⁵pu¹³mo⁵⁵kʰɯ⁵⁵kʊ³³du³³,sʐ⁵⁵ʂu³³li²¹nʊ³³ʂu³³ŋe²¹kʰɯ³³.
鬼神出于布摩口，妖魔来自苏尼嘴。

ꀀꀀꀀꀀꀀꀀ, ꀀꀀꀀꀀꀀꀀ。

huʊ²¹n̩dzi³³dze¹³nʊ³³su³³ŋe²¹,huʊ²¹zy³³tʂhu³³nʊ²¹puˡ³mo⁵⁵.

敲羊皮鼓的是苏尼, 烧羊骨头的是布摩。

ꀀꀀꀀꀀ, ꀀꀀꀀꀀ。

duɯ²¹gu³³du⁵⁵no³³,su³³ŋe²¹tʂhʊ²¹bu³³no³³.

德古的话多, 苏尼的鬼多。

ꀀꀀꀀꀀꀀꀀ, ꀀꀀꀀꀀꀀꀀ。

ʔa³³ŋa⁵⁵du⁵⁵hɪ⁵⁵thʊ²¹ma²¹tsha³³,mu³³ba⁵⁵dʑo²¹suɯ³³nʊ³³ma²¹ŋe²¹.

小孩说话不周到, 马驹走路欠稳当。

ꀀꀀꀀ, ꀀꀀꀀꀀꀀ;ꀀꀀꀀꀀ, ꀀꀀꀀꀀꀀ。

no⁵⁵tsuɯ¹³kuɯ¹³,tʂhʊ²¹phu²¹tʂhʊ⁵⁵no⁵⁵he³³tsuɯ¹³;no⁵⁵tsuɯ¹³ma²¹kuɯ¹³,tʂhʊ²¹phu²¹tʂhʊ⁵⁵no⁵⁵ɖa³³tsuɯ¹³.

会做事, 给众人办好事; 不会做事, 给众人办坏事。

ꀀꀀꀀꀀꀀ, ꀀꀀꀀꀀꀀ;ꀀꀀꀀꀀꀀ, ꀀꀀꀀꀀꀀ。

mi³³khe⁵⁵duɯ²¹xuɯ⁵⁵ta¹³,nɪ³³tha²¹mu¹³duɯ⁵⁵yo²¹;mi¹³thʊ⁵⁵du⁵⁵ʂe¹³tsɿ⁵⁵,ɕɪ²¹nɪ³³tha²¹mu¹³yo²¹.

天上飞的雄鹰, 只有一颗心; 地上飞的黄雀, 也有一颗心。

ꀀꀀꀀꀀꀀꀀ, ꀀꀀꀀꀀꀀ;

vu³³na³³kʊ³³lʊ³³ma²¹du⁵⁵,ze¹³nʊ³³no⁵⁵na³³lɯ⁵⁵;

力气使不到点子上, 再大也枉费;

ꀀꀀꀀꀀꀀꀀꀀ, ꀀꀀꀀꀀꀀꀀ。

du⁵⁵hɪ⁵⁵du⁵⁵nɪ³³kʊ³³ma²¹ka²¹,hɪ⁵⁵no³³nʊ³³ma²¹hɪ⁵⁵suɯ⁵⁵dʑa³³.

话说不到心坎上, 再多也白说。

ꀀꀀꀀꀀꀀꀀꀀꀀ, ꀀꀀꀀꀀꀀꀀꀀ。

tsɿ⁵⁵bo²¹xuɯ⁵⁵nʊ³³tha²¹ʂe¹³ma²¹ŋuɯ²¹,du⁵⁵dʑʑ²¹ʂe¹³ŋu³³nʊ³³tʊ¹³ze³³kuɯ¹³.

闪光的不一定是金子, 金子确实要放射光芒。

ᚃᚆᚁᚁᚃᚁᚃᚁᚃᚁ，ᚃᚁᚃᚁᚃᚁᚃᚁᚃᚁᚃ。

du⁵⁵ʐe³³hɪ³³xɯ⁵⁵tsʰʊ²¹tʰa²¹dʐʅ³³fe¹³nʊ³³ma²¹ɣo²¹,fe¹³nʊ³³ɣo²¹xɯ⁵⁵tsʰʊ²¹du⁵⁵ʐe³³ma²¹hɪ⁵⁵.

说大话的人不一定有本事，有本事的人不一定说大话。

ᚃᚁᚃᚁᚃ，ᚃᚁᚃᚁᚃ。

tɕi⁵⁵na³³kɯ¹³ma²¹kɯ¹³,du⁵⁵na³³tsu⁵⁵ma²¹tsu⁵⁵.

先看会不会，后看精不精。

ᚃᚁᚃᚁᚃᚁ，ᚃᚁᚃᚁᚃ。

no¹³zʊ²¹xɯ⁵⁵lɯ²¹lɯ⁵⁵ma²¹se⁵⁵,ɣo²¹hʊ²¹xɯ⁵⁵lɯ²¹lɯ⁵⁵ma²¹kɯ¹³.

听到的不一定都懂，看到的不一定都会。

ᚃᚁᚃᚁᚃᚁᚃᚁᚃ，ᚃᚁᚃᚁᚃᚁᚃ。

tʂa¹³no³³hɯ⁵⁵vu⁵⁵ʑi³³ne¹³ŋo⁵⁵ma²¹ɣo¹³,pu¹³hɪ⁵⁵tʂʊ¹³hɪ⁵⁵du⁵⁵nʊ¹³no¹³ma²¹so²¹.

重复熬的汤不鲜，重复说的话难听。

ᚃᚁᚃᚁᚃᚁᚃ，ᚃᚁᚃᚁᚃᚁᚃ。

ze⁵⁵ʂʅ³³pʊ³³tʂa¹³nʊ³³ma²¹ne¹³,du⁵⁵ŋe²¹hɪ⁵⁵no³³nʊ³³ma²¹dʐʅ²¹.

野草再煮也不香，假话再说也不真。

ᚃᚁᚃᚁᚃ，ᚃᚁᚃᚁᚃ。

sɯ³³kʰʊ¹³no⁵⁵ma²¹mu²¹,sɪ³³tʂʰu³³la¹³ŋɯ³³ŋɯ³³.

三年不干活，折树枝手生。

ᚃᚁᚃᚁᚃ，ᚃᚁᚃᚁᚃ。

sɪ³³mo⁵⁵li²¹tʂʰʊ²¹no³³,tsʰʊ²¹mo⁵⁵li²¹du⁵⁵no³³.

树老了根多，人老了话多。

ᚃᚁᚃᚁᚃᚁ，ᚃᚁᚃᚁᚃ。

so²¹ʐe⁵⁵nɪ³³zʊ²¹hɪ⁵⁵,zʊ²¹ʐe²¹nɪ³³so²¹mba³³.

他人的事我来说，我的事他人来说。

he²¹tsʰʅ³³gu²¹pa³³no²¹ŋgu²¹kʰa³³,he³³du⁵⁵su³³du³³kʰɯ³³no³³kʰa³³.

好药难治冤孽病，好话难劝糊涂虫。

du⁵⁵dʑa³³no¹³nɪ³³tʂʰɪ¹³,tʂʰɪ¹³dʑu²¹dʑu³³ɣʊ¹³pʰu²¹.

听凉话心冷，吃冷饭胀肚。

bo²¹nde³³du⁵⁵hɪ⁵⁵nʊ³³,vu⁵⁵ŋa³³li²¹ɣo²¹dʐo³³;hɪ²¹kʊ¹³du⁵⁵mba³³nʊ³³,kʊ¹³lʊ⁵⁵li²¹ɣo²¹dʐo³³.

山上说的话，被雀鸟听到；家中说的话，被锅桩听见。

mo⁵⁵su¹³hɪ¹³ma⁵⁵dʑu²¹,su³³ve⁵⁵za¹³ma²¹kɯ¹³.

老人不在家，不会招待客。

ve⁵⁵kʰɯ³³hɪ⁵⁵ma²¹hu¹³,ke³³pa³³ke³³tʰa²¹gu⁵⁵.

留客不用说，杯盘别空着。

mu³³dze³³dʐo²¹ʂe¹³ŋa¹³,mo⁵⁵hʊ²¹tɕo¹³mu³³za¹³.

骑马赶长途，遇老人快下马。

ma²¹tʊ²¹ma²¹la³³mbu¹³tʰa²¹nɪ¹³,ma²¹ndy⁵⁵ma²¹bo²¹du⁵⁵tʰa²¹hɪ⁵⁵.

不经测量莫缝衣，未经思考别说话。

du⁵⁵hɪ⁵⁵mo²¹tʰa²¹ʑe³³,ʔa²¹lo⁵⁵du⁵⁵gu³³su¹³ma⁵⁵de³³.

不要说大话，恐怕日后不如人。

ⵙⵚ丑ⵙ𖼦万，⊟彐⊟ⵙ𖼦万。

ndʑɪ³³no³³mu³³tʰa²¹dʑu²¹ze³³,tsʰo²¹tsʰo²¹ tsʰo²¹tʰa²¹dʑu²¹ze³³.

清清闲闲也过一辈子，忙忙碌碌也过一辈子。

ⵀ万双乃屮，ⵀ万ⵙⵄ巴屮，ⴱ万囨日屮，万ⵜ万田屮。

ŋa³³ʔa⁵⁵ze⁵⁵dʐy³³ndzo³³,hʋ²¹ʔa⁵⁵ʂ̍³³ndi²¹ndzo³³,ŋo³³ʔa⁵⁵xu²¹tʰu¹³ndzo³³,ʔa³³ŋa⁵⁵ʔa³³ma³³ndzo³³.

鸟儿爱树林，羊儿爱草坪，鱼儿爱草海，娃儿爱亲娘。

ⵤ卄田ⵞ彐田ナ，彐卄田而𖼦田ⵤ？

bo²¹da⁵⁵lɯ³³nde³³sɪ³³ma²¹dʐ̩³³,sɪ³³da⁵⁵lɯ³³kʰe⁵⁵tʰu³³ma²¹be²¹?

哪座山上不折树，哪棵树上不落叶？

ⵤ毗忍，ⵔ双ⴺ甲田弓；半ⵃ旺，考ⵞ逆ⵁ田弓。

bo²¹tɕʊ²¹mu³³,ɲɪ²¹dʑi²¹tɕʰy⁵⁵tu³³ma²¹do²¹;ny³³vu³³di¹³,tɕʰi³³ɕɪ¹³zɪ¹³ma²¹do²¹.

山虽高，挡不住太阳；牛力大，压不死跳蚤。

电凶典ⵥ牙，ⵏ𖽀ⵤ凸彡。

tsʰʊ³³nɪ³³lʊ¹³kɯ¹³nʊ³³,ʐi²¹tsɪ¹³bo²¹sɯ⁵⁵dʐa³³.

想要人心足，除非水会堆成山。

用ⵣ牙凸凧，凸ⵣ牙ⵙ弓凧。

ʂu³³so¹³nʊ³³mbʊ³³ndy⁵⁵,mbʊ³³so¹³me¹³dɯ³³ndy⁵⁵.

穷人想富裕，富人想名声。

万孖牙ⵙ尢古𖾔，卅旳牙ⵙ田古屮。

tsʰʊ⁵⁵ze²¹nʊ³³tʰa²¹hu²¹tɕi⁵⁵ne³³,ŋgɯ²¹pa³³nʊ³³tʰa²¹lɯ³³tɕi⁵⁵no³³.

朋友百人还嫌少，仇敌一个也嫌多。

舟元ⵥ万ⵢ古带，凸元⊟万ⵢ书。

tsʰɪ³³ɲɪ³³hɪ¹³ʔa²¹su³³tɕi⁵⁵dʑʊ³³,mbʊ³³ɲɪ³³tsʰo²¹ʔa²¹su³³tɕi⁵⁵ly²¹.

冷与饿任谁都怕，暖与饱任谁都想。

世情事理

眺叭狐ぃ匀田，狁叭匀ぃ匀田。

tʂʰʅ³³ndʐɿ³³bo²¹tʰa²¹lɯ³³,be⁵⁵ndʐɿ³³ʑi²¹tʰa²¹lɯ³³.

麂同欢在一座山，鸭同游在一塘水。

芎粣卅山岢，田帯子田五。

ʈa¹³mo⁵⁵ɣa³³ɣo³³hʊ²¹,ma²¹tɕa³³dɯ⁵⁵ma²¹dʐʅ²¹.

老鹰见小鸡，不可能不抓。

並岢旣山岢，田悉子田籵。

ʑɿ¹³pʰe³³tʂʰɿ¹³ɣo³³hʊ²¹,ma²¹kʰɿ³³dɯ⁵⁵ma²¹ku¹³.

豺狼见小羊，不可能不咬。

芎屮卅万艻，㞞屮匀万艻。

ʈa¹³nɿ³³ɣa³³tʂʰʊ⁵⁵dʐʊ²¹,dɯ³³nɿ³³hʊ²¹tʂʰʊ⁵⁵dʐʊ²¹.

鹰心跟着鸡飞，狐心跟着羊转。

卅亡岢万鸟田籵，卅ㄅ卅岇ㅕ田籵。

ɣa²¹mo²¹bi²¹ʔa⁵⁵di¹³ma²¹ku¹³,ɣa²¹pi³³ɣa³³ndʊ⁵⁵ndʊ⁵⁵ma²¹ku¹³.

母鸡不会生距，公鸡不会下蛋。

卅鼤屮，竺夵罗田乒；冂砇屮，毛ㄅ凸田乒。

ɣa³³tɕʰi³³no³³,mi¹³hu¹³tsu⁵⁵ma²¹do²¹;dʐɯ³³xo³³no³³,hɿ²¹ɕi²¹mbʊ³³ma²¹do²¹.

鸡粪多，肥不了地；彩礼多，富不了家。

卅岇田矤，㣺杰田卅；ㅕ屌田籵，匕乊田半。

ɣa³³ndo⁵⁵ma²¹ge³³,hʊ²¹mi³³ma²¹da³³;sɿ¹³tʂʰʊ⁵⁵ma²¹ʂe³³,mi²¹nu¹³ma²¹nu³³.

鸡蛋没裂缝，苍蝇不会爬；木板无裂口，野草不会生。

吶肃疏田ㄖ，岢ㄖ夵歨己？

mo²¹kʰe²¹tsʰʅ³³ma²¹ʈʰu¹³,mbu³³ʈʰu¹³kʰɯ²¹dɯ³³li³³?

麻线不洗白，白衣何处来？

ꊿꎔꆈꌠ，ꊿꆈꌠꆈ。
dʐo²¹ɬy¹³ma²¹tɕʰy⁵⁵,dʐo²¹xɿ¹³pʰu²¹kʰa³³.
旧路不堵，新路难开。

ꊿꆈꀕꑘꉐꐒ，ꀕꆈꇐꌺꀕꀉ。
dʐa³³ma²¹me²¹ɣʊ¹³pu³³pʰu²¹,du⁵⁵ma²¹dʐʅ²¹so²¹nɿ³³tɕi⁵⁵.
饭不熟吃了肚皮胀，话不真听了就寒心。

ꆈꀕꀕꆈꑘ，ꑘꀕꀕꆈꆈ。
lu³³ɕi¹³zi²¹ma²¹fe²¹,lu⁵⁵ɕi¹³ze⁵⁵ma²¹tʰe¹³.
龙死海不干，虎死箐不跑。

ꆈꌠꌺꀕꆈꆈꀕꆈꁯ，ꀕꌠꆈꁯꆈꀕꆈꁯ。
nʊ¹³mo⁵⁵sɿ³³mu³³lʊ³³mu³³xa¹³ma²¹do²¹,tsʰʊ³³mo⁵⁵tʂʰɯ⁵⁵no⁵⁵tʂʰɯ²¹no⁵⁵ʈʰu²¹ma²¹do²¹.
猴老摘不了山货果子，人老管不了早饭晚饭。

ꀉꀕꆈꌠꑘ，ꀕꆈꆈꆈꀕ。
ʔa³³ŋɿ¹³kʰʊ²¹he³³he³³,ʐʊ²¹mo²¹lʊ³³ma²¹de⁵⁵.
婆婆千般好，不如为娘亲。

ꀉꆈꀕꆈꀕ，ꀕꆈꀕꆈꀕ。
ʔa²¹me³³ɣo²¹tɕi⁵⁵hu¹³,dʐɯ³³mu³³ɣo²¹ʈʰɯ⁵⁵hu¹³.
有女儿要嫁，有牲口要放。

ꀕꆈꌠꀕꆈꀕꆈ，ꀕꆈꆈꌠꆈꆈꀕ。
be⁵⁵ŋo²¹tɕʰi¹³pu³³dʐʅ³³la³³dʐɛ⁵⁵,ʔa³³ɕi⁵⁵xɯ⁵⁵no³³tʂʰu²¹ŋɯ³³ɕi³³.
鸭鹅脚板连着的，我们还在是亲戚。

ꀕꆈꌠꆈꀕ，ꆈꆈꀕꆈꑘ。
tsʰʊ²¹ɕi¹³nɿ³³ma²¹ɕi¹³,hɿ⁵⁵ɕi¹³ŋo²¹ma²¹ndʐɛ²¹.
人死心不死，说死我不信。

世情事理

213

te¹³tsu⁵⁵ŋɡʊ²¹kʰɯ³³dʑʊ³³,tʂʰu²¹tsu⁵⁵mi¹³vu³³dʑʊ³³.

好田在门口，好事在远方。

ɣa³³na³³bo²¹no³³ma²¹hʊ²¹,va¹³na³³mi³³ɡu²¹ma²¹hʊ²¹.

鸡眼看不见山后，猪眼看不见蓝天。

fa¹³hɿ¹³pu²¹ma²¹ɣo²¹fa²¹tʰu¹³du⁵⁵hɿ⁵⁵kɯ¹³,mi³³hɿ³³tɕʰi¹³ma²¹ɣo²¹mi³³hɿ³³dʐo²¹sɯ³³kɯ¹³.

白岩无嘴会讲话，旋风无腿闯天下。

kʊ⁵⁵mo²¹be⁵⁵fu³³tʂa¹³,hɿ¹³pu²¹kʰa³³pie¹³ɕi³³.

砂罐炖鸭肉，嘴壳硬得很。

xɯ²¹dzɯ⁵⁵mu³³kʰo²¹tʰa¹³,tʂɿ³³di²¹kʊ³³di²¹li³³.

铁钉钉马掌，硬铮铮地来。

fu³³mbʊ³³xɯ²¹pʰu³³ma²¹de²¹,dʑa³³mbʊ³³lʊ³³di³³ma²¹de²¹.

肉饱铁锅不满，饭饱碗也不满。

ȵdʑɿ³³ȵdʑo³³ʑe²¹ȵdʑo²¹,nʊ¹³ȵɿ⁵⁵lɯ³³hu¹³;ndu²¹ȵdʑo³³de³³ȵdʑo³³,me⁵⁵ȵɿ⁵⁵lɯ³³tʰɯ⁵⁵.

想玩想笑，养两只猴子；想打想闹，娶两个妻子。

tɕʊ³³lʊ³³pi¹³me⁵⁵ʂu³³,ʂe¹³xɯ⁵⁵ȵɿ²¹ha³³du⁵⁵tʂʊ³³dʑʊ³³.

公箐鸡尾巴，长的日子在后头。

罴丏彡一弡己，此丏毕彣丷。

dʑi²¹dʊ³³sɿ³³kʰa³³tɕʰi³³,ɖʊ²¹ze³³ʂe¹³pie¹³çɿ³³.

日出青杠下，日子长得很。

丏坕鸟丷，电坕彳丷。

mi³³nʊ³³na³³ɣo²¹,tsʰʊ²¹nʊ³³dɯ³³ɣo²¹.

天会起乌云，人会犯错误。

丷坕气弡亡糕，屮双屮臼俪丷。

mi¹³se²¹pʰu³³hɿ²¹mo²¹tʂʰɯ³³,nɿ³³dʑy²¹nɿ³³ba³³xu⁵⁵tɕi⁵⁵ɣo²¹.

地主家的房被烧，有人欢喜有人愁。

彑彴 呂弡卬元，电几 呂弡罴。

mu³³ka³³tsʰa³³ʂo¹³pi¹³nɿ³³,tsʰʊ³³se⁵⁵tsʰa³³ʂo¹³kʰa⁵⁵.

全身花马或可找，万事通的人难找。

丏砬呐屾孖，屮炎呐泫丷；干砬丏彡孖，灵罗己屮孖。

mi³³nde⁵⁵ŋa³³ɖʊ²¹ndʐo²¹,mi¹³tʰʊ⁵⁵ŋa³³zɿ³³ɣo²¹;fa¹³nde⁵⁵mi³³hɿ³³dʐo²¹,lʊ²¹pʊ¹³li²¹tɕʰo³³ndʐo³³.

天空鸟飞过，地上留影子；岩上风刮过，耳边有响声。

彑屮忄田屮，电屮屮田屮。

mu³³sɯ⁵⁵kʰo²¹ma²¹sɯ⁵⁵,tsʰʊ³³sɯ⁵⁵nɿ³³ma²¹sɯ⁵⁵.

马同蹄不同，人同心不同。

彑罴己凪毕，半罴丏卅冈。

mu³³mo⁵⁵hɿ¹³kʰɯ³³ʂe¹³,ȵy³³mo⁵⁵tɕʰy¹³dʐo³³tsʰe¹³.

马老嘴皮长，牛老角根细。

彑呆气屾屮彡，岁肜气姊屮彡。

mu³³dze³³kɯ¹³ɖʊ²¹sɯ⁵⁵dʐa³³,dzu²¹gu³³kɯ¹³bo²¹sɯ⁵⁵dʐa³³.

会骑马儿跑如飞，会弄庄稼粮成堆。

ne¹³mi³³tɕʰi³³ɬu¹³tʂʰʅ²¹,tsʰu³³mi¹³ɣa³³du²¹ku²¹.

热天狗伸舌，冬天鸡缩翅。

ne¹³hu²¹mi³³ɳʅ²¹ʂe¹³,bo²¹ʑɿ³³nde²¹mi³³kʰɿ³³;

哪怕春日白昼长，山影投下照样黑；

tsʰu³³hu²¹mi³³sɯ²¹ʂe¹³,ɣa²¹pi¹³mbi²¹mi³³ge²¹.

哪怕寒冬黑夜长，雄鸡报晓还得亮。

ɳʅ²¹dʑi²¹kʰe⁵⁵nʊ³³mi³³ma²¹kʰɿ¹³,du³³tʰʊ²¹ma²¹di¹³mi³³ma²¹ge²¹.

太阳之上天不黑，无底洞中天不亮。

ɳy³³kʰa³³nʊ¹³bɿ²¹tɕa³³,mu³³kʰa³³lʊ²¹pʊ²¹tɕa³³.

牛�case抓鼻子，马�case抓耳朵。

ɳy³³n̩dʑi²¹vu⁵⁵gɯ³³,pʊ³³ve¹³la¹³ma²¹ŋɯ²¹.

牛皮卖出手，反悔也没辙。

nɯ¹³tɕʰi⁵⁵kʰa³³ma²¹tɕʰi⁵⁵,nɯ¹³tɕʰi¹³hu²¹ma²¹tɕʰi⁵⁵,kʰu³³hu³³dʑi²¹lu³³nʊ³³,du²¹ze³³tɕi⁵⁵kʊ³³dzʊ³³.

嫁女不嫁福，嫁女不败禄，福禄与富贵，永远都长存。

pʰi⁵⁵pi³³ʔu³³kʊ¹³ʂe¹³,na²¹ɣo³³hu²¹do³³ɳʅ²¹;zu³³ɬi³³ʔu³³kʊ¹³ʂe¹³,na²¹ɣo³³hu²¹ma²¹do²¹.

祖先寿命长，你看得见；子孙寿命长，你看不见嘛。

ꇓꈬꇖꅉꀕ，ꂵꑌꇣꅉꅵ；ꄚꅑꐪꅉꀕ，ꋍꑌꆀꅉꅵ。

pʰa¹³kʰɯ³³tʂo⁵⁵ma²¹di¹³,mi¹³ɣo²¹vi²¹ma²¹do²¹;du⁵⁵hɪ⁵⁵vu³³ma²¹di¹³,dʑo²¹ɣo³³hɪ⁵⁵ma²¹do²¹.

铧口没有尖，犁不了土地；说话没有力，讲不清道理。

ꐂꅑꅲꉙꈥ，ꃴꅑꅲꏵꈜ。

tɕʰi³³ʂo¹³xɯ⁵⁵xo²¹ʐy³³,va¹³ʂo¹³xɯ⁵⁵ndʐ̩²¹po²¹.

狗找骨头，猪找酒糟。

ꐂꊿꎹꇬꀕ，ꃴꅉꄔꅉꈝ。

tɕʰi³³ʂe¹³tʂa²¹kʊ³³di¹³,tʰa²¹tʂʊ²¹tsʰʊ³³ma⁵⁵ŋɯ²¹.

黄狗戴毡帽，半截不是人。

ꐂꅿꐂꅉ，ꃴꅿꃴꅉ，ꀞꍿꃔꄿꅉ，ꋦꅿꊱꄿꅉ。

tɕʰi³³nʊ³³tɕʰi³³ndʐo³³,va¹³nʊ³³va¹³ndʐo²¹,bi²¹zʊ⁵⁵du³³zi³³ndʐo³³,tʂʰɪ¹³nʊ³³tsʰʊ³³zi³³ndʐo³³.

狗爱狗，猪爱猪，蚂蚁爱蜂蜜，山羊爱盐巴。

ꊪꃀꎒꈌꅿ，ꁮꇬꐂꇬꈀ；ꀄꆆꃰꈌꅿ，ꇤꇬꋦꇬꈀ。

ze⁵⁵ȵɯ⁵⁵ŋga¹³pʰu⁵⁵nʊ³³,zɪ¹³du²¹tʂʰ̩²¹du²¹ka¹³;hu²¹nʊ²¹ɬu³³pʰu⁵⁵nʊ³³,ȵy³³du²¹tʂʰɪ¹³du²¹ka¹³.

若是打猎人，要分辨狼麂足迹；若是牧羊人，能识别牛羊脚印。

ꌋꁮꅑꀝꈀ，ꑟꅉꊋꅑꁬ？

sɪ³³ʔu³³ʔa³³tʂe⁵⁵tɕʰi¹³,nɪ³³ma²¹tɕʰi⁵⁵ʔa³³su¹³?

树上鸦鹊窝，谁人不生气？

ꎷꄈꍰꇤꅿꂾ，ꇂꄹꄮꇤꅿꀊ。

ʂo²¹ta²¹ʑɪ¹³go³³nʊ³³ʐʊ³³,le²¹be²¹tʰo³³go³³nʊ³³ɕi¹³.

韭菜割了会长，砍了脖子就死。

ꅙꍲꀢꍳꅉꄙ，ꃀꄜꄉꍳꅉꄙ。

ʂe³³dzi³³pʰi³³dʐ̩³³ma⁵⁵sɯ³³,mo⁵⁵ɬa¹³do³³dʐ̩³³ma²¹sɯ³³.

金铜价格不相等，老少爱好不相同。

ꒊ-ꀕ꒣ꀊꆹ，ꀚꄜꒊ-ꀊꀸ。
sɿ³³du²¹pʰo²¹ma²¹dzҽ⁵⁵,ʔu³³tsʰʊ³³sɿ³³ma²¹da³³.
树上不挂蜂窝，人不会去爬树。

ꑼꀸꄮꀍꆏꀳ，ꀚꄜꑷꀍꆙꀳ。
se²¹le³³me²¹nʊ³³be²¹kɯ¹³,ʔu³³tsʰʊ³³mo⁵⁵nʊ³³çi¹³kɯ¹³.
果子熟了会掉，世人老了会死。

ꒊ-ꆈꊱꒊ-ꀊ，ꀬ꒟꓀ꀍꄷ；
sɿ³³tʰa²¹dze¹³sɿ³³mo²¹,kʰʊ²¹ŋɯ³³tɕi⁵⁵ma²¹tʂʰu¹³;
一棵树上的果子，不一定都是甜的；

ꂿꆈꃅꀞꀋ，ꀬ꒟꓀ꀍꄡ。
mo²¹tʰa²¹zʊ³³ʔa³³ŋa⁵⁵,kʰʊ²¹ŋɯ³³tɕi⁵⁵ma²¹ndzu³³.
一个阿妈的孩子，不一定都很聪明。

ꑌꀸꉜꂿꀍ，ꀸ꒦ꒊ＝；ꇅꄜꑍꌶꀍ，ꆧꌒꒊ＝。
tʰu³³ny²¹ʂʊ¹³ka¹³sɯ⁵⁵,ny²¹dy³³dy³³;xɯ²¹tʰu³³gɯ⁵⁵ɖe²¹sɯ⁵⁵,ge²¹tʰɯ³³tʰɯ³³.
如黄松青松枝，绿茵茵；如草海满溢样，清澈澈。

ꃴꄜꀒꀍꒌ，ꃴꄻꀠꎭꒌ！
va¹³fu³³dzu³³ma²¹no⁵⁵,va¹³dzo²¹sɯ³³hʊ²¹no⁵⁵!
没吃过猪肉，见过猪走吧！

ꀵꑌꀾꎭꊭ，ꀾꎭꀵꑌꀍꄚ。
vu³³la¹³hʊ²¹na³³tʂʰɯ³³,hʊ²¹na³³vu³³la¹³ma²¹tʰɯ⁵⁵.
帮工想放火地，火地不放帮工。

婚姻家庭

ꊂꀨꄿꇙꀑꈚꐰ，ꏢꀨꄿꇙꀑꈚꊂꐰ。

mo²¹ndy⁵⁵ma²¹kɯ¹³xɯ⁵⁵zu³³ɣo²¹,zu³³ndy⁵⁵ma²¹kɯ¹³xɯ⁵⁵mo²¹ɣo²¹.

有不孝敬老人的儿女，也有不顾着儿女的母亲。

ꐺꄄꆽꇉ，ꈌꇰꎭ。

tɕʰi⁵⁵ʔu⁵⁵lɯ³³,kʰe²¹vi²¹ʂe¹³.

懒媳妇用的线长。

ꑟꌋꃳꐱꑼꄉ，ꑟꅸꇐꐱꅀꂷꄉ。

ɕɿ²¹ʐu³³mu³³ɣo²¹na³³do²¹,ɕɿ²¹dʑi²¹lu²¹ɣo³³na³³ma²¹do²¹.

能看清相貌，看不准命运。

ꆀꅝꐺꌡꆀꌠ，ꐺꈏꌡꆀꐢ。

n̠ɪ⁵⁵nɯ¹³tɕʰi⁵⁵so²¹nɪ³³ʂu³³,tɕʰi⁵⁵kʰɯ²¹so²¹nɪ³³dzy²¹.

嫁女人心愁，娶妻人心乐。

ꀊꂷꑌꌜꇬ，ꐺꛓꃀꀨꈚꇓ。

ʔa³³ma³³bi¹³tʰʊ¹³no³³,tɕʰi⁵⁵ɬa¹³xɯ²¹pu³³tʰa³³kɯ¹³.

做母亲的道道多，嫁出的姑娘会砸锅。

ꆅꈻꎭ，ꆅꑗꆅꌐ；ꆅꂶꐚ，ꆅꐺꆅꌐ。

na²¹nɪ³³ʂe¹³,na²¹ŋa⁵⁵na²¹ndʐo³³;na²¹vu³³kʰu³³,na²¹tɕʰi⁵⁵na²¹ndʐo³³.

你温柔，儿女想你；你勤快，妻子想你。

ᕙᒪᕙᙣᕚ，ᕙᔅᕙᕐ3ᆖ；二ᔅᕪᕐᔫ，ᕼᙑᕚᕜᕙ。

fa¹³tɕʰi³³mi³³tʊ¹³to¹³,fa¹³kʰe⁵⁵mi³³tɕy¹³tɕy⁵⁵;nɿ⁵⁵me³³ʐʊ⁵⁵dʐʅ³³ndu²¹,tʰa²¹mi¹³tɕi⁵⁵du³³dʊ³³.

岩脚烧的火，烟雾岩上绕；两夫妻打架，名声传四方。

ᕚᒪᕚᕚᕚ，ᕚᔅᕚᕜ3ᆖ。

ʔa³³mu³³bi⁵⁵ma²¹hʊ²¹,ʔa³³nɯ⁵⁵vu⁵⁵tʂa¹³tʂa¹³.

不见兄弟背礼物，阿姐煮菜来相待。

ᕚᕚᕚᕚᕚ，ᕚᕚᕚᕚᕚ。

mo²¹he³³zu³³du²¹ʐʊ³³,mo²¹kʰu³³tʰo²¹du³³ʐʊ³³.

贤母生傻子，给母丢脸面。

ᕚᕚᕚᕚᕚ，ᕚᕚᕚᕚᕚ。

zu³³du²¹pʰu⁵⁵le⁵⁵kɯ²¹,me³³du²¹mo²¹le⁵⁵kɯ²¹.

蠢儿父惯坏，蠢女母惯坏。

ᕚᔅᕚᕚᕚᕚ，ᕚᔅᕚᕚ。

so²¹me⁵⁵he³³te¹³tɕy⁵⁵lʊ³³,ʐʊ²¹me⁵⁵tɯ³³te¹³.

与其思念人娇妻，不如恩爱待发妻。

ᕚᕚᕚᕚ3ᆖ，ᕚᕚᕚᕚᕚ；ᔅᕪᕐᕚ3ᆖ，ᔅᕪᕚᕚᕚ。

tɕʰi⁵⁵ndi³³di¹³sɿ⁵⁵sɿ³³,tʰu³³tɕʰi³³se⁵⁵ɣo³³se⁵⁵;me⁵⁵ʐʊ³³dʐʅ³³ndʑo³³ndʑo³³,me⁵⁵ʐʊ³³se⁵⁵ɣo³³se⁵⁵.

鞋子好穿否，只有脚知道；夫妻恩爱否，夫妻才知道。

ᕚᕚᔅ3ᕚ，ᕚᕚᔅᕚᕚ。

nɿ³³dʐʅ²¹me⁵⁵de³³dzʊ³³,du⁵⁵dʐʅ²¹me⁵⁵tʰa²¹hɿ⁵⁵.

真心同妻处，实话莫说妻。

ᕚᕚᕚᕚᕚ，ᕚᕚᕚᕚᕚ。

tɕʰi⁵⁵ɬa¹³kʰa³³tʰa²¹nde³³,ʔa³³mi⁵⁵tʂa³³ma²¹di¹³.

媳妇莫串门，猫不套笼头。

ꌕꑌꑟꇐꐲ，ꀕꃀꑟꈌꇐꈜ；ꌕꑌꑟꇐꃀ，ꆈꇐꋅꈜꃤ。

sɯ³³kʰʊ¹³tɕʰi⁵⁵tʰa²¹hu²¹,ʔu⁵⁵lɯ³³nʊ³³li²¹kɯ¹³;sɯ³³kʰʊ¹³tɕʰi⁵⁵tʰa²¹zy³³,la¹³li²¹mu³³kɯ³³çɿ³³.

三年莫夸妻，懒惰也未定；三年莫怨妻，勤快也未定。

ꀙꀿꄸꊐꄜ，ꈛꂿꈝꅩꄜ。

ɣʊ¹³hɿ³³tʊ³³zu⁵⁵do²¹,zu³³ȵdʐo³³zɿ³³ma²¹do²¹.

肚饥忍得住，想儿忍不住。

ꃅꑣꂵꅩꆈ，ꃅꎓꄜꄀꂵꃀ。

fu¹³he³³tɕo⁵⁵ma²¹kʰe³³,fu¹³dɯ²¹tʰʊ⁵⁵tɕo⁵⁵zy³³.

嫁好忘媒人，嫁歹怨媒人。

ꀻꄀꑟꅩꄀ，ꃀꇐꑟꄀꎹ。

ba⁵⁵tʰʊ⁵⁵tɕʰi⁵⁵ma²¹hɿ⁵⁵,mo⁵⁵li²¹tɕʰi⁵⁵hɿ⁵⁵ʂu³³.

小时不说媳，老来难娶妻。

ꈛꎭꅩꅩꆈ，ꂿꎭꇐꅩꅪ。

zu³³ʐʊ²¹no⁵⁵ma²¹ndɯ²¹,me⁵⁵ʂe¹³li²¹no⁵⁵ndzu³³.

丈夫不当家，妇女来当家。

ꄀꅉꑋꈰꊜꈝꃤ。

ʔa²¹ȵɿ³³ȵɿ¹³ndzo²¹ȵdʑɿ²¹tɕa³³tsu⁵⁵.

见惯的婆婆不嫌丑。

ꂷꇬꇢ，ꈛꑌꃀꄮꄲ；ꉖꇬꇢ，ꀽꑌꃴꄮꄇ。

mi³³gu²¹gu²¹,tɕɿ¹³ȵɿ⁵⁵mʊ²¹dzu²¹dzu³³;xu²¹gu²¹gu²¹,be⁵⁵ȵɿ⁵⁵vɿ³³dzu²¹ȵdʑɿ³³.

天圆圆，两颗星齐明；海圆圆，两鸳鸯齐戏。

ꃀꊨꄉꆦꆳ，ꅇꇬꄀꐕꋚ。

mo²¹tʂʰɯ⁵⁵tsu¹³dzu³³mbʊ³³,nu⁵⁵du⁵⁵hɿ⁵⁵kʰe³³bo²¹.

妈妈煮的饭吃得饱，姑娘说的话记得牢。

ʔa33ŋa55ȵy13tɕʰo33mo21ɣo21kɑ13do21,so21nɯ55na33te55ɬa13ɣo21kɑ13do21.

婴儿的哭声妈妈能听懂，姑娘的眼色小伙看得出。

nɯ13ɳdʐu55ɬa13na33ʔo55dʐʊ33,ɬa13ndzu33nɯ13nɪ33ʔo55dʐʊ33.

漂亮的姑娘在小伙眼里，能干的小伙在姑娘心头。

kʊ55vɪ33na33pi13dzu33ma21pi13,ʑʊ33tsu55hʊ21so13tsʅ13ma21so21.

花香不一定好看，漂亮不一定能干。

dʐʅ21ȵdʑu33nɪ33tʰa21vɪ33,pʰa21mbɪ33kʰe21tʰa21dzɯ21.

相爱要同心，弹琴要同弦。

nɪ33ȵdʑo33dʑo21mi13vu33ma21tɕi21,ma21ȵdʑo33tʰa21lu21dɯ55ma21dɯ55.

有情不怕路遥远，无意哪怕在隔壁。

fu13tɕo55li21ma21tɕo55,nɯ13me13du33lʊ33ʑy33;tɕʰi55ɣo21ʑʊ21ma21do21,ɬa13mu33lu21lʊ33ʑy33.

没有人提亲，只怕姑娘名声坏；没有人愿嫁，只怕小伙不称心。

nɯ55ɬa13tɕʰi55mu33dʐu55,fu13tɕo55he33ma21ŋɯ21.

姑娘愿嫁给小伙，不是媒人的功劳。

mu33lu33ma21tsu55nɯ13,pɪ13du55ʂe13tɕʰɯ55ŋga13.

不会做人的姑娘，嫁出去也要赶蛇街。

�070ꀕꆏ。

tɕʰi⁵⁵suɯ¹³tɕʰi⁵⁵na³³dʑi³³.

挑妻挑得瞎眼妻。

ꑌꀕꑟꀕꆏꀕꆏꑽ，ꈬꊰꈬꀕꇇꀻꑸ。

tʰa²¹ʐɿ³³nɯ⁵⁵ŋdʑu⁵⁵hu²¹ʐɿ³³ʐo²¹,tɕy³³tsʰɯ²¹tɕy³³ʐɿ³³nɿ³³ba³³ba³³.

一家养女百家求，九十九家一场空。

ꌐꃅꀕꆏꊕ，ꌐꆏꀕꐒꃰ。

so²¹ʂu³³nɯ¹³tsuɯ¹³dɿ¹³,so¹³mbu³³tɕʰi⁵⁵tʰa²¹dʑɿ²¹.

宁做穷家女，不做阔家媳。

ꉎꃉꄉꀕꎭ，ꆏꀕꄹꀕꇑ。

tɕʰa¹³tʰɯ⁵⁵go²¹ke³³kʰa³³,nɯ⁵⁵tɕʰi⁵⁵go¹³li²¹ʂu³³.

射出的箭难回，嫁出的女难归。

ꆅꃤꆀꄉꄮꑌꀕ，ꀕꍣꀕꀩꌦꄜꆀ。

ne¹³hu²¹nɿ¹³do²¹tɕo⁵⁵ʔo⁵⁵tɕʰy³³,ba⁵⁵mu³³tɕʰi⁵⁵kʰɯ²¹ʂu³³duɯ³³no³³.

春天打霜苗遭殃，年少娶妻苦处多。

ꌕꀕꇭꂷꎭ，ꇿꄝꀕꅐꁯ。

suɯ³³tsʰɿ¹³dʑɿ²¹tʂʰɯ²¹pu³³,zu³³ɬi³³ʔa³³no³³suɯ⁵⁵.

开亲过三代，小孩似猢狲。

ꌐꆏꀕꂵꄮ，ꌐꃅꀕꅝꄮ。

su¹³mbu³³tɕʰi⁵⁵tsu⁵⁵ndʑo³³,su¹³ʂu³³tɕʰi⁵⁵ndzu³³ndʑo³³.

富人想妻美，穷人想妻贤。

ꂵꆏꊕ，ꇿꀕꑝꄹꆼ；ꇿꀕꅝ，ꊿꆏꑟꄮꉮ。

me⁵⁵tsuɯ¹³kuɯ¹³,zu²¹ʐʊ²¹duɯ⁵⁵dʊ³³so²¹;zu²¹ʐʊ²¹ndzu³³,nɿ⁵⁵nuɯ¹³hɿ²¹ʔo⁵⁵ku³³.

妻子贤惠，使丈夫会为人；丈夫能干，使妻子能当家。

ꂯꊰꊞꄜꊞꀕ耳，无ꋫꄡꒌꒉꐰꃨ。

me⁵⁵ʐʊ³³dzʅ²¹ndʑo³³dzʅ²¹bo²¹nʊ³³,xɯ²¹tsʰʊ²¹vu⁵⁵dzɿ³³dzu³³ʑɿ³³dzu⁵⁵.

夫妻恩爱又和睦，斧头切菜吃也乐。

ꑭꎔꊒ田ꊰ，ꀋꊱꐯꃆ几。

tɕʰi⁵⁵fe¹³ȵɿ²¹ma²¹ȵɿ²¹,zu²¹ʐʊ³³ɬu⁵⁵ɳɿ¹³se⁵⁵.

要想知道妻子勤不勤，看看丈夫的裤子就晓得。

ꊮꀕꀘꐰꀕꑌ，ꒉꄡꀘꐰꀋꑌ。

ze⁵⁵nʊ²¹ʔo⁵⁵ɳɿ¹³tɕʰi³³na³³,dzu³³tɕa³³ʔo⁵⁵ɳɿ¹³tɕʰi⁵⁵na³³.

猎狗的能耐，进山就知道；老婆的本事，灶旁见分晓。

ꀋꑸꀋ田ꑸ，ꌧꇷꏂꀘ几。

tɕʰi⁵⁵ndzu³³tɕʰi⁵⁵ma²¹ndzu³³,su¹³ve⁵⁵li²¹ɣo³³se⁵⁵.

莫道妻子贤不贤，客人进屋就知道。

ꀋꀕ田ꃀ，ꄡꑞꊱ田ꇉ；ꄡꀕ田ꃀ，ꀋꑟ田ꅦ。

tɕʰi⁵⁵ndzʮ²¹ma⁵⁵ŋʊ²¹,zu²¹ʐʊ²¹mu³³lu²¹ma²¹hɿ⁵⁵;zu²¹ʐʊ²¹ndzʮ²¹ma²¹ŋʊ²¹,tɕʰi⁵⁵ʐo²¹ma²¹ndu²¹.

不是蠢妻不议论丈夫，不是弱夫不打骂妻子。

ꄡꊢꀋꑴꊱꒌꌧ，ꌘꑿꊢꄡꊰꄧꌧ。

zu³³ʐʊ²¹dzʊ³³tɕʰi⁵⁵ɣʊ¹³no²¹xɯ⁵⁵tɕi³³,ȵɿ⁵⁵nu¹³dzʊ³³zu³³ʐʊ²¹ndzʅ²¹ʔɿ¹³tɕi³³.

男人怕肚子疼的妻子，女人怕爱酗酒的丈夫。

ꂯꊰꊞꄜ，ꐜꑾꌉꊱ。

me⁵⁵ʐʊ³³dzʅ²¹ndʑo³³,kʰʊ²¹tsɯ¹³dʑo²¹bu²¹.

夫妻相爱，一生生辉。

ꇐꐯꅺꏓꉻ，ꀋꀉꀪꏓꊰ。

ɬi⁵⁵ɣy¹³mi¹³tʰa²¹tsu³³,tɕʰi⁵⁵ɖo²¹hɿ¹³tʰa⁵⁵ȵɿ²¹.

老秧不插园，老女不坐家。

ꀕꇜꈀꈷꉈꏾꄜ，ꀕꇜꈀꇐꊰꎷꀋ。

me⁵⁵ʐʋ³³dʐ̩²¹bo¹³tʂe¹³dzu²¹ɖe²¹,me⁵⁵ʐʋ³³dʐ̩²¹kʰɪ³³gɪ¹³no⁵⁵ɖo²¹.

夫妻齐心粮满仓，夫妻斗嘴纠纷降。

ꈀꅉꄨꉻꄘ，ꀕꇜꁈꉻꄘ。

pʰa²¹mbɪ³³kʰe²¹gɪ³³tɕi³³,me⁵⁵ʐʋ³³nɪ³³gɪ¹³tɕi³³.

月琴怕弦断，夫妻怕伤情。

ꐈꀨꇜꁌꑟ，ꇜꇑꇜꊂꏾ；ꀨꇜꆈꄷꂮ，ꇜꇑꄜꇀꁨ。

tɕʰi⁵⁵zu²¹ʐʋ²¹ɬu⁵⁵xe³³,ʐʋ²¹mu²²ʐʋ²¹kʰu³³tʰu²¹;zu²¹ʐʋ²¹xu²¹pʰu³³ndɪ³³,ʐʋ²¹mu³³no⁵⁵ʂo¹³tsɯ¹³.

妻撕丈夫裤，自己惹烦恼；丈夫砸铁锅，自己找麻烦。

ꀕꇜꈀꃆꇔ，ꐔꊭꄮꀘꈌ；ꄮꀘꈀꃆꇔ，ꌠꈷꃽꄙꌬ。

me⁵⁵ʐʋ³³dʐ̩²¹ma²¹bo²¹,tɕʰi³³ɣa³³lu²¹go¹³ne⁵⁵;lu²¹go¹³dʐ̩²¹ma²¹bo²¹,su³³ve¹³hɪ²¹du³³ŋo¹³.

夫妻不和睦，鸡狗寨里丢；寨邻不和睦，墙洞被贼抠。

ꉆꈍꄨꊆꒉꇖ，ꀕꇜꂎꈀꒉꇐ。

ha³³kʰu³³ŋgʋ¹³nʋ¹³tʰa²¹bu²¹,me⁵⁵zo³³tu¹³dʐ̩²¹tʰa²¹kʰɪ³³.

拴好的榬枷别扯断，和好的夫妻别拆散。

ꌝꐈꇜꇂꄟ，ꇜꐈꐕꃆꏅ。

so²¹tɕʰi⁵⁵ʐʋ³³tsu⁵⁵ge³³,ʐʋ²¹tɕʰi⁵⁵ndzo³³ma²¹de⁵⁵.

羡慕别人漂亮的老婆，不如善待自己的妻子。

ꁦꃆꇩꆏꒅꐔꇔꑌ，ꀕꃆꇂꒅꐔꇔꃆꑌ。

ŋdʐ̩²¹ma²¹ne¹³nʋ¹³zɪ¹³dzʋ³³mu³³pi¹³,me⁵⁵ma²¹tsu⁵⁵zɪ¹³dzʋ³³mu³³ma²¹pi¹³.

不酽的烧酒可以凑合，不和的夫妻不能凑合。

ꁦꆺꒌꈊ，ꀕꁁꇁꈊ。

ŋdʐ̩²¹fe⁵⁵ndʋ²¹kʰa³³,me⁵⁵tʂʰu³³dzʋ³³kʰa³³.

寡酒难吃，寡妇难当。

婚姻家庭

ꑆꑚꀕꌺꇇ，ꇁꀴꇇꐚꌦ；ꇁꒉꊿꈥꆏ，ꂪꈿꐎꐚꌦ。

tsʰɿ¹³tɕʰɯ⁵⁵mu³³lu³³tsu⁵⁵,ʔa²¹n̩ɿ²¹tsu⁵⁵ʔo⁵⁵dzɑ³³;ʔa²¹me³³n̩ɿ³³zɿ³³di¹³,mo²¹li²¹mo⁵⁵ʔo⁵⁵dzɑ³³.

媳妇贤惠，还要婆家好；女儿聪明，需要娘家教。

ꂷꒉꄜꏤꄉꃀ，ꑆꑚꄜꅉꄻꃀ。

mi¹³ɖɯ⁵⁵xɿ¹³ʂɿ³³tʂʰɯ²¹no³³,tsʰɿ¹³tɕʰɯ⁵⁵xɿ¹³ŋdzɯ³³du³³no³³.

新开的荒地草根多，新来的媳妇错处多。

ꑚꉜꄜꈍꀎ，ꇆꄸꇁꀴꅐ。

tɕʰi⁵⁵ʐo²¹bo²¹no³³tʰɯ⁵⁵,tʰa²¹pʰa²¹ʔa²¹n̩ɿ²¹su⁵⁵.

隔山娶妻，一半像母。

ꂪꀉꍿꄚꃀ，ꑚꇊꆹꌺꄜ。

mo²¹bo²¹hɿ²¹pu²¹no³³,tɕʰi⁵⁵zu³³dzʅ²¹ma²¹ʂo¹³.

老妈嘴巴多，儿子儿媳散。

ꇆꂪꑘꇊꏅ，ꑘꇊꈦꑘꋌ。

tʰa²¹mo²¹tɕy³³zu³³hu¹³,tɕy³³zu³³n̩ɿ³³tɕy³³du²¹.

一娘养九子，九子九样心。

ꇊꄉꂪꄜꐂ，ꇊꋠꂪꈜꐂ。

zu³³no³³mo²¹hɿ¹³ɕi¹³,zu³³ne³³mo²¹mbʊ³³ɕi¹³.

子多母饿死，子少母胀死。

ꁮꃀꈌꍈꇊ，ꑘꒉꆽꂪꃀ。

pɑ⁵⁵mo²¹kʰɿ³³ʐe³³zu³³,n̩ɿ²¹n̩ɿ²¹ndy⁵⁵mo²¹kʰu²¹.

吃奶长大的孩子，一天也不会忘记娘。

ꂪꂷꀿꇊꑿꈥ，ꇊꂷꀿꂪꂷꑿ。

mo²¹ma²¹ku⁵⁵zu³³ɣo²¹zɿ³³,zu³³ma²¹ku⁵⁵mo²¹ma²¹ɣo²¹.

只有不顾母亲的孩子，没有不顾孩子的母亲。

ꔛꔜꔝꔞꔟꔠꔡꔢꔣ，ꔤꔥꔦꔧꔨꔩꔪꔫ。

pʰu⁵⁵mo²¹dzʅ²¹bo²¹zu³³li²¹tɕy¹³,vɪ¹³n̩²¹dzʅ¹³bo²¹zɪ³³ma²¹fu¹³.

父母相合子孝顺，兄弟相合不分家。

ꔬꔭꔮꔯꔰ，ꔱꔲꔳꔴꔵ。

hɪ²¹ʔo⁵⁵zu³³kɯ²¹bo²¹,pʰu⁵⁵dzɯ²¹mo²¹pʰo³³lo³³.

家中有娇儿，妈是丫头爹是奴仆。

ꔶꔷꔸꔹꔺ，ꔻꔼꔽꔾꔿ。

zu³³no⁵⁵tʰɯ⁵⁵pʰu⁵⁵hu²¹nʊ³³,zu³³no⁵⁵tɕo³³hu²¹ma²¹de⁵⁵.

养个会偷盗的儿子，不如养个会报案的儿子。

ꕀꕁꕂꕃꕄ，ꕅꕆꕇꕈꕉ。

sɪ³³vɪ³³ne¹³ɖo⁵⁵tsʰu²¹tsɑ¹³so³³,tɕʰi³³mu¹³bi⁵⁵nu¹³dʑʅ²¹dzɪ²¹so³³.

桂花香十里，死狗臭半街。

ꕊꕋꕌꕍꕎ，ꕏꕐꕑꕒꕓ。

fi⁵⁵hɪ²¹ŋo²¹kʰe⁵⁵ɖo⁵⁵,ɬʊ¹³hɪ²¹ŋo²¹kʰe⁵⁵ɖo⁵⁵.

东风盯着我吹，西风也盯着我吹。

ꕔꕕꕖꕗꕘ，ꕙꕚꕛꕜꕝ。

ʔa³³mi⁵⁵ha³³ʐʊ²¹n̩dʑa³³,ha³³n̩dʑo²¹xɯ⁵⁵ma²¹ŋɯ²¹.

猫儿逗老鼠玩，不是爱老鼠。

ꕞꕟꕠꕡꕢꕣꕤ，ꕥꕦꕧꕨꕩꕪ。

kʰɯ²¹su²¹mbʊ³³tɕi⁵⁵nɪ³³ma²¹lʊ¹³,da³³nɪ²¹zɪ¹³pʰe³³hɪ²¹bu³³tʂʊ¹³.

得寸进尺心不足，早晚豺狼要进屋。

ꕫꕬꕭꕮꕯꕰ，ꕱꕲꕳꕴꕵꕶ。

na³³du³³bo²¹ka⁵⁵lʊ²¹ka⁵⁵lʊ¹³,mi¹³mi⁵⁵lo³³xe³³lu²¹ma³³pi¹³.

眼睛装得下崇山峻岭，却容不得半点沙尘。

婚姻家庭

ᘉᘂᘀᘁᘂᘄ，ᘀᘂᘉᘅᘆᘇ。

tʂʰɿ¹³nɹ³³hʊ²¹hʊ²¹ma²¹lʊ¹³,hʊ²¹nɹ³³tʂʰɿ¹³ʔo⁵⁵ʂʊ¹³ɕi¹³.

山羊瞧不起绵羊，绵羊也恨透山羊。

ᘈᘉᘊᘋᘌ，ᘍᘎᘏᘐᘑ。

ndi²¹gu²¹sɿ³³tɯ³³dzʊ³³,lɯ²¹lɯ²¹ŋa³³kʊ³³dze³³.

平地一棵树，飞鸟都盯住。

ᘒᘓᘔᘕᘖ，ᘗᘘᘙᘚᘛ；

zu³³hu²¹pʰu⁵⁵mo²¹ma²¹tɕy³³,so¹³ʔa²¹me³³hu²¹ma²¹de⁵⁵;

养个不孝的儿子，不如人家的姑娘；

ᘜᘝᘞᘟᘠ，ᘡᘢᘣᘤᘥ。

ʔa²¹me³³pʰu⁵⁵mo²¹ma²¹tɕy³³,ze⁵⁵ga¹³ha³³dzɹ̩²¹bu³³ma²¹de⁵⁵.

养个不孝的姑娘，不如山上的松鼠。

ᘦᘧᘨᘩᘪ，ᘫᘬᘭᘮᘯ。

tɕʰi³³dzi³³ma²¹ŋɯ²¹se²¹kʰɹ¹³,su¹³du³³ma²¹ŋɯ²¹so²¹ma²¹xɿ¹³.

不是瞎眼狗不咬主人，不是坏人不乱害人。

ᘰᘱᘲᘳᘴ，ᘵᘶᘷᘸᘹ。

mi¹³dɯ⁵⁵nʊ³³ʂ̩³³nɯ³³,nɹ³³na³³nʊ³³so¹³xɿ¹³.

地荒生杂草，自私生歹心。

ᘺᘻᘼᘽᘾ，ᘿᙀᙁᙂᙃ。

zu³³me²¹ʐʊ³³xu⁵⁵ʔa³³ma³³,fa¹³nde³³nɹ³³su⁵⁵dza³³.

生儿育女的阿妈，犹如坐在悬岩上。

ᙄᙅᙆᙇᙈᙉ，ᙊᙋᙌᙍᙎᙏ。

te¹³ŋdzɯ⁵⁵ne⁵⁵nʊ³³pʊ³³li²¹kɯ¹³,ʔa²¹me¹³vu⁵⁵nʊ³³hʊ³³ma²¹do²¹.

彩云消散能再现，女儿被卖难相见。

ꑥꎴ国凸心，国凸万ꑳ凸万ꄜ；
tɕʰi⁵⁵du³³lʊ³³mo²¹bi⁵⁵,lʊ³³mo³³tʂʰʊ⁵⁵tʰa²¹du³³ze²¹dzʊ²¹;
嫁给石头，要跟石头坐一辈子；

�natilde-ꑥꎴ，ꑥ-万ꑳ凸万ꄌ。
sɿ³³tɕʰi⁵⁵nʊ³³,sɿ³³tʂʰʊ⁵⁵tʰa²¹du²¹ze²¹hɿ¹³.
嫁给树子，要跟树子站一辈子。

ꀿꀸꑥ-ꀘꑱ，万ꃅ钵ꀞ挤。
ko⁵⁵ty³³sɿ³³nde³³he²¹,ʔa³³ŋa⁵⁵hɿ³³kʊ³³ɣu²¹.
布谷在树上叫，娃儿在屋头哭。

万ꏂ挤ꈌ凸生ꃷ，瓦ꏝ钵娃凸ꄉꃷ，ꇍꀼ雪ꓟ凸双ꃷ。
ʔa³³ma³³kʊ¹³mo⁵⁵nɿ³³ʂu³³pie¹³,mi³³tʊ¹³hɿ²¹tʂʰʊ³³no²¹pie¹³,dza³³kʊ⁵⁵ndu²¹ʂe³³nɿ³³he¹³pie¹³.
阿妈老去最悲痛，火烧房子最伤心，打烂饭钵最恼火。

ꇈꀸ万万心ꅊꎴ市ꅃ朋，市ꅃ万万凸比ꃷ；
tsʰo²¹mo³³ke³³ŋo²¹bi⁵⁵xu⁵⁵nʊ³³nɿ²¹dzi²¹ŋɯ³³,nɿ²¹dzi²¹ŋo²¹tʂʰʊ⁵⁵mi¹³vu³³pie¹³;
能给我温暖的是太阳，太阳离我又太远；

万ꎺꅊꎴ万ꃷ朋，万ꃷ生走ꄜꃷ几。
ŋo²¹ndʑo³³xu⁵⁵nʊ³³ʔa³³ma³³ŋɯ³³,ʔa³³ma³³kʰu²¹du³³dzʊ³³ma²¹se⁵⁵.
最疼爱我的是阿妈，不知阿妈在哪里。

ꄪ化ꂺ元ꄪ比ꂺꅊ，ꄛꑳꆔꃷ朋。
ŋu²¹to²¹dzu³³nɿ³³ŋu²¹ga¹³dzu³³xu⁵⁵,tsʰʊ²¹tʰa²¹ʑɿ³³ma²¹ŋu²¹.
吃荞粑的和吃荞粑的，不是一家人。

万市ꎴ市ꅃ万ꌸ凸，万仟ꎴ四万万ꃷ凸。
mi³³nɿ²¹nʊ³³nɿ²¹ʑi²¹ʔa³³ba³³su⁵⁵,mi¹³kʰɿ⁵⁵nʊ³³hu²¹bo²¹ʔa³³ma³³su⁵⁵.
白天太阳像父亲，夜晚月亮像母亲。

229

ꍈꍈꌧ ⊥ꌧꇉ又⊕，ꀋꍈꇉꆈꆴꇆꈝ；

ʐʊ²¹ʐʊ³³zu³³ɕɿ²¹tsu⁵⁵he²¹ndy⁵⁵,tʰi³³tʰi³³tsu⁵⁵zi²¹tʊ⁵⁵ma²¹do²¹;

愿自己的儿子好，往往好不起来；

ꌦ⊥ꇖꉌ⊕，ꀋꍈꇖꈝꉌ。

so²¹zu³³no⁵⁵tʰɯ⁵⁵ndy⁵⁵,tʰi³³tʰi³³no⁵⁵ma²¹tʰɯ⁵⁵.

望别人的儿子坏，往往坏不起来。

ꇬꀋꀕꅝ꒰ꍂ，ꀄꀋꍆꊰꃶꍂ。

tɕi⁵⁵li²¹nʊ³³ʔa³³ɳɪ¹³tsu¹³,du⁵⁵li²¹xɯ⁵⁵tsʰɪ¹³tɕʰi⁵⁵tsu¹³.

先来的当婆婆，后来的当媳妇。

ꉓꃶꀉꆧꀋꇬꍈ，ꉓꀨꊪ꒼ꍂꀕꈩ。

na³³tɕʰi⁵⁵tɕʰi¹³tɕʊ²¹la¹³nɪ⁵⁵nɪ³³,na³³ɬu⁵⁵vɪ¹³nɪ¹³nʊ³³ɣo²¹se⁵⁵.

要想知道你的妻子勤不勤快，看看你穿的裤子就知道。

ꍈꃶꇉꀔꍂ，ꌈꃐꍊꀋꍂꀕꈩ；

ʐʊ²¹tɕʰi⁵⁵tsu⁵⁵du³³nʊ³³,su³³ve⁵⁵hr²¹li²¹nʊ³³ɣo²¹se⁵⁵;

不要夸妻子，客人进屋就知道；

ꀔꅪꇉꀔꍂ，ꃐꃲꀋꍂꀕꈩ。

ʔa³³ŋa⁵⁵tsu⁵⁵du³³nʊ³³,tʂʰʊ⁵⁵ʑe²¹li²¹nʊ³³ɣo²¹se⁵⁵.

不要夸儿子，朋友来了就晓得。

ꀯꍈꍂꆾꃪ，ꇊꌧꄜꁏꈮ。

me⁵⁵ʐʊ³³nʊ³³dzʐ̩³³ʑe⁵⁵,ŋo³³dzu²¹kɪ⁵⁵tsɿ³³ndi³³.

夫妻一般大，五谷装粮柜。

ꉌꁭꄏ꒬ꈜꀕ，又ꂷꁭꃲꃶꈜꀕ。

hɪ¹³dzʊ³³pʰu⁵⁵mo²¹du⁵⁵mu³³,du⁵⁵bo²¹dzʊ³³tʂʰo⁵⁵ʑe³³du⁵⁵mu³³.

在家听父母的话，在外听朋友的话。

ꃀꅓꂾꁱꃅꇬꈪꈌ，ꑌꂷꎭꁱꃅꅆꌅꌕꑞ。

$p^hu^{55}mo^{21}bi^{55}xш^{55}t^hu^{13}şe^{13}gu^{21}kш^{13}$,$no^{55}mu^{33}şo^{13}xш^{55}t^hu^{13}nu^{33}zi^{21}sш^{55}zy^{21}$.

父母给的钱用得完，劳动挣的钱似水长。

ꆏꍈꃀꅓꈤ，ꆏꅗꃄꉻꃅ。

$nı^{33}tsu^{55}p^hu^{55}mo^{21}ndy^{55}$,$nı^{33}zu^{33}mu^{21}hu^{55}mu^{33}$.

心善想父母，心烦吹唢呐。

ꂿꇱꃚꀀꊂꀚ，ꆏꇀꊟꅲꂿꆿꄙ；

$me^{55}zu^{21}zu^{21}łu^{55}şe^{33}xu^{55}$,$nı^{33}şu^{33}be^{21}du^{33}me^{55}la^{33}do^{55}$;

妻子扯烂丈夫的裤子，烦恼落在妻子手里；

ꊟꃚꊒꎬꊰꄸꈌꊂꉬ，ꆏꇀꊟꅲꊟꃚꂿꄙ。

$zu^{33}zu^{33}dza^{33}ŋш^{33}xш^{21}la^{13}de^{33}şe^{33}nu^{33}$,$nı^{33}şu^{33}be^{21}du^{33}zu^{21}zu^{21}k^he^{55}do^{55}$.

丈夫打烂煮饭的铁锅，苦恼落在丈夫的身上。

ꌧꑾꈤꍞꄤ，ꏃꑾꂓꍞꄤ。

$su^{55}he^{33}zy^{33}dzш^{33}du^{33}$,$ts^hı^{13}he^{33}vi^{21}dzш^{33}du^{33}$.

外甥贤舅舅有荣誉，一家贤全族有荣誉。

ꈤꅍꏜꌧꅐ，ꏃꅍꂓꑙꅐ。

$zy^{21}du^{21}zш^{33}su^{55}dш^{21}$,$ts^hı^{13}dш^{21}vi^{21}tşhu^{21}du^{33}$.

舅舅恶者外甥恶，一家恶者亲戚恶。

ꑻꇤꌧꄞꃘ，ꑻꄶꆏꂷꃘ。

$?a^{33}bu^{33}tç^hy^{55}se^{33}ly^{21}$,$?a^{33}da^{33}nı^{33}mo^{21}ly^{21}$.

爷爷要肝肺，奶奶要心脏。

ꌒꅝꄷꂷꊐ，ꂿꌅꌧꃷꊟ。

$sı^{33}dze^{33}to^{13}ma^{21}so^{21}$,$me^{55}tşhu^{33}dzı^{21}nu^{33}şu^{33}$.

湿柴难生火，寡妇最难当。

ꂱꈬꋂꅺꑽ，ꄎꃀꏸꇌꆏꑽ。

mi³³gu²¹dʑi²¹hu²¹ɣo²¹,tʰɯ²¹dʑɿ³³lɯ⁵⁵ɬa¹³ɣo²¹.

天上有日月，地上有男女。

ꃴꄨꈎꊿꈌ，ꊙꃶꄖꊪꇬ。

fu¹³tɕo⁵⁵du³³ʑi²¹kʊ⁵⁵,tsʅ⁵⁵to³³tʂʰɯ³³za¹³li²¹.

媒人的嘴是蜂蜜罐，骗得下天上的云雀。

ꉪꆀꈮꐯꆹꄯꇐ，ꄻꆀꑱꈬꆹꄯꄖ。

ŋa³³n̩ɿ⁵⁵ke¹³tɕʰi¹³tʰa²¹lɯ³³ɣa¹³,tsʰʊ³³n̩ɿ⁵⁵ʐʊ²¹ʑi¹³tʰa²¹lɯ³³tu¹³.

两只鸟搭一个窝，两个人建一个家。

ꂷꈬꒉꐱ，ꈌꉬꐲꀻ。

me⁵⁵ʐʊ³³dʑɿ̩¹³n̩dʐo³³,kʰʊ²¹tsɯ¹³dʐo²¹bu³³.

夫妻相爱，凡事通达。

ꇪꐚꄭꂷꇍ，ꄮꄯꐲꀻꐰ。

gɯ²¹tɕɻ³³ʈɯ⁵⁵me⁵⁵ku⁵⁵,tʰi³³tʰi³³ʐʊ³³bu³³dʐʊ³³.

编蓑衣给妻子披，妻子常在自己身旁。

ꃔꌺꇍꐨꋆ，ꂷꈬꇍꈬꅔ。

ve²¹la¹³tʰa²¹ze²¹n̩ɻ¹³,me⁵⁵ʐʊ³³tʰa²¹ze²¹na³³.

生意瞧一回，夫妻看一世。

ꊙꄉꐘꂷꇍꀉꑬ，ꂷꈬꐘꎭꇍꄯꍔ。

dzu²¹ʑi³³ma²¹tsu⁵⁵tʰa²¹kʰʊ¹³ʂʊ³³,me⁵⁵ʐʊ³³ma²¹he³³tʰa²¹ze³³n̩dʐa³³.

庄稼不好穷一年，夫妻不好苦一生。

ꇍꄯꐲꐊꐱ，ꂷꆀꈬꄯꄮ。

tʰa²¹ze²¹dzʊ²¹so²¹n̩dʐo³³,me⁵⁵n̩ɻ⁵⁵ʐʊ²¹tʰa²¹te¹³.

想一生清静，别讨两房妻。

ꝏꝏꝏ꒭ꇗ，ꝏꉬꇊꌕꋃ。

tɕʰi⁵⁵ʂo¹³tɕʰi⁵⁵ʔa³³da³³,tɕʰi⁵⁵zo²¹pe¹³la³³la³³.

讨妻当奶奶，有妻也无用。

ꊾꑌꏁꁙꂾ，ꂾꄉꑭꁙꊾ。

zʊ³³nɪ³³se⁵⁵nʊ³³me⁵⁵,me⁵⁵tʊ³³ze²¹nʊ³³zʊ³³.

妻是夫的心腹，夫是妻的脊梁。

ꈨꆹꍈꈨꉙ，ꂾꊾꍈꑌꉙ。

kʰe²¹dze³³dʑʊ³³kʰe²¹gɪ³³,me⁵⁵zʊ³³dʑʊ³³nɪ³³gɪ³³.

月琴怕断弦，夫妻怕断心。

ꑓꄿꁌꃰꆩ，ꀜꄺꂾꃰꉚ。

ʂu³³tɕʰi³³ɣa³³ma²¹ŋa¹³,bu²¹dzu³³me⁵⁵ma²¹ndu²¹.

猎犬不攫鸡，好汉不打妻。

ꝏꃰꀮꄂꀮꐯ，ꑲꃰꀮꉷꑲꇌ。

tʂʰʊ⁵⁵ma²¹ndʑo³³su¹³ndʑo³³dɪ³³,ze²¹ma²¹ndʑo³³pʰu⁵⁵ze²¹da³³.

不爱朋友的人薄情，不爱家的人家破。

ꃘꄮꑭꆚꆹ，ꆸꌩꇬꄼꄮ。

hu²¹tʊ³³ʂu¹³na⁵⁵dze²¹,nɯ⁵⁵su¹³tʂʰu²¹tʂʰɯ²¹tʊ³³.

月亮靠的是梭罗，彝家靠的是亲戚。

ꀮꐪꁱꑍꑼ，ꐪꆰꁱꑞꑼ。

ma²¹tʂʰu²¹so¹³nɪ⁵⁵zɪ³³,tʂʰu²¹bo²¹so¹³tʰa²¹zɪ³³.

不开亲是两家，开了亲是一家。

ꇭꊾꊰꃴꀁ，ꊾꅰꇂꄷꃀ。

zu³³zʊ²¹xɯ²¹pʰu³³ndɪ³³,zʊ¹³mu³³no⁵⁵ʂo¹³tsɯ¹³.

丈夫砸铁锅，自己找事做。

弸 㹺㢩 㦤 㣤 ，罖 彐 㣥 㦤 㿟 。

mʊ²¹tʂa³³pu²¹no³³tɕi²¹,tʂʰu²¹tʂʰu²¹n̩dzo²¹no³³n̩dzo³³.

麻绳越拧越紧，亲戚越走越亲。

丌 罖 㸬 卡 比 ， 乚 罖 㸬 㸍 㣤 。

ne³³tʂʰu²¹ma²¹sɯ³³vu³³,vu³³tʂʰu²¹ma²¹n̩dzo²¹dɹ³³.

近亲不走则远，远戚不往则疏。

罖 㸬 卡 𠂤 㣤 ，㢲 㸬 卡 𠂤 㲡 。

tʂʰu²¹ma²¹sɯ³³nʊ³³dɹ³³,dzo²¹ma²¹sɯ³³nʊ³³dɯ⁵⁵.

亲戚不走就淡，道路不走就荒。

乣 乙 㸬 卡 罖 ， 十 乙 㸬 㸍 屲 。

tɕy³³kʰʊ¹³ma²¹sɯ³³tʂʰu²¹,tsɯ²¹kʊ¹³ma²¹n̩dzo²¹ɣo²¹.

九年不走也是亲，十年不往也是戚。

彐 㰜 己 㰁 㐃 ，工 㰜 𠂤 㫼 㐃 。

sɿ³³ʑe³³li²¹ka¹³fu¹³,zu³³ʑe³³nʊ³³zɿ³³fu¹³.

树大要分枝，儿大要分家。

彐 㣥㥦 㲔 㿟 ，乃 㸯 㘞 㹺 花 。

sɿ³³tʰʊ³³de³³tʂʰu⁵⁵kɯ¹³,tsʰɿ¹³vi²¹dʑɻ¹³be³³n̩dzɯ⁵⁵.

树木砍倒会腐烂，族人吵架会分离。

㝡 㟍 㘞 㾦 𠂤 ，𠕇 㳜 㐃 㥦 8~ 。

vɪ¹³n̩ɹ²¹dʑɻ¹³bo²¹hu²¹nʊ³³,n̩dzɯ³³vu³³fu¹³ge²¹hu¹³.

兄弟要和睦，钱财要分明。

㥦 㫼 㘞 㸬 㾦 ，日 㓃 㢩 㸬 工 。

zʊ²¹zɿ³³dʑɻ¹³ma⁵⁵bo²¹,gɯ²¹so²¹de⁵⁵ma²¹bu³³.

自己人不和，总比外人亲。

ꂷꀕꌊꅉꌧ，ꌺꀕꅪꅉꈀ。

me⁵⁵he³³ʐʊ³³nɿ³³so²¹,zu³³he³³pʰu⁵⁵nɿ³³de²¹.

妻贤夫心安，子孝父心宽。

ꀉꌅꁮꀃꋺ，ꂷꀕꈌꀃꂷ。

ʔa⁵⁵tʂʰu³³tʂa³³ma²¹ti¹³,me⁵⁵he³³kʰa³³ma²¹nde³³.

猫儿不拴绳，贤妻不串门。

ꂷꌋꀂꆈꑱ，ꍿꀋꌺꀃꏜ；ꃤꆂꀂꆈꑱ，ꉈꄜꌺꀃꄡ；

me⁵⁵ʐʊ³³dʐʅ¹³bo²¹nʊ³³,tʂʰo³³tɕʊ²¹su¹³ma²¹tʰa³³;vɿ¹³nɿ²¹dʐʅ¹³bo²¹nʊ³³,ŋgu²¹du³³so²¹ma²¹tɕʰi³³;

夫妇若和睦，篱笆无人拆；兄弟若和睦，出门无人欺；

ꄏꌋꀂꆈꑱ，ꄙꀃꀕꀃꄡ。

tɕi³³ʐʊ³³dʐʅ¹³bo²¹nʊ³³,duɯ²¹du⁵⁵du⁵⁵ma²¹dʊ²¹.

婆媳若和睦，闲话不外传。

ꐎꎃꄉꇯꀑ，ꌺꎃꄝꀃꃅ。

tɕʰi³³ku²¹se²¹pʰu³³lɿ¹³,zu³³ku²¹pʰu⁵⁵ma²¹n̩dzo³³.

宠狗舔主人，宠儿不孝父。

ꃤꊂꀃ～ꀊ，ꀋꅞꃂꏸꀑ。

vɿ¹³mu³³pʰu⁵⁵fe³³mu³³,ʔa²¹mu⁵⁵mo²¹tu²¹pa³³.

当兄承父志，为嫂母帮手。

ꀉꄙꄉꐛꑴ，ꁮꇤꄜꆅꀃꄸꌊꐛ；

ʔa²¹du²¹ku²¹tʰu¹³luɯ³³luɯ³³,ʐʊ²¹tsu⁵⁵nuɯ¹³tʰa²¹luɯ¹³tʂʰe⁵⁵so¹³luɯ⁵⁵;

娇儿白生生，自家女儿出嫁到别家；

ꑿꀕꅉꈊꌞꑴ，ꌊꄜꆅꁮꌐꁮꀆ。

ɣo¹³me³³kʰa³³ʂa³³ʂa³³,so²¹nuɯ¹³tʰa²¹ʐʊ²¹kʰuɯ²¹ʐo¹³li³³.

鞍后响沙沙，别家女娶到咱家。

婚姻家庭

ㄞ〡ꜛꜟ꜠ꜛ，儿ꜟꜚ夗己。

ʔɑ²¹me³³tɕʰi⁵⁵duɯ⁵⁵kɑ⁵⁵,tsʰɿ¹³tɕʰi³³kʰɯ²¹gʊ¹³lɿ²¹.

女儿嫁出去，媳妇娶进屋。

舌血ꜟꜛ꜠ꜟꜝ，ꜟ꜠田꜠〤꜠昔꜠。

ba⁵⁵tʰʊ⁵⁵me⁵⁵ʐʊ³³mo⁵⁵tsʰʊ⁵⁵ʑe²¹,tʰɑ²¹xuɯ²¹mɑ²¹hʊ²¹nʊ³³tɕo¹³kʰu¹³.

小是夫妻老是伴，转眼不见就呼唤。

ꜟꜛ⺊田兄，꜠ꜛ꜠田兄。

me⁵⁵ʐʊ³³tsɯ³³mɑ²¹ʑi¹³,ɬɑ¹³ʐʊ⁵⁵ʂɑ¹³mɑ²¹ʑi¹³.

夫妻不要齐头睡，情人不愿岔头睡。

无꜡Ꝝ，⺀Ᵽ荒，瓦ꜟ屁ꜝꜟ，ꜟ꜡田孑。

xuɯ²¹pʰu³³fe²¹,lɑ¹³nɿ³³gu⁵⁵,me³³ndʐɿ⁵⁵kʰu⁵⁵dʐɑ³³dʊ³³,tʰɑ²¹ʑɿ³³tsɯ¹³mɑ²¹do²¹.

铁锅干，甑子空，火塘灰冷了，做不起一家。

ꜝ中ꜟ꜠中，亡中ꜟꜣ中。

pʰu⁵⁵ndʑo³³ʔɑ³³nɿ¹³ndʑo³³,mo²¹ndʑo³³ʔɑ³³zy¹³ndʑo³³.

想父连着想姑姑，想母连着想舅舅。

ꜝ罗亡罗，ꜟ꜠ꜣ罗。

pʰu⁵⁵tsu⁵⁵mo²¹tsu⁵⁵,me⁵⁵ʐʊ³³tɕi⁵⁵tsu⁵⁵.

父好母好，夫妻也好。

ꜝ罗亡罗〢走罗，ꜟ꜠꜡罗巴꜡日。

pʰu⁵⁵tsu⁵⁵mo²¹tsu⁵⁵nɿ⁵⁵duɯ³³tsu⁵⁵,me⁵⁵ʐʊ³³dʑɿ³³tsu⁵⁵ʔu³³tsʰɯ³³tʰu¹³.

只要双方父母好，夫妻恩爱到白头。

元十ꜟ꜠꜡老弓。

tɕʰʊ¹³tsʰɯ²¹zu³³hu¹³so²¹dʐɯ²¹dʐɿ²¹.

六十养儿当奴隶。

卢比数·谚语篇

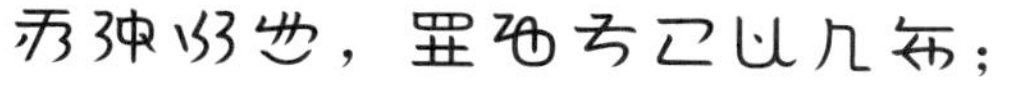

ㄞ狆ㄖ也，罒ㄖㄎㄹㄩ几ㄞ；

tɕʰi⁵⁵ndzu³³tʰɑ²¹tʰɯ¹³,tʂʰu²¹ɣo²¹ɡʊ¹³li³³ɣo³³se⁵⁵kɯ¹³;

别夸妻子巧，客人进屋就知道；

ㄒ狆ㄖ也，ㄞㄖㄎㄹㄩ几ㄞ。

zu³³ndzu³³tʰɑ²¹tʰɯ¹³,tʂʰʊ⁵⁵ʑe²¹ɡʊ¹³li²¹ɣo³³se⁵⁵kɯ¹³.

莫夸儿厉害，朋友来到就晓得。

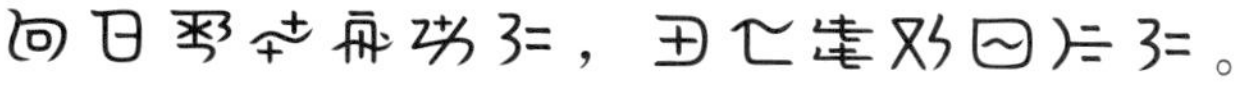

向日罗ㄕ舟�173；，丑亡隹双囸ㄈ3。

vu³³tʰu¹³nɹ¹³sɑ¹³tʂʰɿ¹³kɑ⁵⁵kɑ²¹,pʰu⁵⁵mo²¹tɑ²¹kʰu⁵⁵tsʰo²¹dy⁵⁵dy³³.

冰霜雪气冷冰冰，父母怀中热乎乎。

气象节令

𖼊𖼊𖼊𖼊𖼊，𖼊𖼊𖼊𖼊𖼊；𖼊𖼊𖼊十三，三𖼊𖼊𖼊。

mi²¹pa²¹vɿ³³ɕi⁵⁵hu²¹,ɕi⁵⁵nɿ²¹ve¹³le³³le³³;mo²¹ku⁵⁵vɿ³³tsʰɯ²¹su³³,su³³nɿ³³ve¹³le³³le³³.

蘑菇开七月，七天不走歪歪坐；木姜开十三，坐到十三天。

𖼊𖼊𖼊𖼊𖼊𖼊，𖼊𖼊𖼊𖼊𖼊。

bo²¹ʔu³³te¹³di¹³mi³³hʊ²¹xe⁵⁵,mi²¹gu²¹vɿ³³pʰu⁵⁵du²¹no⁵⁵li²¹.

天上有云要下雨，院坝有花迎风来。

𖼊𖼊𖼊𖼊𖼊，𖼊𖼊𖼊𖼊𖼊，𖼊𖼊𖼊𖼊𖼊。

tʰa²¹ɬu²¹ɲy³³mo⁵⁵de³³,ʂe¹³hu²¹ʂe¹³tʂu⁵⁵tʂu³³,mɯ³³hu²¹ʑi²¹bu³³bɿ¹³.

兔月倒老牛，蛇月白昼长，年到马月沟涨水。

𖼊𖼊𖼊𖼊𖼊𖼊，𖼊𖼊𖼊𖼊𖼊；

ko⁵⁵ty³³tʰa²¹kʰʊ¹³tʰa²¹ʐe²¹li²¹,so¹³nʊ²¹dzu²¹te¹³lo³³;

杜鹃一年来一次，是为了催耕；

𖼊𖼊𖼊𖼊𖼊𖼊，𖼊𖼊𖼊𖼊𖼊。

gɯ⁵⁵mo⁵⁵tʰa²¹kʰʊ¹³tʰa²¹ʐe²¹li,tsʰu³³mi³³pʰu²¹ndzo³³lo³³.

大雁一年来一次，是为了过冬。

𖼊𖼊𖼊，𖼊𖼊𖼊𖼊𖼊。

tsʰu³³mi³³so²¹,ne¹³dɯ⁵⁵dʊ³³ma²¹pi¹³.

冬不冷，春来难出门。

ꀌꉬꃀꄜ，ꊁꐊꃀꋍ。
tsʰu³³tsʰʊ¹³ma²¹tsʰo²¹,mi³³hʊ²¹ma²¹tʂʅ¹³.

冬晴不热，夏雨不冷。

ꄲꈒꃀꐊꑌ，ꃀꉐꃀꐊꃀ。
te¹³na³³mi³³hʊ²¹dze²¹,mi³³hɿ²¹mi³³hʊ²¹tʂʰu⁵⁵.

云是雨的源，风是雨的伴。

ꄷꐎꆏꃀꄜ，ꇴꐎꆏꐊꌦ。
ʈa¹³n̠dzo²¹nʊ³³mi³³tsʰu¹³,gu⁵⁵n̠dzo²¹nʊ³³hʊ²¹du³³.

鹰过天要晴，雁过雨渐稀。

ꀘꍈꄬꃀ，ꃀꐰꃀꌦ；ꀘꈜꄬꃀ，ꃀꐊꄷꄷ。
bi²¹zo⁵⁵du³³dʊ³³,mi³³pu⁵⁵ma²¹du³³;bi³³ʂe¹³du³³dʊ³³,mi³³hʊ²¹ʈa³³ʈa³³.

蚂蚁出洞，小雨不停；老蛇出洞，暴雨淋淋。

ꆈꌺꇶꃀꇖ，ꊁꈀꇖꃀꋧ。
hu²¹la¹³gu⁵⁵mi³³ɬi¹³,tsʰʊ²¹tʰu⁵⁵ɬi¹³n̠dʑi²¹gɿ³³.

月亮打伞，晒破脸皮。

ꑂꄜꇖ，ꃀꐊꆏ。
ɣa³³du²¹ɬi¹³,mi³³hʊ²¹li²¹.

鸡晒翅，雨将至。

ꄓꄸꑠꊪꉻ，ꆧꌶꁌꀰꆏ；ꔆꊿꑠꊪꋤ，ꍵꈭꁌꀰꆏ。
da³³tʰɯ⁵⁵zi¹³tʂʅ³³xɿ¹³,no⁵⁵n̠dza³³ɕɿ²¹xe⁵⁵li²¹;vu²¹zɿ³³zi¹³tʂʅ³³zo³³,dzʊ²¹mo²¹ɕɿ²¹xe⁵⁵li²¹.

春节真害人，带来了劳累；端午真喜人，带来了丰收。

ꀘꍈꄓꄉꃀꐊꆏ。
bi²¹zʊ⁵⁵zɿ³³fu¹³mi³³hʊ³³li²¹.

蚂蚁搬家要下雨。

𖼄𖼄 𖼄𖼄 𖼄 𖼄 𖼄，𖼄 𖼄 𖼄 𖼄 𖼄。

te¹³mi¹³pi²¹tɕɑ²¹dzɯ³³,mi³³hʊ³³li²¹ȵ³³kɯ¹³.

田边青蛙叫，大雨要来临。

𖼄𖼄 𖼄 𖼄 𖼄，𖼄 𖼄 𖼄 𖼄 𖼄。

bi²¹dzʅ³³he²¹bo²¹tɕʰʊ⁵⁵,mi³³hʊ³³li²¹ʑe³³kɯ¹³.

知了鸣应山，大雨会来临。

𖼄 𖼄 𖼄 𖼄 𖼄，𖼄 𖼄 𖼄 𖼄 𖼄；𖼄 𖼄 𖼄 𖼄 𖼄，𖼄 𖼄 𖼄 𖼄 𖼄。

tʰɑ²¹ȵ²¹mi³³nʊ¹³tu⁵⁵,sɯ³³ȵ²¹mi³³hʊ³³ndzu⁵⁵;sɯ³³ȵ²¹mi³³nʊ¹³tu⁵⁵,tɕy³³ȵ²¹lʊ¹³mi³³tsʰo¹³.

一天雾不散，三天雨不晴；三天雾不散，九日后天晴。

𖼄 𖼄 𖼄 𖼄 𖼄 𖼄 𖼄，𖼄 𖼄 𖼄 𖼄 𖼄 𖼄 𖼄。

gu²¹ɣo²¹dzi¹³xɯ⁵⁵nʊ³³hu²¹bo²¹ŋɯ³³,dze⁵⁵do²¹be²¹do²¹xɯ⁵⁵nʊ³³ȵ²¹dzi²¹ŋɯ³³.

有圆有缺的是月亮，能升能落的是太阳。

𖼄 𖼄 𖼄 𖼄，𖼄 𖼄 𖼄 𖼄 𖼄 𖼄 𖼄 𖼄。

kʰe³³hɿ²¹mɑ²¹mu³³,ʂʊ¹³tsʰʊ²¹ȵ³³mʊ³³tʰʊ³³dzʅ¹³ty³³mɑ²¹do²¹.

不刮北风，松针和竹叶难碰在一起。

𖼄 𖼄 𖼄 𖼄，𖼄 𖼄 𖼄 𖼄 𖼄 𖼄 𖼄 𖼄。

vu³³ȵ¹³du²¹li²¹,ʂʊ¹³sɿ³³ȵ³³mʊ³³ʂe¹³nʊ³³ȵy²¹lɯ³³lɯ³³.

霜雪降临，松树和金竹才更加青翠。

𖼄 𖼄 𖼄 𖼄 𖼄，𖼄 𖼄 𖼄 𖼄 𖼄；𖼄 𖼄 𖼄 𖼄，𖼄 𖼄 𖼄 𖼄 𖼄。

bo²¹ʔu³³nu³³kʊ³³ve³³,ɣo²¹hu²¹sɿ³³mɑ²¹do²¹;bo²¹gɑ¹³mi³³hɿ²¹,ɣo³³no¹³nɑ³³mɑ²¹do²¹.

山顶雾飘，看见摸不到；山坳刮风，耳闻看不见。

𖼄 𖼄 𖼄，𖼄 𖼄 𖼄 𖼄 𖼄。

tsʰu³³mi³³tsʰo²¹,ne¹³du⁵⁵dʊ³³mɑ²¹pi¹³.

遇暖冬，来年春天出不了门。

ꀀꀁꀂꀃꀄ，ꀅꀆꀇꀈꀉ。
ko⁵⁵ty³³ne¹³tʂʊ³³se⁵⁵,pi²¹tɕa²¹tsʰo¹³dɯ³³se⁵⁵.
杜鹃知春秋，青蛙知阴晴。

ꀀꀁꀊꀋꀌ，ꀍꀎꀊꀏꀌ。
ko⁵⁵ty³³li²¹su³³hu²¹,bi²¹dʐ̩³³li²¹ɕi⁵⁵hu²¹.
三月杜鹃叫，七月蝉儿叫。

ꀐꀑꀒꀓꀔ，ꀕꀑꀒꀓꀖ。
tɕʰi³³hu²¹bo²¹ʔu³³nɯ²¹,va¹³hu⁵⁵bo²¹ʔu³³tʰu¹³.
九月山顶红，十月山顶白。

ꀗꀘꀙꀚꀛ，ꀜꀝꀙꀚꀞ。
vu²¹lʊ²¹dʑu²¹tʰa²¹mʊ¹³,nɿ¹³bo⁵⁵dʑu²¹tʰa²¹tʂa³³.
冰雹打一线，寒霜打一片。

ꀟꀠꀡꀢꀣꀤꀥ，ꀦꀧꀨꀢꀩꀪꀫ。
bo²¹tɕʰʊ²¹mu³³nʊ³³te¹³nɯ¹³dze⁵⁵,ndi²¹kʰɯ³³dʑe²¹nʊ³³mi³³hɿ³³tʊ⁵⁵.
大山高了绕云雾，坝子宽了起旋风。

ꀬꀭꀮꀯꀰ，ꀫꀱꀲꀯꀳ。
sɿ³³tʰu³³be²¹ma²¹tsʰa³³,mi³³hʊ³³tʰɯ⁵⁵ma²¹tu³³.
树叶不掉尽，雨水不停止。

<h1 style="text-align:center">邦啦艹丑</h1>

<h1 style="text-align:center">农业生产</h1>

日芳由勹牙矛狄，芳芳由勹牙啦曲。

tʰu¹³du³³ma²¹no³³nu³³tɕʰi⁵⁵zo²¹,dzu²¹du³³ma²¹no³³nu³³ʂu⁵⁵mo²¹.

舍得银子娶妻子，舍得好种种庄稼。

心芳己己凿，艹夸皿由山。

ʔɯ⁵⁵dɯ³³tɕʰi¹³du⁵⁵hu²¹,ɣa³³hu¹³tʂʰa²¹ma²¹ɣo²¹.

见狐狸脚迹，养鸡也无心。

ι刁凵北乞，自車咪衄世。

tʰa²¹kʰu¹³mi¹³ku³³ɖɯ⁵⁵,mi²¹nu²¹tʂʰu²¹ʐo³³dɕ²¹.

一年荒田上，长满茅草根。

芳丑凵車罘，艹夸叩由廿；

ʈa¹³mu³³lu³³ʔo⁵⁵nɿ¹³,ɣa³³hu¹³vu³³ma²¹kʰu³³;

想到叼鸡的老鹰，就无心喂鸡；

艹丑凵車罘，芳个芳由勹。

ɣa³³mu³³lu³³ʔo⁵⁵nɿ¹³,ʈa¹³bi⁵⁵do³³ma²¹no³³.

想到撅地的瘟鸡，老鹰叼了也不可惜。

ι夸車由士，由曲启由罗。

va¹³hu¹³ndʐa³³ma²¹tɕi²¹,lu³³kʰu³³fu³³ma²¹gu²¹.

只有不嫌喂猪苦，才有大碗坨坨肉。

ᙖᢀᘇᛝᙇᚅ，ᒬᘎᘗᙗᙆ。
la¹³tʰʊ¹³ndʑi²¹kʰa³³di¹³,tʂʰɯ²¹pʰe²¹tɕi⁵⁵nɹ³³bi²¹.
手上有老茧，锄头怕三分。

三ᢅᘬ乀ᢅᚅ，ᛗ三ᙖᘘᘂᙆ。
sɯ³³nɹ²¹xɯ³³tʰa²¹nɹ²¹tʂa³³,ne¹³sɯ³³hu²¹dzu²¹ma²¹gu²¹.
三早当一日，三春不缺粮。

ᚊᘘᙽᙾᙷ，ᒬᙟᙖᙕᙇ。
mi¹³dzu²¹dzu³³nɹ¹³so²¹,dʑɯ³³na¹³te¹³pʰi³³di¹³.
土地长粮就好看，牲口长膘就值钱。

ᘯᙇᛗᚊᘉᙻ山，ᘂᘘ乀ᘫᚊᘘ山
ʔu⁵⁵lɯ³³ŋɹ³³mi¹³tʂʰɯ³³so¹³ɣo²¹,dzu²¹ma²¹dʊ³³xɯ⁵⁵ma²¹ɣo²¹.
只有不爱劳动的懒汉，没有不长庄稼的荒地。

ᙒᘂᙿᘙᚇᚆᙼ，ᙒᘂᘩᘙᚇᘇᚏ。
so²¹dzu²¹te¹³tʰʊ⁵⁵na²¹kʊ³³tʂʊ¹³,so²¹dzu²¹kɯ²¹tʰʊ⁵⁵na²¹pi¹³ʐɹ¹³.
别人做活你乱跑，别人收粮你割草。

ᙒᙗᙗᘁ个ᚇᘂᙿ，ᚇᚋᚇ乀ᘂᚐᘘᙑ。
so²¹ŋu²¹vɹ³³hʊ²¹se⁵⁵na²¹dzu²¹te¹³,na²¹dʊ²¹na²¹ze²¹dzu²¹lʊ³³ma²¹do²¹.
看见荞花才想到播种，一辈子也别想吃饱饭。

ᙠᙢᙠᘂᘘᘘᘩ，ᘂᘘ钅ᚇᘂᘂᘩ。
tɕʰi³³tʂu⁵⁵tɕʰi³³ʂo¹³dzu²¹mo²¹lʊ³³,dzu²¹mo²¹dʊ³³nʊ³³tʰu¹³ʂe¹³lʊ³³.
积粪如积粮，惜粮如惜金。

ᙑᘘᙤᙟ乀，乀ᘙ怆ᘃᙃ。
ɣa³³hu²¹ʂɹ³³ʂu⁵⁵mi³³,mi³³pu⁵⁵pʰo²¹pʰo²¹za¹³.
鸡月正好撒燕麦，漫天毛雨洒纷纷。

ꀤꇆꇰ田ꇩ，田ꀋꀉ田ꇩ。

va¹³hu¹³ndʑa³³ma²¹tɕi²¹,lʊ³³kʰʊ³³fu³³ma²¹gʊ²¹.

养猪不怕苦，碗里才有肉。

乃凡ꀼ卅ꀕ，乃ꉙꀗ氚田。

dʑʐ³³hu³³pʰu⁵⁵ŋgu³³ʂu⁵⁵,dʑʐ³³hɿ⁵⁵so¹³te¹³tʰu⁵⁵.

高山人撒荞，平地人种田。

ꀀ三四ꇬ日，纟半亞田ꀸ。

ne¹³sɯ³³hu²¹te¹³tsʰo²¹,so²¹ɳy³³ŋo³³ma²¹so²¹.

三月春耕忙，不好借耕牛。

三四ꀨ日ꆼ，田ꉙ亖田万；三四ꁦ日ꆼ，ꀉꉙꌹ田ꍌ。

sɯ³³hu²¹gu³³tsʰo²¹tʰʊ⁵⁵,pʰu⁵⁵ɕi¹³du²¹ma²¹du³³;sɯ³³hu²¹ku²¹tsʰo²¹tʰʊ⁵⁵,mo²¹no²¹tsʰɿ³³ma²¹ʂɿ¹³.

忙种的三月，爹死不发丧；忙收的三月，娘病不抓药。

ꇬ氚ꈝ田ꀤ，ꇬꍝ乃册ꁦ。

te¹³bu³³nʊ³³mo²¹ɬo³³,te¹³tʰu¹³tʂʰɿ²¹pi¹³kɯ²¹.

种疏籽粒饱，种密收谷草。

ꄶ半田ꀗ꒖由，半ꀉꊂ꒖ꇩ。

le²¹ku³³ma²¹ɣo²¹mi¹³du³³,ɳy³³mo²¹li²¹mi¹³vi²¹.

没有公牛的地方，母牛也来犁地。

纟万半田ꀸ，꒖卅半ꀾꑠ。

ʂɿ³³ke³³ɳy³³ma²¹tʂu³³,mi¹³ŋgu²¹ɳy³³na³³ʂe¹³.

不给牛吃草，犁地牛瞪眼。

乃ꉙ乃ꍝ册，卅ꉙ乃凡꒒。

tʂʰɿ²¹dze²¹dʑʐ³³hɿ⁵⁵dzʊ³³,ŋgu³³dze²¹dʑʐ³³hu³³dzɿ⁵⁵.

稻子生在田坝，荞子长在高山。

ꉻꇉꄸꈜꊇ，ꋍꉻꇊꅌꄻ。

ɣa³³tʰɯ⁵⁵tɕʰɯ³³tɕɯ²¹hu¹³,be⁵⁵hu¹³xɯ²¹tʰɯ³³tʰɯ⁵⁵.

喂鸡先编篱，养鸭先筑塘。

ꇊꊪꃆꌿꐚ，ꄉꅉꇆꄻꒉ。

ɬʊ²¹kʊ³³fe²¹tɕa³³tɕa³³,dzɯ³³mu³³nʊ²¹ma²¹ɣo²¹.

圈里干燥，牲口不生病。

ꍅꎹꑟꄷꊇ，ꊈꉻꀊꑟꇊꈥ；ꍅꊖꑟꄷꊇ，ꑟꂡꉻꇊꈥ。

dzʅ³³hu³³dzu³³kʰʊ³³li²¹,ŋgu³³ɣa³³li²¹lo³³ŋgu³³;dzʅ³³hu³³dzu³³kʰʊ³³li²¹,dzu²¹tʰu¹³ɣa³³lo³³ŋgu³³.

高山的粮食，以荞子为首；平坝的粮食，以大米为首。

ꌕꇊꊝꄻꊪ，ꊒꉻꀙꄻꈐ。

sɯ³³kʰʊ¹³ʂu⁵⁵ma²¹ɬu³³,tɕʰi³³tʰu⁵⁵ȵɿ³³ma²¹kʰu⁵⁵.

三年不换种，施肥也无用。

ꂭꑊꄂꂭꇓ，ꃀꁉꄂꃀꈌ。

mi¹³nɯ³³tʰʊ⁵⁵mi¹³ŋga¹³,mo²¹be²¹tʰo⁵⁵mo²¹ke³³.

出菌捡菌子，果落拾果子。

ꇐꌶꌺꄯꇐꅝꐩ，ꇴꌶꌺꄯꇴꅝꐩ。

ɬu¹³so¹³ŋdzʅ²¹ʔɿ¹³ɬu¹³no⁵⁵ŋɖɯ³³,gu³³so¹³ŋdzʅ²¹ʔɿ¹³gu³³no⁵⁵ŋɖɯ³³.

牧人醉酒误放牧，耕者醉酒误耕作。

ꂷꑊꑟꄻꑙ，ꏸꀙꅝꄻꑙ。

mi³³fe²¹dzu²¹ma²¹ɖɯ³³,he¹³tsɯ¹³no³³ma⁵⁵ɖɯ³³.

天旱不利庄稼，蛮干不利做事。

ꀶꊒꑟꇊꈐ，ꊈꄻꄮꈐꁖ。

hʊ²¹tɕʰi³³dʊ³³li²¹ȵɿ³³,ŋgu³³mo²¹di¹³ȵɿ³³ɬu³³.

羊粪能带来，荞粒的饱满。

农业生产

245

ne¹³li²¹ndo⁵⁵suɯ³³lɯ³³,tʂʰʊ³³du⁵⁵ɣa³³tɕy³³ke¹³.

春来三个蛋，秋后九只鸡。

ŋgu³³mo³³dʊ³³,hɪ¹³du³³ɣɯ²¹;ŋgu²¹mo³³me³³,mi¹³kʊ³³de³³.

荞子出，饿得哭；荞子熟，倒地头。

hʊ²¹tɕʰɯ²¹kʊ³³ndze⁵⁵nʊ³³,hʊ²¹ndzu³³tʂʰʊ⁵⁵ma²¹suɯ³³zy³³ŋɯ⁵⁵;

绵羊在篱笆内呻吟，是因没跟头羊走；

va¹³mo⁵⁵tʂa¹³kʰe⁵⁵ndze⁵⁵nʊ³³,ɕɪ²¹nʊ³³mi¹³tɕy³³ʈa²¹dzu²¹ndɪ¹³ŋɯ³³.

母猪拴上绳子呻吟，是因拱了九片庄稼。

mbu³³ʔe²¹tʰe²¹fe²¹kuɯ¹³,sɪ³³mo³³me²¹nʊ³³be²¹lo³³.

衣服湿了会干，果子熟了要落。

ʂu³³tɕʰi³³hʊ²¹nʊ²¹,ɬʊ¹³so³³kʰuɯ¹³ma²¹tʰuɯ⁵⁵;dze³³mu³³ma²¹tʰe²¹nʊ³³,dze³³so¹³no³³he³³se⁵⁵.

猎狗撵羊子，牧人不答应；骏马不奔驰，骑手要挥鞭。

xu²¹de³³de³³du³³tsɪ²¹mo⁵⁵zʊ⁵⁵ne³³na³³ve⁵⁵,mi¹³ndu³³ndu³³du³³tɕʰi¹³ga¹³zʊ⁵⁵nʊ³³dzuɯ³³go¹³.

打铁打在膝盖上的是斜眼，挖地挖在脚背上的是驼背。

ʈa¹³mo⁵⁵du²¹la¹³gu²¹,mu³³mo⁵⁵kʰo²¹mi²¹be²¹.

鹰老翅膀衰，马老蹄毛落。

卢比数·谚语篇

ᚉᚋᚒ三ᚓ帝ᚔᚕ，呂ᚖ牛ᚗᚘᚙᚚ老。

$p^hə^{33}t^hu^{13}na^{33}su^{33}ndʑa^{13}xɯ^{55}hʊ^{21}mi^{21},ʔu^{33}tʂu^{55}gu^{55}çy^{33}t^ho^{13}tɕi^{55}su^{13}du^{33}$.

灰白黑三色的羊毛，擀什么披毡都适合。

᚛᚜᚝᚞᚟，ᚠᚡ币ᚢᚣ。

$tʂʰɯ^{21}na^{13}fe^{21}ma^{21}tɕʰi^{21},tʂʰɯ^{21}du^{33}ɳɪ^{21}dʑi^{21}tɕi^{33}$.

根深不怕久旱，根浅害怕阳光。

ᚤ劳ᚥ黑ᚦ，罗ᚧᚨ田ᚩ。

$ʐʊ^{21}ɬʊ^{21}hʊ^{21}tɕʰi^{33}na^{33},ti^{33}so^{21}mi^{13}ma^{21}ka^{55}$.

自己的黑羊粪，不撮进他人田。

ᚪᚫᚬ田ᚭ，ᚮᚯᚮᚰᚱ。

$ŋgu^{21}ɣɪ^{13}tɕʰi^{13}ma^{21}k^hɯ^{21},t^ha^{21}ʈa^{13}t^ha^{21}k^hʊ^{33}lɪ^{33}$.

割荞不到根，一亩丢几斤。

ᚲᚳᚴᚵ学田ᚶ，半ᚷᚸᚹ半田ᚺ。

$mi^{13}tɕa^{33}dʐ̩^{13}ndu^{55}dzu^{21}ma^{21}dʊ^{33},ɳy^{33}nʊ^{21}dʐ̩^{21}ty^{33}ɳy^{33}ma^{21}tʂʰu^{13}$.

有争执的土地难长粮，常打架的公牛难长膘。

北ᚻᚼ，日ᚽᚾ。

$se^{21}me^{21}sɹ̩^{33},t^hu^{13}du^{21}sɹ̩^{33}$.

核桃树，摇钱树。

ᚿᛀᛁᛂᛃ，万ᛄᛅᛆᛇ。

$sɹ̩^{33}ʐʊ^{21}ze^{55}du^{21}lo^{33},mi^{33}hʊ^{21}k^hʊ^{21}k^hʊ^{21}lʊ^{13}$.

树木成林，雨水调匀。

ᛈᛉᛊᛋᛌ，半ᛍ半ᛎᛏ。

$mu^{33}ve^{21}mu^{33}tɕʰi^{13}ŋdʑa^{33},ɳy^{33}ve^{21}ɳy^{33}vu^{33}ŋdʑa^{33}$.

买马要试骑，买牛要试犁。

ꖄꆈꌠ꒾ꀘꇐꌠ，ꀕꆈꎔꀃꇐꆈ。
mu³³ʂʅ³³mi³³kʰɿ³³tʂu³³,n̠y³³ʂʅ³³xɯ³³mu³³hu¹³.
马草夜里加，牛草早晨喂。

ꇐꄮꖄꄸꇬ，ꖄꎷꀞꇐꄉ。
tsʰʊ²¹nɿ³³mu³³ʔo⁵⁵kʊ²¹,mu³³ʐɿ³³ʔu³³tsʰʊ²¹ndzo³³.
人和马有缘，马和人有情。

ꐒꎆꃸꀕꄺ，ꆿꐨꇿꅿꄆ。
tɕʰa¹³vi²¹so¹³la¹³ŋge²¹,ŋa³³zɯ⁵⁵tsu⁵⁵ma²¹tɕi²¹.
只要箭法好，不怕野鸡藏得好。

ꇐꅍꀕꑴꅍ。
tsʰʊ²¹ndzu³³kʰu²¹dʐa³³ndzu³³.
工利于器。

ꀕꍗꄆꄮꐨ，ꇁꍗꄆꎔꀘ。
la¹³sʅ⁵⁵nʊ³³mʊ²¹ɣa¹³,tɕʰi¹³sʅ⁵⁵nʊ³³çy³³tʰo²¹.
手巧编竹筐，脚巧擀披毡。

ꀕꄚꇿꄆꔶꊓꐨ，ꇁꎷꄆꑘꎔꀘ。
la¹³no³³tsʰu³³nʊ³³ku³³dy²¹ɣa¹³,tɕʰi¹³ʐɿ³³nʊ³³gu⁵⁵çy³³tʰo²¹.
手巧编箩筐，脚巧擀披毡。

ꇁꇁꄒꀘꑱꀘꄸ，ꀕꄚꑳꑴꇬꄝꌧ。
tɕʰi¹³du⁵⁵sɯ³³lo⁵⁵ne⁵⁵lo³³mu³³,la¹³no³³mo⁵⁵du³³zu³³ɬi³³bi⁵⁵.
脚印会消失，手艺传后代。

ꀊꈜꎆꄸꄟ，ꇈꁨꄮꃆꂷ。
fe²¹n̠ɿ²¹so¹³nɿ³³ʐe³³,xɯ²¹ʑi²¹na³³ŋo³³nʊ³³.
艺高人胆大，水深鱼儿多。

ꀕꀠꑽꐞꌌ，ꀍꉙꑽꈥꐞ；ꀆꇬꑽꐞꌌ，ꀊꋀꑽꈥꐞ。

tʂʰuʔ²¹pʰe²¹tʰʊ³³do²¹xɯ⁵⁵,xɯ²¹tsʔ²¹tʰʊ²¹ma²¹do²¹;ʐɿ¹³kʰʊ⁵⁵tʰʊ³³do²¹xɯ⁵⁵,pʊ¹³tʊ³³tʰʊ³³ma²¹do²¹.

锄头能干的，斧头不能干；镰刀能干的，菜刀不能干。

ꇬꐰꇨ，ꌊꐰꄲ，ꆅꐰꀨꇨꇰ。

ŋgu³³ʂu⁵⁵na¹³,ʂɿ³³ʂu⁵⁵dɯ³³,nʊ³³ʂu⁵⁵tʰu⁵⁵na³³ku⁵⁵.

荞种深，麦种浅，豆种只要盖了脸。

ꇬꂓꀋꈥꇰ，ꂓꈚꌖꉻꇰ。

ngu³³ʐɿ¹³me²¹ma²¹tsu⁵⁵,ʐɿ¹³go²¹suɯ³³ha³³tsu⁵⁵.

割荞没熟透，割后三晚熟。

ꈌꌠꅐꈚꊬꈌ，ꂽꐰꋧꅐꈚꀘꈌ。

kɯ³³suɯ³³fe²¹go³³nɯ³³kɯ¹³,mo²¹ʂu⁵⁵kʊ³³fe²¹go³³bɿ¹³kɯ¹³.

大蒜晒干也能生根，麻籽烤干也会发芽。

ꈌꄮꈥꉻꐰꈥꄹ，ꃀꁵꈥꉻꇬꈥꌠ。

ko⁵⁵ty³³ma²¹he²¹ʂu⁵⁵ma²¹te¹³,bi²¹dzɿ³³ma²¹he²¹ngu³³ma²¹ʂu⁵⁵.

杜鹃不叫不播种，蝉儿不叫不撒荞。

ꇬꋚꁸꈥꃀ，ꇬꋒꃷꆿꁤꈚ。

ngu²¹tʂʰɿ²¹ʔu³³ma²¹dʊ³³,ngu²¹tʂʰu¹³vɿ²¹lo³³go¹³.

苦荞没露头，甜荞已开花。

ꈌꄮꄇꈎꄇꄿꏃꇌ，ꀕꄧꆈꏣꄹ；

ko⁵⁵ty³³tʰa²¹kʰʊ¹³tʰa²¹ze²¹li²¹,ʔu³³tsʰu³³nʊ²¹dzu²¹te¹³;

杜鹃一年来一次，催促人们播种；

ꃴꌐꄇꁮꌖꏃꇌ，ꀕꄧꆈꁚꂰ。

va¹³suɯ⁵⁵tʰa²¹hu²¹suɯ³³ze²¹li²¹,ʔu³³tsʰʊ³³dzu²¹ʐi³³ndʐa³³.

猪獾一月来三次，践踏人们庄稼。

𖿀ㄣꓩ帝，ㄣㄣꓩ帝。

tɕʰi³³tʰa²¹tɕa²¹,dzu²¹tʰa²¹tɕa²¹.

一把粪，一把粮。

𖿀艹�屶ꓮ山，ㄣ艹�屶ꓮ山。

tɕʰi³³po¹³kʰʊ²¹mo³³ɣo²¹,dzu²¹po¹³kʰʊ²¹mo³³ɣo²¹.

粪堆有多高，粮堆就有多高。

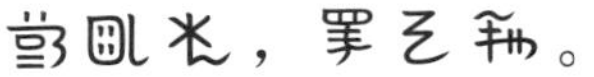

౿凹长，罗乙枏。

zu²¹tɕʰɯ³³ŋga¹³,ʂʊ¹³ʂe¹³bo²¹.

大麦上场，小麦发黄。

ㄓ卅ㄛ鸟�33，向㳄ㄝ乇罗。

ʂʅ³³n̩y²¹nʊ³³ŋdʐʊ²¹ŋdʐʊ²¹,vu³³zɿ³³ɣɯ²¹dʐʊ²¹tsu⁵⁵.

麦苗嫩悠悠，雪压更苗壮。

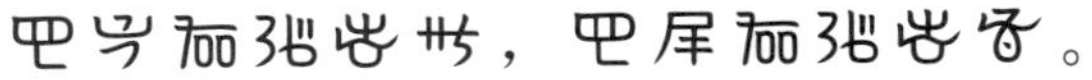

巴ㄣ𠕋ㄓ出艹，巴屌𠕋ㄓ出否。

ʔu³³gʊ¹³xɯ⁵⁵ʂʅ³³pu³³ʐe³³,ʔu³³tu¹³xɯ⁵⁵ʂʅ³³pu³³ba⁵⁵.

低头的麦穗大，仰头的麦穗小。